Leonie Elena

NEVER BE ENOUGH

Roman

Selfpublished

Dieser Titel ist auch als E-Book erschienen

Originalausgabe Februar 2021

Lektorat: Johanna Furch / Wortwühlmaus
https://wortwuehlmaus.de/kontakt/

Korrektorat: Jessica Pesch -
va@jessicapesch.de/@va_jessicapesch

Covergestaltung: allefreiheit Werbeagentur

Coverabbildung: Shutterstock

Autorenbild: Nele Marie Sämerow

Druck und Bindung: Amazon Media EU S.à r.l., 5 Rue Plaetis, L-2338, Luxembourg

ISBN: 978-3-9822932-0-2

Weitere Infos zu meinen Projekten findest Du auf meiner Website:
www.leonieelena.de

Und auf meinem Instagramprofil:
@writerleonieelena

Für diejenigen, die zu hoffen wagen.

Und für alle, die lieber nach vorne, statt zurück schauen.

Playlist zu Never Be Enough

Taylor Swift - Lover

Jeremy Zucker, Chelsea Cutler - you were good to me

Alec Benjamin - The Book of You & I

Steve Jablonsky - Tessa

SYML - Where's My Love

Ruben - Lay By Me

Sody - I Don't Know You Anymore

Tom Leeb - Are We Too Late

Dave Thomas Junior - I Can't Make You Love Me

Harry Styles - Falling

M83 - Wait

Prolog

Hazel

3 Jahre zuvor …

Ich stieß stöhnend die angehaltene Luft aus. Es war eine ganz dumme Idee gewesen, Trixie bei dieser Sache zuzustimmen. Bei meinem lauten Seufzer drehte die sich nämlich sofort wieder in meine Richtung und verdrehte empört die Augen.

»Ich weiß, was du denkst. Aber glaub mir, hiermit verdienst du richtig gut. Viel mehr als an einem Abend im Club, vertrau mir!« Trixie legte mir die Arme auf die Schultern und zog mich enger an sich. Ich nickte, sie hatte Recht. Und ich brauchte das Geld.

»Meine Damen und Herren, begrüßen Sie mit mir nun im Ring die unfassbar heißen Mädchen von Sammy's Excotics!«, brüllte der Moderator über die Lautsprecher.

Augenblicklich jubelte das Publikum in der Arena los und die Männer grölten. Trixie sah mir noch einmal fest in die Augen, bevor wir beide tief durchatmeten und mit einem Lächeln auf den Lippen winkend den Ring betraten. Trixie hatte uns beide sofort eingetragen, als Samantha mit der Liste für diesen Auftritt durch die Umkleiden gelaufen kam. Natürlich ohne mich zu fragen, ich war an dem Abend eigentlich gar nicht im Club. Sie meinte, es würde bestimmt Spaß machen und ohne mich wollte sie es nicht machen. Der Veranstalter hatte sich schnell für uns entschieden.

Wir sollten als so eine Art Halbzeit Attraktion auftreten und blankziehen. Keine Ahnung, ob es sich hier wirklich um die Halbzeit handelte, mit Boxen kannte ich mich absolut nicht aus.

Unsere Musik setzte ein und wir fingen an uns zu bewegen, liefen von einer Ecke in die nächste und ließen langsam die Hüllen fallen. Samantha achtete immer darauf, dass wir nicht zu viel zeigten. Sie stand am Rand des Boxrings und beobachtete uns mit scharfen Augen. Das lag auch daran, dass ich noch nicht volljährig war.

Wir räkelten uns an den Seilen und aneinander, ehe die neun Minuten endlich vorbei waren und Trixie und ich den Ring wieder lächelnd verließen. Die Menge – oder eher die Männer – grölten weiter.

Augenblicklich kam Sam auf uns zu und lächelte zufrieden. »Sehr gut Mädels!«, stieß sie aus, rieb uns über die Oberarme und hielt uns jeder einen dünnen Bademantel hin, in welchen ich mich direkt wieder verhüllte.

Lächelnd nickten wir und gingen wieder zu unserer Umkleide, wo sich auch die der Kämpfer befanden.

Als ich im Augenwinkel eine Bewegung mitbekam, blieb ich stehen. Trixie und Sam bekamen davon nichts mit, sondern liefen weiter Richtung Umkleide. Aber ich war einfach zu neugierig, um weiter zu gehen.

»Es tut mir wirklich leid, aber ich bin nicht interessiert«, hörte ich. Ich lehnte mich um eine Ecke und sah einen wirklich hübschen jungen Mann, der vor einer kleineren Frau stand. Die Frau schmiss sich ihm ja förmlich an den Hals. »Aber warum denn nicht? Ich würde dich die ganze Nacht beschäftigen, klingt das nicht toll?«, fragte sie, während sie seinen Arm umklammerte und ihre Brüste an ihn drückte.

»Äh ... ne lass mal«, stammelte er und versuchte, sich aus ihrem Griff zu lösen.

Ich wusste nicht, was mich als nächstes ritt, aber ich trat um die Ecke rum und kam ein paar Schritte auf die beiden zu.

»Baby?«, rief ich laut und erregte damit die Aufmerksamkeit der beiden. Verwirrt blickte die Frau auf und auch der junge Mann sah perplex drein.

»Könntest du dich bitte von meinem Freund fernhalten?«, fragte ich nun an die Frau gewandt. Ich griff nach ihrer Hand, die immer noch auf seinen Arm lag, und drückte sie leicht nach hinten.

»Dein Freund?«, stotterte sie völlig verdutzt. Nickend lehnte ich den Kopf schief und schaute dem Mann in die wirklich schönen braunen Augen. Die hatten beinahe etwas von Karamell.

»Ja, mein Freund, würdest du uns also entschuldigen?«, richtete ich mich an die Frau und schaute dem Mann fest in die Augen, damit er mein Rettungsversuch auch ja nicht vergeigte. Nickend ließ sich der Mann also von mir mitziehen.

Schnell übernahm er aber die Führung und zog mich in die nächste Umkleide. Ich konnte noch einen kurzen Blick auf die Beschriftung an der Tür werfen und erkannte einen Namen: JAIL.

»Danke!«, stieß er aus, sobald er die Türe geschlossen und meine Hand losgelassen hatte. Ich zuckte mit den Schultern.

»Gerne«, erwiderte ich, bevor ich mich abwandte und zurück zu Trixie wollte.

»Wie heißt du?«, fragte er mich.

Erstaunt blickte ich auf und hielt inne. Ich hätte nicht gedacht, dass ihn das wirklich interessierte. Die Männer im Club interessierten sich zumindest nie dafür.

»Hazel«, sagte ich leise und schaute überall hin, nur nicht in sein Gesicht.

»Hazel«, wiederholte er, ehe er einen weiteren Schritt auf mich zu kam und mir seine Hand entgegenstreckte.

»Ich bin Cole.«

Kapitel 1

Hazel

»Hazel Baby, schnell rein mit dir«, rief mir Jack, unser Türsteher, schon von Weitem zu. Ich umfasste meine Jacke und zog sie enger um mich, heute Nacht war es verdammt kalt. Dankend ging ich einen Schritt schneller auf ihn zu und schob mich an der Schlange vor dem Club entlang.

»Danke Jack«, sagte ich und hauchte ihm einen schnellen Kuss auf die Wange. Nickend öffnete er mir die Tür und ließ mich ins Warme. Ich eilte die Theke entlang, um in die hinteren Räume der Bar zu gelangen.

»Schatz, kannst du mir deine Schuhe ausleihen? Meine haben den Geist aufgegeben«, richtete sich Wendy an mich, als ich die Umkleiden für die Mädchen betrat.

»Klar, nimm dir einfach ein Paar aus meinem Schrank«, erwiderte ich und streifte mir die mittlerweile eigentlich zu alte und kleine Jacke ab.

Wendy dankte mir und nahm sich schnell ein paar schwarzer Stilethos aus meinem Spind.

»So Mädchen, ihr habt noch fünf Minuten. Zuerst geht Kiki auf die Bühne, Hazel du bist als Zweite dran. Das weiße Kostümchen heute, ja?« Samantha hatte den Raum mit ihrem Klemmbrett und dem obligatorischen Stift in ihrer Hand betreten. »Ja!«, antwortete ich ihr und zog mir schnell die Jeans und das Shirt vom Körper.

Samantha war unsere Koordinatorin für die Auftritte abends, außerdem war sie diejenige, die die Mädels einstellte oder feuerte, daher sollte man sich bloß immer gut mit ihr stellen. Ihr gehörte die Striptease Bar *Sammy's*

Excotics in Las Vegas, in der ich seit nun drei Jahren arbeitete und mich so über Wasser halten konnte. Der Club warf gutes Geld ab, somit konnte ich die Miete für mich und meine Mutter zahlen und uns ein paar Lebensmittel in den Kühlschrank stellen.

»Na dann, Ladys, bis später!«, rief Kiki und stolzierte in ihrem orangenen Katzen-Kostüm in Richtung Bühne. Jeder Auftritt ging um die sieben Minuten, daher musste ich mich etwas beeilen, um mich fertig zu machen.

Mein Kostüm heute Abend war ein Engel. Sam meinte, die Männer würden darauf abfahren, wenn jemand, der so unschuldig aussah wie ich, in weiß rauskam. Unschuldig war ich aber schon lange nicht mehr. Meine Unschuld hatte ich nämlich an niemand anders als den unfassbar gutaussehenden Cole Bail verloren, dem kleinen Bruder von Profiboxer Jason Bail. Das war jetzt aber auch schon wieder drei Jahre her, damals waren wir noch siebzehn. Er wusste jedoch nicht, dass es mein erstes Mal war. Wahrscheinlich hätte er dann nicht in einer Umkleide der Arena, in welcher sein Bruder seinen ersten Titel geholt hatte, mit mir geschlafen.

Aber dennoch war das eine hoffnungslose Sache. Cole war gutaussehend, machte eine vernünftige Ausbildung und hatte genügend Geld. Also alles, was ich nicht war oder hatte.

Trotzdem trafen wir uns noch hin und wieder – allerdings nur für Sex. Cole war an mehr nicht interessiert und das war okay, ich würde einfach nehmen, was ich bekam.

Dennoch fand Samantha, ich würde Unschuld verkörpern. Sie meinte, es würde an den braunen Augen liegen. Aber durch meine roten Locken, die mir über den Rücken fielen, fühlte ich mich ganz und gar nicht unschuldig. Ich beließ es aber einfach dabei, wenn sie mich als Engel sehen wollte, würde ich ihr das auch liefern. Ich würde alles machen, um diesen Job nicht zu verlieren.

Schnell schminkte ich mich nochmal nach, zog die hohen Stiefel an und lief zum Rand der Bühne. Kiki vollführte gerade noch eine Drehung und landete im Spagat auf dem Boden. Die Männer flippten aus und riefen anzügliche Sachen. Scheine flogen auf die Bühne und Kiki sammelte sie keck lächelnd ein. Mit einer letzten Verbeugung, bei der sie ihre Brüste extra etwas nach vorne schob, verließ sie die Bühne und kam auf mich zu.

»Viel Spaß, Süße«, sagte sie und küsste mich auf die Wange.

Die Mädels waren sowas wie meine Familie. Wir hielten zusammen, teilten alles und redeten über vieles – jedoch sprachen wir nicht über den Grund, warum wir das hier machten. Nie.

Wir wussten alle, dass wir kein leichtes Leben hatten. Aber wir hatten einander und passten aufeinander auf.

»Und nun, meinen Herren, begrüßt mit mir die süße Hazel auf der Bühne«, sprach Samantha in das Mikrofon und richtete ihre Hand in meine Richtung. Okay, tief durchatmen, Hazel, und los geht's. Meine Mundwinkel wanderten wie jedes Mal reflexartig nach oben. Mit einem Lächeln im Gesicht machte ich mich auf den Weg in die Mitte der Bühne. Die Männer jubelten und grölten.

Dann setze meine Musik ein.

»Du warst spitze!«, stieß Wendy aus, als ich die Bühne wieder herunterkam. Sie war als Nächste dran.

»Danke«, erwiderte ich und drückte ihr kurz den Oberarm.

Ich zog die Scheine aus meinem Kostüm und meinem BH und zählte sie schnell nach. Zweihundert Mäuse. Yeah. Davon würde die Hälfte an Sam gehen, daher hatte ich schon mal einhundert Dollar für mich. Ich arbeitete an sechs Abenden die Woche, die profitabelsten waren am Wochenende, da bekam man pro Auftritt auch mal dreihundert bis vierhundert Dollar.

Ich hatte heute Abend noch einen weiteren Auftritt, aber der würde sich noch etwas ziehen, ich hatte also Zeit, mich in die Küche zu schleichen und vielleicht ein paar Pommes zu naschen.

Ich zog die Flügel aus und steckte sie an die Kleiderstange, an welcher die meisten Kostüme hangen. Man wurde hier nur eingestellt, wenn man in die Kostüme passte. Das sparte Geld. Jedes Kostüm wurde nur einmal für alle gekauft.

Ich zog mir den dünnen Bademantel aus meinem Schrank und legte ihn mir um die Schultern, ehe ich mich auf den Weg aus den Umkleiden und in die Küche machte.

Ich trat gerade hinter der Theke vor, als mich ein Kerl von der Seite ansprach.

»Hey Süße, du warst unglaublich. Bietest du auch private Shows an?« Ich blickte den älteren Mann vor mir an und schüttelte den Kopf. Die meisten Mädels gaben auch Lap Dances, aber Sex war bei uns verboten. Wir waren immerhin kein Bordell, sondern eine Striptease Bar.

»Sicher? Ich verspreche, ich zahle auch gut.« Er umfasste mein Handgelenk und lehnte sich näher an mein

Gesicht. Ich zog mich etwas zurück und versuchte zu lächeln – ich wollte ihn bloß nicht verärgern.

»Tut mir leid, aber ich tanze nur.« Lächelnd wandte ich mich von ihm ab, um endlich zur Küche zu gelangen. Ich hatte verdammt Hunger, heute früh hatte meine Mom die letzten Eier gegessen und mittags wollte ich nicht aus unserer Wohnung gehen, da ich dann durch unser Wohnzimmer hätte laufen müssen. Und dort saßen die Freunde meiner Mom, denen wollte ich wirklich nicht begegnen.

Bevor ich mich jedoch in Richtung der Pommes aufmachen konnte, spürte ich einen Arm, der sich um meine Mitte legte und mich dann fest mit den Rücken an seine Brust presste. Er schob die Hüfte vor, um mich am Po zu berühren. Ich erschauderte und mich überkam ein Gefühl von Übelkeit. Das war der einzige Nachteil an diesem Job: Die viel zu aufdringlichen Kunden.

»Lassen Sie mich bitte los«, versuchte ich mit beruhigender Stimme zu sagen. Seine Hand legte sich flach auf meinen Bauch und wollte im nächsten Moment die Schleife an meinem Bademantel lösen.

»Hey, die Mädchen werden nicht angefasst!« Erleichtert atmete ich aus, als ich Billys Stimme hinter mir vernahm. Billy war wie Jack von der Security und passte auf, dass alles glatt lief. Neben den beiden gab es auch noch Tom und Andrew, die liefen auch irgendwo hier auf der Fläche rum.

Billy kam endlich bei uns an und zog den Mann an meinem Rücken weg. »Nicht anfassen!«, sagte er erneut und stieß ihn von mir.

»Sie hat mich völlig heiß gemacht. Dafür kann ich doch nichts.« Abwehrend hob er die Hände und machte einen Schritt nach hinten. Billy schüttelte den Kopf. Er ließ keine Ausreden zu.

»Setzen Sie sich auf Ihren Platz, sollte das nochmal vorkommen, fliegen Sie hier raus, verstanden?«, sagte er mit fester Stimme und schaute ihn ernst an. Der Mann nickte schnell und drehte sich um, um zu verschwinden.

»Alles klar, Baby?«, richtete sich Billy nun an mich. Billy war schon in seinen Vierzigern und hatte leichte Lachfalten an den Augen. Er war wie der Vater für mich, den ich nie gehabt hatte. Zumindest passte er auf mich auf.

»Ja, danke Billy.« Ich lächelte ihm entgegen.

»Kein Problem Hazel, wo wolltest du denn hin?«, fragte er mich und schaute mich liebevoll an.

»Zur Küche«, murmelte ich leise, eigentlich durften wir uns nicht einfach am Essen bedienen, aber hin und wieder machte mir unser Koch Owen doch eine kleine Portion.

»Hat deine Momma wieder nichts gemacht?«, fragte Billy nach. Er wusste, wie es bei mir zuhause war, nachdem er mich einmal nachhause gebracht hatte. Er hatte mitbekommen, dass die Busse abends nicht mehr fuhren und ich dann alleine über den Strip laufen wollte. Daraufhin verfrachtete er mich damals einfach in seinen Wagen.

Auf seine Frage schüttelte ich den Kopf.

»Na dann komm, ich begleite dich rüber. Nicht dass du nochmal aufgehalten wirst.« Zwinkernd legte er seine Hand auf meinen Rücken und bugsierte mich in Richtung der Küche.

»Owen!«, rief ich, als ich die Küche betrat.

»Hazel, Schatz!«, stieß er ebenfalls aus, als ich mich ihm näherte.

»Darf ich dich wieder um etwas bitten?«, fragte ich und versuchte mit dem Augen zu klimpern. Naja, so gut wie es eben ging.

Er legte mir eine Hand um die Hüften und zog mich näher an sich.

»Was darf es denn sein?«

»Naja, also wenn du noch etwas von deinen super leckeren Pommes übrig hast …« Ich ließ den Satz ausschweifen und schenkte ihm ein breites Lächeln.

»Hab mir schon gedacht, dass du kommst. Hier, ich habe dir Pommes mit der Spezialsauce gemacht, die du doch so magst.« Lächelnd schob er mich an die Seite, wo bereits ein kleiner Teller mit besagtem Essen stand.

»Danke!« Ich lächelte dankbar und schob mir die erste Pommes in den Mund.

»Sehr lecker«, sagte ich kauend. Lachend hielt sich Owen den Bauch. »Beeil dich aber, nicht das Samantha das mitbekommt.«

»Hazel, du bist als nächstes dran. Weißt du, welches Kostüm?« Sam kam auf mich zu, gerade als ich meinen Bademantel wieder in den Spind hängte. Nickend richtete ich mich an sie.

»Das hellblaue«, sagte ich und hielt es wie zum Beweis in der rechten Hand.

»Sehr gut«, sagte sie und wandte sich wieder ab, um zu Lucy zu laufen. Sie würde nach mir dran sein.

Ich zog mich schnell um und suchte nach dem Haarreif, der auch zu dem Kostüm gehörte und irgendwo hier rum liegen müsste.

»Hazel, hier!«, rief Leila und warf ihn mir rüber. Sie hatte das Kostüm letzte Woche angehabt. Ich bedankte mich und lief wieder in Richtung der Bühne.

Ich seufzte.

Dann das ganze nochmal von vorne.

Kapitel 2

Hazel

»Holt dich deine Momma ab?«, fragte mich Andrew, in dem Moment, in dem ich und Leila aus dem Club kamen. Andrew hatte mit Jack erst vor knapp einer Stunde die Position gewechselt, sodass er nun für den Einlass zuständig war. Aber der Club würde für heute zu machen, wir hatten bereits vier Uhr morgens.

Ich schüttelte den Kopf, meine Mutter saß wahrscheinlich gerade zugedröhnt zuhause auf der Couch und machte mit irgendeinem ihrer ständig wechselnden Lover rum. Außerdem besaßen wir kein Auto, das konnten wir uns gar nicht leisten. Mom brauchte auch keins, sie verließ nicht oft das Haus. Einkäufe erledigte ich und wenn Mom mal verschwand, dann meistens über Nacht zu ihren Freunden.

»Tschau Süße, treffen wir uns morgen zum Brunch?«, rief Leila noch, als sie gerade die hintere Tür des Taxis öffnete.

»Klar, um eins?«

Zur Antwort nickte sie noch, ehe sie im Taxi verschwand.

Seufzend schaute mich Andrew an und zog mich an der Schulter wieder zurück, als ich mich schon auf den Weg nachhause machen wollte.

»Du läufst doch nicht mitten in der Nacht alleine über den Strip.« Ungläubig blickte er mich an. Andrew schüttelte den Kopf, nachdem ich mit den Schultern gezuckt hatte. Ich lief oft genug alleine nachhause, die Busse fuhren so spät nun mal nicht mehr. Und es war immer alles gut gegangen.

»Ich ruf dir ein Taxi, warte kurz«, murmelte er und zog sein Handy aus der Brusttasche. Ich wollte protestieren –

ich konnte mir wirklich kein Taxi leisten. Ich hatte heute Abend einhundertfünfundsiebzig Dollar verdient und da würde ich mir sicherlich nicht für dreißig Dollar ein Taxi nehmen. Aber Andrew hielt sich das Handy bereits ans Ohr.

Als sich ein ziemlich betrunkener Mann wankend auf den Eingang zubewegte, reichte Andrew mir sein Handy und zog mich hinter sich. Dann stellte er sich dem Betrunkenen in den Weg.

»Taxi Vegas, wie kann ich behilflich sein?«, sprach eine nette Frauenstimme auf der anderen Leitung.

»Äh«, stammelte ich, während ich zu Andrew sah, der den Mann an der Schulter gepackt hatte und mit einer Armlänge Abstand auf ihn einredete.

»Miss?«, fragte die Frau nach.

»Äh ja, Entschuldigung. Ich bräuchte bitte ein Taxi zu der Sammy's Excotics Bar«, sagte ich schnell.

Andrew stieß den Mann ein paar Schritte nachhinten und schüttelte den Kopf, ehe er mit dem Finger die Straße runter zeigte.

»Zu Sammy's Excotics?«, wiederholte sie.

Ich nickte. »Ja genau.«

»Kein Problem, in wenigen Minuten sollte Ihr Fahrer da sein.« Dankend beendete ich das Gespräch. Andrew kam wieder auf mich zugelaufen und ich hielt ihm sein Handy entgegen. Er stellte sich erneut breitbeinig vor die Eingangstür und verschränkte die Arme vor der Brust. Andrew war erst seit knapp einem Jahr als Security angestellt und war auch etwas jünger als die anderen drei. Sein genaues Alter wusste ich gar nicht, aber er müsse Ende zwanzig sein.

»Hast du dir ein Taxi gerufen?«, fragte er mit tiefer Stimme und behielt weiter die Menge um uns herum im Blick, selbst so spät war auf dem Strip immer noch viel los.

»Ja«, bestätigte ich und drehte mich zur Straße um, als ein kleines gelbes Auto am Rand hielt. Andrew prüfte kurz nochmal die Umgebung, ehe er seine Hand auf meinen Rücken legte und mich Richtung Auto schob. Er öffnete mir die hintere Tür und steckte seinen Kopf durch das Beifahrerfenster. »Fahren Sie sie bitte nachhause«, sagte er zum Fahrer und warf ihm dreißig Dollar auf den Sitz.

»Danke!«, stieß ich aus. Andrew zwinkerte mir zu, ehe er sich wieder vom Wagen entfernte. Schnell nannte ich dem Taxifahrer meine Adresse.

In unserer Wohnung war es still – fast schon zu still. Normalerweise hörte ich schon vor der Wohnungstür die Stimmen von Mom und ihren Freunden. Aber heute war es ruhig. Ich schloss die Tür schnell auf und trat in unsere kleine Wohnung. Man stand sofort im Wohnzimmer, die kleine Küchenzeile erstreckte sich zu meiner rechten und ein Klapptisch mit zwei Stühlen stand dazwischen. Ich seufzte, schien so als würde Mom über Nacht wegbleiben. Dann konnte ich wenigstens einmal richtig durchschlafen, ohne von dem Krach geweckt zu werden, den sie verursachten.

Ich streifte mir die alte Jacke ab und hängte sie an den Haken, der sich direkt neben der Tür befand. Ich schlurfte aus den Turnschuhen und stellte sie darunter ab. Nach einer Dusche, um mir den Schweiß von der Haut zu waschen – ich konnte abends nie ohne eine Dusche ins Bett, dafür fühlte ich mich einfach zu schmutzig – machte ich mich auf den Weg zu meinem Zimmer, das direkt auf der linken Seite der Wohnung lag. Mom hatte kein eigenes Zimmer. Sie schlief entweder außer Haus oder auf der Couch. Ich hatte ihr damals klar gemacht, dass wenn ich die Wohnung schon zahlte, ich auch Anrecht auf das Zimmer hatte.

Mom hatte sich ziemlich schnell geschlagen gegeben, sie sah wahrscheinlich den Vorteil darin, dass das Wohnzimmer fast doppelt so groß war. Wobei das bei neun Quadratmetern auch nicht besonders schwer war. Ich hielt mich sowieso nie im Wohnzimmer auf.

Ich schaltete die Nachttischlampe ein. Als ich mir gerade das große Oberteil fürs Schlafen überzog und mich ins Bett kuscheln wollte, vibrierte mein Handy in meiner kleinen Handtasche.

Schnell zog ich es hervor und ließ mich seufzend mit dem Bauch auf das Bett fallen.

»Hey, ich bin nächste Woche in Vegas. Sehen wir uns?«

Cole Bail. Schon als ich seinen Namen auf dem Bildschirm las, konnte ich einfach nichts gegen dieses dämliche Gefühl in meinem Magen tun.

Die Schmetterlinge flatterten wie wild drauf los.

»Hey, ja gerne.«

Eine ganz simple Antwort. Ich wollte bloß nicht den Anschein erwecken, dass mir unsere Treffen mehr bedeuteten, als sie eigentlich waren. Denn sie blieben nun mal einfach nur Sex. Aber das war für mich auch eine willkommene Ablenkung. Ich schaute schnell auf meinem Handy Kalender nach. Nächste Woche war das große Box Finale in Vegas, wahrscheinlich würde Cole daher wieder mit seinem Bruder und dem Manager – sein Name war mir entfallen – anreisen.

Ich konnte nichts gegen die Vorfreude tun, die ich augenblicklich spürte. Es war nun fast vier Wochen her, seit ich ihn zuletzt zu Gesicht bekommen hatte. Ich würde lügen, wenn ich behauptete, dass er mir nicht fehlte. So beschissen das auch klang.

Cole war eine Nummer zu groß für mich, er spielte einfach in einer anderen Liga und das war sowohl mir als auch ihm bewusst. Aber an meiner Schwärmerei änderte das trotzdem nichts. Ich durfte ihn nur nicht zu sehr einengen, dann könnten wir auch einfach so weiter machen.

Mein Handy kündigte erneut eine SMS an.

»Sehr schön! Ich sag dir Bescheid in welchem Hotel wir einchecken.«

Ich schickte ihm einen einfachen Smiley zurück und legte mein Handy beiseite, nachdem ich sah, dass es schon fünf Uhr morgens war. Auch wenn ich vor Aufregung wahrscheinlich gar nicht schlafen konnte. Aber ich musste zumindest versuchen, etwas Schlaf abzubekommen. Ich brauchte ihn dringend, wenn ich mich morgen zum Brunch mit Leila treffen wollte. Leila war eine der wenigen, die den Job tatsächlich nur machte, um sich etwas dazu zu verdienen, obwohl sie es gar nicht nötig hatte. Und es machte ihr Spaß. Sie war auch verdammt gut darin. Mit ihren fast schwarzen Haaren und dem dunklen Teint ließ sie einige Männerherzen höherschlagen. Ich hatte ihr zwar für den Brunch zugesagt, würde mich aber wahrscheinlich mit einem Kaffee begnügen. Ich musste sparen und auf mein Geld aufpassen, ich konnte es mir nicht so wie sie leisten, es für unnützes Zeug auszugeben.

Ich hatte gerade so die Highschool abgeschlossen und wollte zumindest an einer Weiterbildung teilnehmen, damit ich vielleicht irgendwann Chancen auf einen echten Job hatte. Strippen könnte ich nicht mein Leben lang, daher musste ein Plan B her und der hieß Altenpflege. Nicht gerade mein Favorit, aber bei dem Job musste man immerhin keinen wirklichen Abschluss vorweisen. Jedoch musste an den Seminaren teilnehmen und die kosteten nun mal verdammt viel Geld. Zum Glück hatte ich noch ein paar Jahre, in denen ich sparen konnte.

Stöhnend griff ich nach meinem Handy, um den klingelnden Wecker auszustellen. Es war mittlerweile zwölf Uhr mittags und ich musste mich für das Treffen mit Leila fertigmachen.

Seufzend setzte ich mich auf und streifte die Decke von meinem Körper. Ich zog mir einfach irgendein Kleid aus meinem Schrank, momentan war es echt heiß in Vegas, daher sollte das reichen. Ich schlug die Decke auf meinem Bett ordentlich zurück. Als ich leise meine Tür öffnete, hielt ich kurz inne, um zu hören, ob sich jemand im Wohnzimmer befand. Ich musste nur aus meinem Zimmer treten und konnte direkt auf die Couch schauen. Der Fernseher lief und mehrere Stimmen waren zu hören. Ich konnte nicht ganz verstehen, was sie sagten.

Ich seufzte – dann mal ab in die Hölle. Hinter mir zog ich die Tür zu und schloss mein Zimmer ab. Das hatte ich mir mittlerweile so angewöhnt, nachdem sich einmal einer von Moms Freunden in meine Unterwäsche-Schublade verirrt hatte.

»Guten Morgen«, murmelte ich leise, während ich den schmalen Flur in Richtung Küche lief.

»Guten Morgen? Hast du mal auf die Uhr geschaut, es ist bereits mittags«, spuckte Mom mir entgegen und betrachtete mich abschätzig. Ich erhaschte einen Blick auf den eckigen Couchtisch vor ihr. Neben dem vollen Aschenbecher und den leeren Alkoholflaschen lag außerdem eine kleine Tüte mit weißem Pulver.

Koks, wie ich annahm.

Ich wandte den Blick ab. Mom wurde sauer, wenn ich zu lange hinsah. Schnell lief ich auf die Küche zu und holte mir ein Glas aus einem der oberen Schränke.

»Antwortest du mir auch mal?«, blaffte sie mich weiter an. Ich hielt das Glas unter den Wasserhahn und füllte es halb auf. Dann drehte ich mich seufzend wieder um. Mom war immer verdammt angriffslustig, wenn sie trank oder Drogen nahm.

»Mom, ich war doch gestern Abend noch im Club arbeiten«, sagte ich leise und trank einen Schluck.

Neben Mom saßen auf der Couch noch eine weitere Frau und zwei Männer, aber die kannte ich nicht. Einer der Männer hob seinen Blick und ich konnte spüren wie seine Augen meinen Körper entlangwanderten. Ekel überkam mich. Im Club angestarrt zu werden war etwas ganz anderes als hier. Hier gab es kein Billy, der auf mich achtgab.

»Zeig uns doch mal, wie genau du das Geld verdienst«, grinste er mich dreckig an und erhob sich von seinem Platz. Ich schüttelte den Kopf und trat einen Schritt zurück. »Och, komm schon«, flüsterte er und dachte wahrscheinlich, es würde sich verführerisch anhören. Das tat es aber nicht, es klang einfach nur widerlich.

Wieder schüttelte ich den Kopf, aber er legte seine dreckige Hand an meine Wange und fuhr mit dem Daumen darüber. Ich warf einen kurzen Blick in Richtung Mom, aber sie hielt ihren Blick gesenkt. Als ob es sie überhaupt nicht kümmerte.

Ich riss mich zusammen, stieß ihm gegen die Brust und flitzte unter seinen Armen davon. Schnell schnappte ich mir meine Schuhe und Tasche und eilte nach draußen. Dann würde ich eben zu früh am Café ankommen und dort warten.

Alles war mir lieber, als zuhause zu bleiben.

Kapitel 3

Hazel

»Süße?« Leila schnippte vor meinem Gesicht herum und zog somit meine Aufmerksamkeit wieder auf sich. Augenblicklich blinzelte ich mehrmals hintereinander, um mich wieder zu konzentrieren. »Sorry«, murmelte ich und sah ihr wieder in die Augen.

»Was ist denn los? Du bist so abwesend und hast deinen Kaffee kaum angerührt.« Sie legte ihre Hand über meine und sah auf die Tasse, welche immer noch unberührt vor mir stand. Sofort umfasste ich sie mit beiden Händen und nahm einen Schluck. Leila wusste nicht was wirklich bei mir zuhause los war. Keiner wusste es. Ich versuchte mein Leben, soweit es ging, privat zu halten. Nur Billy hatte einmal mitbekommen, als Mom sich gerade eine Line gezogen hatte. Sie war völlig ausgerastet, dass er mit mir in der Tür stand, nachdem er mich heimgebracht hatte. Dem Rest der Mädchen und Securities setzte ich einfach die Lüge auf, dass Mom oft weg war und ich mich um den Haushalt kümmern musste – was ja immerhin nicht völlig gelogen war, es war halt nur nicht die ganze Wahrheit.

»Alles gut, ich war nur in Gedanken«, sagte ich und lächelte beruhigend. Ich konnte ihr schlecht sagen, dass sich die Situation von vorhin noch immer in meinem Kopf abspielte.

»Wie geht's Ruby?«, fragte ich daher, um das Thema von mir abzulenken. Ruby war Leilas kleine Schwester, aber seitdem ich Leila kannte, war sie quasi so etwas wie Rubys Mutter. Wo sich ihre Mom befand, wusste ich nicht. Aber wie gesagt, wir sprachen alle nicht wirklich über unsere Probleme.

Leilas Augen leuchteten auf. »Ruby geht es gut. Sie ist jetzt in der siebten Klasse, so langsam fängt also die Pubertät an, das ist nicht so lustig. Aber ich schaff das schon.«

»Wenn ich dir irgendwie helfen kann, lass es mich wissen«, erwiderte ich und lächelte sie an. Leila nickte und nahm einen Bissen ihrer Waffel, bei deren Anblick mein Magen beinahe einen lauten Wal-Ruf von sich gab. Ich hatte heute noch nichts gegessen, aber ich würde mir später einfach noch ein Brötchen holen, zuhause hatten wir noch Erdnussbutter.

»Na klar, mach ich. Danke. Aber ansonsten macht sie sich gut. Letzens hatte sie Fragen zu ihren Mathe Aufgaben und ich konnte ihr tatsächlich helfen«, erzählte sie stolz weiter.

»Na immerhin. Ich hätte es sicherlich nicht gekonnt.« Grinsend zog ich die Schultern hoch und legte den Kopf schief.

»Wie läuft es eigentlich mit Cole?«, fragte sie mich, während sie wieder ein Stück ihrer Waffel aufspießte. Ich versuchte mein Grinsen beizubehalten und so locker wie nur möglich zu reagieren. Leila und Trixie waren die einzigen, denen ich von Cole erzählt hatte, allerdings wusste Leila nur vom Sex. Nur Trixie wusste, was sonst noch so in mir vorging, und das sollte auch so bleiben. Daher zuckte ich abwegig mit den Schultern.

»Gut, ich sehe ihn nächste Woche wieder, da ist er wegen der Meisterschaft in Vegas.«

Spitzbübisch zog Leila die Augenbrauen hoch.

»Also gibt es dann wieder etwas Action?«, grinste sie. Lachend lehnte ich mich weiter in meinen Stuhl. »Ja wahrscheinlich schon«, antwortete ich.

Leila seufzte. »Du hast wirklich Glück. Cole sieht verdammt heiß aus.«

Ich nickte, das war er wirklich. Leila hatte ihn zwar noch nie persönlich getroffen, aber es gab Unmengen an Bilder im Internet. Sobald man seinen Bruder googelte, tauchten auch sofort Fotos mit ihm auf.

Unwillkürlich seufzte ich auf, das mit uns war wirklich ein Dilemma.

»Das war wirklich ein schöner Mittag, sollten wir unbedingt wiederholen«, zwinkerte mir Leila zu, als wir uns vor dem Café verabschiedeten. »Ja unbedingt!«, stieß ich aus und schloss sie nochmal kurz in meine Arme.

»Sehen wir uns heute Abend im Club?«, fragte ich sie, aber Leila schüttelte den Kopf. »Nein, ich passe heute Abend auf Ruby auf. Aber morgen bin ich wieder am Start.«

Lächelnd nickte ich und winkte ihr hinterher, als sie die Straße entlanglief und um die nächste Ecke verschwand. Mein Lächeln erlosch und ich machte mich mit schnellen Schritten auf, um beim nächsten Bäcker noch zwei Brötchen zu erhaschen. Eins könnte ich zuhause gleich essen und das andere kurz bevor ich zur Arbeit gehen würde. Dann musste ich mich nicht wieder in die Küche schleichen und Owen bezirzen, damit er mir etwas von den Pommes abgab.

So geräuschlos wie nur möglich drehte ich den Schlüssel im Loch um und stieß die Türe auf. Schon von draußen hatte ich gehört, dass Mom immer noch Besuch hatte und ich wollte so wenig wie nur möglich auffallen. Leise stahl ich mich in die Wohnung und streifte die Schuhe ab. Sie achteten nicht auf mich, als ich in die Küche lief und mir das Erdnussbutter-Glas und ein Messer aus der Schublade zog.

»Was machst du denn da?«, murmelte Mom gereizt. Angespannt drehte ich mich um. »Ich ... Nichts«, antwortete ich ihr stotternd.

Augenverdrehend erhob sie sich von der Couch und kam auf mich zu. Mom und ich waren mittlerweile beinahe gleich groß, ich hatte mein Aussehen von ihr geerbt, allerdings waren ihre Haare mittlerweile ausgeblichener als meine.

Wie mein Dad aussah, wusste ich auch gar nicht. Mom erinnerte sich nicht daran, wer sie geschwängert hatte – und sie redete auch nicht gern darüber.

»Was hast du da?«, fragte sie und riss mir die Brötchen-Tüte aus der Hand. Seufzend musste ich mit ansehen, wie sie die Tüte öffnete und sich ein Brötchen rausfischte.

»Wie lieb, dass du an deine Mom gedacht hast.« Mit ihren blutunterlaufene Augen versuchte sie zu zwinkern, aber es gelang ihr nicht wirklich. Sie kniff mir in die Wange wie einem Kleinkind, gab mir die Tüte wieder und lief mit dem Brötchen zur Couch. Ich blieb einen Moment wie angewurzelt stehen, ehe ich mich mit schnellen Schritten aufmachte und in mein Zimmer verschwand. Hinter mir schloss ich die Türe ab. Wenn ich mich gleich umzog, riskierte ich nicht, dass einer ihrer Freunde hier reinplatzte. Ich setzte mich im Schneidersitz auf mein Bett und holte das Brötchen hervor. Dann musste ich vielleicht später doch noch mal bei Owen nachfragen, oder ich würde mir einfach noch mehrere Löffel Erdnussbutter reinschieben.

Seufzend schmierte ich mir mein Brötchen und teilte es in kleine Stücke auf, so würde ich nicht so schnell essen und länger satt sein.

Als ich das letzte Stück gekaut hatte, legte ich mich auf mein Bett zurück. Ich hatte noch etwa zwei Stunden, bevor ich mich Richtung Club aufmachen musste. Zu Fuß brauchte man circa vierzig Minuten. Ich schlug das Buch auf, welches ich seit gefühlt vier Monaten las. Grundlagen der Altenpflege. Ich musste mich vorbereiten und ein bisschen Vorwissen würde wahrscheinlich nicht schaden. Ich durfte es mir einfach nicht erlauben, bei einem der Seminare nicht zu bestehen.

Als es langsam an der Zeit war, machte ich mich für den Club fertig. Auch wenn ich in ein paar Monaten einundzwanzig werden würde, meinte Sam, dass man mir die Minderjährigkeit zu leicht ansah, daher legte ich immer viel Make Up auf. So wirkte ich älter.

Nachdem ich meine Tasche mit allem nötigen Kram gepackt hatte, schloss ich meine Zimmertür wieder auf. Ich müsste mich einfach nur genauso leise rausschleichen wie rein. Niemand würde mich bemerken.

»Hey, bring mir nachher noch ein Six Pack von der Tanke mit, klar?«, rief Mom mir entgegen, als ich gerade meine Schuhe anhob, um sie anzuziehen.

Ich legte die Stirn in Falten.

»Mom, ich habe kein Geld fü-«

Sie schnitt mir das Wort und kam mit erhobenem Zeigefinger auf mich zu.

»So habe ich dich nicht erzogen, widersprich deiner Mutter nicht!«, rief sie und wedelte mit der Hand vor meinem Gesicht. Ich zog den Kopf ein und nickte. Das Letzte, was ich brauchte, war ein roter Abdruck auf meinem Gesicht. Der würde bei den Kunden wahrscheinlich nicht so gut ankommen.

Mom strich sich das wirre Haar aus dem Gesicht und nickte ebenfalls »Sehr schön!«, sagte sie und drehte sich wieder von mir weg. Ich stieß die angehaltene Luft aus.

»Wieso bleibst du nicht einfach hier, Baby?«, rief mir ein Mann zu, der etwa in Moms Alter war. Ich hatte ihn vorher noch nie gesehen, aber wie gesagt, bei Mom wechselten die Lover ständig.

Er grinste mich an. »Egal wie viel die dir da zahlen, ich zahl mehr. Versprochen.« Sein Grinsen wurde breiter. Ohne ihm eine Antwort zu geben, wirbelte ich herum und lief aus der Wohnung.

»Hazel, springst du heute für Lucy ein, sie hat sich krankgemeldet«, rief mir Sam über den Krach in den Umkleiden zu.

Sofort nickte ich. Normalerweise bekam man maximal zwei Auftritte pro Abend, eigentlich hätte ich heute nur einen gehabt. Zwei Auftritte bedeutete auch mehr Kohle, da würde ich nie und nimmer Nein sagen. Außerdem konnte ich von Glück reden, dass Sam mich gefragt hatte. Die anderen Mädchen mussten in der Zwischenzeit hinter der Bühne helfen oder sich vorne im Gästebereich aufhalten. Für Lapdances – die ich sowieso nicht gab – oder einfach, weil die Kerle gerne etwas Gesellschaft hatten. Da bekam man aber nie so viel Trinkgeld wie beim Tanzen.

Jedoch hatte ich mich eigentlich schon über eine kurze Nacht gefreut.

Ich zog mir das erste Kostüm für diesen Abend an und lief hinter Wendy zur Bühne. Heute war Freitag, daher war die Hölle los. Jack und Andrew standen gemeinsam am Eingang, da sich schon viel zu viele Menschen draußen tummelten. Tom und Billy liefen in den Rängen auf und ab, sie überwachten die Menge hier drinnen.

Andrew hatte mich am Eingang abgefangen und sich erkundigt, ob ich gestern gut nachhause gekommen war. Ich bejahte seine Frage und bedankte mich nochmal dafür, dass er das Taxi gezahlt hatte, aber er winkte nur ab. Auf seine Frage, ob mich Mom heute abholte, log ich. Ich wollte nicht, dass er schon wieder ein Taxi für mich zahlte, das war mir einfach viel zu unangenehm. Ich kam schon klar und zu Fuß zu laufen war wirklich nicht so schlimm wie sie dachten.

»Hey Sugar, los geht's!« Wendy stieß mich von der Seite an und ich schaute nach vorne. Sam stand winkend mit den Mikrophonen auf der Bühne und schaute mich an. Augenblicklich regte ich mich und setzte mein schönstes Lächeln auf, während ich auf die Bühne ging.

Das übliche Gegröle und Gebrüll begann.

Kapitel 4

Cole

Hazel schickte mir zur Antwort nur noch einen Smiley. Seufzend legte ich das Handy weg und drehte mich auf meinem Bett auf die andere Seite.

Die Sache mit Hazel war, dass sie mich beinahe abhängig machte, alles an ihr ließ mein Herz höherschlagen – und dann auch noch diese verdammten Haare.

Aber das mit uns konnte nicht klappen.

Es würde nicht klappen.

Hazel hatte Probleme, ihre Mutter war abhängig, so viel wusste ich, und das erinnerte mich einfach zu sehr an meine Kindheit. Dad war oft auch tage- und nächtelang verschwunden und kam dann zugedröhnt wieder nachhause. Ich wollte und konnte das nicht ein weiteres Mal durchleben, auch wenn mir diese roten Locken nicht aus dem Kopf gehen wollten.

Es klopfte an meiner Tür zu meinem Wohnheimzimmer, keine Sekunde später steckte Leith den Kopf herein. Ich legte mir den Arm über die Augen, den ganzen Tag hatte ich im Bett verbracht. Nachdem ich die letzten Tage durchgehend für die Prüfung in BWL geackert hatte und Jasons Kämpfe mehr im Vordergrund standen, hatte ich mir das auch echt verdient.

»Hey Mann, Ethan hat gefragt, ob wir mit den Jungs was trinken wollen.« Ich ließ meinen Blick noch einmal auf mein Handy gleiten, aber Hazel hatte sich nach gestern Nacht nicht mehr gemeldet. Ich nickte Leith zu, es würde mir guttun, mal etwas rauszukommen und mich abzulenken. Ablenkung von Hazel schaffen.

»Okay gut, wir treffen uns um acht in der Bar«, sagte Leith und wandte sich wieder ab.

»Alles klar!«, rief ich ihm hinterher, bevor ich mich vom Bett aufraffte und an mir roch.

Jap, ich musste definitiv erst noch duschen gehen.

Ethan begrüßte mich schon in dem Moment, als ich die kleine Bar in der Nähe des Campus betrat. Es wurde laute Charts Musik gespielt. Ethan drückte mir augenblicklich ein Glas Bier in die Hand und bugsierte mich zu der Nische, in der auch schon Leith und zwei weitere unserer Freunde saßen. Kade und Benny studierten ebenfalls an der Uni in Phoenix. Ich schlug zur Begrüßung bei ihnen ein und ließ mich auf den freien Platz neben Leith fallen.

»Heute sind jede Menge Studentinnen da«, stieß Ethan aus und ließ seinen Blick über die Menge gleiten.

»Sieht so aus, als wären viele von der Uni in Prescott rübergekommen«, erwiderte Kade und schaute ebenfalls zu der Gruppe an Mädchen, die sich vor der Theke tummelten und einen Shot nach dem nächsten in sich reinkippten.

Bei dem Wort Prescott überkam mich immer noch ein widerlicher Schauer. Seitdem Phoebe, die Freundin meines Bruders, von unserem Erzgegner gekidnappt und nach Prescott verschleppt wurde, verband ich mit diesem Ort nicht gerade die besten Erinnerungen.

»Ich denke, ich versuch mein Glück mal«, sagte Ethan und richtete sich auf. Leith klopfte ihm ermutigend auf die Schulter und gab ihm einen Stoß in Richtung der Mädchen. Schmunzelnd betrachtete ich, wie er sich neben der

Blondine an der Theke abstützte und sich zwei Schnäpse bestellte, ehe er einen davon in ihre Richtung schob. Ethan und sein hübsches Gesicht hatten manchmal ein viel zu leichtes Spiel.

»Wie läuft's auf der neuen Position?«, fragte ich an Kade gewandt. Kade spielte in der Football Mannschaft unserer Uni auf der Position des Wild Receivers, nachdem sich aber Josh Martin den Meniskus gerissen hatte, wurde er auf die Position des Tight Ends verlegt. Er war der Einzige, der die richtige Statur dafür hatte.

Kade zuckte mit den Schultern. »Der Coach sagte ich mach mich gut. Allerdings vermisse ich das viele Laufen als Wild Receiver.«

Kade sah in sein Glas, ehe er einen großen Schluck nahm. Ich nickte, mit Football kannte ich mich nur so einigermaßen aus, es war in unserer Familie einfach nie das größte Thema geworden. Bei uns war eben das Boxen vorrangiger. Aber Kade spielte schon seit klein auf Football, selbst sein Dad war mal Profi gewesen, bevor er sich eine Verletzung zugezogen hatte.

Mein Handy vibrierte und ich zog es hervor. Eine Nachricht von Logan.

»Hey, hast du dich schon um die Übernachtungen gekümmert?«

Seufzend legte ich das Handy auf den Tisch. Während Logan mit Jason trainierte, war ich für das Organisatorische zuständig, deshalb studierte ich auch Event Management. Allerdings hatte ich mich noch nicht um unsere Unterkunft in Vegas gekümmert. Wir würden aber auch erst nächste Woche hinreisen. Dann würde ich auch endlich Hazel wiedersehen. Schnell tippte ich meine Antwort an Logan, dann wandte ich mich den Jungs wieder zu.

»Hat sich Kenna nochmal bei dir gemeldet?« Leith lehnte sich etwas zu mir herüber und verschränkte die Arme vor der Brust.

Ich seufzte. Kenna und ich hatten vor einigen Wochen mal was. Ich hatte ihr von Anfang an klar gemacht, das mehr als Sex nicht drin war. Ich suchte nichts Langfristiges, stattdessen wollte ich mich auf die Uni und auf Jasons Kämpfe konzentrieren.

Aber Kenna verstand das anscheinend nicht und hing seitdem wie eine Klette an mir. Ich wimmelte sie ständig ab, aber irgendwie war sie schwer von Begriff. Der Sex war nicht mal gut gewesen, nicht so gut wie der mit Hazel. Ich konnte selbst während ich mit Kenna schlief an nichts anderes denken, als an Hazel und ihre verdammten roten Haare.

Die würden mich auch noch bis in den Tod begleiten.

»Ja, aber ich reagiere nicht auf ihre Nachrichten. Irgendwann wird es ihr schon noch zu langweilig werden«, sagte ich und blickte kurz zu Leith, als dieser sich grinsend umdrehte und spitzbübisch die Augenbrauen hochzog.

»Ja sicher.« Glucksend drehte er sich wieder um und schlug mit der flachen Hand auf den Tisch, bevor er sich erhob und ebenfalls zu der Gruppe Mädchen hinüber lief.

»Nun, da waren es nur noch drei«, sagte Benny mit einem Seufzer und stellte sein leeres Glas ab. »Dann hol ich mal Nachschub«, stieß er aus und lief zur Theke hinüber. Benny war der Einzige von uns, der eine feste Freundin hatte. Allerdings war Lilly eher introvertiert, daher begleitete sie uns nicht oft zu der Bar. Lilly erinnerte mich immer ein wenig an Phoebe, als wir sie gerade kennengelernt hatten.

»Glückspilz«, murmelte Kade und nickte zu Ethan hinüber. Ich folgte seinem Blick und sah gerade, wie er anfing mit dem Mädchen zu tanzen.

Ich musste augenblicklich an Hazel denken. Ihre zarte helle Haut und diese unschuldigen braunen Augen haben mir bereits beim ersten Anblick den Atem geraubt. Als sie mich von dem Mädchen, dessen Namen ich nicht mal wusste, weggezogen hatte und mich damit vor ihrem Generve gerettet hatte, war ich ihr beinahe schon verfallen. Sie verfolgte mich in meinen Träumen. Den dünnen Bademantel, der über ihren zarten Schultern gelegen war, hatte ich ihr schnell runtergerissen. Und das wenige Stück Stoff, das sie darunter trug, verschwand auch relativ schnell. Nachdem wir in der Umkleide miteinander geschlafen hatten, wollte ich sie beinahe gar nicht mehr gehen lassen, so gut fühlte sie sich an.

Aber sie wollte nachhause, weil sie am nächsten Tag zur Arbeit musste. Ich bestand drauf sie zu begleiten, da ihre Mitfahrgelegenheit anscheinend bereits aufgebrochen war. Sie hatte den Kopf geschüttelt und ihre Haare waren wild in alle Richtungen gehüpft. Aber ich ließ nicht mit mir diskutieren. Das war das Mindeste, was ich tun konnte, nachdem sie wegen mir schon ihre Mitfahrgelegenheit verpasst hatte.

Ihr war es unangenehm gewesen, als wir an ihrem Wohnblock gehalten hatten und ich sie mit nach oben begleitet hatte, das hatte ich sofort gemerkt. Ihre ganze Haltung wirkte versteift und angespannt. Als sie die Wohnungstüre öffnete, drehte sie sich zu mir um und wollte sich verabschieden. Aber dann erhaschte ich einen Blick auf das Innere, überall standen leere Bierflaschen rum und mehrere Pillen und Pulvertütchen lagen auf der Zeile in der Küche verteilt. Ich zog die Augenbrauen zusammen und trat etwas zurück. Sie hatte meinen Blick bemerkt, geseufzt und mich entschuldigend angeblickt. Dann schloss sie einfach die Tür.

Ich musste mich einen Moment sammeln und mehrmals blinzeln, um mich wieder aus der Vergangenheit zurückzuholen. Das Innere der Wohnung erinnerte mich verdammt nochmal zu sehr an den Wohnwagen, in welchem ich groß geworden war.

Keine Erinnerung auf die ich gerne zurückblickte.

Ich wusste nicht wieso, aber ich riss ein Stück aus dem Papiermüll der benachbarten Wohnungstür ab, schrieb meine Nummer darauf und schob den Zettel unter dem Türschlitz zu Hazels Wohnung durch.

Benny riss mich aus meinen Gedanken, als er mit mehreren Bieren in der Hand wieder zurück an unseren Tisch kam und diese vor uns abstellte. Dankend nickte ich ihm zu, leerte mein Glas in einem Zug und nahm mir ein neues.

So viel zum Thema Ablenkung von Hazel schaffen.

Kapitel 5

Hazel

»Wir sind im Caesers Palace.«

Ich wachte heute morgen auf und sofort sprang mir Coles SMS entgegen. Er war also schon hier, zwei Tage bevor das Boxfinale in der Arena stattfinden würde. Die letzte Woche war verdammt anstrengend gewesen. Da Lucy immer noch krank war, übernahm ich viele ihrer Auftritte, dadurch hatte ich allerdings keinen freien Tag in der Woche.

Ich wühlte mich aus meiner Decke und nahm mir frische Sachen aus dem Schrank, in die ich hineinschlüpfte. Gestern Abend hatte ich nur einen Auftritt gehabt, daher war ich relativ früh schon wieder zuhause. Als ich mich im Club von den anderen verabschiedete, hielt mich Gott sei Dank niemand auf und ich konnte laufen, ohne Ausreden oder Lügen zu erfinden. Ich hob mein Handy vom dunklen Nachttisch und antwortete ihm.

»Wann soll ich vorbeikommen?«

Vorfreude durchlief meinen Körper, ich würde ihn endlich wiedersehen. Seine braunen Augen hatten mir doch mehr gefehlt, als ich mir eigentlich eingestehen wollte. Ich durfte aber später nicht zu lange bei ihm bleiben, heute war Donnerstag und da musste ich nun mal arbeiten.

Sam hatte heute für mich gleich zwei Auftritte, bei beiden sollte ich wieder die Engel-Nummer durchziehen, die kam einfach am besten an. Und was am besten ankam, brachte auch am meisten Geld ein. Mir also recht.

Mein Handy vibrierte erneut.

»Sobald du kannst.«

Seufzend senkte ich das Handy in meiner Hand und blickte mich nach meiner Tasche um, dann würde ich mich mal auf den Weg machen. Im Caesers Palace waren sie schon mal untergekommen, daher kannte ich den Weg schon. Von unserer Wohnung aus waren es nur gute dreißig Minuten zu Fuß.

Ich stahl mich wieder leise aus meinem Zimmer und schloss hinter mir ab. Ich gab mir Mühe die Geräusche aus dem Wohnzimmer aufzufangen, aber der bekannte Lärm blieb aus. Mom und ihre Freunde waren nicht da. Wahrscheinlich würde sie sowieso noch schlafen, um diese Uhrzeit war sie sonst auch nie wach. Ich lief in die Küche und zog die Milch aus dem Kühlschrank. In einen der Schränke hatte ich eine Packung Müsli versteckt, die meine Mom zum Glück noch nicht entdeckt hatte. Ich machte mir schnell beides in eine Schüssel und schlang es herunter. Ich brauchte irgendwas im Magen, damit der endlich Ruhe gab.

Die Lobby war riesengroß und so verdammt nobel, dass ich mich komplett fehl am Platz fühlte. Ich schaute wieder auf mein Handy, unschlüssig ob ich ihm Bescheid geben sollte, dass ich da war, oder mich einfach bei der Rezeption nach seiner Zimmernummer erkundigen sollte. Ich entschied mich für ersteres und schrieb ihm einfach ein kurzes: *»Bin da!«*

Es dauerte keine fünf Minuten, da öffneten sich die Türen des Aufzuges und Cole glitt heraus. Auf seinem kantigen Gesicht zeichnete sich ein ernster Blick ab, er schaute sich in der Lobby um. Als sich unsere Blicke trafen, hellte sich seine Miene augenblicklich auf und seine Lippen verzogen sich zu einem Lächeln. Sofort wanderten meine Mundwinkel auch nach oben, sein Anblick war einfach viel zu schön, als dass ich nicht hätte lächeln müssen.

Mit großen Schritten lief er auf mich zu.

»Hallo Love.« Cole senkte seine Stimme und küsste mich auf die Wange. Er schlang den Arm um meine Taille und drückte mich an sich. Seufzend lehnte ich mich ihm entgegen und sog seinen Geruch ein.

Ja, er hatte mir eindeutig gefehlt.

Entweder er oder seine Wärme.

Mom war kein besonders körperlicher Mensch, zumindest was mich betraf. Manchmal brauchte ich aber einfach die Zuneigung anderer. Bei seinem Kosenamen für mich, setzte mein Herz immer einen Schlag aus, egal wie selbstbewusst ich auch bei meinen Auftritten wirkte. Wenn mich zig Männer ansabberten und die Lichtstrahler auf mich gerichtet waren. Aber in seinen Armen fühlte ich mich so unglaublich klein und zierlich, sie gaben mir einfach das Gefühl von Schutz. Aber daran dürfte ich mich nicht zu sehr gewöhnen. Cole war nur für wenige Tage hier, danach würde er wieder verschwinden.

In sein richtiges Leben.

Ich war nur die Ablenkung, ich war ein Zeitvertreib.

Aber nicht mehr. Das war mir schon immer klar gewesen.

»Hey Cole«, erwiderte ich rasch und riss mich aus meinen Gedanken, als wir uns aus der Umarmung lösten. Sein Arm immer noch um meine Mitte geschlungen, gingen wir auf den Aufzug zu.

»Hast du gut hergefunden?«, fragte er und hielt mich fest an seiner Seite. Beinahe hätte ich laut aufgeseufzt, so gut fühlte es sich an.

Verdammt, ich sollte mich mal zusammenreißen. Ich hatte mir doch den Vorsatz gemacht, Cole nicht zu sehr einzuengen, sonst würde er das mit uns abbrechen.

»Ja, alles gut«, meinte ich und wir warteten, dass der Aufzug auf der richtigen Etage ankam.

»Ich hab dich vermisst«, sagte er leise und strich mir die Locken über die Schulter, ehe er seinen Kopf etwas nach unten senkte und mir einen Kuss auf den Hals zauberte. Das hatte er mir noch nie zuvor gesagt, normalerweise hielt sich Cole immer etwas zurück was Süßholzgeraspel anging. Lächelnd neigte ich den Kopf zur Seite, genoss seine Berührungen und antwortete: »Ich dich auch.«

Cole zog seine Schlüsselkarte hervor und hielt sie vor den Sensor. Die Tür öffnete sich mit einem leisen Piepen und wir traten ein.

»Wow«, stieß ich aus und blickte mich um. Obwohl es sich hierbei um ein einfaches Doppelzimmer handelte, war es echt verdammt groß und verdammt schön. Allein das Zimmer war bestimmt doppelt so groß wie Moms und meine Wohnung.

Wenn sie wüsste, dass ich gerade hier wäre, würde sie mich wahrscheinlich anschreien und mir sagen, dass wir in solchen Kreisen nicht verkehren und diese Art von Menschen nicht zu unserem Leben passt. Ich hatte es schon etliche Male von ihr gehört und jedes Mal wollte ich ihr sagen, dass diese Menschen vielleicht nicht in ihr Leben passten, aber ich wollte nicht ewig wie sie leben. Ich wollte nicht in unserem Apartment verkümmern so wie sie. Irgendwann würde ich von dort wegkommen und frei sein. Eines Tages würde ich in genau diesen Kreisen auch dazu gehören.

Sanfte Küsse an meinem Hals und Nacken rissen mich wieder aus meinen Gedanken und ich wandte den Blick aus dem Fenster ab. Stattdessen drehte ich mich in Coles Armen, welche er mir um die Mitte gelegt hatte, und schaute ihm in die braun funkelnden Augen. Er ließ seinen Blick zu meinem Mund wandern. Keine Sekunde später drückte er seine Lippen auf meine und fuhr mit der Zunge über meine Unterlippe. Seufzend öffnete ich für ihn die Lippen und er ließ seine Zunge in meinen Mund schnellen. Stöhnend erkundeten wir einander und ich presste mich mit dem gesamten Körper näher an ihn. Meine Hände wanderten von seinen Schultern zu seiner Brust und dann zu dem Rand seiner Jeans. Die musste unbedingt weg. Viel zu lange war es her, dass wir Sex hatten. Dass ich generell Sex hatte. Ich hatte in den letzten drei Jahren mit niemand anderes als Cole geschlafen. Ich konnte es einfach nicht, niemand zog mich so an wie er. Niemand erregte mich so wie er.

Keuchend löste er sich von mir und fuhr mit beiden Händen in meine Haare. Er hob sie zu einem Zopf an und zog leicht daran, somit entblößte ich noch mehr von meinem Hals. Brummend beugte er sich wieder nach unten, um mein Schlüsselbein und meine Schulter zu küssen, welche durch den dünnen Spaghetti-Träger schon frei lagen.

»Komm mit ins Bett«, hauchte er gegen meinen Hals und ich nickte, während ich die Augen immer noch genüsslich geschlossen hielt. Cole umfasste meine Hüften und hob mich hoch, ehe er mit mir die wenigen Schritte bis zum Bett lief und mich sanft darauflegte. Sofort befand er sich wieder über mir, zog die dünnen Träger meines Kleides runter und suchte nach dem Reisverschluss an der Seite. Ich nestelte an seiner Jeans und schaffte es den Knopf zu öffnen und den Reisverschluss nach unten zu ziehen. Schnell streifte er sich die Hose und die Boxershorts ab und griff nach seinem Shirt, welches er auch rasch auf den Boden verfrachtete.

»Das muss unbedingt weg. Ich will dich nackt sehen.« Seine rauchige Stimme erregte mich nur noch mehr und ich nickte schnell.

Das wollte ich auch.

Unbedingt.

Ich wollte keine Sekunde länger warten. Zu sehr sehnte ich mich nach dem hier, zu lange hatte ich auf ihn gewartet.

Bei meiner Reaktion legte sich ein Lächeln auf seine Lippen und er fuhr langsam an meiner Seite entlang, bevor er den Reisverschluss öffnete und mich aus meinem Kleid schälte. Keine Sekunde später fiel ich wieder auf seine Laken und er ließ seine Hand zu meinem Oberschenkel wandern. Seine Nase versteckte er in meinen Haaren und ich hörte, wie er tief einatmete.

»Ich habe dich wirklich verdammt vermisst und diese Haare erst«, murmelte er und berührte mit dem Daumen meine Klitoris. Augenblicklich stemmte ich mich seiner Berührung entgegen und stöhnte ihm ins Ohr.

»So ist es gut, stöhn meinen Namen, Love. Das macht mich so an«, knurrte er und ließ erneut einen Finger über meine sensibelste Stelle wandern. Wieder bäumte ich mich auf und seufzte. Das hier war gut. Wahrscheinlich würde ich im Nachhinein wieder nicht wissen, wie ich meine Gefühle unter Kontrolle bringen sollte, das Gedankenkarussell würde wieder anfangen sich zu drehen, aber genau jetzt – in diesem Moment – fühlte es sich einfach nur richtig an.

Cole öffnete meinen BH und ließ ihn neben seiner Jeans zu Boden fallen, mein Slip folgte ebenfalls, sofort umschlossen seine Lippen meinen Nippel. Seine Hand bewegte sich immer noch über meiner Scham, wenn er so weiter machte, würde ich bereits kommen, bevor er überhaupt in mir war.

»Cole«, murmelte ich, da ich es viel länger wirklich nicht mehr aushalten konnte.

Ich griff nach seinem Glied und umfuhr mit dem Daumen seine Spitze. Augenblicklich stieß er ein lautes Stöhnen aus und hielt still. Leise wimmerte ich auf, als die kühle Luft meine feuchten Brüste traf, als seine Lippen von meinen Nippeln abließen.

»Love, du bist so nass und diese Geräusche. Verdammt.« Er fuhr mit den Fingern durch meine feuchte Spalte und stieß zwei Finger in mich hinein. Mein Gott, das war das beste Gefühl auf dieser Welt.

»Cole«, sagte ich erneut leise, als er wieder diesen bestimmten Punkt traf.

»Ich weiß, ich weiß«, murmelt er, schnappte sich ein Kondom und streifte es sich über. Sofort war er wieder über mir und hob eins meiner Knie an.

»Du bist so bereit für mich, Love. Gott, ich werd irre.« Und mit diesen Worten versenkte er sich in mir. Augenblicklich stöhnte ich laut auf und zog ihn enger an mich. Zuerst rührte er sich gar nicht, wir genossen einfach den Moment, wieder zusammen zu sein. Vereint zu sein. Aber dann bewegte er sich in mir und nahm Tempo auf. Ich umschlang seine Hüfte mit beiden Beinen und hielt ihn enger an mich. Er fühlte sich einfach viel zu gut an.

»Jaaaa!«, rief ich und nahm ihn immer wieder auf.

»So ist gut. Komm, Hazel. Komm für mich«, raunte er und behielt sein Tempo bei. Ich fieberte mit ihm immer näher auf das Nirwana zu, als wir plötzlich durch einen leisen Aufschrei unterbrochen wurden.

Augenblicklich hielt Cole still und er riss seinen Kopf nach rechts. Ich folgte seinem Blick und sah nur noch braune Locken, die hinter der sich zufallenden Tür verschwanden.

»Phoebe!«, stieß Cole aus, aber es hatte keinen Sinn mehr.

Diese Phoebe war bereits weg.

Mich überkam sofort ein schlechtes Gefühl – ein richtig schlechtes.

War das etwa seine Freundin?

Oh Gott, hatte er sie mit mir betrogen?

Ich hatte Cole nie nach einer Freundin gefragt, einfach weil ich es, glaube ich, nicht verkraften würde, falls er eine hätte und mich deshalb abschrieb. Aber er hatte nie wie jemand gewirkt, der seine Freundin betrügen würde.

Anderseits wem konnte man so etwas bitte schon ansehen?

Ich ließ meine Beine von seinen Hüften gleiten, wodurch sich seine Aufmerksamkeit wieder auf mich richtete. Als würde er meinen Blick richtig deuten, schüttelte er fast sofort den Kopf.

»Das ist die Freundin meines Bruders und der wird wahrscheinlich nicht besonders erfreut sein, wenn er erfährt, dass sie uns beim Sex erwischt hat«, sagte er leise und ließ seine Finger über meine Wange wandern. Ich stieß die Luft aus, von der ich gar nicht wusste, dass ich sie angehalten hatte. Gott sei Dank, es war nicht seine Freundin. Es war nicht seine Freundin.

»Ich habe keine Freundin Hazel«, flüsterte er, ehe er sich wieder zu mir nach unten neigte und mit seinen Lippen meine nachstrich.

Beruhigt entspannte ich mich und atmete aus. Er hob den Oberkörper wieder etwas und schaute auf mich hinunter. Dabei hatte sein Blick etwas so liebevolles, dass mein Herz sich zusammenzog.

»Alles okay?«, fragte er. Er war immer noch in mir und bewegte vorsichtig die Hüften.

Ich nickte und zog ihn an den Schultern wieder zu mir runter.

»Ja, alles gut.«

Ich wäre immer für ihn bereit, er brauchte bloß mit dem Finger zu schnipsen.

Kapitel 6

Hazel

Ich erkundigte mich per SMS bei Cole, wie der Kampf für seinen Bruder ausgegangen war. Zum einen weil es mich wirklich interessierte und zum anderen weil ich mir dadurch erhoffte, dass er mich vielleicht nochmal wiedersehen wollte. Donnerstag war ich nach unserem Sex ziemlich schnell aus seinem Hotelzimmer geflüchtet. Normalerweise war Cole das auch immer recht, er war nicht der große Kuschler. Doch diesmal hatte er mich enger an sich gezogen und sein Bein zwischen meine geschoben.

Ich genoss es. Zuerst.

Danach musste ich einfach da weg. Das würde mein Herz auf Dauer nicht mitmachen. So viel Zärtlichkeit war ich dann doch nicht gewohnt, nicht wenn sie nicht von Dauer sein würde.

Cole antwortete mir, dass es ein harter Kampf war, aber Jason wieder als Sieger hervorging. Ich schrieb ihm meine Glückwünsche, aber das erhoffte Fragen nach einem Wiedersehen blieb aus. Seufzend legte ich mein Handy weg. Heute war Sonntag, ich musste mich also für den Club fertig machen.

Ich machte mich auf in das Wohnzimmer, ich wollte noch eben alle alten Flaschen einsammeln und sie in den nächsten Container werfen. Etwas Ordnung musste ja immerhin sein und meine Mom würde sich darum nicht kümmern.

Es war keiner da, deshalb nahm ich mir eine der Einkaufstüten, welche sich direkt neben der Eingangstür stapelten, und versuchte ein wenig Ordnung in die Wohnung zu bekommen.

»Was tust du da?« Ich drehte mich erschrocken um. Mom stand im Türrahmen und sah vollkommen entrüstet aus. Verwirrt drehte ich mich um. Hatte ich etwas Falsches getan?

»Ich räume auf«, sagte ich leise und blickte auf die Tüte in meiner Hand.

»Denkst du, ich könnte das nicht selbst? Räum mir nicht hinterher. Du bist mein Kind, nicht meine Mutter«, stieß sie laut aus und kam um die Couch herum auf mich zu. Was sollte das denn? Sie meckerte mich an, weil ich aufräumte? Ich sollte mich nicht wie ihre Mutter aufführen? Wer von uns zahlte denn die Miete und finanzierte unser Leben?

Ungläubig schaute ich sie an, während sie vor mir stehen blieb.

»Mom! Ich bin doch diejenige, die uns über Wasser hält«, stieß ich mindestens genauso laut aus wie sie. Ich konnte einfach nicht fassen, was für eine verdrehte Weltansicht sie hatte.

»Rede nicht in so einem Ton mit mir«, rief sie und griff nach der Tüte. »Gib sie mir!«, schrie sie beinahe schon, aber ich konnte mich nicht rühren. Ich war zu geschockt. Wahrscheinlich hatte sie schon wieder irgendwas konsumiert, anders ließ sich ihr Verhalten gar nicht erklären. So streitlustig war sie nicht unter normalen Bedingungen.

»Hast du mich etwa nicht verstanden?« Sie umgriff meinen Unterarm und rüttelte hart daran, bis ich endlich meine Faust öffnete und sie mir die Tüte entreißen konnte.

Ich zischte auf. Ihr Griff war wirklich schraubstockartig gewesen.

»Gott! Manchmal wünschte ich, ich hätte deinen Vater nie kennengelernt oder wäre zumindest nicht mit ihm in die Kiste gehüpft«, brüllte sie und drehte sich weg.

Tränen stiegen mir in die Augen und ich versuchte sie zu unterdrücken.

Ohne noch ein Wort zu sagen, machte ich mich auf den Weg nach draußen. Ich musste sowieso zur Arbeit. Zu spät kommen konnte ich mir nicht erlauben.

»Na hallo, was ist denn mit dir los?« Andrew hielt mich am Arm fest, als ich mich gerade hinter der Theke in Richtung der Umkleiden vorbeidrückte.

»Alles gut«, sagte ich leise und senkte den Kopf. Auf den Weg hierher hatte ich es doch nicht geschafft die Tränen zu unterdrücken, ich musste schleunigst mein Make-Up aufbessern.

Andrew drückte mit seinem Zeigefinger mein Kinn nach oben und ich war seinem Blick ausgeliefert. »Was ist passiert?«, flüsterte er und wandte den Blick nicht von meinen Augen ab, die höchstwahrscheinlich blutunterlaufen waren.

Ich antwortete nicht.

Er seufzte auf. »Hat dich vor dem Club einer angemacht? Du musst es mir nur sagen und ich schick Jack raus«, sagte er, während er mein Kinn immer noch umschlossen hielt. Abwehrend schüttelte ich den Kopf.

»Ich habe mich nur mit Mom gestritten.« Ich hoffte, ihm würde diese Aussage reichen und er würde mich gehen lassen. Wenn ich nicht rechtzeitig fertig war, würde Sam sauer werden.

Nickend ließ er mich los, schaute aber dennoch sorgenvoll zu mir herunter.

»Wenn du mal nicht weißt wohin, dann kannst du dich melden. Das weißt du hoffentlich?« Ich versuchte meine Lippen mit einem Lächeln zu schmücken.

»Ja, danke«, erwiderte ich. Das ich seine Handynummer gar nicht besaß, ließ ich lieber außen vor. Ich würde ihn wahrscheinlich sowieso nicht anrufen.

Er ließ mich los und ich lief nach hinten, um mich endlich fertig zu machen.

Mit meinem Engel-Kostüm betrat ich zum ersten Mal an diesem Abend die Bühne.

»Sehr gute Arbeit, Hazel.« Samantha nickte mir zu und schickte Trixie als Nächste auf die Bühne. Leila zeigte mir beide Daumen nach oben und grinste. Lächelnd wandte ich mich von beiden ab und ließ mich auf meinem Stuhl vor dem kleinen Schminktisch fallen. So einen gab es für jeden von uns. All unsere Lippenstifte, Pinsel und Paletten befanden sich darauf.

Plötzlich ging die Türe auf und Billy kam hereingestürmt. Sein Gesichtsausdruck wirkte panisch. Irgendwas stimmte hier nicht.

»Wo ist Sam?«, rief er. Stumm zeigte ich auf den Gang der Richtung Bühne führte.

»Du musst hier weg, Baby. Die Bullen stehen drinnen und wollen die Angestellten überprüfen.« Er fasste mich bei den Schultern und zog mich von meinem Platz. Verdammt! Wenn sie mich kontrollierten, würden sie merken, dass ich eigentlich noch gar nicht hier tanzen durfte. Ich würde meinen Job verlieren und Sam würde eine ordentliche Strafe zahlen müssen. Fluchend zog ich das Kostüm aus und zog mir wieder die kurze Jeansshorts und das helle Shirt über. Ich musste nur noch meine Tasche aus dem Spind ziehen und mich durch den Notausgang rausstehlen. Das hatte die letzten drei Male auch geklappt. Aber so weit kam ich diesmal nicht. Ich war zu langsam. Keinen Moment später traten zwei Cops in den Raum hinein. Beide fingen sofort meinen Blick auf und steuerten auf mich zu. Eine Flucht wäre sinnlos, so schnell könnte ich niemals laufen.

»Miss, Ihren Ausweis bitte«, sagte der eine und streckte fordernd seine Hand aus.

»Äh ... ich habe keinen dabei«, murmelte ich und zog die Schultern hoch.

Seufzend streckte er seine Hand weiter aus. »Ausweis, sofort!« Seine Aufforderung ließ mich zusammenzucken und ich kramte in meiner Tasche danach, ich zog meinen Ausweis raus und übergab ihn.

Das war's. Ich war geliefert.

Wo sollte ich jetzt Geld verdienen? Ich hatte doch nichts anderes. Vielleicht suchte das Café, in dem Leila und ich uns manchmal zum Essen trafen, noch eine Bedienung. Das könnte ich auch. Tabletts tragen war doch wohl nicht so schwer.

»Sie sind zwanzig Jahre alt?«, fragte er ungläubig nach. Vorsichtig nickte ich.

»Sie müssen uns mit nach draußen begleiten.« Er umgriff meinen Oberarm und zog mich mit sich aus den Umkleiden. Tom und Jack kamen uns entgegen und schauten beide traurig zu mir herüber. Verdammt, dass hier war wie eine

Familie für mich. Die konnten sie mir doch nicht einfach nehmen!

Als wir aus dem Club traten, wartete bereits ein anderer Beamter mit Sam draußen.

»Miss, ich muss Sie darauf aufmerksam machen, dass das Anstellen Minderjähriger in Ihrem Etablissement nicht gestattet ist.« Der Mann neben mir klang sachlich und völlig monoton. Er wusste ja gar nicht, dass für mich gerade eine Welt zusammenbrach.

»Ich bin hier freiwillig, wirklich! Mich zwingt niemand!«, stieß ich aus und schaute Sam entschuldigend an. Wegen mir würde sie eine Strafe zahlen müssen.

»Darum geht es aber nicht. Sie dürfen hier nicht arbeiten.« Der Polizist kratzte sich am Bart. »Sie werden augenblicklich diesen Club hier verlassen«, sagte er und ließ meinen Arm endlich los. Ich rieb mir mit der Hand über die Stelle.

»Haben Sie die Personalien bereits aufgenommen?«, wandte er sich an seinen Kollegen, welcher immer noch neben Sam stand. Dieser nickte.

»Schön. Sie werden von uns hören«, meinte er nun zu Sam, welche nickte. Die Cops schauten uns nochmal an und wandten sich dann ab. Mir traten zum zweiten Mal an diesem Abend die Tränen in die Augen. Das durfte doch alles nicht wahr sein. Wahrscheinlich träumte ich einfach noch. Ich müsste nur aufwachen, einfach aus diesem Albtraum aufwachen.

Aber es war die Realität.

Ich hatte gerade meinen Job verloren.

Der Job, der mir meine Zukunft gesichert hatte.

Ich fühlte, wie mir der Boden unter den Füßen weggerissen wurde.

»Sam«, hauchte ich leise und sah zu ihr hinauf.

Sie schritt auf mich zu und seufzte, legte eine Hand auf meine Schulter und schaute mich mitfühlend an.

»Ich werde dir das Geld für die Strafe geben, versprochen! Nur lass mich hier weiterarbeiten«, sprach ich leise und schaute sie bittend an.

»Behalt dein Geld. Es tut mir leid, aber wenn sie hier wieder auftauchen und dich sehen, dann machen sie mir den Laden dicht.« Sie schüttelte den Kopf und hauchte mir einen Kuss auf die Wange. Dann löste sie sich wieder von mir und ging rein.

»Pass auf dich auf!« rief sie mir noch hinterher.

In meinem Hals stieg ein Schluchzen hoch und ich konnte nichts anderes tun, als es rauszulassen. Was sollte ich denn jetzt tun? Konnte sie mich wirklich so schnell abschreiben?

Die Welt um mich lief einfach weiter, überall waren Menschen, blinkende Lichter und laute Musik. Aber ich fühlte mich, als wäre gerade das ganze verdammte Universum stehen geblieben.

In meine Ohren trat ein stumpfes Rauschen.

Ich blickte in die Ferne, meine Sicht verschwamm.

Ich brauchte einige Sekunden, ehe ich langsam blinzelte und die Hände an meiner Hose rieb.

Ich wusste nicht, was ich tun sollte. Mein Kopf war leer.

Ich wusste nicht, wie mein nächster Schritt aussehen würde. Mein Herz setzte einen Schlag aus.

Ich wusste nicht, warum gerade mir so etwas passieren musste. Der Atem blieb mir im Hals stecken.

Und dann tat ich etwas völlig Unüberlegtes. Ich zog mein Handy aus der Tasche und wählte Coles Nummer.

Kapitel 7

Cole

Ich saß auf der Couch in Jasons und Phoebes Suite und langweilte mich. Meine Koffer waren bereits gepackt und mein Zimmer war geräumt. Ich wartete nur noch darauf, dass die beiden endlich ihre Sachen packten und wir in den nächsten Flieger zurück nach Phoenix steigen konnten.

»Hey Mann, was machst du denn für ein langes Gesicht?« Logan saß auf dem Sessel mir schräg gegenüber und legte seine Ellenbogen auf seinen Oberschenkel ab.

Neugierig schaute er mich an.

»Alles gut«, meinte ich schulterzuckend, ich würde ihm sicherlich nicht offenbaren, dass ich nicht mit dem besten Gefühl abreisen würde. Klar, Vegas war dieses Jahr ein voller Erfolg für Jason, auch wenn sein Gesicht aussah, als wäre ein ganzer Bulldozer darüber geheizt. Aber er hatte gewonnen und seinen Titel verteidigt, das war doch alles was zählte. Er hatte Chase Harper besiegt.

Wir sollten feiern und gute Laune haben. Trotzdem hatte ich ein mulmiges Gefühl und ich wusste auch ganz genau, woran es lag. An Hazel.

Sie wollte mir nach Donnerstag einfach nicht mehr aus dem Kopf. Das wollte sie zwar die letzten Jahre über schon nicht, aber diesmal war es anders. Was ist denn nur los mit mir?

»Baby, bist du soweit?«, rief Jason und ließ sich auf die Armlehne zu meiner rechten nieder.

Phoebes Kopf erschien aus dem Badezimmer und ihre Mundwinkel wanderten augenblicklich nach oben.

»Meinst du, es fällt auf, wenn ich den hier mitnehme?« Kichernd hielt sie den weißen flauschigen Bademantel hoch, der in jedem Badezimmer hier hing.

Grinsend fuhr Jason sich durch die Haare und schüttelte lachend den Kopf.

»Baby, ich kauf dir jeden Bademantel, den du möchtest. Lass ihn hier.« Er erhob sich wieder und schritt auf sie zu. Jedes Mal, wenn Jasons Augen auf Phoebe lagen, könnte ich schwören, dass sich mein eigentlich so taffer und unnahbarer Bruder in einen verdammten Welpen verwandelte.

Er umfasste ihren Nacken und zog sie an sich, um auf ihre Lippen einen Kuss zu drücken. Ich wandte den Blick ab. Auch wenn Phoebe das Beste war, das meinem Bruder seit langem widerfahren war, so konnte ich diese Liebeleien nur schwer ertragen.

Mit Hazel konnte ich nie so sein. Ich durfte es einfach nicht, auch wenn ich es so gerne wollte.

Das vibrierende Handy in meiner Hosentasche riss mich aus meinen Gedanken. Schnell zog ich es hervor und ich spürte beinahe, wie mein Herz einen Schlag schneller schlug, denn Hazels Namen erschien auf meinem Display.

Augenblicklich machte ich mir Sorgen. Sie rief mich nie an, wir schrieben immer nur per SMS. Es musste etwas passiert sein, irgendwas stimmte nicht.

Sofort nahm ich den Anruf an und hielt mir das Handy an mein Ohr.

»Love?«, sprach ich schnell. Mir wurde fast schon schlecht, als ich einen lauten Schluchzer hörte. Sie weinte. Warum zum Teufel weinte sie?

»Hazel, was ist los?« Alarmiert stand ich auf und drehte mich bereits in Richtung Tür. Ich spürte, wie Jason mir einen Blick zuwarf und sich von Phoebe löste, um auf mich zuzukommen.

»Hazel!«, stieß ich erneut aus, als ich außer ihrem Geschluchzte keine Antwort erhielt. Fragend schaute Jason mich an, aber ich schüttelte den Kopf.

»Love, sag mir wo du bist.« Mit beruhigender Stimme versuchte ich auf sie einzureden und ich hörte, wie sie eine paarmal tiefe Luft holte.

»Ich … äh ... ich bin vor der Sammy's Excotics Bar.« Ich kräuselte die Augenbrauen. Was zum Teufel machte sie vor so einem Club?

»Ich bin gleich da, rühr dich nicht. Wenn dich einer anfasst, dann trittst du ihm gehörig in die Eier, verstanden?« Ich blickte mich nach meiner Tasche um und sah zu Jason. Er verstand sofort und nickte.

»Ja okay«, stammelte sie und ich beendete den Anruf.

Jason hielt mir den Schlüssel von unserem Mietwagen entgegen. »Danke«, presste ich hervor.

»Alles okay mit ihr?«, fragte nun auch Phoebe. Ich fuhr mir durch die Haare.

»Ich weiß es nicht, sie klang aufgebracht. Irgendwas stimmt nicht.«

Sie nickte verstehend. »Schon gut, fahr hin. Wir nehmen dein Gepäck. Nimm die wichtigsten Sachen mit. Du kannst einfach später nachfliegen.«

Dankend schaute ich sie an. Mein Kopf war gerade überall und ich konnte mich nicht konzentrieren, Phoebe hatte eine klarere Sicht und würde alles andere regeln. Ein letztes Mal sah ich Jason an, welcher den Kopf in Richtung Tür bewegte. »Nun mach schon.«

Sofort drehte ich mich um und stürmte aus dem Hotelzimmer, ich musste zu ihr.

Ich fuhr so langsam wie nur möglich an der Seite entlang und hielt nach dem Club Ausschau, von welchem sie gesprochen hatte. Eine kleine Rothaarige erregte meine Aufmerksamkeit und ich trat auf die Bremse. Ich sprang aus den Wagen und lief auf sie zu. Sie stand neben der Bar an die Wand gelehnt und hielt den Kopf gesenkt. Mein Herz pochte wie wild in meiner Brust, als ich mich ihr nährte.

»Hazel«, rief ich und kämpfte mich durch die Menschenmassen durch. Für einen Sonntag war es verdammt voll.

Augenblicklich drehte sie sich um. Ihr Gesicht war gerötet und die Tränen liefen ihr immer noch an der Wange entlang. Als ich bei ihr angelangt war, zog ich sie eng an mich und umfasste ihren Kopf, um ihn gegen meine Brust zu drücken.

Sie griff in mein Shirt und presste sich enger an mich. Ich ließ meinen Kopf in ihrer Halsbeuge fahren und atmete ihren Duft ein. Sie war okay – soweit ich das beurteilen konnte – und lag sicher in meine Armen. Ich würde niemandem erlauben, ihr weiter Schaden zuzufügen.

»Was ist passiert, Love?«, flüsterte ich in ihr Ohr und hielt sie immer noch nah bei mir.

Ich hörte ein weiteres Schluchzen. Seufzend drehte ich mich mit ihr in meinen Armen wieder um und lief auf den

Wagen zu. Ich musste sie erstmal von hier wegbringen, hier war es viel zu laut und zu voll. Wir brauchten unsere Ruhe. Ich beförderte sie auf den Beifahrersitz und ließ mich schnell neben ihr nieder. Zu lange durfte ich hier nicht stehen bleiben.

»Tut mir leid, dass ich dich angerufen habe. Ich wusste nicht, was ich sonst machen sollte.« Hazel fuhr sich mit den Händen über ihre Augen und wischte sich die Tränen weg. Ich nahm eine ihrer Hände und verschränkte unsere Finger.

»Entschuldige dich niemals dafür, okay? Wenn du mich brauchst bin ich da.« Fest sah ich ihr in die Augen, damit sie auch wirklich verstand, dass ich es ernst meinte.

»Okay«, flüsterte sie. Das musste fürs erste reichen, ich musste den Wagen wieder auf die Straße lenken und dann würden wir uns in irgendein Café verschanzen, in welchem wir reden konnten.

Ich musste einfach wissen, was los war.

Wenn jemand sie belästigt hätte, dann Gott bewahre, würde ich mich wirklich zusammenreißen müssen.

Ich legte die Stirn in Falten – was war denn jetzt schon wieder mit mir los?

Ich bog auf den Parkplatz einer kleinen Restaurantkette ein und schaltete den Motor aus. Hazel schaute immer noch auf unsere Hände, welche verschlungen auf ihren Oberschenkel lagen. »Du musst nicht ... also ... du kannst mich auch einfach nach Hause fahren«, murmelte sie und vermied meinen Blick. Ich schüttelte den Kopf.

»Kommt gar nicht in Frage, wir werden uns jetzt da ins Warme setzten, eine Kleinigkeit essen und du erzählst mir in aller Ruhe, was passiert ist.« Bestimmend öffnete ich meine Tür und lief zu ihrer Seite hinüber, um ihr aus dem Wagen zu helfen.

Ihre kurze Shorts und das winzige Oberteil machten die Situation nicht gerade einfacher für mich. In so einem Aufzug sollte sie wirklich nicht alleine über den Strip laufen. Weiß Gott, was für Idioten da auf falsche Gedanken kommen würden.

Aber ich versuchte das köchelnde Blut unter Kontrolle zu halten und ihr meine Wut nicht zu zeigen, das konnte sie jetzt gerade am wenigsten gebrauchen.

Ich schlang den Arm um ihre Taille und wir betraten das Café. Es war in einem leichten Fifties Look dekoriert und mehrere Sitznischen erstreckten sich an der Fensterfront entlang. Gegenüber befand sich die Theke. Ein paar wenige Menschen hatten sich dort niedergelassen und tranken einen Kaffee. Wir suchten uns eine kleine Nische und setzten uns.

Sofort stand eine Kellnerin neben uns, sie hielt immer noch eine weiße Kaffeekanne in der Hand. Sie legte uns beiden die Karten auf den Tisch. Hazels Miene beunruhigte sie, dass sah man ihr an. Sie verlor ihr Lächeln nur für eine Millisekunde, als ihr Blick Hazels Gesicht streifte.

Ich bestellte zwei Kaffee und dann zog sie auch wieder ab.

»So, nun erzähl schon, wen muss ich verprügeln?« Lächelnd schaute ich sie an mit der Hoffnung, dass auch ihre Mundwinkel nach oben wanderten.

Was sie auch taten, aber eher spärlich.

»Ich ... äh ... also«, fing sie an zu stottern, ich umgriff ihre Hände und hielt sie fest. Sie konnte mir vertrauen und erzählen, was auch immer es war.

Sie atmetet mehrmals tief durch, dann räusperte sie sich.

»Ich habe gerade meinen Job verloren und naja so ziemlich meine ganze Existenz hängt von ihm ab«, seufzte sie, senkte die Lider und blickte auf unsere Hände, welche immer noch verschränkt auf dem Tisch lagen.

»Welchen Job?«, fragte ich und bemerkte, wie sie kaum merklich zusammenzuckte. Ich hatte sie danach noch nie gefragt, dachte aber, sie würde kellnern, da die Wohnung von ihr und ihrer Mom nicht gerade darauf deutete, dass sie beide sehr viel verdienten.

»Ich arbeite ... habe gearbeitet bei Sammy's Excotics«, murmelte sie und ich spannte mich augenblicklich an. Sie tanzte? Was machte sie denn sonst noch für Geld? An den Abend vor drei Jahren, an dem ich sie kennengelernt hatte, war sie auch so freizügig angezogen. Ich könnte mich augenblicklich selbst schlagen, da ich anscheinend nicht fähig genug gewesen war, eins und eins zusammen zu zählen.

Sofort wurde mir bei dem Gedanken schlecht, dass andere Männer sie mit lüsternen Blicken verschlangen.

Aber ich hatte kein Recht, Anspruch zu erheben oder eifersüchtig zu sein.

Dennoch – ich war es.

»Ich habe da aber nur getanzt, sonst nichts. Lap Dances habe ich auch nie gegeben«, sprach sie schnell, als sie meinen Blick bemerkte. Sofort wirkte sie eingeschüchtert, was ich auf keinen Fall wollte. Ihr sollte das nicht peinlich sein. Ich wusste, wie es war, wenn man mit allen Mitteln versuchte, sich über Wasser zu halten.

Die Welt war oft alles andere als fair.

»Aber du bist doch noch gar nicht volljährig«, meinte ich. Soweit ich wusste, war ich knapp sechs Monate älter als sie.

»Das hat die Polizei auch gesagt, daher wurde ich rausgeschmissen.« Sofort war sie wieder traurig und legte stöhnend den Kopf in den Nacken.

»Was mach ich denn jetzt?«, murmelte sie, aber eher zu sich als zu mir.

Die Kellnerin erschien wieder und stellte die beiden dampfenden Tassen vor uns ab. Dankend reichte ich ihr die Karten und bestellte für Hazel Pancakes – sie musste irgendwas essen.

Als sie wieder ging, umfasste ich Hazels Hände erneut und streichelte sanft drüber. Sie musste sich beruhigen, wir würden schon irgendwie eine Lösung finden.

»Das wird schon. Wir kriegen das hin. Lass den Tag erstmal sacken und morgen machen wir uns weitere Gedanken, okay?«

Hazel blickte mich an, als würde ich sie veräppeln, aber das tat ich nicht. Ich meinte es todernst. In meiner Brust regte sich erneut etwas, das ich schon seit geraumer Zeit versuchte zu unterdrücken.

Sie nickte gedankenverloren, ehe sie verwirrt dreinschaute.

»Morgen?«, fragte sie nach.

»Ja, du denkst doch nicht, dass ich dich jetzt alleine lasse, oder?« Ich versuchte wieder zu lächeln und machte der Kellnerin Platz, als sie einen Teller voller Pancakes mit Ahornsirup vor Hazel abstellte. Hazel sah für einen Moment nach draußen. Ich sah ihr an, wie unzählige Gedanken durch ihren Kopf rasselten und es ihr schwerfiel, sie für einen Moment auszuschalten. Dann entspannten sich ihre Gesichtszüge wieder.

»Sicher, dass du mit rein möchtest?«, sagte sie leise, während sie die Schlüssel in das Schloss der Wohnungstüre schob.

Ich nickte. Ja, ich wollte das.

Ich musste das tun, niemals könnte ich diese Nacht ruhig schlafen, wenn ich nicht hierbleiben würde. Aber ich verstand den verunsicherten Ton in ihrer Stimme, das letzte Mal als ich hier stand, war ich zurückgewichen und sie hatte seufzend die Türe geschlossen.

Aber heute würde das nicht passieren.

Sie schob die Türe leise auf und stieß die angehaltene Luft aus.

»Mom ist nicht da«, sagte sie und zog sich die Schuhe aus. Ich ließ den Blick durch die Wohnung fahren und wartete auf dasselbe Gefühl, welches ich auch das letzte Mal verspürt hatte.

Aber es blieb aus, stattdessen war da immer noch diese Sorge um Hazel. Aber keine Angst, keine Panik, keine schlechten Erinnerungen.

Und ein kleiner Teil von mir ließ mich vermuten, dass es etwas damit zu tun hatte, dass ich meinem Dad begegnet war. Dad lebte zwar noch, aber spielte in meinem Leben keine große Rolle mehr. Das würde er auch nie wieder. Nie wieder würde mich die Vergangenheit belasten oder vor etwas zurück schrecken lassen. Und ganz sicher nicht vor Hazel.

Ich folgte ihr in Richtung einer schmalen Holztür und zog augenblicklich die Augenbrauen hoch, als ich sah, dass sie ihre Zimmertür ebenfalls aufschließen musste. Wieso zum Teufel schloss sie die denn ab?

Das Zimmer war klein. Verdammt klein.

Sie ließ sich auf die Matratze nieder und schaute zu mir hinauf.

»Willkommen in meinem Reich.« Ihre Mundwinkel wanderten langsam nach oben, aber es erreichte ihre Augen nicht.

»Na gut, mach dich bettfertig und dann legen wir uns hin, ja?«, sagte ich mit sanfter Stimme. Hazel riss die Augen auf. Ich wusste, was sie dachte, daher schüttelte ich sofort den Kopf.

»Ich will nicht mit dir schlafen, Love. Lass mich dich einfach halten und sichergehen, dass es dir gut geht.«

Kapitel 8

Hazel

Ich konnte einfach nicht glauben, dass er wirklich hier war. Dass er wirklich meinen Anruf angenommen und mich tatsächlich abgeholt hatte.

Cole schlief noch, während sein Arm um meine Taille geschlungen war und er mich fest an seine Seite presste. Genauso waren wir gestern auch eingeschlafen. Wir hatten keinen Sex gehabt, sondern Cole wollte wirklich einfach nur kuscheln. Keine Ahnung, was ich davon halten sollte. Das war irgendwie … ungewohnt. Ich hatte erst gedacht, dass er das nicht ernst meinen würde. Immerhin hatten wir nie *nur* gekuschelt. Aber ich war auch ganz froh darüber. Es hatte etwas Beruhigendes, einfach nur so dazuliegen. Gerade war das alles, was ich brauchte.

Spätestens jetzt wurde mir bewusst, dass ich einfach nichts gegen meine Gefühle unternehmen konnte. Ich hatte es ja versucht, wirklich, ganz ehrlich. Und trotzdem lagen wir jetzt hier, ich mit dem Kopf an seiner Brust und beobachtete ihn beim Schlafen. Gar nicht unheimlich.

Aber allein seine entspannten Züge und wie sich sein Oberkörper beim Atmen langsam bewegte, beruhigten mich. Und ich genoss die Ruhe. Die Ruhe vor dem Sturm. Denn bald musste ich mich wieder der Realität stellen. Ich würde heute einfach alle Restaurants und Cafés im Umkreis von vierzig Minuten abklappern und darauf hoffen, dass einer eine freie Stelle für mich hatte. Außerdem musste ich noch mal in den Club. Bei meinem schnellen

Abgang gestern hatte ich es nicht geschafft alle meine Sachen aus dem Spind rauszunehmen.

»Hazel! Wann hast du vor die Mahnungen zu bezahlen, die hier ständig reinflattern?«, bellte Mom von draußen und im nächsten Moment rüttelte sie schon an meiner Tür und stieß sie auf. Sofort setzte ich mich auf und blickte ihr entgegen. Verdammt, ich hatte gestern Abend vergessen abzuschließen. Ihr Augen schossen direkt zu Cole, welcher durch den Krach ebenfalls wach geworden war und jetzt gegen die Helligkeit im Zimmer anblinzelte.

»Was zum Teufel«, murmelte er. Seine Augen wanderten sofort zu mir und er umfasste meinen Oberschenkel, ehe er sich hinter mir auch aufrichtete.

»Was soll das? Das hier ist kein Bordell!«, schrie Mom und zeigte ungläubig auf Cole. »Schmeiß deinen Freier raus und dann kommst du ins Wohnzimmer!« Cole verspannte sich augenblicklich hinter mir.

»Sprechen Sie nicht so mit ihr.« Sein Ton war alles andere als freundlich.

Verdutzt blickte Mom ihn an und musste sich erstmal sammeln. Sie war es nicht gewohnt, wenn ihr jemand entgegen sprach. Auch wenn ich so oft kurz davor war, ich schaffte es ja doch nie, so mit ihr zu reden.

»Wie bitte?«, murmelte sie und ich konnte den wütenden Unterton sofort raus hören. Oje.

»Sie haben schon verstanden. Sprechen Sie so nicht mit Hazel. Ich bin kein Freier und nun verschwinden Sie aus dem Zimmer.«

Mit zusammengezogenen Augenbrauen schaute er Mom fest an. Seine bedrohliche Stimme ließ selbst auf meiner Haut eine Gänsehaut entstehen. Ein Moment verging, dann kreischte Mom empört auf und zog die Tür fest hinter sich zu. Cole hatte es echt geschafft sie zu verjagen.

»Sorry, ich habe nicht abgeschlossen«, sagte ich leise und schaute über meine Schulter zu ihm. An seinem nackten Oberkörper würde ich mich nie satt sehen, aber ich musste mich von seinem Anblick lösen, immerhin hatte ich heute einiges zu tun. Und gerade gab es wichtigere Dinge als einen entblößten Körper.

Gerade als ich mich erheben wollte, umfasste er mein Handgelenk und zog mich wieder zurück in das Bett.

»Ich finde es viel schlimmer, dass du das Zimmer überhaupt abschließen musst«, sagte er ebenfalls in einem leiseren und sanfteren Ton. Er klang jetzt ganz anders als noch vor wenigen Sekunden.

Ich zuckte mit den Schultern. »Wenn ich mir ungebetene Gäste vom Hals halten möchte, ist es eigentlich ganz praktisch.« Ich lächelte leicht.

Cole hob langsam seine Hand und strich mir eine meiner Locken hinter das Ohr. »Was für Gäste sind das?«, brummte er und seine Augen blitzten auf.

»Moms Freunde«, meinte ich und machte eine kurze wegwerfende Handbewegung. Ich wollte das Thema nicht vertiefen. Cole war offensichtlich von meiner Aussage nicht begeistert, denn er zog die Augenbrauen noch fester zusammen.

Sachte strich er mir mit dem Daumen über die Wange und seufzte. »Was ist dein Plan für heute?«

Ich erhob mich nun doch aus dem Bett und nahm mir frische Kleidung aus dem Schrank, dann drehte ich mich wieder zu ihm um.

»Ich muss auf jeden Fall nochmal zum Club, da sind nämlich noch ein paar Sachen von mir. Außerdem muss ich einen neuen Job finden, aber irgendein Restaurant wird hoffentlich noch jemanden suchen.«

»Na gut, mach dich fertig. Ich fahr dich.« Cole stand ebenfalls vom Bett auf und suchte nach seiner Jeans und das Shirt, welches er gestern auf den Boden fallen gelassen hatte. Ich drehte mich weg, warum auch immer kam mir diese Situation irgendwie viel zu intim vor. Klar, wir haben einander schon oft … mit weniger Stoff am Körper gesehen. Aber diese Übernachtung, dieses Kuscheln und diese Nähe waren völlig neu und irgendwie ziemlich … vertraut.

Wir fuhren zuerst zum Club. Jetzt war bestimmt noch nichts los und ich könnte einfach schnell reinschlüpfen und die Sachen holen. Cole bestand darauf, dass er mit rein kam.

»Hey Sugar, was suchst du denn hier? Ich habe das von gestern gehört, wie geht es dir?« Trixie lief direkt auf mich zu, als ich durch die schweren Eingangstüren eintrat. Mit weit geöffneten Armen kam sie vor mir zum Stehen und zog mich in ihre Arme.

Ich erwiderte ihre Umarmung sofort und flüsterte ihr mein Vorhaben ins Ohr. Nickend löste sie sich wieder vor mir und schaute hinter mir auf zu Cole.

»Hi, Cole, richtig?«, fragend legte sie den Kopf schief und betrachtete ihn. Sie ließ sich Zeit, immerhin hatte sie Cole bislang nur über Erzählungen kennengelernt. Daher stieß ich sie leicht mit den Ellenbogen an. Verwirrt legte sie die

Stirn in Falten und warf mir einen kurzen Seitenblick zu, ehe sie die Lippen zu einem breiten Grinsen verzog.

»Ja, der bin ich«, erwiderte er und streckte seine Hand aus. Ganz der formelle junge Mann, der er war. Lächelnd ergriff sie seine Hand.

»Ich bin Trixie. Freut mich. Wirklich. Außerordentlich.«

Verwirrt zog Cole die Augenbrauen zusammen, was mich wiederrum zum Lachen brachte.

»Ich geh eben zu den Umkleiden, bleib einfach hier okay? Ich bin sofort wieder zurück«, richtete ich mich an ihn. Er nickte, sah aber nicht wirklich einverstanden aus. Schnell machte ich mich von seinem Anblick los und lief mit Trixie im Schlepptau hinter die Theken.

»So so, kaum bist du den Job los, angelst du dir schon den heißbegehrten Junggesellen?« Grinsend blickte sie mich an und wackelte mit den Augenbrauen. Lächelnd schüttelte ich mein kupferfarbenes Haar und öffnete den Schrank, in dem sich meine restlichen Sachen befanden.

»So ist das nicht. Er hat mich gestern vom Club abgeholt, nachdem ich völlig aufgelöst war und nicht wusste was ich tun sollte. Er hilft mir bloß«, meinte ich und schloss die Spind-Tür wieder, nachdem ich die hohen Schuhe, die Sweatshirt Jacke und meine Wasserflasche herausgeholt hatte.

»Jaja«, erwiderte Trixie nur, legte mir die Hände auf die Schultern, drehte mich zu sich und sah mir tief in die Augen. »Ich hab dich lieb, das weißt du, oder? Und wenn etwas ist, dann meldest du dich bei mir, verstanden?« Liebevoll schaute sie mich an und mir trieben sofort wieder die Tränen in die Augen. Mit verschwommener Sicht nickte ich schnell. Die Mädels würden mir alle so unfassbar fehlen. Sie waren meine Familie. Die Familie, auf die ich mich immer verlassen konnte. Trixie stand mir schon immer am nächsten und der Gedanke, sie jetzt nicht mehr jeden Tag zu sehen, ließ mein Herz auf schmerzhafte Art verkrampfen. Ich würde sie ab jetzt mit Nachrichten bombardieren, damit ich sie nicht zu sehr vermissen würde.

Nachdem wir uns ein weiteres Mal gedrückt hatten, lief ich wieder in den Gästebereich. Trixie meinte, sie müsse nochmal zu Sam, um ihren neuen Auftritt für heute Abend zu proben und durchzusprechen. Sam wollte ich am liebsten nicht mehr unter die Augen treten, daher beeilte ich mich und wollte geradewegs zu Cole. Ich betrachtete ihn, wie er seinen Blick durch den noch leeren Club wandern ließ. In wenigen Stunden würde hier wieder die Hölle ausbrechen.

Sein Blick landete geradewegs bei mir und unsere Augen verschmolzen miteinander.

Bevor ich jedoch einen weiteren Schritt machen konnte, schob sich Andrew in mein Sichtfeld.

»Hey Baby, wie geht's dir?« Sanft schaute er mich an und legte seine Hand an meine Wange. Durch die plötzliche Berührung zuckte ich leicht zusammen.

»Hallo Andrew«, erwiderte ich und räusperte mich. »Ganz gut soweit. Ich werde mich gleich mal nach einem anderen Job umhören.« Ich trat unsicher auf meinen Platz hin und her, als er seine andere Hand ebenfalls an meine Wange legte und meinen Kopf etwas nach oben zog. Er küsste mich sachte auf die Stirn und hielt einen Moment ganz still.

»Möchtest du zunächst bei mir unterkommen? Das wäre schon okay für mich. Du kannst mein Bett haben und ich nehme die Couch. Dann musst du dir keine Sorgen um Geld machen.«

So verlockend dieses Angebot auch klang, ich konnte Mom nicht einfach alleine lassen. Die Wohnung würde sie niemals halten können. Ich blinzelte und sah wieder zu Andrew hoch. Er war mir immer noch so nah, dass seine Stimme nur ein Flüstern war. Aber anscheinend war es dennoch laut genug, dass Cole ihn hörte, denn binnen weniger Sekunden stand er genau neben uns und zog Andrews Hände von mir weg.

Sauer blickte Cole ihn an. »Ich kümmere mich schon um sie.« Er legte einen Arm um meine Hüfte.

»Und wer bist du?« Andrew starrte Coles Arm einen Moment zu lange an.

Cole sah kurz zu mir herunter. »Ein guter Freund.« Dann zog er mich an Andrew vorbei. Ein guter Freund? Richtig, nur ein guter Freund. Mein Herz zog sich stichartig zusammen – wieso trafen mich diese Worte, die ich nicht zum ersten Mal gehört hatte, nur so sehr?

Aber darum ging es jetzt hier gerade nicht. Denn Cole verstand die Situation nicht richtig. Diese Menschen hier waren mir nun mal wichtig. Diese Menschen waren immer für mich da, nicht nur drei vielleicht vier Mal im Jahr. Diese Menschen waren das, was ich als meine Familie bezeichnete.

Andrew war für mich wie ein Bruder. Schon klar, Cole wollte mir nur helfen, aber was ich gerade eigentlich brauchte, war der Zuspruch meiner Familie. Und er hatte absolut kein Recht mir das nicht zu gewähren. Ich hatte keine Ahnung was als nächstes passieren würde – wo mich die Reise hinführen würde. Aber gerade in diesem Moment führte sie mich aus dem Club und weg von meiner Familie. Das waren genügend Gefühle und Gedanken auf einmal. Da musste ich mich nicht noch mit dem Verhalten von Cole auseinander setzten.

Nach wenigen Schritten machte ich mich von Cole los und schaute mich nochmal nach Andrew um. Ich entdeckte ihn auf demselben Fleck, an dem wir ihn stehen gelassen hatten.

»Danke Andrew! Ich weiß das sehr zu schätzen, aber ich schaff das schon. Pass mir nur gut auf die anderen auf, okay?« Lächelnd sah ich ihn an und auch seine Gesichtszüge entspannten sich leicht und er nickte.

»Natürlich Baby. Du kannst dich auf mich verlassen«, antwortete er und ich drehte mich zufrieden wieder um.

»Wirklich, Love, muss er dir jetzt auch noch einen Kosenamen geben«, hauchte mir Cole ins Ohr und presste mich wieder an seine Seite.

»Er ist wie ein Bruder für mich«, sagte ich ebenso leise zurück. Sein Verhalten verärgerte mich, Cole wollte nichts Festes, das hatte er oft genug ausgesprochen. Aber dann sollte er sich auch nicht wie mein eifersüchtiger Freund benehmen. So verstand ich nämlich gar nichts mehr.

»Hazel Baby, sagst du deinem Lieblings-Security etwa nicht auf Wiedersehen?« Ich drehte mich augenblicklich um und sah Billy etwas weiter von uns weg stehen. Sofort wanderten meine Mundwinkel nach oben und ich wandte mich erneut von Cole ab, um auf Billy zuzulaufen.

Nie und nimmer könnte ich hier verschwinden, ohne ihn nochmal zu drücken.

Cole hinter mir seufzte erneut auf. »Nennen die dich etwa alle so?«

Als ich bei Billy ankam, nahm er mich rasch in seine Arme und drückte mich an seine breite Brust. Sachte strich er mir über die Haare und wog mich leicht hin und her.

»Passt er auch gut auf dich auf?«, fragte er mich und warf Cole einen scharfen Blick zu, der mich unwillkürlich zum Lachen brachte. »Ich pass gut auf mich selbst auf, Billy«, erwiderte ich. Billy schaute mich skeptisch an, umarmte mich erneut und hob mich leicht hoch.

»Das solltest du aber nicht, Baby. Wenn er dich nicht gut behandelt, dann sagst du Bescheid und ich hol meine Glock. Ein Anruf genügt.« Lachend löste ich mich von ihm und richtete den Blick in sein Gesicht. Er sah mich belustigt an. Witzbold.

»Mach ich, versprochen. Aber Cole ist bloß ...« Ich geriet ins Stottern. Ja, was war er denn eigentlich?

»Er ist nur ein guter Freund, der mir gestern aus der Patsche geholfen hat«, beendete ich mein Satz, nicht ohne selbst zu bemerken, wie ich die Worte »guter Freund« mit einer Spur von Verärgerung ausspuckte.

Billy nickte, sah dabei aber nicht wirklich überzeugt aus. »Ist ihm das auch bewusst?«

Kapitel 9

Cole

Mir gefiel das hier überhaupt nicht. Weder die Art und Weise wie sie lebte – obwohl mich der Anblick doch nicht so verstörte, wie ich zunächst eigentlich gedacht hatte – noch wo und wie sie ihr Geld verdiente. Ich war in keiner Weise sauer auf sie, aber auf die ganze gottverdammte Welt. Wie konnte etwas nur so unfair sein. Mich plagten Schuldgefühle, dass ich nicht mal versucht hatte etwas zu unternehmen. Ihr unter die Arme zugreifen und sie zu unterstützen. Ein bitterer Geschmack breitete sich in meinem Mund aus. Ihr Wohlergehen lag zwar nie in meiner Verantwortung, aber irgendein Teil meines dummes Herzens wollte, dass es so war. Ich wollte für sie da sein und sie vor der ganzen Welt beschützen.

Während Hazel immer noch in den Armen von dem massigen Typen lag, welcher mich über ihren Kopf hinweg warnend anfunkelte, war mir klar geworden, dass es so nicht für sie weiter gehen konnte. Und es würde so nicht weiter gehen, nicht solange ich ihr helfen konnte.

Sie lösten sich voneinander und sprachen noch ein paar Worte – auch wenn Hazel nur nickte und ihn liebevoll anlächelte, tat mir das Herz in der Brust weh. Obwohl sie in solch einer beschissenen Situation festsaß, war sie immer noch das netteste und liebevollste Mädchen, das mir je über den Weg gelaufen war.

Ihre Art wurde definitiv nicht genügend geschätzt – auch nicht von mir.

Sie drehte sich wieder zu mir um und kam auf mich zu. Immer noch mit einem Lächeln auf den Lippen senkte sie leicht den Kopf und murmelte ein: »Wir können jetzt los.«

Ich nickte und ergriff ihre Hand, zog sie wieder nah an mich und wir traten gemeinsam aus dem Club. Ich verstand, dass diese Menschen hier wie eine Familie für sie waren, ihre Mutter konnte man ja nicht ernsthaft als Familie bezeichnen. Ich verstand also, wieso es ihr so schwerfiel. Trotzdem war ich froh, dass sie hier nicht mehr arbeiten musste. Ich betrachtete ihr Gesicht von der Seite und sah die wenigen Tränen, die ihr die Wange herunterliefen. Sie gab keinen Mucks von sich, sondern stand das alles alleine und still durch.

Ich fluchte leise auf, öffnete ihr die Beifahrertür und half ihr in den Wagen.

Die Tränen liefen ihr weiter die Wangen hinunter.

Ich lief um den Wagen herum und raufte mir die Haare, ich brauchte einen Plan wie ich ihr helfen konnte und sie hier rausbekam. Sie verdiente so viel mehr als irgendeinen Job in einem Café. Als das Leben in Vegas mit ihrer Mutter, die sich offensichtlich nicht für Hazel interessierte.

Das könnte ich nicht mit ansehen. Das wollte ich nicht.

Seufzend ließ ich mich auf meinen Platz hinter dem Lenkrad fallen und starrte geradeaus.

»Was möchtest du mit deinem Leben anfangen?«, fragte ich leise und merkte sofort, wie sie zusammenzuckte und kurz ihren Blick hob, sodass ich den schmerzlichen Ausdruck darin erkennen konnte.

»Entschuldige, ich denke ich habe mich falsch ausgedrückt, Love. Ich meine, wenn du alles werden könntest, was du gerne sein würdest. Was wäre das?« Ich hielt meine Stimme immer noch gesenkt, das war der Situation einfach gerecht.

»Ich wollte immer Krankenschwester werden«, murmelte sie leise und sah immer noch auf ihre Füße.

Sie holte tief Luft und hob schließlich den Blick, schaute auf die Menschen, die neben uns auf dem Fußgängerweg liefen.

»Ich spare Geld an, weißt du? Ich wollte mich in ein paar Jahren zur Altenpflegerin ausbilden lassen, dass ist das Nächste, das an eine Ausbildung zur Krankenschwester rankommt und man braucht keinen fertigen Abschluss«, erzählte sie weiter. Ihre Stimme klang rau und so, als würde sie sich wirklich zusammenreißen müssen, um einen vollständigen Satz raus zu bekommen.

»Wie viel Geld hast du zusammen?«, fragte ich und drehte mich nun endgültig zu ihr um, sodass ich sie direkt anschauen konnte.

»Dadurch, dass ich die Miete alleine zahlen muss, bleibt da nicht immer so viel übrig. Ich habe das Geld für ein Jahr zusammen, aber die Ausbildung dauert drei Jahre«, erwiderte sie und sah immer noch aus dem Fenster.

Ich seufzte und ließ mir die ganze Sache durch den Kopf laufen, bevor ich mein Handy aus meiner Hosentasche zog und den Internetbrowser öffnete.

»Was machst du da?«, fragte sie und beugte sich zu mir. Konzentriert scrollte ich weiter durch meine Suchergebnisse und legte meine Hand auf ihren Unterarm.

»Ich lese«, murmelte ich und blickte weiter auf meinen Bildschirm.

Aus dem Augenwinkel erkannte ich die Verwirrung in ihrem Blick, aber sie lehnte sich dennoch mehr in ihren Sitz hinein.

Dann fand ich die Seite, auf der ich meine Antwort vermutete. Ich räusperte mich und schaute wieder zu Hazel auf.

»In Phoenix, nicht weit von meiner Uni, gibt es eine Privatschule, die einen Werdegang in der Altenpflege anbietet. Man bezahlt monatlich und besucht dafür viermal die Woche Kurse. Die Ausbildung dauert drei Jahre, danach kann man in Seniorenheimen oder sonstigen Pflegeanstalten arbeiten.« Ich sprach schnell und ließ zu keinem Moment ihr Gesicht außer Acht. Ihre Stirn legte sich in Falten, als sie die Augenbrauen kräuselte.

»In Phoenix?«, fragte sie nach und die Worte verließen beinahe schon geflüstert ihren Mund. Ich schmunzelte. »Ist das das Einzige, was du dir gemerkt hast?«

Ich legte den Kopf schief und betrachtete sie. Sie sah immer noch gleichzeitig verwirrt und überrascht aus – vielleicht auch etwas überrumpelt – daher sprach ich weiter.

»Du kannst bei mir wohnen, Love. Jedes Zimmer im Wohnheim ist für mindestens zwei Personen ausgelegt und ich habe zu Beginn des Studiums ein Zimmer ohne Mitbewohner beantragt. Daher steht dort ein leeres Bett, das kannst du haben. Du musst dann keine Miete mehr zahlen. Such dir einfach ein Job dort in der Nähe und arbeite schon mal für das nächste Jahr vor. Außerdem ist die Schule nicht weit weg, mit dem öffentlichen Verkehrsmittel wird es ein Klacks sein dorthin zu kommen.« Ich legte meine Hände auf ihre und schaute ihr fest in die Augen. »Sag ja, Love.«

Verdutzt blickte sie mich an, ehe sie den Blick abwandte und sich umsah. Ziellos wanderten ihre Augen durch die Menschenmenge, über die blinkenden Schilder der Bars und Clubs. Leise spielte Musik im Hintergrund, aber trotzdem hatte ich das Gefühl, dass es gerade nur uns zwei gab. Dass nur das gerade zählte.

»Aber -«

»Kein aber«, unterbrach ich sie sofort. »Somit könntest du dir ein viel besseres Leben leisten. Eines das du verdienst.«

Dass es hier nicht nur um sie ging, ließ ich weg. Ich rückte diesen Gedanken ganz weit nach hinten in meinem Kopf. Hazel mit mir in Phoenix? Das wäre unglaublich. Allein bei dem Gedanken breitete sich ein leichter Schmerz in meiner Brust aus. Aber dieser Schmerz war gut. Unfassbar gut.

Sie schüttelte den Kopf und ihre roten Locken hüpften umher, sodass es mich sofort in den Fingern juckte und ich nicht anders konnte, als eine davon einzufangen und sie ihr hinter das Ohr zu schieben.

»Das ist zu viel, Cole. Das kann ich nicht von dir verlangen.« Ungläubigkeit zeigte sich in ihren Augen, aber ich umfasste ihr Kinn und zog sie enger an mich, ehe ich ihr einen kurzen Kuss auf die Lippen presste. »Du verlangst gar nichts von mir, ich biete es dir ja an.«

Hazel zog die Augenbrauen erneut zusammen. »Und was ist mit Mom?« Ihre Stimme war leise.

Verärgert ließ ich sie los. »Was soll denn mit ihr sein? Sie hat nichts für dich getan und du meintest doch mal, dass sie sowieso oft nicht da ist. Die wird schon irgendwo unterkommen.« Ich bemerkte den verunsicherten Ausdruck in ihren Augen. Sie fühlte sich für ihre Mom verantwortlich, obwohl die nie etwas anderes für sie getan hatte, als sie auf die Welt zu bringen. Aber ich konnte diese Gedanken und Gefühle nachvollziehen. Nicht lange war es her, dass mein Dad wieder aufgetaucht war und uns um Hilfe gebeten hatte. Und auch wenn ich absolut naiv war, was seine eigentlichen Beweggründe anging, so wollte ich ihm trotzdem helfen. Ich verstand, wieso es Hazel so schwer fiel, sich von ihrer Mutter zu lösen. Aber manchmal war es das Einzige, das man in einer solch verkorksten Situation machen konnte. Es hinter sich lassen und weitermachen.

»Du bist deiner Mom nichts schuldig«, sagte ich mit fester Stimme. »Du bist ihr nichts schuldig. Sie wird schon klarkommen, sie ist doch erwachsen. Du musst nicht länger auf sie aufpassen, was du jetzt tun musst, ist einmal an dich zu denken!« Vor meinem inneren Auge tauchte das Bild meines Dads auf, wie er völlig fertig in Jasons Wohnung gesessen hatte. Ich blinzelte diesen Gedanken weg.

Ich merkte, wie ihr Blick aufweichte und als sie vorsichtig nickte und ein leises: »Okay« murmelte, startete ich augenblicklich den Wagen und lenkte ihn wieder auf die Straße.

Unser nächstes Ziel war ihre Wohnung, dort würden wir ihre Sachen packen und ihrer Mom beibringen, dass sie ab jetzt selber klarkommen musste.

»Du holst deine Sachen, Love. Pack alles ein und dann schaffen wir es hier weg. Ich schau solange nach einem Flug für uns beide und fang deine Mom ab, falls sie hier auftaucht.« Ich hielt Hazel die schmale Tür zu ihrem

Zimmer auf und schaute in das Wohnzimmer. Ich musste mich nicht einmal bemühen, die Gedanken an den Wohnwagen, in dem Jason und ich aufgewachsen waren, beiseitezuschieben. Auch wenn mich die vielen Bierflaschen und Zigaretten und dieser muffige Geruch eigentlich genau daran erinnern sollten. In meinem Kopf war in diesem Moment für nichts anderes Platz als für Hazel.

Natürlich war ihre Mom wieder nicht zuhause. Wieso zahlte Hazel die Wohnung überhaupt für sie beide, wenn sich ihre Mom so gut wie nie hier aufhielt?

»Ich gebe dir das Geld für das Ticket zurück, versprochen!«, stieß sie aus, während sie einen Koffer auf ihr Bett legte und ihn öffnete.

»Nein, das zahl ich. So viel ist es gar nicht«, log ich. Weil ich wusste, dass Hazel noch nie geflogen war, hatte sie vermutlich keine Ahnung davon, wie viel es wirklich kostete. Die Kämpfe von meinem Bruder warfen genügend Geld ab, dass ich mir so etwas ab und zu leisten konnte. Hazel betrachtete mich noch einen Moment, ehe sie nickte und die Sachen aus dem Schrank in den Koffer legte. Viel hatte sie in dem kleinen Zimmer nicht, daher sollten wir hier schnell fertig sein.

Doch dann öffnete sich die Wohnungstür und ihre Mom torkelte hinein. Sie stützte sich rechts an der Wand ab und zog die High Heels ab, wobei sie mehrere Anläufe brauchte, um das Gleichgewicht zu finden, sobald sie ein Bein anhob.

Ich beobachtete sie, aber machte keine Anstalten, auf mich aufmerksam zu machen.

Sie ließ ihre Handtasche einfach fallen und schwankte dann auf die Couch zu, auf welche sie sich laut seufzend fallen ließ. Sie legte sich auf die Seite und blickte zum eckigen Tisch vor sich, auf dem bestimmt ein Dutzend Bierflaschen standen. Sie hob mehrere an und schüttelte sie. Tatsächlich fand sie eine, die noch nicht ganz leer war, setzte die Öffnung am Mund an und trank sie rasch in großen Schlucken aus.

Angewidert verzog ich das Gesicht. Ihr Blick wanderte umher und fiel letztlich doch auf mich. Ich verschränkte die Arme und lehnte mich an den Türrahmen, um ihr die Sicht auf Hazel zu nehmen. Sobald sie den Koffer sehen würde, wurde sie wahrscheinlich zu einer Furie und auf ihr Geschrei hatte ich wirklich keine Lust. Das hatte mir heute Morgen schon gereicht.

»Hatte ich nicht gesagt, du sollst verschwinden?«, nuschelte sie und kniff die Augen zusammen, um ihren Fokus zu halten. Ich verdrehte die Augen. Es war nicht mal Nachmittag und sie war schon sturzbetrunken. Dieser ganze Anblick verstärkte nur noch mehr den Wunsch in mir, Hazel vor all dem zu retten. Ich würde sie mitnehmen und den Drecksstall hierlassen.

»Wenn ich mich recht erinnere, gehört diese Wohnung Ihrer Tochter und nicht Ihnen«, erwiderte ich. Sie kniff die Augen noch mehr zusammen.

»Cole?«, hörte ich Hazel leise hinter mir und ich drehte den Hals, um sie anzuschauen, veränderte aber dennoch nicht meine Position. Ihre Mom sollte sie nicht sehen. Beruhigend schaute ich Hazel an, als ich merkte wie aufgewühlt sie mit einmal wirkte. Sie hatte Angst, es ihrer Mutter zu sagen. Das verstand ich, aber ich war hier und würde dafür sorgen, dass ihr nichts geschah. Keiner würde sie je wieder anrühren.

»Alles gut, mach weiter.« Ich hob die Mundwinkel leicht an und versuchte, beruhigend auf sie zu wirken.

»Ich bin fertig«, flüsterte sie und zog den Koffer vom Bett. Ich machte ihr etwas Platz, sodass sie aus dem Zimmer treten konnte. Sobald ihre Mom den Koffer registrierte, setzte sie sich binnen Sekunden stocksteif hin. »Wo willst du hin?« Ihre Stimme nahm schon wieder diesen ätzenden hohen Ton an und man konnte förmlich sehen, wie ihr Kopf rot anlief.

Hazel fing an zu stottern und bekam kein vernünftiges Wort raus, daher übernahm ich für sie.

»Ich nehme Hazel mit zu mir. In Phoenix wird sie endlich eine richtige Ausbildung machen können. Ich denke, Sie werden schon zurechtkommen, einer ihrer Freunde lässt Sie sicher bei sich wohnen.« Ich legte Hazel eine Hand in den Rücken und schob sie Richtung Ausgang. Ihre Mom sprang plötzlich wutentbrannt auf und lief auf uns zu.

»Du Miststück lässt mich nicht alleine. Oh nein, weißt du eigentlich, was du mir alles angetan hast?« Sie schrie und fuchtelte wild mit den Armen umher. Augenblicklich zog ich Hazel ein Stück hinter mich und schob meine Schulter vor ihre.

»Reißen Sie sich zusammen und sprechen Sie nicht so mit ihr, sie schuldet Ihnen nichts.« Wutverzerrt schaute ich ebenfalls zu ihr.

Ihre Mom aber kreischte nur lauter auf. »Du bleibst hier!«, brüllte sie und griff um mich herum, dann packte sie Hazel an den Haaren und zog so fest daran, dass diese ebenfalls aufschrie.

Brüllend riss ich ihre Hand los und drückte ihre Mom von Hazel weg. Ich verpasste ihr einen weiteren festen Stoß, sodass sie nach hinten stolperte und sich an der Couchlehne festhalten musste, um nicht hinzufallen.

»Alles okay?« Ich drehte mich zu Hazel um. In ihren Augen standen die Tränen und sie hielt sich den Kopf. Dieser Anblick machte mich so wütend, dass ich spürte, wie es in meiner Kehle anfing zu brennen. Und es schmeckte nach bitterer Säure. Ich biss den Kiefer zusammen, bis es schmerzte.

Langsam nickte sie und ich umfasste sachte ihre Wange.

Mein Blut köchelte und wenn sie keine Frau und nicht ihre Mutter wäre, hatte ich sie hier und jetzt umgebracht. Und es absolut nicht bereut.

Ich wusste, dass in meinen Augen der Zorn loderte, aber ich riss mich zusammen und drehte mich zu ihrer Mom um. Tief holte ich erneut Luft, um meine Gefühle zu zügeln.

»Wir gehen jetzt. Sie werden kein Teil mehr von Hazels Leben sein. Wir kündigen die Wohnung, sobald es möglich ist. Sie sind alt genug, sich eine eigene Bleibe zu suchen. Kontaktieren Sie Hazel nicht, suchen Sie Hazel nicht und belästigen Sie Hazel nicht. Verstanden?« Meine Stimme klang tief und bedrohlich. Ihre Mom blickte zu mir herauf, dann glitt ihr Blick zu Hazel.

»Bitte, Mom«, flüsterte diese. Schließlich sah Hazels Mom wieder zu mir und nickte.

»Sehr schön«, spuckte ich und wandte mich wieder von ihr ab. Ich legte den Arm um Hazels Mitte. Ihre Augen wirkten teilnahmslos und ich war unsicher, ob sie befürchtete, es sei ein Fehler zu gehen, oder ob sie zu geschockt von der Reaktion ihrer Mutter war. Aber egal, was es war, in diesem Moment übernahm ich die Führung, ich nahm ihr die Entscheidung ab. Ich verließ endgültig mit ihr diese Wohnung und damit ließen wir ihr altes Leben hoffentlich hinter ihr.

Kapitel 10

Hazel

Es fühlte sich an, als würde ich das Ganze gerade nicht wirklich erleben. Als wäre es nicht echt. Ich hatte das Gefühl, ich würde einfach nur beobachten, was gerade passierte, aber nicht wirklich daran teilhaben.

Ich saß wirklich mit Cole in einem Flieger nach Phoenix. Ich hatte seinem Vorhaben zugestimmt – einfach so. Von jetzt auf gleich ließ ich mein altes Leben hinter mir, ließ meine Mom hinter mir. Und obwohl ich mich auf das kommende freute, so ließ sich der kleine Teil meines Körpers, der Reue empfand, einfach nicht abschalten. Ich ließ Mom zurück. Einfach so. Ich schüttelte die Gedanken ab, versuchte mich auf das hier und jetzt zu konzentrieren.

Ein neuer Lebensabschnitt würde hiermit für mich beginnen. Ich hatte es wirklich geschafft. Ich war dabei, mir ein besseres Leben zu ermöglichen. Ohne Coles Hilfe wäre das zwar nie möglich gewesen, aber ich war dennoch auch ein bisschen stolz auf mich. Außerdem klang Coles Idee logisch. Darüber, dass wir dann gemeinsam in einem Zimmer leben und schlafen, werde ich mir noch früh genug Gedanken machen, aber erst mal musste ich damit fertig werden, dass das Flugzeug so extrem ruckelte, während wir starteten. Ängstlich griff ich nach der Armlehne und umfasste sie. Sofort lag Coles Hand auf meiner und löste ihren festen Griff. Er verschränkte meine Hand mit seiner und lächelte mich aufmunternd an. Diesen Ausdruck hatte er in letzter Zeit ständig aufgesetzt, einen Blick der Wärme ausstrahlte. Er tat es, damit ich mich wohlfühlte – und es funktionierte auch ein bisschen.

Ich schaute ihn einfach nur weiter an und versuchte, nicht auf die lauten Geräusche und das Wackeln der Maschine zu achten.

Ich war wirklich hier. Ich zog das wirklich durch.

Moms Gesichtsausdruck verfolgte mich immer noch, ich ließ sie im Stich, das war mir bewusst. Aber Coles Worte drangen sofort wieder zu mir durch. Ich war ihr nichts schuldig. Sie würde schon ohne mich klarkommen. Ich musste mich einmal auf mich selbst konzentrieren. Musste an mich und meine Zukunft denken.

Ich startete einen Neuanfang. Ein eigenes Leben. Für mich.

Alleine dieser Gedanke ließ mich heftig durchatmen und Coles braune Augen wanderten von meinen Augen zu meinen Lippen. Er neigte sich etwas näher zu mir, aber küsste mich nicht. Stattdessen strich er mir die Haare über die Schulter und zog mich an seine Seite, sodass ich mich an ihn lehnen konnte. »Mach ein bisschen die Augen zu, der Flug dauert etwas«, hauchte er mir leise in die Haare. Augenblicklich schloss ich die Augen. Er fuhr mit seiner Hand über meinen Rücken, wodurch sich sofort eine Gänsehaut bei mir bildete.

»Entspann dich, alles wird gut«, sagte er und erst jetzt merkte ich, wie angespannt ich war. Meine Schultern schmerzten sogar langsam davon. Seufzend entspanne ich mich und lehnte mich noch enger an ihn. Aber Cole störte es nicht. Nein, er verstärkte sogar seinen Griff noch weiter. Auch wenn ich mir den Geräuschen und der Höhe bewusst war, fühlte ich mich trotzdem wohl und in Sicherheit. Bei ihm.

»Also das hier ist mein Bett und direkt auf der anderen Seite steht deins. Ich denke, ich habe noch Bettwäsche, die ich dir geben kann. Die Tür da führt zum Badezimmer, allerdings sind dort nur eine Toilette und ein Waschbecken, ansonsten gibt es Gemeinschaftsduschen.« Cole zeigte erst auf das leere Bett und dann auf die einzige Tür, die es neben der Eingangstüre noch gab. Verstehend nickte ich und hob meinen Koffer auf das Bett. Ansonsten stand hier noch ein großer Schrank und zwei mit Büchern und Ordnern übersäten Schreibtische. Ihnen gegenüber stand eine Zweier-Couch direkt neben der Tür, auf der überall verteilt Klamotten lagen.

»Wir müssen schauen, wie wir das mit dem Duschen machen. Das ist nämlich das Wohnheim für die männlichen Studenten, aber wir finden sicher eine Lösung.« Er murmelte die Worte eher zu sich.

»Was?«, fragte ich erschrocken und ließ das Kleid, dass ich gerade aus dem Koffer gezogen hatte, wieder hineinfallen. Das hier war ein rein männliches Wohnheim? Cole fuhr sich durch die Haare und er sah dabei beinahe nervös aus. »Ich dachte, wenn ich dir das verrate, überdenkst du die ganze Sache nochmal und das wollte ich nicht.«

Ich verschränkte die Arme vor der Brust und musterte ihn.

»Offiziell darfst du auch gar nicht hier sein, aber das kriegen wir schon hin.« Er versuchte sich an einem Lächeln, scheiterte aber, als er meinen Blick bemerkte.

»Cole, das hättest du mir sagen müssen, früher oder später fällt es doch auf, wenn ich mich hier die ganze Zeit rumtreibe«, sagte ich und ließ mich seufzend neben meinen Koffer fallen.

»Ach was, es gibt Zeiten, da sind weniger Jungs in den Duschen, dann gehst du einfach und ich pass auf. Mach dir keinen Kopf, Love. Wir kriegen das hin. Du wirst schon sehen.« Er erhob sich und kam zu mir rüber, ehe er mein Kinn umfasst und mein Kopf nach oben neigte. »Du glaubst gar nicht, wie schön es ist, dass du hier bist.« Er sprach leise und durch seine sanfte Art wanderten meine Mundwinkel automatisch nach oben.

»Na gut«, sagte ich und blickte ihn weiter an. Er zog die Augenbrauen hoch und neigte den Kopf leicht zur Seite.

»Na gut«, wiederholte er und grinste. »Aber wenn mich irgendein Typ nackt sieht, dann mach ich dir Feuer unterm Hintern.« Ich grinste zurück und musste mir ein Lachen verkneifen, als ich seinen ernsten Ausdruck bemerkte.

»Glaub mir, das wird niemals vorkommen.«

Ich packte meine Sachen aus und faltete sie nochmal neu, da sie durch den Transport zerknittert waren. Cole machte mir etwas Platz im großen Schrank und ich räumte meine Kleidung zu seiner. Irgendwie hatte das alles etwas unheimlich Intimes, aber ich versuchte diesen Gedanken zu verdrängen und einfach daran zu denken, was für einen großen Gefallen Cole mir tat. Er machte das alles ohne, dass ich ihn gebeten hatte. Ich musst mich irgendwie revanchieren.

»Sollen wir heute Abend essen gehen?«, fragte ich ihn daher. Schnell schob ich das letzte Kleid auf einen Bügel und hing es neben die anderen, dann schloss ich die

Schranktüren. »Ich würde dich gerne einladen, als Dankeschön. Du weißt schon, für das alles hier. Ein Essen kommt zwar nicht mal annähernd daran, was du für mich tust, aber es ist zumindest etwas.« Ich redete immer weiter, als ich merkte, dass er nicht sofort antwortete. Oh nein, hoffentlich dachte er nicht, das hier sollte ein Date werden. Ich wusste, wie er dazu stand.

Aber seine Miene hellte sich schnell auf. »Wir können gerne essen gehen«, erwiderte er und schaute mich sanft an. Ich nickte schnell.

»Okay, ich habe keine Ahnung, wo man hier etwas bekommt. Aber du kennst dich ja bestimmt aus.« Ich wandte mich zum Bett, um die Bettwäsche aufzuziehen.

»Na klar, es gibt ein Diner die Straße runter, da können wir etwas essen.« Ich spürte seinen Blick auf meinen Hinterkopf, aber entschloss mich dazu, diesen einfach zu ignorieren. Stattdessen schaute ich auf mein Handy. Unzählige Nachrichten meiner Mutter waren bereits eingetroffen, in der einen Hälfte beleidigte sie mich und in der anderen machte sie mir Schuldgefühle. Ich warf einen schnellen Blick auf die Uhr, es war kurz vor fünf.

»Dann würde ich mich kurz frisch machen und dann können wir los.« Ich richtete meinen Blick wieder auf ihn.

Er nickte, das war mein Stichwort, mich mit meinem Kulturbeutel in Richtung des kleinen Bades aufzumachen. Hinter mir schloss ich die Türe und legte den Kulturbeutel ab. Dann holte ich erstmal Luft.

Ich konnte das hier – es würde nicht merkwürdig werden.

Es war ja nicht so, dass ich Hals über Kopf in ihn verliebt war und nun mit ihm auf engsten Raum wohnen würde.

Na, vielleicht war das doch ein Problem.

Wir sollten definitiv heute Abend darüber sprechen, aber ich kannte mich und wusste, ich würde das Thema nicht zuerst ansprechen. Wenn doch etwas falsch lief, dann setzte er mich bestimmt vor die Tür und in Phoenix kannte ich niemanden. Außerdem kannte ich mich hier überhaupt nicht aus. Ich hatte nichts außer ihn und die Ausbildung bei der Privatschule, über die ich mich vor dem Abflug nochmal informiert hatte. Sie klang wirklich gut und war sogar etwas billiger als die in Las Vegas, wenn auch sehr gering. Die Rezensionen klangen sogar so gut, dass ich sofort eine Bewerbungsmail an den Schulleiter verfasst hatte, ob ich zum nächsten Beginn mit einsteigen könnte. Mein Vorwissen, welches ich durch die ganzen Bücher hatte, würde mir garantiert helfen. Jetzt wartete ich nur noch auf eine Rückmeldung. Dennoch erfasste mich wieder der Gedanke, dass ich ohne Cole nun völlig auf mich alleine gestellt war.

Keine Trixie, kein Billy, kein Andrew, kein Owen und auch nicht der Rest der Mädchen.

Und der Gedanke, so von Cole abhängig zu sein, machte mir Angst. Ich musste mir definitiv hier irgendwo einen Job suchen, einfach um im Notfall selbst für mich sorgen zu können. Ich konnte auch nicht die ganzen Jahre hier wohnen, vielleicht verdiente ich irgendwann genug, dass ich mir bald eine eigene kleine Wohnung leisten konnte. Mein knurrender Magen erinnerte mich daran, dass ich den ganzen Tag noch nichts gegessen hatte. Mom hatte uns heute Morgen ja beinahe schon verjagt und auf dem Weg zum Club war mir der Appetit vergangen.

Ich stützte mich am Waschbecken ab und atmete durch.

Ich schaffe das.

Der einzige Platz, der in dem Diner noch frei war, war eine kleine Nische in der Ecke, die meiner Meinung nach viel zu gemütlich dafür aussah, dass wir das hier nicht als Date betitelten. Zumindest tat ich das. Cole wartete, bis ich Platz genommen hatte und rückte dann neben mich auf die Bank.

»Also die haben hier so klassisches Fast Food, aber ich sag dir, die Nuggets sind fantastisch«, grinste er mich an, wodurch sich meine Lippen automatisch ebenfalls zu einem Lächeln verzogen.

»Klingt gut.« Ich nahm mir die Karte, die bereits auf unserem Tisch lag. Schnell überflog ich sie und bestellte dann bei dem Kellner.

Ich warf einen Blick aus dem Fenster und sah die leuchtende Schrift einer Bar gegenüber vom Diner, aber ich konnte den Namen nicht ganz erkennen.

»Was ist das für ein Laden?«, fragte ich und deutete dort hin. Cole folgte die Richtung meines Fingers.

»Das ist die einzige Bar im Umkreis von zehn Meilen, warum?«, sagte er. Ich betrachtete das Gebäude noch einen kleinen Moment, ehe ich mich wieder zu ihm wandte.

»Vielleicht brauchen die ja noch jemand hinter der Theke, im Club habe ich auch ab und zu ausgeholfen, ich kenne mich also zumindest etwas aus.« Ich zuckte mit den Schultern und machte mir gedanklich den Plan, dass ich mich dort morgen nach einer Stelle erkundigen würde. Cole aber zog die Augenbrauen zusammen. »Du willst in Will's Bar arbeiten?«

»Wenn das der Name der Bar ist, dann ja.« Ich nickte. Wahrscheinlich machte die sowieso erst abends auf, sodass ich vorher noch zur Schule konnte, das würde zeitlich perfekt passen.

»Der Gedanke gefällt mir nicht«, sagte er leise und starrte über meine Schulter hinweg nach draußen. Ich kräuselte die Augenbrauen. Was gefiel ihm denn daran nicht? Er bemerkte meinen verwirrten Blick und seufzte.

»In die Bar gehen fast nur die Jungs vom Campus, ab und zu sicher auch ein paar Mädels-Gruppen, aber das Hauptpublikum sind Männer.« Ich schmunzelte bei seinen Worten.

»Cole, ich komme mit so etwas gut zurecht, falls dir das noch nicht aufgefallen ist, außerdem gibt es dann sicherlich gutes Trinkgeld«, erwiderte ich und lehnte mich zurück, als unser Kellner die Getränke vor uns abstellte. Ich murmelte ein leises Danke und schon verschwand er wieder. »Über das Trinkgeld musst du dir sicher keinen Kopf machen, aber … wirklich? Kannst du dir nicht einen Job in einem Restaurant suchen?« Er klang beinahe verzweifelt und langsam nervte es mich.

Ich gehörte ihm nicht und er gehörte nicht mir.

Wir waren nicht fest zusammen, das hatte er definitiv in der Vergangenheit genügend betont. Er hatte nicht das Recht, sich so zu benehmen. Ich schaute ihn genervt an. »Es ist nicht deine Entscheidung, Cole«, meinte ich mit ernster Stimme. Coles Ausdruck weichte sofort auf und er wandte den Blick ab. Er fuhr sich mit der Hand über die Wange und ließ sich seufzend in seinem Sitz tiefer gleiten.

»Du hast recht, tut mir leid. Es ist nur so … Ich … Ich fühl mich für dich verantwortlich.« Er senkte seine Stimme und lehnte sich näher an mich, aber ich schüttelte den Kopf.

Aus dem Augenwinkel sah ich den Kellner, der sich mit unserem Essen näherte.

»Du bist nicht für mich verantwortlich, ich bin ganz alleine für mich verantwortlich. Das war schon immer so und ich komme super klar.«

Kapitel 11

Hazel

Während des Essens lehnte sich Cole immer mal wieder näher an mich heran und ich ließ es geschehen. Das Gefühl, welches er bei mir noch vor wenigen Minuten hervorgerufen hatte, war beinahe verflogen. Ich konnte gegen seinen Charme einfach nichts unternehmen. Mein Herz schlug jedes Mal schneller, wenn sein Arm meinen streifte und seine Augen meine fanden.

Ich war jämmerlich. Genauso würde ich mich selbst betiteln: ein jämmerliches kleines Ding.

Ich sagte Sachen, auch wenn ich ganz anders empfand. Klar nervte es mich, dass er immer so bestimmend war und ich das Gefühl hatte, er mochte es nicht, wenn andere Männer mich ansahen, aber irgendwie genoss ich es auch. Ich verwirrte mich selbst. Aber ich wurde dennoch auch aus seinem Verhalten nicht schlau.

Wollte er mich denn nun oder nicht?

War ich weiterhin nur ein Zeitvertreib oder waren wir, nach allem das passiert war, tatsächlich so etwas wie Freunde?

Ich wusste es nicht und diese Ungewissheit sowie sein Verhalten trieben tausende Gedanken in meinen Kopf.

»Worüber zerbrichst du dir denn so den Kopf?« Cole neigte sich etwas zu mir herab und flüsterte mir ins Ohr. Bei seiner rauen Stimme summte mein Körper schon wieder auf diese angenehme Art und ich verdammte mich schon wieder dafür, wie anfällig ich für alles war, das Cole machte.

»Ach, über nichts weiter«, murmelte ich und schob den leeren Teller von mir. Cole umfasste meinen Nacken und lehnte meinen Kopf etwas zur Seite, bevor er mich neugierig ansah. Aber er sagte nichts, stattdessen legte er mir die Haare über die Schulter und senkte seinen Kopf in meine Halsbeuge. Sachte fuhr er mit den Fingerspitzen über meinen Oberschenkel, der durch das Kleid etwas entblößt war.

»Du glaubst gar nicht, wie alleine deine Anwesenheit mich verrückt werden lässt.« Ich spürte seine Lippen, welche sanft über meine Haut streiften. Ich hörte, wie er einatmete und mir einen kleinen Kuss auf den Hals presste. »Und dein Duft. Man, Love, du weißt gar nicht, was das mit mir anstellt.« Die Stelle, die er berührt hatte, fing an zu kribbeln.

»Sollen wir zurück?«, murmelte er, während er mir immer noch so nahe war. Ich bekam nichts anderes zustande als ein kleines kurzes Nicken, aber anscheinend war das Antwort genug für ihn, denn er zog sein Portmonee hervor und warf Scheine auf den Tisch. Dann fasste er mich an der Hand und zog mich mit nach oben.

»Cole, ich sagte doch, dass ich dich einlade!«, stieß ich aus und drehte mich zum Tisch zurück.

»Vergiss das Geld, Hazel. Na komm, lass uns von hier verschwinden.« Er zog wieder an meiner Hand und schleifte mich förmlich hinter sich her.

»Cole!«, rief ich erneut mit schwacher Stimme, aber er reagierte gar nicht, sondern ging einfach mit mir an der Hand weiter in Richtung seines Autos.

Die ganze Fahrt über spürte ich die Anspannung zwischen uns – die sexuelle Anspannung.

Er wollte mich, das wusste ich, ich hatte es an der Art und Weise gemerkt, wie er mich anfasste, wie er mit mir sprach und wie er mich ansah. Seine Hand lag auf meinem Oberschenkel und seine Fingerspitzen fuhren immer wieder über die Innenseite.

Und diese blöde Berührung ließ mich beinahe verrücktspielen. Nicht nur beinahe. Ich wollte ihn definitiv auch und konnte es gar nicht erwarten endlich wieder in seinem Zimmer zu sein. Dass das hier ja eigentlich genau das war, weshalb ich mir solche Sorgen gemacht hatte, versuchte ich so gut es ginge in die Tiefen meiner Gedanken zu vergraben. Ich sollte es einfach mal genießen von ihm so begehrt zu werden, wenn auch nur für eine Weile.

»Love, leg dich aufs Bett«, hauchte er mir zu, schaltete die Nachttischlampe an und schloss die Türe hinter sich. Ich tat wie mir angeordnet und legte mich langsam auf sein Bett. Keine Sekunde später schwebte er schon über mir und ließ seinen Blick über meinen Körper fahren. »Dieses Kleid hilft mir nicht gerade dabei, mich zu konzentrieren. Vor allem nicht, wenn wir in einem Diner voller anderer Menschen sitzen.« Er zog an dem dünnen Träger meines Kleides und streifte es mir über die Schulter, ehe er genau dort einen feuchten Kuss hinterließ. Ich ließ meine Hände an seinen Armen hinaufgleiten, die immer noch in einem Shirt steckten, welches er aber unbedingt loswerden sollte. Daher zog ich den Saum ein Stück hoch und er verstand sofort, erhob sich und streifte es ab. Keuchend ließ ich meine Hände weiter zu seinen Schultern gleiten und umschloss schließlich seinen Hals, um ihn zu mir nach unten zu ziehen. Ich musste unbedingt seine Lippen auf meinen spüren und ihn schmecken.

Stöhnend erwiderte er den Kuss sofort und schob eine Hand in den Ausschnitt meines Kleids, zog es dadurch ein Stück nach unten und entblößte so meine Brüste. Bei dem Kleid brauchte ich keinen BH zu tragen, daher lagen sie sofort offen vor Cole dar. Durch mein leises Wimmern lösten wir uns kurz voneinander. Cole warf einen Blick auf meine Brüste und stieß einen Fluch aus, ehe er eine wieder mit seiner Hand umschloss und über meinen Nippel strich.

Cole sah mir in die Augen und ich bemerkte seinen verschleierten Blick. Nicht nur der, sondern auch die Beule in seiner Hose, welche sich an meinen Oberschenkel presste, verrieten mir, dass er mich genauso wollte, wie ich ihn.

»Du bist wunderschön«, flüsterte er mir leise zu und ich konnte schwören, dass ich augenblicklich rot wurde. Das sagte er nicht oft. Dieses Süßholzgeraspel bewirkte wahre Wunder, denn mein Wunsch in seinem Gesicht diesen befriedigten Ausdruck zu sehen, verstärkte sich nur noch mehr.

Daher umfasste ich die Beule in seiner Hose, wodurch er sofort keuchte und sich näher an meine Berührung drückte.

»Love«, raunte er und stützte sich mit beiden Ellenbogen neben meinem Gesicht ab. Ich öffnete den Gürtel und dann den Reisverschluss, bevor ich ihm die Jeans ein Stück nach unten ziehen konnte und somit besser an sein Glied kam. Ich verlor keine Zeit, sondern griff in seine Boxershorts und umfasste ihn. Stöhnend griff er in die Laken und hielt sich so fest, dass seine Adern an den

Armen hervortraten. Ich umgriff mit der freien Hand seinen Bizeps.

Das Ganze machte mich nur noch mehr an und ich spürte die Nässe zwischen meinen Beinen. Vorsichtig ließ ich den Daumen über seine Eichel gleiten, wieder keuchte er leise auf und drückte sich näher an meine Hand.

Dann ließ ich meine Hand seine gesamte Länge nach unten gleiten. Ich sah seinem Gesicht an, wie sehr er diese Berührung genoss. Ich machte weiter, strich mit meiner Hand hoch und runter, beschleunigte das Tempo, umfuhr seine Eichel und spürte die ersten Lusttropfen an meinen Fingern. Meine eigene Feuchtigkeit brachte mich beinahe um. Ich löste die Hand, die ich um seinen Arm geschlungen hielt.

Stöhnend ließ ich die Finger an meinen Oberschenkel nach oben gleiten, als ich merkte, dass ich dort irgendeine Berührung spüren musste. Sachte schob ich meinen Slip beiseite und fuhr über meine Klitoris. Keuchend drückte ich den Kopf weiter ins Kissen und befriedigte Cole weiter mit meiner anderen Hand.

»Fuck, Love, machst du es dir etwa selbst?« Seine Stimme klang rau und alleine dieser Klang entlockte mir ein weiteres Wimmern, ich biss mir auf die Unterlippe und nickte vorsichtig. Als ich mich wieder berührte, kniff ich die Augen zusammen. Fluchend zog er meine Hand am Handgelenk aus meinen Höschen, keinen Moment später fühlte ich seine Hand auf meiner sensibelsten Stelle. Er fuhr durch meine Schamlippen und über meine Klitoris, bevor er diese langsam massierte. Schwer atmete ich aus und bäumte mich auf, glitt mit meinen Fingern ebenfalls seine Länge entlang.

»Du bist so heiß, Love. So verflucht heiß.« Seine Stimme klang dunkel. Er ließ einen Finger in mich gleiten und nahm dann einen zweiten dazu. Ich öffnete die Augen und sah sofort in seine, die mich mit einer Intensität anblickten, dass ich dachte, mir würde gleich schwindlig werden.

Eine Stimme unterbrach uns plötzlich und ließ mich vor Schreck zusammenfahren.

»Hey Cole, Benny hat vorgeschlagen, dass wir uns wieder in der Bar treffen. Hast du -«

Der Kerl, der geradewegs ins Zimmer lief, blieb wie erstarrt stehen und stockte mitten im Satz. »Ach du Scheiße, sorry!«, stieß er laut aus und wandte den Blick ab. Cole hatte sich augenblicklich näher an mich gepresst und die Träger meines Kleids wieder nach oben geschoben, sodass meine Brüste nicht mehr offen dalagen.

»Leith, verschwinde!«, rief er wütend, drehte sich aber nicht zu ihm um, sondern sah auf seine Hand, die immer noch unter meinem Kleid steckte.

»Ja ja, klar. Bin schon weg. Entschuldige bitte!«, stammelte er, ich hörte schnelle Schritte und dann die zufallende Türe. Das Geräusch diente wie ein Aufweckruf für mich, denn ich zog meine Hand schnell aus Coles Boxershorts und kroch unter ihm hervor. Verwirrung lag in seinen Augen und er richtete sich ebenfalls auf. Die Hose immer noch in den Kniekehlen und ohne T-Shirt sah er aus, als wäre er aus einem verdammten Kalender für Male Models entsprungen. Wieso musste er denn auch so gut aussehen?

»Was ist los? Leith hat nichts gesehen, versprochen. Das konnte er gar nicht, höchstens meinen Rücken.« Er schaute mich immer noch verwirrt an. Ich fuhr mir durch die Haare und versuchte mein Kleid glatt zu streichen, auch wenn das so zerknittert war, dass es gar nicht mehr möglich war.

»Das ... Cole, das geht doch so nicht.« Ich atmete tief durch, da mir durch unsere Aktion vor wenigen Sekunden immer noch total warm war. Am liebsten hätte ich mir Luft zu gefächert.

»Was meinst du?«, fragte er nach, machte aber keine Anstalten sich wieder anzuziehen.

Na gut, dann würden wir dieses Gespräch eben so führen. Ich nahm meinen ganzen Mut zusammen. Wir konnten so nicht weiter machen. Zusammenwohnen, miteinander schlafen, aber nicht zusammen zu sein – für ihn war das ja vielleicht kein Problem, für mich aber schon.

Ich musste auf mein Herz aufpassen. Dafür war ich nun mal verantwortlich.

»Wir brauchen Regeln. Wir können nicht miteinander schlafen und zusammenwohnen. Das geht nicht.« Ich nuschelte die Worte fast schon und wandte den Blick ab.

Oh Gott, was ist, wenn er mich jetzt rausschmeißt? Vielleicht hatte er mich auch nur hierhergebracht, , damit er jederzeit Sex mit mir haben konnte, anstatt immer bis nach Vegas zu fliegen. Vielleicht war ich nur hier, um die Sache für ihn leichter zu machen. Warum ist mir das nicht schon früher aufgefallen?

Cole zog die Augenbrauen zusammen und betrachtete mich einen Moment, ehe er sich räusperte und sich jetzt ebenfalls aus dem Bett erhob. »Love, ist das dein Ernst?« Er zog die Hose nun doch hoch und schloss sie wieder vernünftig. Ich nickte heftig und starrte ihn an.

»Ja, ich kann das nicht. Wenn das aber der einzige Grund ist, weshalb ich hier bin, dann kann ich mich auch wieder in das nächste Flugzeug setzen, das wäre kein Problem für mich.« Ich suchte das Zimmer nach meinem Koffer ab, welcher neben meinem Bett stand. Ich konnte meine Sachen schnell wieder einpacken und war in null Komma nichts wieder von hier verschwunden – als wäre ich nie hier gewesen.

Cole aber schüttelte erneut den Kopf. »Love, nein du kannst hierbleiben. Sex war nicht der Grund, weswegen ich dich hierhergebracht habe. Hast du das etwa wirklich gedacht?«

Ich antwortete ihm nicht.

»Okay, du möchtest Regeln. Welche hast du dir denn vorgestellt?«

Ich schaute wieder zurück zu ihm, er wollte mich jetzt gar nicht rausschmeißen? Er wollte wirklich Regeln? Ich räusperte mich und trat nervös auf der Stelle herum.

»Ähm, okay. Also Regel Nummer Eins sollte sein, dass wir keinen Sex haben. Und Regel Nummer Zwei, dass wir Freunde sind?« Die zweite Regel klang eher wie eine Frage, daher schaute ich ihn etwas verunsichert an. Coles Gesichtszüge weichten langsam auf und ein halbherziges Lächeln entstand auf seinem Gesicht.

»Freunde. Klar, lass uns Freunde sein.« Begeistert klang er nicht, aber ich freute mich, dass er zustimmte.

»Perfekt!«

Cole nickte und drehte sich mit einem letzten Blick auf mich zur Türe um. »Ich spring eben unter die Dusche.« Und mit den Worten ließ er mich alleine im Zimmer stehen. Seufzend ließ ich mich auf mein Bett fallen und stemmte mein Gesicht auf den Händen ab.

Es war das Richtige, ich hatte das Richtige getan. Es war an der Zeit, sich auf die wichtigen Dinge zu konzentrieren, wie auf einen neuen Job und die Anmeldung an der Schule. Ich zog mich schnell um und legte mich schließlich unter die frischbezogene Bettdecke. Ich würde einfach schon schlafen, bevor Cole wieder zurückkehrte, so würde ich ein weiteres Gespräch am besten vermeiden können. Mom hatte mir noch weitere Nachrichten gesendet, aber die ignorierte ich und stellte mir einen Wecker für morgen, damit ich nicht zu lange schlafen würde.

Morgen würde ein neuer Tag beginnen, ein neuer Tag in meinem neuen Leben, in dem ich endlich mal richtige Prioritäten setzte.

Ab nun würde ich darüber, was ich machte, selbst bestimmen.

Kapitel 12

Cole

Freunde.

Sie wollte wirklich einfach nur noch Freunde sein, gerade als ich versuchte, mir über meine Gefühle klar zu werden. Nicht unbedingt der beste Zeitpunkt, aber ich respektierte die Regeln, die sie aufgestellt hatte. Wenn es das war, was sie brauchte, um sich hier wohl zu fühlen, dann würde ich ihr dies auch gewähren. Es gefiel mir trotzdem nicht. Ich konnte meine Gefühle nicht von jetzt auf gleich einfach einstellen und das würde ich auch nicht. Der Ausdruck, der in ihren Augen lag, als sie dachte, ich hätte sie nur wegen des Sex mit hierher genommen, hatte mich tief getroffen. Niemals wollte ich dir das Gefühl geben, sie wäre nur das für mich. Dass ich sie nur deswegen wollte. Dass ich sie nur auf ihren Körper reduzierte.

Das stimmte nämlich nicht.

Aber ich verstand, wieso sie es dachte. Ich hatte ihr nie den Anlass zu einem anderen Grund gegeben. Am Anfang hatte ich ihr klar gemacht, dass ich keine Beziehung wollte. Ich musste mich auf Jasons Kämpfe und auf meine Kurse konzentrieren. Und ihre Wohnsituation, sowie die Abhängigkeit ihrer Mom hatten mich abgeschreckt. Aber nun wurde mir bewusst, dass ich gut und gerne darüberstehen konnte. Mir machte es nichts mehr aus, ich sah nun mehr an ihr, als ich zuvor gedacht hatte. Aber nun wurde mir bewusst, dass sie nicht nur das Ergebnis aus den Taten ihrer Mom war. Sie war ein völlig anderer

Mensch. Ein Mensch zum Verlieben – und ich war auf dem besten Weg dahin.

Seufzend stützte ich mich mit den Händen an der Fliesenwand in der Dusche ab. Das war alles so verdammt verzweigt. Das kalte Wasser rann mir weiterhin über den Körper. Nach dem, was gerade zwischen uns passiert war, brauchte ich definitiv eine Abkühlung, außerdem musste ich meine Gedanken neu sortieren. Ich würde ihr der verdammt nochmal beste Freund auf dieser Welt sein, wenn es das war, was sie von mir verlangte. Wahrscheinlich würde ich am liebsten noch viel mehr sein, aber ich gab mich zunächst damit zufrieden. Ich musste ihr Vertrauen gewinnen.

Als ich wieder ins Zimmer trat, war meine Nachttischlampe immer noch angeschaltet. Allerdings war der Raum mit Stille gefüllt. Hazel lag eingerollt in ihrem Bett und atmete leise ein und aus. Sie schlief.

Still machte ich mich zu dem kleinen Schrank auf und fischte mir frische Boxershorts raus. Danach legte ich mich in mein Bett, was meiner Meinung nach viel zu weit von Hazels Bett entfernt war. Ich schlüpfte in die Laken und knipste das Licht aus. Hazels Duft haftete immer noch in dem Kissen und ich drückte meine Nase näher daran. Morgen würde mich die Jungs ausfragen, so viel war klar. Ich hatte ihnen nie von Hazel erzählt und auch ansonsten von keinen anderen Frauen. Außer Kennas Name war nie ein anderer gefallen. Ihrer aber auch nur, weil sie so verdammt nervig war. Sie wussten, dass ich mich nicht über meine Bettgeschichten ausließ. Aber morgen würden sie mich definitiv fragen. Ich sog erneut ihren Duft ein, der mich vollständig umhüllte und atmete tief aus. Noch schöner wäre es, wenn sie bei mir läge, aber ich schob diesen Gedanken wieder ganz nach hinten. Ich benahm mich ja wie ein Liebeskranker, das sollte ich definitiv in den Griff bekommen.

Als mein Wecker klingelte, schaltete ich ihn so schnell wie möglich wieder aus. Es war noch früh am Morgen und ich musste gleich los zu meinem ersten Kurs. Ich schielte zu Hazel hinüber, welche sich anscheinend immer noch im Land der Träume aufhielt. Ich machte mich leise fertig, ehe ich das Zimmer verließ. Vorher legte ich noch den Ersatzschlüssel auf ihren Nachttisch. Ich schloss die Tür hinter mir ab, unter keinen Umständen wollte ich riskieren, dass wieder jemand bei mir reinplatzte und sie beim Schlafen sah. Dieser Anblick war für niemanden außer mich bestimmt.

Mein erster Kurs war Wirtschaftslehre, nicht das spanneste Fach, aber relativ simpel zu verstehen. Ich versuchte, mich auf den Dozenten, der vorne stand, zu konzentrieren, aber meine Gedanken schweiften immer wieder zu Hazel ab. Ich schüttelte den Kopf, um mich zu fokussieren. Kade saß zwei Reihen weiter hinter mir, ich hörte das Ruckeln eines Stuhles und leises Flüstern. Verwirrt drehte ich mich nach hinten, dorthin woher der ganze Krach kam. Kade drückte sich bei den Studenten in seiner Reihe vorbei und fiel letztendlich auf den freien Platz neben mir.

»Mr. Warren, haben Sie es dann mal?« Unser Professor hatte den Krach anscheinend auch bemerkt.

»Sicher, Sir, fahren Sie bitte fort«, grinste er ihn an und starrte auf seinen Laptop vor sich.

»Was soll das?«, fragte ich zischend. Kade zuckte mit den Schultern und ein Schmunzeln legte sich auf seine Lippen. »Leith hat erzählt, dass er dich gestern mit einer Rothaarigen im Bett erwischt hat«, murmelte er und schielte zu mir herüber. Ungläubig blickte ich ihn an und lachte humorlos auf.

»Das hat ja schnell die Runde gemacht.« Ich starrte wieder nach vorne, als der Professor die Folie wechselte und irgendwelche Begriffe zu einem magischen Sechseck erklärte.

»Natürlich Cole, wenn dich jemand im Bett mit einer heißen Lady erwischt, steckt er uns das doch sofort. Gerade wenn du wegen irgendeinem Mädchen einen Abend mit den Jungs ausfallen lässt«, sprach er leise weiter. Augenblicklich verspannte ich mich.

»Nenn sie nicht so.« Hazel war nicht nur irgendein heißes Mädchen.

»Oh oh, ist sie etwa mehr als das?«, fragte Kade und tippte etwas in seinen Laptop. Tatsächlich hatte er das Multitasking drauf, ganz im Gegenteil zu mir. Aber wahrscheinlich lag das am Football spielen, zumindest redete ich mir das ein.

Ich seufzte und richtete meine Aufmerksamkeit wieder auf ihn. »Hazel ist eine Freundin«, sprach ich leise und beobachtete genau seine Reaktion.

»Aha. Bloß eine Freundin also? Leith meinte, du hättest halb nackt auf ihr gelegen und deine Hand sehr wahrscheinlich in ihrem Höschen gehabt.« Spitzbübisch grinste er mich an.

Ich ballte die Hand zu einer Faust und schlug fester auf den Tisch als beabsichtigt.

»Halt die Klappe!«
Verdutzt schaute Kade mich an.
»Mr. Bail, wenn sie dem Unterricht nicht folgen können, dann verlassen sie doch bitte diese Vorlesung«, sagte nun auch noch mein Dozent. Ich schüttelte den Kopf, nuschelte rasch eine Entschuldigung und richtet meinen Blick auf meinen Laptop. Konzentriert tippte ich ein paar Sachen vom Projektor ab. »Okay. Hazel, so hieß sie, richtig?« Kade murmelte die Worte mit gesenkter Stimme. »Sie ist anscheinend ein sensibles Thema. Alles klar, hab ich verstanden. Sorry Mann, kommt nicht mehr vor.« Ich nickte ihm zu und widmete mich nun wieder vollständig dem Unterricht, allerdings schwirrte mir Hazel weiterhin im Kopf herum. Und das so sehr, dass ich davon Kopfschmerzen bekam.
Verdammt nochmal.

»Na, Cole, hab gehört gestern ging es ganz schön heiß her.« Grinsend kam Ethan auf mich zu, während ich meine Bücher in den Spind räumte und die nächsten herausholte.
»Schlechtes Thema, Mann«, erwiderte Kade für mich. Nach dem Kurs hatten wir nicht weiter über das Thema gesprochen und auch bei der nächsten gemeinsamen Vorlesung hatte er mich in Ruhe gelassen. Ethan kräuselte die Augenbrauen und kniff die Augen zusammen. »Wieso das denn?« Er begutachtete mich weiter, aber ich ließ ihn kommentarlos stehen und lief in Richtung der Cafeteria. Es dauerte keine Minute, da schloss sich auch Benny unserer kleinen Gruppe an.
Ich schnappte mir ein Tablett und lief an die Essensausgabe, die Jungs folgten mir und ich hörte sie

leise über mich sprechen, entschied mich aber dazu, sie weiterhin zu ignorieren.

»Cole!«, rief plötzlich aber eine ganz andere Stimme. Mit dem vollen Tablett drehte ich mich um und sah Phoebe auf mich zu laufen. Die Freundin meines großen Bruders war zwei Jahre älter als ich und würde bald in das letzte Semester versetzt werden.

»Hi Phi«, sagte ich und zog die Mundwinkel leicht hoch. Die Jungs liefen an mir vorbei, in Richtung unseres Stammtisches. Ich gab Benny ein Zeichen, dass ich gleich nachkommen würde.

»Wie geht's dir?« Besorgt musterte sie mich und blieb vor mir stehen. An dem Tisch hinter ihr konnte ich ihren besten Freund Jeremy erkennen. Grinsend blickte der mich an und zwinkerte mir zu, verunsichert wich ich seinem Blick aus und schaute wieder zu Phoebe.

»Gut, danke«, antwortete ich schließlich.

Sie nickte, aber sah nicht wirklich überzeugt aus. »Und wie geht es Hazel?« Die Frage verblüffte mich. Klar, sie hatte das Drama vor einigen Tagen mitbekommen, aber dass sie sich wirklich danach erkundigen würde, hätte ich nicht gedacht. Jason hatte mir am selben Abend noch eine SMS geschrieben, dass ich mich melden sollte, falls ich Hilfe brauchte.

Ich räusperte mich. »Gut, sie ist hier«, sagte ich leise. Phoebe drehte sich sofort um und sah durch die Menge. »Nicht hier, Phi, sie ist in meinem Zimmer.« Augenblicklich wandte sie sich wieder verdutzt zu mir um. Bei ihrem verwirrten Ausdruck fuhr ich direkt fort. »Sie hat ihren Job verloren und wusste nicht wohin mit sich, ich habe ihr angeboten, bei mir unterzukommen und das mit ihr gemeinsam zu regeln.«

Phoebe nickte verstehend.

Ihr die ganze Wahrheit zu erzählen hätte ich nicht über das Herz gebracht, immerhin war es Hazels Geschichte und nicht meine. Ich hatte gar nicht das Recht dazu irgendwas auszuplaudern.

»Okay Cole, sag mir Bescheid, wenn ich etwas für euch tun kann, ja? Auch Hazel. Wenn ich sie unterstützen kann, soll sie mich anrufen. Meine Nummer hast du ja.« Bestimmend blickte sie mich an und ich nickte lächelnd.

»Danke, Phi.«

Sie legte die Arme um meine Schultern. »Na gerne, kleiner Bruder«, lachte sie und strich durch meine Haare, bevor sie sich wieder abwandte und neben Jeremy Platz nahm.

Ich suchte die Studentenmenge nach den Jungs ab und fand sie recht schnell an einem der runden Tische. Als ich mir zwischen ihnen einen Stuhl rauszog, verstummten ihre Gespräche plötzlich. Seufzend stellte ich mein Essen ab und nahm Platz.

»Na schön, fragt schon. Los!« Ich verschränkte die Arme vor der Brust.

Allerdings sagte keiner etwas. Leith schaute mich an und sprach dann doch als erster.

»Kade meinte, dir wäre das Thema nicht so recht. Aber wir fragen uns nun mal, ob du eine Freundin hast.« Er blickte mich neugierig an und die anderen Jungs stimmten ihm zu. Ich verfestigte meinen Kiefer, entspannte mich aber schnell wieder. Das hier waren meine Freunde – weshalb regte ich mich überhaupt so auf?

»Hazel und ich sind Freunde. Bloß Freunde. Sie hat eine schwierige Vergangenheit und wohnt jetzt für eine Weile bei mir im Zimmer, allerdings darf das niemand erfahren, verstanden?« Fest schaute ich sie alle nacheinander an. »Kann ich mich auf euch verlassen?«, fragte ich mit Nachdruck.

Sofort nickten alle und murmelten: »Sicher.« – »Klar.« – »Okay.«

Zufrieden griff ich nach der Gabel und fing an zu essen.

Ethan lehnte sich etwas über den Tisch und betrachtete mich neugierig. »Also ist sie für uns tabu?«

Stöhnend lehnte sich Benny in seinem Stuhl zurück und verdrehte die Augen. »Du weißt doch was Kade uns vorhin erzählt hat. Wieso bist du nur manchmal so dumm, Ethan?«

Wütend starrte ich Ethan an, der sich bei meinem Blick sofort wieder auf seinem Sitz zurückzog. »Schon verstanden.«

Kapitel 13

Hazel

Als ich aufwachte, war Cole schon längst verschwunden. Immer noch viel zu müde schaltete ich den Wecker aus und setzte mich im Bett auf.

Ein Besuch bei dieser Bar stand heute auf dem Plan. Aber zuerst musste ich mich frisch machen. Duschen war nicht drin, weil Cole nicht Wache stehen konnte und ich wirklich keine Lust hatte, dass mich irgendein Kerl nackt aus den Gemeinschaftsduschen kommen sah.

Daher musste eine kurze Katzenwäsche reichen. Dann würde ich mich zu der Bar aufmachen, die ich gestern beim Essen entdeckt hatte. Mit dem Auto hatten wir nur knapp fünf Minuten gebraucht, daher war sie zu Fuß sicher gut zu erreichen. Auf dem Rückweg würde ich mir etwas zu essen holen. Einen Kühlschrank gab es hier nicht, aber Toast und Erdnussbutter würden mir für den kleinen Hunger zwischendurch genügen.

Das Schild, auf dem einem normalerweise *open* entgegenleuchtete, war ausgeschaltet. Dennoch ließ sich die dunkle Holztür öffnen. Drinnen war die gesamte Fläche hell erleuchtet und zwei Jungs standen hinter der Theke, die sich direkt gegenüber vom Eingang erstreckte. Alles war in einem dunkeln Holz gehalten und an den Seiten waren mehrere runde Tischnischen aufgebaut. Auch befanden sich vereinzelt Stehtische im Raum. Trotzdem blieb noch genügend Fläche zum Tanzen.

Es hatte fast schon was Gemütliches hier zu sein. Der Club von Sam sah ganz anders aus, gut dort wurde wahrscheinlich auch ein anderes Publikum erwartet. Sammy's Excotics sah beinah nobel aus. Die Bar hier ähnelte dagegen eher eine Kneipe, in der man sich mit seinen Freunden traf. Ob zu einem gemütlichen Feierabend oder nach einem langen Tag voller Vorlesungen.

»Hey Süße, wir haben geschlossen«, rief mir der Junge mit dunkler Haut- und Haarfarbe zu. Ich richtete meinen Blick von dem Raum auf ihn.

»Ich weiß. Ich möchte auch gar nicht lange stören, sondern wollte nur fragen, ob ihr zufällig noch eine Aushilfe sucht?« Ich ging ein paar Schritte auf sie zu, um nicht so laut rufen zu müssen. Die Augen von dem Jungen mit den helleren Haaren weiteten sich sofort.

»Oh ja und wie wir eine suchen. Unser Mädchen für die Theke hat letzte Woche gekündigt.« Er kam um die Theke herumgelaufen, zog einen der Barhocker hervor und zeigte mit seiner Hand darauf.

»Setz dich. Ich sag Will Bescheid.« Ich sah ihn mit einem dankbaren Lächeln an und setzte mich. Der Junge verschwand hinter der Theke und durch die Tür, die sich dort befand.

»Ich bin Blake und das da war Dylan«, sagte der Typ mit dem dunkleren Teint und griff nach einem Tuch, ehe er die Gläser polierte, welche er gerade aus der Spülmaschine herausnahm. »Entschuldige sein Verhalten, aber seitdem Emmy weg ist, haben wir alle Hände voll zu tun. Will gehört die Bar, er wird dich sicher noch ein bisschen ausfragen.«

Ich nickte verstehend. »Ich bin Hazel.«

Dann richtete ich meine Aufmerksamkeit sofort wieder auf die Tür hinter der Theke, als diese sich öffnete. Dylan trat zuerst aus und strahlte mich an, gleich nach ihm trat ein weiterer Mann raus. Er musste etwas älter als wir sein. Blake und Dylan schätze ich auf Anfang bis Mitte zwanzig, aber Will sah eher wie Ende dreißig aus.

»Hallo, ich bin William. Inhaber der Bar. Und du bist?« Über die Theke hinweg streckte er mir seine Hand entgegen, welche ich sofort ergriff.

»Ich bin Hazel«, sagte ich schnell und William nickte.

»Wie alt bist du?«, fragte er und stütze sich an der Theke ab.

»Zwanzig.« Wieder nickte er.

»Okay, da wir hier eine Ausschank-Erlaubnis haben, darfst du auch Alkohol verkaufen. Die Jungs haben dir sicher gesagt, dass wir jemanden für die Theke brauchen. Blake steht hier nämlich momentan alleine, da Dylan eigentlich dafür da ist, dass der Gästebereich sauber bleibt. Gläser und leere Flaschen einräumen, sowas halt. Hast du bereits Erfahrung im Mixen von Getränken?«, fragte er. Ich setzte mich aufrechter hin und nickte rasch.

»Ja, ich habe schon mal hinter einer Theke gearbeitet. Ich denke, ich muss mich nur etwas einarbeiten, dann bekomme ich das gut hin«, erwiderte ich.

William warf mir einen prüfenden Blick zu. »Die meisten Gäste bei uns sind die Kerle der Uni und die bestellen fast nur Bier, also dürfte das schon klappen, oder ist das Publikum ein Problem für dich?«, fragte er und musterte mich nochmal.

»Nein, Sir. Damit komme ich klar.« Ich schüttelte den Kopf und warf einen kurzen Blick zu Dylan und Blake. Beide starrten William beinahe ein Loch in den Kopf, die beiden wären wahrscheinlich über jegliche Hilfe froh.

»Okay gut. Falls doch etwas sein sollte, steht ja Blake die ganze Zeit neben dir. Der wird sowieso am Anfang noch ein Auge auf dich haben. Außerdem bin ich hinten im Büro.« Verstehend nickte ich und Vorfreude durchlief meinen Körper. Das war ja einfach.

»Alles klar. Die Schicht beginnt immer um sechs Uhr abends, die Bar öffnet um sieben, dann habt ihr genügend Zeit die Theke vorzubereiten. Wir schließen um zwei Uhr nachts und sind meistens gegen halb drei mit der Rückbereitung der Theke fertig. Wie man die Fässer abstellt und die Leitungen spült, wird dir einer der Jungs zeigen. Noch Fragen?« Ich versuchte, jedem seiner Worte schnell zu folgen und lächelte dann. »Verstanden, Sir!«

Schmunzelnd schüttelte er den Kopf. »Nenn mich Will, Hazel. Wir duzen uns hier.« Er stieß sich von der Theke ab und richtete sich wieder zur Tür.

»Du kannst heute Abend anfangen, falls es dir passt. Wenn die Woche gut läuft dann mach ich den Vertrag fertig. Du wirst nach Stunden bezahlt, elf Dollar die Stunde, sag mir einfach, wie oft du arbeiten kannst. Aber üblich sind zwischen vier und sechs Tage.«

Das klang doch gut. So konnte ich schnell gutes Geld verdienen.

»Fünf Tage sollte ich hinbekommen«, sagte ich und warf den anderen beiden Jungs einen Blick zu. Dylan stieß Blake den Ellenbogen in die Seite und grinste erst ihn und dann mich an. Auf Blakes Gesicht zeichnete sich ebenfalls ein vorfreudiges Lächeln ab. Beide schienen also froh darüber zu sein, dass ich heute Abend aushelfen würde.

»Na dann bis später, Hazel«, sagte Will und verschwand hinter der Tür, die anscheinend in sein Büro führte.

»Juhu«, stieß Dylan aus und umfasste über die Theke hinweg meine Schultern. »Du glaubst gar nicht welch Hölle die letzte Woche war, du kommst wie gerufen!« Blake grinste ebenfalls und schaute mich fast schon erleichtert an. Blake schien also der ruhigere von beiden zu sein und Dylan den aufbrausenden Part zu übernehmen. Ich mochte die beiden jetzt schon.

Ich musste lachen, als Dylan mich an den Schultern hin und her wiegte und dabei strahlte.

Als er mich los ließ, erhob ich mich von dem Barhocker und schnappte mir meine Tasche, die ich neben den Stuhl gestellt hatte.

»Und keine Angst, die Jungs werden dich schon in Frieden lassen. Ich steh ja direkt neben dir«, sagte nun auch Blake zu mir.

»Danke, mit ein paar pubertierenden Jungs komme ich schon klar«, sagte ich kichernd und auch seine Lippen verzogen sich zu einem Grinsen.

»Das glaub ich dir gern«, sagte er. Dylan kicherte laut los und fuhr sich durch die definitiv gefärbten Haare. Kein Mensch hatte von Natur aus so helles Haar.

»Und schlagkräftig ist sie auch noch!« Dylan strahlte. Ich wandte mich wieder zur Tür. Ich konnte mein Glück für einen kurzen Moment einfach nicht glauben. Die erste Stelle, auf die ich mich bewarb, gehörte auch sofort mir. Zumindest probehalber.

Trotzdem, es kam mir vor, als würde das Schicksal mich in der Entscheidung unterstützen, nach Phoenix zu ziehen.

»Bis um sechs!«, rief ich über meine Schulter hinweg und trat wieder aus der Bar.

Schnell zog ich mein Handy aus meiner Hosentasche und überprüfte meine Nachrichten. Seit heute Morgen war keine weitere SMS meiner Mom eingetroffen. Statt dass ich darüber erleichtert war, machte sich ein ungutes Gefühl in mir breit.

Ich war jetzt nicht mehr ständig bei ihr. Ab sofort war sie auf sich allein gestellt. Sie musste auf sich selbst achtgeben. Aber konnte sie das denn überhaupt? War ich vielleicht doch zu abrupt aus ihrem Leben verschwunden?

Ich würde erstmal nichts mehr von ihr mitkriegen. Würde nicht wissen, was sie treibt und wie es ihr geht.

Coles Stimme machte sich wieder in meinen Kopf breit, die Stimme, die mir gut zuredete, dass das hier das Richtige war. Dass ich ihr nichts schuldig war und auch mal an mich denken sollte. Ein leises *Ping* kündigte eine neue Nachricht an, diesmal war es allerdings eine E-Mail. Ich verlor keine Zeit, sondern öffnete sie sofort, als ich sah, dass sie von der Schule kam. Aufgeregt überflog ich den Text:

Sehr geehrte Frau Clarke,

vielen Dank für Ihre E-Mail, die Sie mir vor wenigen Tagen haben zukommen lassen. Nach Sichtung Ihrer Bewerbungsunterlagen freut es mich sehr, Ihnen mitteilen zu können, dass wir Sie gerne mit in das Programm aufnehmen würden.

Am ersten Montag im nächsten Monat beginnt das neue Lehrjahr mit dem theoretischen Teil hier bei uns an der

Schule. Wir freuen uns auf eine gemeinsame Zeit mit Ihnen.
Bezüglich der Kostenabwicklung wird sich unser Sekretariat bei Ihnen melden.
Bitte bestätigen Sie mir den Erhalt dieser Mail.

Viele Grüße,

Kian Sawyer
Schulleiter

Ich ließ einen kleinen Freudenschrei los und sah mich sofort um, ob einer meinen kleinen Ausbruch mitbekommen hatte. Aber ich stand alleine vor der Bar und kein Mensch war in Sicht. Wieder schrie ich leise und hüpfte leicht auf der Stelle. Ich hatte einen Job und die Zusage der Schule, besser konnte dieser Tag gar nicht werden. Das Schicksal meinte es wirklich gut mit mir.

Grinsend steckte ich das Handy wieder ein und machte mich auf den Weg zurück ins Wohnheim. Vorher machte ich noch bei einem kleinen Supermarkt halt und kaufte mir ein wenig Toast und Aufstrich ein.

Cole hatte mir einen Schlüssel auf den Nachttisch hinterlassen, somit kam ich auch alleine wieder in das Gebäude und in sein Zimmer. Als ich mich heute rausgeschlichen hatte, hat mich fast keiner bemerkt. Die meisten dachten wahrscheinlich, ich würde einfach von irgendeinem One-Night-Stand abhauen. Unbemerkt schlich ich mich jetzt wieder in das Gebäude und lief die Treppe hoch, um in das richtige Stockwerk zu gelangen. Vorfreude durchlief meinen Körper heute wahrscheinlich zum hundertsten Mal, aber ich konnte gegen die Glückshormone einfach nichts tun. Das wollte ich auch gar nicht. Ich musste unbedingt Cole von meinen Erlebnissen heute erzählen.

Als ich bemerkte, dass die Türe gar nicht abgeschlossen war, stieß ich sie vorsichtig auf. Cole musste von seinen Vorlesungen wohl schon zurück sein.

Aber im Zimmer traf ich nicht etwa ihn an, sondern einen Jungen mit pechschwarzen Haaren, der es sich auf dem Schreibtischstuhl bequem gemacht hatte und sich von einer Seite auf die andere drehte. Als seine Augen auch auf mir landeten, verzog er das Gesicht zu einem breiten Grinsen und hielt abrupt an.

»Du bist bestimmt Hazel«, meinte er und erhob sich. Ich nickte und verlagerte meine Sachen auf einen Arm, sodass ich ihm meine Hand entgegenstrecken konnte. »Die bin ich, jetzt hast du mir aber was voraus«, sagte ich und lächelte ihn an, während er meine Hand ergriff.

»Ich bin Ben Miller, aber alle nennen mich Benny.« Ich ließ seine Hand los und legte meine Sachen auf meinen Nachttisch.

»Wo ist denn Cole?« Benny beobachtete mich, das spürte ich selbst, ohne ihn anzusehen. Aber sein Blick hatte nichts schmachtendes, wie ich es von der Arbeit gewöhnt war, sondern eher etwas prüfendes.

Ich drehte mich wieder zu ihm und er nickte Richtung Tür. »Der ist kurz zu Ethan verschwunden, wir wollten heute Abend vielleicht was trinken gehen.« Ich strich mir die Strähnen hinter die Ohren und biss mir auf die Zunge, dann wandte ich mich wieder ab. Sein Blick verunsicherte mich.

»Entschuldige, dass ich dich so anstarre, aber Cole hat ein richtiges Geheimnis daraus gemacht, wer du bist«, sagte er und verwirrte mich damit nur noch mehr.

War ich ihm peinlich?

Oder wollte er nur verhindern, dass man mich hier rauswarf?

Allerdings hatte Benny mich nun schon gesehen, und er wusste, dass ich nicht hier sein durfte, trotzdem hatte Cole ihn reingelassen. Er schien meinen Blick zu bemerken, denn er richtete sich augenblicklich auf und sah mich freundlich an.

»Er hat uns erzählt, dass du bei ihm wohnst, das Warum hat er aber ausgelassen. Und dass ihr gute Freunde seid. Keine Angst, wir verraten dich schon nicht.«

Gute Freunde.

Sicher, genau das waren wir.

Genau das sollten wir auch sein.

Immerhin war es das, worum ich ihn gebeten hatte.

Obwohl Benny gut zwei Köpfe größer war als ich und wahrscheinlich auch doppelt so breit, wirkte er wie ein riesiger Teddybär.

Aber dann erinnerte ich mich wieder an seine Worte. »Wir?«, fragte ich nach und legte den Kopf schief. Er schmunzelte. »Cole hat es mir, Ethan, Kade und Leith erzählt. Aber auch nur weil Leith euch gestern erwischt hat«, lachte er.

Verstehend nickte ich und spürte, wie mir die Röte in das Gesicht kroch.

Na super, also war gefühlt der halbe Campus eingeweiht.

»Du würdest dich bestimmt gut mit Lilly verstehen, vielleicht kommt sie heute ja mit, dann kann ich sie dir vorstellen. Vorausgesetzt du kommst auch mit«, meinte er und beendete damit diese Stille, welche langsam peinlich wurde.

»Wer ist denn Lilly?«

Sein Ausdruck weichte richtig auf und ich konnte beinahe mitansehen, wie sich die Liebe in seinen Augen breit machte. Ob mich irgendwann auch mal jemand so anblicken würde? Ich schüttelte unmerklich den Kopf, um diese Frage darin zu vergraben. Tief zu vergraben.

»Meine Freundin, allerdings ist sie eher etwas schüchtern. Sie geht nicht so gerne aus, aber wenn ich ihr von dir erzähle, will sie dich sicher kennenlernen.« Er lächelte und zog sein Handy heraus, als es klingelte. Genau im selben Moment öffnete sich auch die Zimmertür und Cole kam hineinspaziert, hinter ihm lief ein weiterer Junge hinein. Er hatte ungefähr dieselbe Statur wie Cole, nur waren seine Haare fast genauso dunkel wie Bennys. Seine hellblauen Augen fingen an zu funkeln, als er mich ansah.

»Oh du bist Hazel!«, stieß er aus und kam auf mich zu. Völlig überrumpelt nickte ich und mir wurde die Luft aus den Lungen gepresst, als er mich fest an sich drückte.

»Ich bin Ethan.« Er löste sich wieder von mir. Überrascht warf ich Cole einen Blick zu, welcher mit angespanntem Kiefer zu Ethan hinübersah. Irgendetwas loderte in seinen Augen, aber ich konnte es keiner Emotion zuordnen.

»Alter«, murmelte Benny leise und warf Ethan einen Blick zu, den ich ebenfalls nicht so richtig deuten konnte. Ethan sah zu Cole und ließ mich sofort los, fast so, als hätte er sich verbrannt.

Verwirrt sah ich zu Cole, der ein paarmal heftig ausatmete und sich schließlich mit einem Lächeln zu mir drehte. Seine

Schultern entspannten sich und er lief die paar Meter zu mir herüber, um den Abstand zwischen uns zu schließen. Seine Hände umgriffen meine Taille und er zog mich an seine Brust. Ich würde lügen, wenn ich sagen würde, dass ich mich nicht sofort entspannte und seinen Duft einsog.

»Wie war dein Tag, Love?«, fragte er und löste sich von mir, blieb jedoch weiterhin eng bei mir stehen. Bei seiner Frage strahlte ich sofort über das ganze Gesicht.

»Sehr gut!« stieß ich aus. Die Einzelheiten würde ich ihm erzählen, wenn wir alleine waren, gerade wurden wir nämlich von zwei Augenpaaren neugierig angestarrt. Cole nickte zufrieden und zog leicht an meinen Haarspitzen, ehe er sich ganz von mir löste und einen Schritt zurücktrat. »Dann solltest du heute Abend mit uns in die Bar gehen.«

»Ich würde wirklich gerne mitkommen, aber ich arbeite da heute Abend. Will hat mich gerade eingestellt.« Ich grinste ihn breit an. Cole lächelte ebenfalls zurück, allerdings erreichte es nicht ganz seine Augen.

Kapitel 14

Cole

Sie hatte wirklich eine Stelle bei Will ergattert. Ich freute mich für sie – das tat ich wirklich. Dennoch musste ich mich mit dem Gedanken anfreunden, dass ihr ab jetzt ständig dumme Sprüche entgegengeworfen werden würden. Ethan und Benny verabschiedeten sich und verließen das Zimmer. Hazel hatte sich ziemlich schnell in dem kleinen Badezimmer verschanzt, aber als sie die zufallende Türe hörte, kam sie leise wieder raus. Ich schmunzelte und sah sie an.

»Hast du dich etwa versteckt, Love?«, fragte ich und musste mir ein Lachen verkneifen, als ich sah, dass ihre Wangen einen rosa Ton annahmen und sie auf den Boden blickte.

»Ich wollte dir einfach deine Privatsphäre lassen«, murmelte sie und schob sich die Haare aus dem Gesicht.

»Wenn ich Privatsphäre wollen würde, hätte ich mit den beiden woanders geredet. Denk bitte nicht du seist hier unerwünscht.« Ich schaute sie fest an, damit sie meinem Blick nicht ausweichen konnte. Sie hielt ihm tatsächlich stand und nickte.

»Sehr schön«, erwiderte ich und sah zu, wie sie zu unserem Schrank lief. Sie zog einen Kulturbeutel heraus und ein helles Handtuch.

»Ähm, würdest du mich zu den Duschen begleiten? Ich will bei meiner ersten Schicht gern sauber erscheinen«, stammelte sie.

Ich zog die Augenbrauen zusammen, weil es mir gar nicht gefiel, wie offensichtlich unwohl sie sich fühlte. Dabei hatten ihre Augen so gestrahlt, als ich mich nach ihrem Tag erkundigt hatte. »Momentan ist da wahrscheinlich echt viel los, die meisten Kurse haben gerade geendet. Aber in einer halben Stunde sollte sich das legen. Passt dir das?« Sie nickte, legte die Sachen auf ihrem Bett ab und nahm daneben Platz.

Seufzend erhob ich mich und lief zu ihr herüber. Ich ging vor ihr in die Hocke, um ungefähr auf derselben Augenhöhe zu sein.

»Hazel, jetzt erzähl mir doch mal, wie dein Tag war.« Ich versuchte, fürsorglich zu klingen und umfasste ihre Knie, um mich zu halten. Ihr Ausdruck hellte sich auf und ihre Mundwinkel zogen sich nach oben. »Ich habe den Job in der Bar bekommen, aber das weißt du ja schon. Naja, jedenfalls als ich danach wieder rausgegangen bin, habe ich eine E-Mail von der Schule bekommen.« Grinsend schaute sie mich an und zog ihre Augenbrauen hoch. Aufregung blitze in ihren Augen auf und ihre Stimmung versetze auch mich in dieselbe Hochstimmung.

»Na und sag schon, was stand in der Mail?«, forderte ich sie lächelnd auf. Kichernd strich sie sich das Haar hinter die Ohren. Am liebsten hätte ich das für sie gemacht. Aber ich verlor meinen Ausdruck nicht, sondern schaute sie immer noch auffordernd an. »Und ich wurde angenommen! In zwei Wochen startet der Unterricht«, stieß sie aus und das breite Lächeln erschien auf ihren Lippen. Ich stieß ebenfalls einen Jubelruf aus und stellte mich wieder gerade hin, dabei zog ich sie mit hoch und umfasste ihre Schulter, ehe ich sie fest an mich zog und freudig hin und her wiegte.

»Das ist fantastisch Hazel.« Ich hielt sie mit einer Armlänge Abstand von mir weg und sah in ihr Gesicht, welches vor Freude beinahe schon glühte.

»Siehst du, dann war es ja doch die richtige Entscheidung mit hierher zu kommen«, meinte ich und legte meine Hände auf ihre Schultern.

»Das war es! Danke Cole, ohne dich hätte ich es wahrscheinlich nicht mal aus Vegas rausgeschafft. Aber hier in Phoenix bieten sich mir jetzt ganz neue Möglichkeiten.« Ich konnte den Stolz in ihren Augen sehen und augenblicklich erfüllte sich damit auch mein Herz. Ich hatte sie die letzten Tage schon lange nicht mehr so strahlen gesehen und es tat verdammt nochmal gut, dass sie es jetzt wieder tat.

»Dafür musst du dich nicht bedanken, das habe ich doch gern gemacht«, erwiderte ich mit gesenkter Stimme und gab dem Drang nach, meine Hand auf ihre Wange zu legen und mit dem Daumen kurz darüber zu streichen. Ich spürte, wie Hazel den Atem anhielt, aber ich konnte den Blick einfachen nicht von ihren Lippen abwenden, diese vollen rosa Lippen, die ich nur zu gerne geküsst hätte. Sachte beugte ich mich ein Stück zu ihr herunter. Meine Lippen schwebten kurz über ihren und ich spürte ihren zarten Atem.

»Cole«, flüsterte sie leise und legte eine Hand auf meine Brust, direkt über mein Herz und kurz hatte ich Angst, dass sie das steigende Pochen bemerken würde. Denn ich spürte es sehr deutlich, ich hatte schon Sorge, es würde mir jeden Moment aus der Brust springen. Aber sie drückte mich vorsichtig wieder zurück, sodass sich unsere Lippen wieder Zentimeter für Zentimeter entfernten. Ich kräuselte die Augenbrauen und schaute in ihr Gesicht. Aber sie schüttelt den Kopf.

»Nur Freunde, erinnerst du dich?«, hauchte sie mir zu und mir wurde plötzlich die Stille um uns herum bewusst. Sie hatte mich gerade abblitzen lassen und ich hätte mir am liebsten gegen die Stirn geschlagen. Genau das hier wollte sie doch nicht. Wie sollte ich denn bitte so ihr Vertrauen gewinnen, wenn ich es nicht mal schaffte, mich genau einen verdammten Tag an ihre Regeln zu halten? Ich räusperte mich und trat einen großen Schritt nach hinten, um endlich wieder Abstand zwischen uns zu bringen. Sofort vermisste ich ihren Duft und ihre Wärme.

»Entschuldige.« Ich wandte mich schnell von ihr ab, um mir mein Handy vom Bett zu schnappen. »Die Duschen sollten jetzt leer sein«, sagte ich und schaute konsequent nicht sie, sondern die Zimmertür an. Ich hörte sie hinter mir laut ausatmen und dann, wie sie sich ihre Sachen holte.

Ich hörte, wie Hazel den Wasser Hahn aufdrehte. Ich lehnte an der Wand neben der Dusche, in welcher sie sich befand und behielt die Türe im Auge. »Also ist das deine Clique mit denen du sonst immer so rumhängst?«

Okay, sie wollte sich also währenddessen unterhalten.

»Love, wir sind keine Clique, sondern einfach nur ein paar Freunde, die zusammen abhängen«, antwortete ich. Sie schrie kurz leise auf und mein Herz blieb beinahe stehen.

Gott verdammt.

Panisch drehte ich mich um und war schon kurz davor, den Vorhang beiseite zu reißen.

»Alles gut, das Wasser wurde nur plötzlich kalt«, sagte sie schnell und ich beruhigte mich wieder. »Mach mir doch nicht so eine Angst.« Ich begab mich auf meinen alten Platz zurück. Sie kicherte und dadurch entlockte sie auch mir ein Schmunzeln. »Woher kennst du sie denn?«, hörte ich sie erneut fragen.

»Leith und ich studieren dieselbe Fachrichtung, daher haben wir uns schnell an unserem ersten Uni-Tag angefreundet. Außerdem ist er schon seit Jahren mit Kade und Benny befreundet, die sind alle in derselben Straße aufgewachsen, na und dadurch haben wir immer zu viert rumgehangen. Als in meinem zweiten Semester irgendeiner eine Schlägerei mit einem Erstsemester angefangen hatte, ist Ethan dazwischen gegangen. Weil er die beiden aber nicht alleine voneinander wegbekommen hat, bin ich ebenfalls mit dazwischen. Dadurch haben wir uns kennengelernt und sind seitdem unzertrennlich«, sagte ich am Ende ironisch und entlockte damit bei Hazel den gewünschten Effekt. Wieder stieg ein Lachen ihre Kehle hoch und ich fuhr mir durch die Haare, während auch ich lachen musste.

»Naja und nun hängen wir öfters zusammen ab. Aber nimm dich vor Ethan in Acht, der ist ein wahrer Ladys Held«, sagte ich weiter und versuchte, meiner Stimme immer noch diesen belustigenden Ton zu verpassen, auch wenn ich das eigentlich verdammt ernst meinte. Ethan hatte es bei Frauen manchmal viel zu leicht. Er sah gut aus und war charmant, das reichte für viele schon. Bei den anderen drei machte ich mir keine Sorgen, Ethans Enthaltsamkeit allerdings war etwas ganz anderes. Die gab es nämlich seit diesem bescheuerten Vorfall vor einigen Jahren gar nicht mehr. Und ich war mir auch nicht sicher, ob sich das jemals ändern wird.

»Cole, ich habe nicht vor einen deiner Freunde zu daten«, murmelte Hazel und ich hörte, wie sie das Wasser abstellte.

»Na dann bin ich ja beruhigt«, sagte ich leise – eher zu mir selbst. Hazel zog den Vorhang beiseite und trat aus der Dusche heraus. Das helle Handtuch hatte sie sich um den Körper geschlungen und in der einen Hand hielt sie ihre Klamotten sowie den Kulturbeutel.

»Hab vergessen mir neue Sachen mitzunehmen, meinst du, wir schaffen es schnell wieder ins Zimmer?« Sie blickte an sich herab. Ich folgte ihrem Blick und raufte mir die Haare. Sie machte mich wirklich völlig fertig.

»Versuchen können wir es ja«, sagte ich und lächelte leicht. Sie nickte und ergriff meine Hand welche ich ihr ausgestreckt hinhielt. Ich ging mit ihr um die erste Ecke und lief den Flur entlang, wir mussten nur noch einmal links abbiegen und dann stünden wir schon in unserem Gang. Aber bevor wir die nächste Kurve passieren konnten, hörte ich Stimmen – und zwar ganz eindeutige Stimmen. Ich handelte schnell und zog sie in den nächsten Raum zu meiner linken. Es war einer der kleinen Putzräume, in denen die Putzfrauen ihr ganzes Zeug lagerten. »Was?«, stieß Hazel leise aus, als ich sie hineinzog und die Türe hinter ihr schloss. Ich schob sie an die Seite gegen eins der Regale.

»Psst«, flüsterte ich und achtete wieder auf die Stimmen draußen. Ich hatte sie richtig erkannt, denn ausgerechnet unser Wohnleiter lief geradewegs an uns vorbei. Als ich hörte, wie die Stimmen immer leiser wurden, beruhigte ich mich wieder und atmete tief aus.

Puh, gerade nochmal Glück gehabt. Ich schaute von der Tür wieder zu Hazel, welche erbärmlich versuchte ihr

Handtuch hochzuhalten. Durch die schnellen Bewegungen hatte sich wohl der Knoten geöffnet und das ich ihr Handgelenk fest umfasst hielt, half bei der ganzen Sache auch nicht wirklich.

»Shit«, fluchte ich und umfasste das Handtuch, als ich einen ihrer Nippel aufblitzen sah. Schnell zog ich es fest um ihren zierlichen Körper und wickelte sie wieder richtig ein. Wenn sie sich so entblößte, wenn auch nicht mit Absicht, dann würde ich noch auf ihre Regeln pfeifen und ihr gleich hier mein Herz auf einem Silbertablett servieren.

Sie verkniff sich ein Lachen, das sah ich ganz genau, und presste sich die flache Hand vor den Mund. Sie hatte wohl meinen Blick auf ihre Brüste gemerkt, aber was sollte ich denn tun? Sie hatte nun mal wirklich hübsche Brüste.

»Das ist nicht lustig«, sagte ich gespielt ernst, da prustete sie auch schon los. Ich konnte die ernste Miene nicht weiter beibehalten und grinste ebenfalls zurück.

»Denk das nächste Mal an Wechselkleidung, nochmal steh ich das nicht durch.« Belustigend zog ich eine Augenbraue hoch.

Hazel salutierte. »Ja, Sir«, kicherte sie.

Kapitel 15

Cole

»Na komm, jetzt entspann dich doch mal.« Kade schlug mir gegen die Schulter und richtete seine Augen wieder auf das Glas vor sich. Wir saßen in derselben Nische wie das letzte Mal und hatten jeder ein Bier vom Fass vor uns.

»Der will dich doch nur ärgern«, sagte jetzt auch Leith, aber ich konnte meinen Blick trotzdem nicht von Hazel abwenden. Ethan hatte sich in dem Moment, in dem wir uns eigentlich setzen wollten, zu Hazel an die Theke begeben und quatschte sie entweder zu oder beobachtete sie einfach nur. Dafür, dass dies ihr erster Abend war, schlug sie sich gut. Aber sie meinte ja schon, dass sie bei Sammy's Excotics öfters ausgeholfen hatte. Trotzdem. Als ich ihr Outfit bemerkt hatte, wollte ich am liebsten auf der Stelle wieder umdrehen. Das würde ein ganz fürchterlicher Abend werden. Die kurzen Shorts versteckten beinahe nichts und ließen ihre Beine endlos lang wirken. Klar, wir hatten August und es war den ganzen Tag über verflucht heiß, aber die kurze Hose und das knappe Oberteil halfen nicht gerade, dass ich einen klaren Kopf behielt.

Ich spannte mich an, als Ethan sich endlich von dem Barhocker erhob und ihr noch einmal sein strahlendes Lächeln schenkte, sich umdrehte und auf uns zulief. Ich hoffte, er konnte die Wut in meinen Augen lesen. Vielleicht war es auch ein Fehler, ihnen nicht gesagt zu haben, was ich wirklich für Hazel empfand. Dass ich sie bloß als eine Freundin betitelt hatte, hatte wahrscheinlich den falschen Eindruck vermittelt.

»Du hast anscheinend Todeswünsche«, murmelte Kade an Ethan gerichtet, als der bei uns am Tisch ankam. Kade saß zwar immer noch neben mir, aber ich merkte, dass er jederzeit bereit war aufzustehen, falls einer austicken sollte. Aber Ethan zuckte bloß mit den Schultern und grinste. »Ich wollte ja bloß erfahren, wer diese Hazel ist und wieso sie bei Cole diese Seite hervorruft«, feixte er und grinste mich spitzbübisch an. Ich spannte mich weiter an und mein Kiefer knirschte beinahe. »Außerdem ist sie wahrscheinlich das heißeste Mädchen hier, das lasse ich mir doch nicht entgehen.« Bei dieser Aussage hielt mich nichts mehr auf meinem Platz und ich sprang auf. Ich blähte meine Nase und ballte die Hände zu Fäusten. Ich war etwas größer als er und nahm das jetzt zu meinem Vorteil, indem ich mich vor ihm aufbaute.

»Hey, komm runter«, sagte jetzt Benny, der aus dem Nichts aufgetaucht war. Lilly begleitete uns heute und die beiden waren wenigen Minuten nach draußen gegangen, da sie etwas frische Luft brauchte. Er fasste mich an der Schulter und zog mich ein Stück von Ethan zurück, welcher mich immer noch angrinste. Zu gerne hätte ich ihm das Lächeln aus dem Gesicht geschlagen, aber er sah so aus, als würde ihn ein Schlag ins Gesicht überhaupt nicht kümmern.

»Was ist dein Problem?«, zischte ich, worauf Ethan die Augen verdrehte.

»Alles gut, Mann, ich mach doch nur Spaß. Ich geh schon nicht an dein Mädchen ran, ich wollte nur wissen, wer sie so ist. Aber wirklich viel habe ich nicht erfahren. Stattdessen hat sie mit ihren Wimpern geklimpert und mich immer nett abgewiesen. Als hätte sie einer vor mir gewarnt«, sagte er und nahm auf der gegenüberliegenden Bank neben Leith Platz. Augenblicklich musste ich mir das Grinsen verkneifen. Dann hatte Hazel also meine Worte wirklich ernst genommen. Ich versuchte mich zu beruhigen und atmete ein paarmal tief durch. Leith schlug Ethan auf den Hinterkopf und schüttelte lachend den Kopf, er fand das alles anscheinend auch recht amüsant. Mein Blick glitt selbstständig zu Hazel. Sie beobachtete uns und Falten der Verwirrung hatten sich auf ihrer Stirn gebildet. Ich wusste, wie das für sie aussah: wie ein eifersüchtiger Freund. Aber ich konnte einfach nichts gegen meine Gefühle tun. Wenn ihr jemand zu nahe kam, tickte ich aus.

So einfach war das.

»Lass den Scheiß einfach«, murmelte ich an Ethan gerichtet und ließ mich wieder neben Kade fallen. Kade klopfte mir auf den Rücken und fing einfach irgendein Thema an, um die Stimmung wieder aufzulockern. Ich war ihm echt dankbar dafür, hörte ihm aber nicht wirklich zu. Stattdessen richtete ich meine Aufmerksamkeit wieder auf Hazel. Sie war konzentriert bei der Arbeit, sodass es ihr nicht auffiel, dass ich sie beobachtete.

»Redet ihr über diese geheimnisvolle Hazel, wegen der Benny mich heute hergeschleppt hat?«, richtete sich jetzt auch Lilly an mich, aber ich musste ihr gar nicht erst antworten, sondern sie folgte einfach meinen Blick.

»Oh, die Rothaarige?«, fragt sie nach.

»Genau die ist es«, bestätigte Benny ihr und legte ihr die Hand auf den Rücken. Lilly lächelte ihn an und lehnte sich in seine Berührungen weiter nach hinten, sodass seine Finger ihre kurzen schwarzen Haare strichen. Hazel sprach kurz mit dem Jungen neben ihr – Blake, glaube ich –, dieser nickte kurz und sie zog das Handtuch aus der Schürze, ehe sie hinter der Theke vortrat und auf uns zu lief.

»Oh das wird ja lustig«, murmelte Kade hinter mir und rückte sein Glas hin und her.

»Alles okay bei euch?«, fragte Hazel, als sie an unserem Tisch ankam. Ich behielt sie weiter im Auge und auch wenn die Frage an alle gestellt war, so sah sie doch nur mich an. Sofort durchlief mich wieder diese Wärme, die ihre Augen ausstrahlten.

Ich räusperte mich. »Ja alles gut, Love. Wie läuft die erste Schicht?«

Sie lächelte. »Super, Blake und Dylan haben mich echt gut eingearbeitet«, erwiderte sie und blickte kurz zurück. Ich nickte und wandte mich an unsere Gruppe. »Hazel, du kennst ja bereits fast alle. Das sind Leith und Lilly.« Ich zeigte auf die genannten Personen. Lächelnd reichte Hazel ihnen die Hand. »Freut mich euch kennenzulernen«, sagte sie.

»Ich mag deine Haare«, grinste Lilly sie an. Eine leichte Röte kroch in Hazels Wangen hoch und sie zupfte an einer kupferfarbenen Strähne. »Vielen Dank, du hättest meine Mom in jungen Jahren sehen müssen, die hatte eine richtige Mähne«, kicherte sie und bei der Erwähnung ihrer Mom verdrehte sich mein Magen unangenehm. Ihr schien die Erwähnung allerdings nichts auszumachen, daher entspannte ich mich schnell wieder.

»Von dir habe ich auch schon gehört, wir sollten unbedingt mal etwas unternehmen«, richtete sie sich an Lilly, deren Augen sofort um einiges größer wurden. Sie unternahm nicht viel und ich meinte auch, dass sie nicht wirklich viele Freunde an der Uni hatte. Lilly nickte jedoch fast schon aufgeregt.

»Ja sehr gerne«, sagte sie grinsend und Benny schaute sie schmunzelnd an. Hazel lächelte ebenfalls und blickte wieder zu mir zurück.

»Na gut, ich muss dann mal wieder zurück«, meinte sie und schenkte der Gruppe noch ein kurzes Lächeln, bevor sie sich umdrehte und zur Theke zurücklief. Mein Blick landete sofort auf ihrem Po. Ethan stieß einen leichten Pfiff aus, worauf ich mich sofort zu ihm umdrehte und ihm gegen die Schulter boxte. Stöhnend hielt er sich die Stelle, die ich gerade getroffen hatte. Er verdrehte die Augen und fing an zu lachen.

»Ist ja schon gut, verstanden. Jetzt wirklich. Es ist wirklich unfair, dass dein Bruder Boxer ist«, sagte Ethan.

»Wie geht's eigentlich deinem Bruder, ich habe gehört er hat den Titel erneut geholt?« Leith rutschte auf dem Platz neben mich, weil Benny und Lilly gerade Richtung Tanzfläche abgehauen waren. Ethan dagegen machte sich an ein College-Mädchen zwei Tische weiter ran. Dass er sich jemand anderen als Hazel gesucht hatte, beruhigte mich tatsächlich etwas, wahrscheinlich hatte er es genau deswegen auch getan.

»Ja hat er, aber du solltest sein Gesicht sehen, das sieht verdammt massakriert aus«, meinte ich. Kade stand auf und holte Nachschub an der Theke, damit ließ er Leith und mich allein zurück.

Hazel war so beschäftigt, dass sie nicht mehr zu mir rüber sah und ich konnte meinen Blick auch endlich mal von ihr lösen. »Ja die Jungs aus meinem Controlling Kurs haben davon gesprochen, die haben sich anscheinend die Live-

Übertragung angeschaut. Ganze zwölf Runde hat es gedauert, meinten die.« Ich nickte, länger als zwölf Runden wäre es auch gar nicht gegangen, danach wäre nach Punkten entschieden worden und wie das ausgegangen wäre, möchte ich lieber nicht wissen. Chase Harper, der Rivale meines Bruders, hatte Jason während der ersten Runden ganz schon viele Hiebe verpasst und lange die Oberhand beibehalten.

»Aber er hat ja gewonnen, das ist die Hauptsache.« Ich schmunzelte und nahm einen großen Schluck meines Bieres.

»Wann geht denn die nächste Saison wieder los?«, fragte Leith weiter und ließ seinen Blick durch die Menge fahren. Je später es wurde, desto voller wurde es auch. Wir hatten bald Mitternacht, allerdings hatte ich morgen erst einen späten Kurs, daher konnte ich noch etwas bleiben.

Ich wollte Hazel nachher sowieso nicht alleine nachhause gehen lassen.

»Erst im Februar wieder. Jetzt hat er erstmal eine Pause verdient. Phoebe und er wollen zusammenziehen, daher sind die viel mehr mit Umziehen beschäftigt. Außerdem soll sich Jason schonen, die Verletzungen müssen erstmal richtig verheilen.«

Leith nickte wissend. »Deine Familie ist echt krass«, sagte er, woraufhin ich die Augen verdrehte. Meine Familie war nicht krass, mein Bruder war nur bekannt, wir waren mit wortwörtlich *nichts* großgeworden. Ohne Jason hätte ich mir nicht mal diese Uni leisten können. Wir waren als Kinder wirklich nicht gut dran gewesen und als unser ältester Bruder Dean bei seinem Dienst im Irak starb, dachte ich, es ginge noch weiter bergab, aber Jason holte uns aus dem Loch raus, das wir unser Zuhause nennen mussten. Durch seine Kämpfe machten wir viel Geld und als er später zu den Profis wechselte, konnten wir uns endlich mehr leisten als Pesto und Nudeln.

Kade kam an unseren Tisch zurück und hielt drei Gläser in der Hand. Er reichte jedem von uns eins und setzte sich wieder auf seinen Platz. Leith und ich ließen das Thema fallen.

Eine Bewegung an der Theke weckte meine Aufmerksamkeit wieder. Hazel stand einem Kerl gegenüber, welcher ganz offensichtlich betrunken war. Er schwankte leicht und hielt sich mit einer Hand am Hocker fest, allerdings gab dieser ihm nicht genügend Halt und so passierte es, dass der Kerl sich samt dem Stuhl auf die Schnauze legte. Hazel sah ihn erschrocken an und lief um die Theke herum, um ihn beim Aufstehen zu helfen. Der Kerl krallte sich in ihrem winzigen Shirt fest und zog daran, um sich wiederaufzurichten. Dabei zog er ihr das Shirt soweit runter, dass man ihren BH sehen konnte. Augenblicklich stand ich auf und lief auf die beiden zu. Ich riss die Hand von dem Typen weg und zog Hazel sofort das T-Shirt wieder hoch, sodass es ihren Ausschnitt vernünftig verdeckte.

Sie schaute immer noch etwas perplex, immerhin hatte sich der Kerl beinahe mit seinem ganzen Gewicht auf sie gestemmt. Sie holte tief Luft und ich zog sie neben mich, damit sie wieder aufrecht stand. Der Kerl lag immer noch auf dem Boden, ich bückte mich, um ihn nach oben zu zerren, dann schubste ich ihn in Richtung eines leeren Stuhls und drückte ihn an den Schultern runter, damit er sich setzte. Ein andere Junge – Dylan, laut seinem Namensschild – schob mir ein Wasser rüber. Dankend nickte ich ihm zu und drückte es dem Typen vor mir in die Hand.

Ich lehnte mich etwas zu ihm herab. »Kommst du meiner Frau nochmal zu nahe, dann bin ich nicht mehr so nett«, sprach ich ihm leise ins Ohr. Spöttisch verzog der das Gesicht, nun ja, so weit wie es für einen Betrunkenen nun mal möglich war.

»Wer zum Teufel bist du?«, lallte er und schwankte schon wieder so stark, dass ich dachte, er würde jeden Moment auf den Boden prallen. Ich griff an seine Schultern und schüttelte ihn, damit er mich ansah.

»Ich bin Cole Bail und ich sag's dir zum letzten Mal, fass sie nie wieder so an.« Ich hielt die Stimme gesenkt, hatte keine große Lust auf Publikum. Seine Augen weiteten sich und ich war echt dankbar, dass mein Nachname einigen bekannt war und ich dadurch den nötigen Respekt gezeigt bekam. Ich wandte mich wieder von ihm ab und lief zu Hazel, die sich mittlerweile neben die Theke gestellt hatte.

»Alles klar bei dir, Love?«, fragte ich mit sanfter Stimme und umfasste ihr Kinn, um ihren Blick auf mich zu lenken.

»Was sollte das? Du brauchst mich nicht zu beschützen, ich hab das gut im Griff!«

War ihr eben nicht aufgefallen, dass ich ihr nur helfen wollte?

»Das hab ich gesehen«, schnaubte ich. »Und der Kerl hatte dein Oberteil gut im Griff.«

Hazel atmete tief ein, als wollte sie noch etwas sagen, pustete die Luft dann aber aus und seufzte: »Du hast Recht. Danke.«

Ich nickte ihr lächelnd zu und schob sie wieder hinter die Theke.

»Und jetzt arbeite mal weiter, ich sitz ja direkt da hinten, falls nochmal etwas sein sollte.« Ich bemerkte Blake, der etwas weiter hinter Hazel stand und uns einen kurzen Blick zuwarf. Ich gab ihr einen leichten Klaps auf den Po und grinste, als ich ihre Reaktion sah ... und hörte.

»Freunde Cole!«, rief sie quietschend und ich lachte.

»Natürlich Love, aber Freunde helfen sich doch gegenseitig«, sagte ich und legte den Kopf schief.

»Ja, aber sie hauen aneinander nicht auf den Allerwertesten«, sagte sie und auch ihre Mundwinkel wanderten langsam nach oben.

Lachend zuckte ich mit den Schultern und wandte mich wieder zum Gehen ab.

Wenn das die Art Freundschaft war, die wir hatten, könnte ich mich bestimmt dran gewöhnen.

Kapitel 16

Hazel

Bis auf die Tatsache, dass Ethan mich die erste Hälfte des Abends vollgequatscht hatte und dem kleinen Zwischenfall mit dem betrunkenen Kerl, hatte ich das Gefühl, heute gute Arbeit geleistet zu haben. Meine erste Schicht verlief gut. Sehr gut sogar. Nach ein paar Versuchen hatte ich die Hangriffe, die mir Blake hinter der Bar gezeigt hatte, schon richtig gut drauf und Dylan hatte mir erklärt, wo sich im Gästebereich was befand und wo was hingehörte. Als Will sich kurz vor der Öffnung erkundigt hatte, wie es so läuft, hatte er von beiden Jungs einen Daumen nach oben bekommen – das musste heißen, ich stellte mich ganz gut an.

»Ich denke mal, der wartet auf dich«, sagte Blake und nickte auf jemanden hinter mich. Ich stellte den letzten Stuhl kopfüber auf die Tischplatte und richtete mich auf. Verwirrt runzelte ich die Augenbrauen und sah hinter mich. Cole stand draußen vor der Eingangstür und wartete tatsächlich auf jemanden.

»Auf mich?«, fragte ich verwundert nach. Bestimmt nicht. Nach dem Vorfall mit dem Betrunkenen hatten wir den ganzen Abend nicht mehr miteinander reden können, weil die Bar mit jeder Stunde voller wurde. Hatte er sich nicht mit irgendwelchen Mädchen unterhalten? Bestimmt wollte er eine von denen heute Abend abschleppen.

Gott, darüber hatten wir ja noch gar nicht gesprochen. Was, wenn er jemanden mitnahm? Würde er dann einfach mit ihr schlafen, während ich...? Die Frage hing unausgesprochen in meinem Kopf.

»Na sicher, so wie der dich den ganzen Abend beobachtet hat, wartet der auf niemand anders als dich«, sagte Blake wieder und widmete sich den Zapfhähnen, aus welchen immer noch Wasser lief. Wir spülten gerade die Leitungen durch und waren auch ansonsten fast fertig mit dem Aufräumen.

Aber Moment ... Cole hatte mich angestarrt?

»Hach, was hast du nur für ein Glück«, seufzte Dylan und stellte sich mit dem Kehrblech in einer Hand neben mich. Er legte mir einen Arm über die Schulter und seufzte ein weiteres Mal dramatisch auf.

»Wieso das denn?« Ich schielte zu ihm rüber. Musste er so auffällig raus zu Cole starren? Ich konnte wieder nichts gegen die Schmetterlinge machen, die in meinen Bauch zu flattern begangen, aber ich hatte die richtige Entscheidung getroffen. Ich musste mich auf die wichtigen Dinge fokussieren und einem Mann hinterher zu laufen, der meine Gefühle nicht erwiderte, war keine Sache, die mich im Leben weiterbringen würde.

»Na, wenn ich du wäre, würde ich mich wirklich glücklich schätzen, wenn jemand wie Cole Bail auf mich steht«, sagte er und schaute mit diesem verzweifelten Blick zu Cole hinüber. Ich runzelte die Augenbrauen.

»Also nur um das klar zustellen: Cole steht nicht auf mich, zumindest nicht so wie du denkst.«

»Und jetzt hört beide auf, ihn so anzugaffen, sondern lasst uns die Schicht zu Ende bringen«, rief Blake zu uns rüber und Dylan lachte auf. »Er ist nun mal nett anzuschauen und in letzter Zeit gab es nicht viele Kerle, die das waren.«

Okay … warte was … hä?

Auf meinen verwirrten Blick hin schlug Dylan mir mit dem Handtuch auf meinen Po, damit wäre er dann schon der zweite an diesen Abend.

»Süße, man sieht dir genau an, was du denkst. Ja, ich bin schwul«, grinste er mich breit an und ich riss die Augen auf.

»Du bist schwul?«, erwiderte ich ungläubig. Er nickte und kniff mir in die Wange. Wieso waren denn die Attraktiven immer direkt schwul?

»Das kam unerwartet.« Lachend schaute ich zu ihm rauf. »Aber ich wollte schon immer einen schwulen Freund haben.« Ich umfasste seinen Arm.

»Also sind wir jetzt etwa Freunde?«, meinte er und ich nickte wie wild mit dem Kopf. »Na aber unbedingt. Etwas anderes lasse ich gar nicht zu«, sagte ich stur und hörte Blakes Lachen im Hintergrund. Anscheinend schloss ich momentan viele Freundschaften, oder zwängte sie ihnen eher auf. Egal.

Grinsend nickte Dylan ebenfalls, umfasste meine Schultern und zog mich in eine Umarmung. »Na dann, neue Freundin, lass uns schnell fertig werden, ich muss nämlich dringend ins Bett.« Er lief mit dem Kehrblech in die andere Richtung, um dort noch den restlichen Glasmüll aufzuheben.

»Ich hatte ja keine Ahnung«, murmelte ich und lief wieder zu Blake. Grinsend betrachtete der mich. »Dylan lässt das auch nicht so raushängen, ist nicht so gut fürs Trinkgeld, weißt du?«, sagte er und zeigte auf die Oberfläche des Thekenbretts, um mir zu symbolisieren, dass ich hier noch putzen musste. Nickend machte ich mich an die Arbeit.

Um zwanzig nach zwei trat ich aus der Bar raus und näherte mich geräuschlos Cole.

»Wartest du auf mich?«, fragte ich leise, sobald ich bei ihm ankam. Cole fuhr zu mir herum und seine Augen fanden meine.

»Auf wen denn sonst?«, erwiderte er. Ich zuckte mit den Schultern.

»Weiß nicht«, murmelte ich und sah wie Cole einen großen Schritt auf mich zutrat.

»Ich nehme keine andere mit zu mir, Love.« Er strich mir über die Haare, leicht zog er an einer Locke und grinste mich an. »Und jetzt komm, ab nachhause.« Er griff nach meiner Hand und zog mich über die Straße hinter sich her. Bei dem Wort *zuhause* zog sich mein Herz kurz zusammen, aber ich ließ mir nicht anmerken, wie sehr mir dieses Wort gefiel.

Wir liefen über den Gehweg wieder in Richtung des Campus, Cole ließ meine Hand nicht los und ich ließ es geschehen. »Du musst nicht auf mich warten und mich zurückbegleiten, das weißt du, oder?«, fragte ich in die lauwarme Nacht hinein.

»Love, ich weiß, dass du das auch alles alleine schaffen würdest und damit meine ich nicht nur das nachhause gehen. Aber ich tu das hier gerne, okay?« Stumm nickte ich und musste mir ein Lächeln verkneifen. Er umfasste meine Hand fester und drückte sie einmal, ich sah zu ihm hinauf und seine Augen blickten mich beruhigend an. Dieses flüssige Karamell beruhigte mich seit unserer ersten Begegnung.

»Hast du was dagegen, wenn ich heute bei dir schlafe?«

Verwirrt schaute ich zu ihm rüber, meinte er das ernst? Ich hatte meine Bettdecke gerade aufgeklappt und wollte mich hinlegen. Cole hatte sich auf die Kante seines Bettes gesetzt und beobachte mich aufmerksam. »Was?«, fragte ich nach, vielleicht hatte ich mich ja auch einfach verhört.

»Kann ich bei dir schlafen? Ich schwöre, ich versuche auch nichts, ich möchte einfach nur …« Er beendete seinen Satz nicht, ich ließ mich auf der Matratze nieder und schaute ihm entgegen.

»Was möchtest du?«, fragte ich leise nach und behielt ihn im Blick, während ich mir über den geflochtenen Zopf strich, denn ich gerade noch gemacht hatte. Seufzend fuhr er sich durch die Haare und rieb sich den Nacken, bevor er die Hand wieder fallen ließ. »Keine Ahnung, ich möchte dir einfach nahe sein. Ist das okay?«, murmelte er und wenn ich es nicht besser wüsste, würde ich beinahe denken, dass ihn die Fragerei nervös machte und fast schon unangenehm war. Aber ich kannte Cole doch gut genug, um zu wissen, dass ihm so etwas eigentlich nicht peinlich war. Er war schon dabei, sich wieder abzuwenden, als ich endlich meine Mund öffnete und etwas antworten konnte.

»Okay, klar«, sagte ich leise und legte mich hin, rutschte an den inneren Rand und schlug die Decke zurück, um ihm anzudeuten, sich zu mir zu legen.

Cole stand augenblicklich auf. »Wirklich? Ich möchte dich zu nichts drängen«, meinte er und rieb sich über die nackte Brust. Zum Schlafen hatte er meistens nur eine Jogginghose an. Ich nickte, denn bei diesem Anblick wäre ich wahrscheinlich zu nichts anderem mehr fähig gewesen. Anscheinend brauchte er keine weitere Aufforderung, denn er kam mit großen, schnellen Schritten zu mir hinüber und glitt neben mich in die Laken. Ich drehte ihm den Rücken zu und starrte an die Wand, als er das kleine Nachtlicht ausschaltete. Er holte tief Luft und atmete laut aus. Er drehte sich ebenfalls auf die Seite, seine Hand glitt unter der Decke über meine Hüfte und schließlich legte er den Arm fest um meine Taille. Er versteckte sein Gesicht in meinen Haaren und zog meinen Rücken an seinen Oberkörper.

»Besser?«, hauchte ich leise und schloss ebenfalls die Augen. Für mich war es definitiv besser so, auch wenn ich das nicht zugeben würde. In der Position fühlte ich mich beschützt und weniger alleine. Er nickte, das spürte ich an meiner Schulter. Er hauchte mir einen kleinen Kuss auf mein Schulterblatt und presste sich noch enger an mich, falls das überhaupt möglich war.

»Viel besser«, murmelte er und ich spürte, wie er sich müde tief in die Matratze sinken ließ.

»Hey Süße, gibt's du mir noch ein Bud?« An die Kosenamen, die ich hier in der Bar von den Gästen bekam, hatte ich mich schnell gewöhnt. Sie waren beinahe harmlos – also im Vergleich zu denen im Club. Daher war das völlig okay für mich. Ich lächelte einfach nett und reichte dem Kerl das gewünschte Bier. Wenn sein Kosename für mich mehr Trinkgeld bedeutete, war mir das nur recht. Er reichte mir einen Zehndollarschein und zwinkerte mir zu. »Der Rest ist für dich, Schönheit.«

Wieder lächelte ich und bedankte mich. Das war zwar eigentlich viel zu viel, aber wie gesagt, mir war es recht. Ich steckte den Schein in mein Portemonnaie, das ich an einem Gürtel bei mir trug. Langsam konnte ich sogar die

Preise auswendig, da die meisten tatsächlich nur Bier tranken, entweder als Flasche oder vom Fass.

Ich schaute neben mich, Blake stand wie gewohnt ebenfalls mit mir hinter der Theke und flirtete hemmungslos mit einer Brünetten zu seiner rechten. Heute war nicht so viel los, zumindest noch nicht. Ich fand es trotzdem recht voll dafür, dass es mitten unter der Woche war. Aber das war gestern ja nicht anders gewesen. Dylan meinte, die meisten Studenten legten ihre Kurse immer etwas später, damit sie abends länger ausbleiben konnten. Verständlich.

Als wir öffneten, dauerte es nicht lange und Coles Truppe saß wieder an am gleichen Tisch wie gestern. Ich wusste nicht, ob er wieder bis spät in die Nacht bleiben wollte, aber irgendwie erfasste mich eine Vorfreude, falls er wirklich später noch auf mich warten würde. Ein Junge riss mich aus meinen Gedanken, als er mit einem Schein vor meinem Gesicht herum wedelte und sich ein Corona bestellte. Lächelnd reichte ich es ihm und gab ihm sein Wechselgeld. Mit einem feuchten Lappen wischte ich über das Thekenbrett, das langsam zu kleben begann.

Meine Gedanken wanderten wieder zu gestern Nacht. Wir hatten tatsächlich nur gekuschelt. Ich war aufgewacht und Cole lag immer noch an mich geschmiegt. Als Coles Wecker geklingelt hatte, hatte er sich geräuspert und mich beim Aufstehen auf die Wange geküsst. Ich war liegen geblieben und hatte einfach so getan als würde ich noch schlafen. Feige, ich weiß. Allerdings hatte ich keine Ahnung, wie ich mich verhalten sollte. Was hatte denn die letzte Nacht überhaupt zu bedeuten? Ich meine, Freunde kuschelten ja auch ab und zu, daher war das doch völlig normal. Oder?

Diesmal riss mich kein Kunde aus meinen Gedanken, sondern ein Mädchen, das gerade in die Bar marschierte. Ihr Po wurde von einem winzigen Rock bedeckt, welcher wahrscheinlich gar nichts mehr bringen würde, wenn sie sich nach vorne beugte. Passend dazu hatte sie ein dünnes Shirt an. Ihre Haare waren unglaublich hell, beinahe heller als Dylans. Sie sah unglaublich aus. Sie hatte ein furchtbar hübsches Gesicht und auffällig grüne Augen. Sofort lief sie zu dem Tisch von Cole und seinen Freunden hinüber. Ich erwischte mich dabei, wie ich hoffte, dass sie eine Freundin von Ethan oder Kade oder von mir aus auch Leith war. Aber mir drehte sich der Magen um, als sie sich direkt auf Coles Schoss niederließ. Somit verdeckte sie mir die Sicht auf sein Gesicht. Aber er schob sie auch nicht sofort von sich. Mein Herz machte Purzelbäume und ich wandte mich ab. Damit hatte ich doch gerechnet. Ich durfte daraus jetzt keine große Sache machen. Ich atmete tief durch. Es ist nun mal Cole, auch andere Mädels haben Augen im Kopf. Was hatte ich denn gedacht, dass er auf Ewigkeiten enthaltsam lebte? Ich schüttelte den Kopf und fing Dylans Blick auf, welcher gerade mit einem Tablett voller leerer Gläser und Flaschen hinter die Theke trat. Er schaute mich besorgt an und ließ seinen Blick zu dem Tisch hinter mir fahren. Mitleidig blickte er mich an und stellte das Tablett ab. Aber ich wollte kein Mitleid, ich war ja nicht mal Coles feste Freundin oder seine Ex oder sonst irgendwas. Richtig, ich war nämlich nichts für ihn. Das hatte ich mir ja selbst ausgesucht und jetzt musste ich damit klarkommen. Ich lächelte Dylan an, schüttelte den Kopf und machte eine Handbewegung, als würde mich die ganze Szene nicht im

Geringsten stören. Mit einem falschen Lächeln auf den Lippen wandte ich mich dem nächsten Kunden vor mir zu.

Kapitel 17

Cole

»Da kommt Ärger auf dich zu«, murmelte Ethan und lehnte sich auf seinem Platz weiter nach hinten, ehe er die Arme vor der Brust verschränkte. Verwirrt runzelte ich die Stirn und drehte mich um. Ich hörte, wie Leith hinter mir scharf Luft holte und das verwirrte mich noch mehr. Aber sobald meine Augen auf Kenna landeten wurde mir sofort klar, warum ihre Reaktion so ausfiel. Mein verwirrter Ausdruck wandelte sich sofort in einen genervten um.

»Viel Spaß, Kumpel.« Leith klopfte mir auf die Schulter und schaute mich schelmisch grinsend an.

»Coley!«, stieß Kenna aus, sobald sie in Hörweite war und legte ihre Hände auf meine Schultern. Bei dem Spitznamen verzog ich das Gesicht. Kenna ließ sich auf meinem Schoß nieder und umschlang meinen Hals. Wäre es extrem unhöflich, sie einfach wegzustoßen?

Wir mussten das hier klären und ich musste ihr endlich vermitteln, dass ich nicht länger an ihr oder den Sex mit ihr interessiert war. Wenn sie es auf die softe Art nicht verstand, würde ich eben ausfälliger werden.

»Ich habe dich vermisst«, gurrte sie und dachte wahrscheinlich, der Ton, den ihre Stimme annahm, würde mich anmachen. Tat er aber nicht.

»Schön,« murmelte ich abwesend und ließ die Hand zu ihrer Hüfte fahren, um sie nun von mir weg zu drücken. Sie hatte es sich jetzt lang genug hier bequem gemacht.

»Oh Coley, sag mir nicht, du hast mich nicht auch vermisst«, hauchte sie mir zu und nahm meine Berührung wohl eher als Aufforderung, dass sie sich näher an mich lehnen konnte.

»Kenna«, knurrte ich und verstärkte meinen Druck, ehe ich sie mit beiden Händen umfasste und nun ganz von mir schob. Etwas enttäuscht sah sie mich an und schob die Unterlippe vor. Bevor sie jedoch wieder den Mund öffnen konnte, schnitt ich ihr das nächste Wort ab. »Kenna, wie oft denn noch? Lass mich bitte in Ruhe«, sagte ich bestimmend und wandte den Blick genervt von ihr ab. Es ist noch nicht so lange her, da hatte ich gern Zeit mit ihr verbracht. Das lag aber inzwischen lange genug zurück und ließ mich eher kalt. Sie war nicht Hazel, das würde sie auch nie sein. Hazel war weich, liebevoll, sie roch unfassbar gut und jede Bewegung an ihr faszinierte mich. An Kenna zog mich nichts mehr an, rein gar nichts. Sofort schoss mein Blick zu Hazel, aber sie schaute gar nicht her, sondern konzentrierte sich auf die Arbeit. Vielleicht hatte sie die Situation nicht bemerkt.

Sie schmollte immer noch und ließ den Zeigefinger über meine Schulter und meinen Oberarm wandern. Zornig stöhnte ich auf und drückte ihre Hand weg. »Ehrlich Kenna, lass es. Ich bin nicht an dir interessiert, versteh das doch«, sagte ich nun zum wahrscheinlich hundertsten Mal. Das ich all ihre Nachrichten ignoriert hatte, schien bei ihr anscheinend gar nichts gebracht zu haben.

»Aber Cole, wir haben doch so schöne Stunden verbracht. Das möchtest du jetzt einfach wegwerfen?«, stieß sie aus und schaute mich unschuldig an. Leith hustete neben mir gekünstelt auf, wofür ich ihm am liebsten gegen das Schienbein getreten hätte, wenn wir nicht nebeneinandersitzen würden. Ethan beobachte uns immer noch aufmerksam und hatte beide Augenbrauen nach oben gezogen.

»Tu uns beiden einfach einen Gefallen und lass mich in Ruhe«, versuchte ich es ihr sachlich beizubringen. Langsam kamen wir aber am Ende meines Geduldfadens an. Sie sollte nicht so eine Szene machen und irgendwo, ganz tief in meinem Herzen, tat sie mir sogar etwas leid, allerdings hatte ich ihr von vornherein klar gemacht, dass ich nichts Festes suchte. Nichts Festes gesucht hatte. Damals zumindest nicht.

Darauf hatten wir uns von Beginn an geeinigt. Wir hatten Sex und das war's. Das war alles, was ich von ihr gewollt hatte und das hatte ich ihr klar gemacht. Das hatte ich damals auch Hazel klar gemacht und hielt mich jetzt im Nachhinein für einen ganz schönen Idioten. Hazel hatte jemand anderen verdient als mich, aber zum Teufel, ich würde und könnte mich jetzt nicht mehr von ihr fernhalten. Kade zog meine Aufmerksamkeit auf sich, als er sich neben Kenna stellte und mit dem Daumen leicht hinter sich zeigte. Er tat es unauffällig, sodass nur ich seine Geste mitbekam. Er deutete zu Hazel und ich schaute geradewegs in ihr Gesicht. Sofort wendete sie sich von mir ab, als sie bemerkte, dass ich sie musterte. Sie sah überrascht und verwirrt aus. Kenna drehte sich ebenfalls um und musterte sie abschätzend.

»Wer ist die?«, fragte sie spöttisch und zog eine Augenbraue hoch. Kenna war allgemein ein oberflächlicher Mensch und ich glaubte auch, dass sie sich bloß wegen meines Nachnamens an mich ranmachte.

»Coles Freundin«, stieß Benny aus, der nun auch mit Lilly wieder an unserem Tisch platznahm. Er zog seine Freundin auf einen seiner Oberschenkel. Lilly schaute verwirrt zwischen uns umher.

»Freundin?« Kenna klang verächtlich. Ihr abfälliger Ton ließ das Blut in meinen Adern sofort wieder kochen.

Tief atmete ich durch. »Verschwinde«, sagte ich und richtete meinen Blick wieder an ihr Gesicht. Langsam war es vorbei mit der Freundlichkeit. Als sie meinen ernsten Ausdruck sah, wurde sie beinahe etwas bleich.

»Das kann doch nicht dein Ernst sein«, stieß sie wütend aus.

»Doch.« Ich erhob mich. Wenn sie schon nicht selbst gehen würde, dann würde ich sie eben höchstpersönlich aus der Bar heraus bugsieren. Bestimmend legte ich eine Hand zwischen ihre Schulterblätter und schob sie in Richtung Ausgang. Sofort legte sich ein Grinsen auf ihre künstlichen Lippen. Sie verstand die Geste völlig falsch, aber es war mir scheiß egal was sie dachte. Sie sollte einfach endlich verschwinden. Ich öffnete ihr die Tür und ließ ihr den Vortritt. Ich folgte ihr und atmete die kühle Nachtluft ein. Es war beinahe schon zehn Uhr und langsam fühlte ich mich müde, aber ich musste noch durchhalten. Immerhin wollte ich Hazel später zurückbegleiten. Vielleicht ließ sie mich auch nochmal bei sich im Bett schlafen, das war nämlich der beste Schlaf, den ich seit langem bekommen hatte.

»Also Kenna, ich sag das jetzt ein letztes Mal. Lass mich in Ruhe, ein für alle Mal. Ich bin weder an weiterem Sex noch an sonstigen Treffen interessiert. Es war eine schöne Zeit mit dir, aber die ist jetzt vorbei. Es tut mir leid, falls ich dir einen falschen Eindruck vermittelt habe, aber das mit uns ist vorbei. Hast du mich verstanden?« Mit versteinertem Gesichtsausdruck blickte ich sie an. Sie legte den Kopf leicht schief und starrte mich mit prüfendem Blick an.

»Sie ist dir also wirklich wichtig?«

Seufzend fuhr ich mir durch die Haare. »Ja, Kenna, das ist sie. Daher musst du damit aufhören. Unbedingt!«, meinte ich und wandte mich schon von ihr ab, um wieder zurück in die Bar zu treten.

»Cole!«, rief sie noch und ließ mich damit in meiner Bewegung innehalten.

»Was?« Ich sah kurz zu ihr zurück.

»Ich hoffe, die ist es wert«, sagte sie und klang schon beinahe wie ein bockiges Kind, sie warf sich das helle Haar über die Schulter und drehte sich zügig um, ehe sie davon stolzierte.

»Das ist sie!«, rief ich laut hinterher, schnaufte einmal durch und stieß die Eingangstür schnell auf.

»Das war ja eine Show«, murmelte Leith, als ich mich wieder neben ihn fallen ließ. Seufzend pustete ich die angehaltene Luft aus. »Ich habe alles gesagt, was sie hören musste und denke, sie lässt die Sache jetzt wirklich fallen.«

Kade nickte mir aufmunternd zu und schaute wieder in die Menge, die sich auf der Tanzfläche rekelte.

»Wo ist Lilly?«, fragte ich an Benny gerichtet, der mich, seitdem ich wieder am Tisch saß, nicht einmal angeschaut hatte. Ich folgte seinem Blick, welcher auf der erwähnten Person lag. Lilly saß auf einem Barhocker in Hazels Ecke und sprach immer mal wieder kurz mit ihr, wenn sie nicht gerade Getränke vorbereiten musste.

»Sie hat sich zu ihr gesetzt, als du mit Kenna rausgegangen bist«, sagte Benny aber wandte den besorgten Blick nicht von ihr ab. Nickend lehnte ich mich wieder in die Bank zurück.

»Und wo ist Ethan?«, fragte ich an Kade gewandt.

»Der ist da drüben und hat Spaß«, grinste er und deutete zur Tanzfläche. Schnell erkannte ich ihn. Er redete mit einer Blondine und zog sie näher an sich, legte sich ihre Arme um die Schultern und umfasste ihre Taille.

Um Mitternacht wurde es endlich etwas leerer in der Bar. Lilly und Benny hatten sich schon verabschiedet, Ethan war vor einer Weile mit der Blonden abgezogen. Jetzt waren nur noch Leith, Kade und ich übrig. Irgendwie blieben immer wir drei übrig. Kade klopfte nun allerdings auch auf den Tisch und verabschiedete sich, ehe er sich erhob und aus der Bar lief. Leith ließ die Ellenbogen auf den Tisch nieder und stütze seinen Kopf darauf ab.

»Wie läuft es zwischen euch?«, fragtet er und ich hörte die ehrliche und ernste Frage daraus.

»Ehrlich gesagt, weiß ich es nicht so wirklich«, gestand ich seufzend. Er kniff die Augen zusammen und legte den Kopf schief. »Warum?«

Ich wusste, ich konnte Leith vertrauen. So wie ich auch den Rest unserer Truppe – oder Clique, wie Hazel uns genannt hatte – vertraute. Sie alle wussten über meine Vergangenheit Bescheid, über meine Kindheit. Jason und ich hielten diesen Kreis eher klein, aber den vier Jungs hatte ich es anvertraut.

»Sie möchte nur befreundet sein«, erzählte ich weiter und runzelte die Stirn bei diesem Gedanken, denn all meine

Gefühle hinsichtlich Hazel waren definitiv nicht freundschaftlich. Aber das war mir erst deutlich zu spät bewusst geworden.

»Aber sie beutetet mir mehr als das, weißt du?«, fuhr ich fort und warf einen erneuten Blick zu ihr hinüber. Lächelnd stellte sie einem Mädchen ein Bier auf die Theke. Bei diesem Lächeln krampfte mein Herz beinahe und ich wünschte, ich wäre nah genug bei ihr, um sie richtig zu betrachten. Um ihr richtig in das Gesicht zu blicken und die wenigen Sommersprossen auf ihrer Nase zu zählen.

»Ich denke, uns ist allen klar, dass sie dir mehr bedeutet«, sagte Leith und ich blickte wieder zu ihm und nickte.

»Ich kann meine Gefühle in ihrer Gegenwart auch nicht wirklich zügeln.« Ich runzelte die Stirn und fuhr mir mit der Hand über das Gesicht. »Wir kennen uns schon etwas länger und ich habe ihr zum Anfang nie das Gefühl gegeben, dass ich mehr von ihr möchte als nur Sex. Mehr wollte ich damals nicht, mit mehr wäre ich gar nicht klargekommen. Jason war gerade erst Profi geworden und holte uns so aus unserem alten Leben raus, da konnte ich einfach mit niemanden etwas anfangen, der dasselbe durchmachte wie ich. Ich konnte nicht wieder mit so etwas konfrontiert werden«, sagte ich schnell und senkte die Lider. Ich würde ihm nicht mehr über Hazels altes Leben verraten, das lag jetzt in der Vergangenheit und ging ihn auch nichts an. Dennoch erzählte ich ihm genug, dass er meine Gefühle von damals nachvollziehen konnte.

»Alles klar, das versteh ich. Aber jetzt ist es anders, nicht wahr?« Er behielt seinen Blick stets auf mir.

»Ja, alles hat sich geändert. Ich fühl mich derart zu ihr hingezogen, dass es mir ja schon beinahe Angst macht.

Aber ich glaube nicht, dass ich dazu fähig bin, jemanden so sehr zu lieben, wie Benny Lilly liebt oder mein Bruder Phoebe«, meinte ich und ließ die Hand flach auf den Tisch fallen, damit ich mir nicht weiter durchs Gesicht fuhr.

»Ich denke, das tust du bereits«, sagte Leith und einer seiner Mundwinkel hob sich leicht. Ich schüttelte den Kopf. »Und selbst wenn das so wäre, sie möchte nur Freundschaft«, sagte ich und klang beinahe verzweifelt.

»Ich denke nicht, dass sie dich nur als Freund sieht. Da sieht ja jeder Blinde, dass da mehr ist. Sprich mit ihr doch mal darüber.« Aufmunternd blickte er mich an und verschränkte seine Hände. »Frauen verstehst du nur, wenn du offen mit ihnen sprichst. Versuch erst gar nicht, ihr Verhalten zu interpretieren, das wird nichts. Das kann ich dir versprechen.« Er schmunzelte. Ich lachte leicht auf und gab ihm Recht.

»Ich rede mit ihr, ich denke ich muss einfach ihr Vertrauen gewinnen, dass ich diesmal bereit bin, etwas Ernstes anzugehen und das mit ihr will«, antwortete ich. Leith grinste mich an und erhob sich nun ebenfalls. Brüderlich schlug er mir auf die Schulter und hielt mir seine Hand hin. Sofort schlug ich ein und erhob mich, damit wir uns kurz umarmen konnten.

»Danke, Mann«, sagte ich leise. Wissend nickte er und machte kehrt.

»Wir sehen uns morgen bei Mr. Hill«, sagte er über seine Schulter und grinste mich ein letztes Mal an, ehe auch er die Bar verließ.

Dadurch blieb ich alleine zurück, aber ich hatte nicht vor zu gehen, ehe Hazel ihre Schicht beendet hatte.

Kapitel 18

Hazel

Ich leerte den Mülleimer unter dem Tresen aus, auch wenn der eigentlich noch gar nicht voll genug war, aber ich musste einfach irgendetwas tun, um mich abzulenken. Als ich meinen Kopf wieder hob, bekam ich gerade rechtzeitig mit, wie Cole mit dem blonden Mädchen Richtung Ausgang marschierte – mit einer Hand auf ihrem Rücken.

Schon wieder empfand ich diesen stechenden Schmerz im Magen und hätte am liebsten den Blick abgewandt, aber aus irgendeinem unerklärlichen Grunde war er wie festgefroren.

»Beachte die beiden einfach nicht.« Lillys Stimme holte mich aus meinem Starren heraus. Gerade ließ sie sich auf den letzten freien Hocker auf meiner Seite der Theke nieder und lächelte mich vorsichtig an. Ich erinnerte mich, dass Benny erzählt hatte, sie sei eher etwas in sich gekehrt, aber das störte mich nicht. Sie wirkte trotzdem nett und Freunde konnte man ja nie genug haben. Ich räusperte mich und setzte das Lächeln auf, mit dem ich schon den restlichen Abend meine wahren Gefühle gut überspielen konnte.

»Möchtest du etwas trinken?«, fragte ich und umging somit ihre Worte. Sie sah mich noch einen Moment skeptisch an, ehe sie sachte nickte.

»Eine Cola«, sagte sie und ich griff fast schon blind erst in das Regal hinter mir, um ein Glas heraus zu nehmen und dann in die Schublade direkt vor meinem Knie, um die kleine Cola Flasche rauszuziehen.

Noch Eiswürfel ins Glas und Flasche öffnen, dann stellte ich ihr beides hin.

»Ich schreib es einfach auf deren Deckel«, sagte ich und nickte in Richtung der Jungs. Sie lächelte und nickte ebenfalls, während sie über die Schulter zu Benny sah. Dessen Blick war starr auf uns, oder eher auf Lilly, gerichtet. Sie lächelte ihn sanft an und dadurch entstand auch sofort ein Grinsen auf seinen Lippen.

»Benny hat mir mal erzählt wer dieses Mädchen ist«, sagte sie und zeigte kurz mit dem Daumen hinter sich zu der Tür, hinter welcher Cole und Blondie verschwunden waren. Ich versuchte meine Neugier nicht zu sehr raushängen zu lassen und nickte ihr zu, während ich einem College-Mädchen vor mir einen Gin Tonic hinstellte.

»Das geht mich ja nichts an«, sagte ich wieder an Lilly gewandt, nachdem ich die nächste Bestellung fertig hatte. Jetzt war es am Tresen leerer geworden und nur bei Blake standen vereinzelt noch Gäste.

»Ich finde schon, dass es dich etwas angeht.« Verdutzt schaute sie mich an und zog die Augenbrauen etwas nach oben. »Schließlich seid ihr …«, fuhr sie fort, stoppte aber unmittelbar als sie merkte, dass sie keine Ahnung hatte, was genau wir waren.

»Freunde«, beendete ich ihren Satz und neigte den Kopf zur Seite. »Daher ist es mir egal«, murmelte ich und hoffte, es käme überzeugend genug rüber.

»Wirklich?« Lilly beobachtete mich ganz genau und ihr Blick ließ meine Wangen einen leichten rosa Ton annehmen. Im Lügen war ich noch nie gut gewesen, aber was sollte ich denn sonst machen? Sie als meinen persönlichen Kummerkasten benutzen? War das als Barkeeper nicht eher meine Rolle?

Seufzend atmete ich aus, fuhr mir über die Stirn und pustete mir eine verwirrte Locke aus dem Gesicht.

»Wirklich«, versicherte ich ihr. Aber an ihrem Blick konnte ich erkennen, dass sie es mir nicht so wirklich abnahm.

»Na, wenn du das sagt.« Sie nippte an ihrem Glas, bevor sie anfing, eine ihrer Strähnen zu zwirbeln. Ich schaute erneut zu Blake hinüber, der auch nicht wirklich beschäftigt war. Bestimmt hätte er kein Problem, wenn ich mich eben mit Lilly unterhielt.

Ich legte den Lappen, mit dem ich gerade die Zapfhähne gesäubert hatte, beiseite und griff nach dem Glas Wasser, das für mich bereitstand. »Also erzähl mir doch mal lieber, wie du und Benny euch kennengelernt habt«, sagte ich und lehnte die Hüfte gegen die Theke. Neugierig blickte ich sie an und nahm einen großen Schluck meines Getränkes. Ihre Geschichte würde mich bestimmt ablenken und ich musste mal für einen Moment nicht an Cole denken und mir den Kopf darüber zerbrechen, was die beiden gerade vor der Türe trieben.

Lilly wurde augenblicklich rot. »Eigentlich ist es gar nicht so eine interessante Story«, murmelte sie und schob sich die Haare hinter das Ohr.

»Erzähl sie mir trotzdem«, forderte ich sie lächelnd auf und schaute sie aufmerksam an. Lilly räusperte sich. »In meinem ersten Semester ist meine Mitbewohnerin zu einer Party eingeladen worden und sie wollte, dass ich mitkomme. Und ich bin eigentlich nicht so der Partygänger, weißt du? Ich bleibe lieber für mich, lese ein gutes Buch oder schaue mir meine Serien an. Große Menschenmassen machen mir einfach Angst und ich fühl mich schnell fehl am Platz.« Ich bewunderte sie für ihre ehrlichen Worte. Aufmerksam hörte ich ihr weiter zu und merkte, wie das Thema Cole weiter in den Hintergrund rückte.

»Aber ich bin ihr zuliebe trotzdem mitgegangen, sie kannte da ja auch noch keinen und wollte einfach nicht alleine hin.« Verständnisvoll nickte ich und sie fuhr fort. Ich war überrascht, dass sie doch so viel von sich aus erzählte, daher unterbrach ich sie nicht. Ich sah zwei Kerle auf die Theke zukommen und behielt sie im Augenwinkel, dabei versuchte ich Lilly weiter zu folgen. Als die beiden sich aber auf Blakes Seite stellten, widmete ich mich wieder ganz ihr.

»Sobald wir dort waren, habe ich sie schnell verloren. Sie wollte auf die Tanzfläche, ich nicht. Ich bin dann auf die Terrasse von dem Studentenhaus gegangen, einfach weil es mir alles zu viel wurde und die Luft darin verdammt schlecht war. Draußen hat mich schnell irgendein völlig zugedröhnter Typ angemacht. Keine Ahnung wieso, aber ich wusste nicht, wie ich darauf reagieren sollte, na und dann ist Benny aufgetaucht und hat ihn verjagt.« Zum Ende hin legte sich ein Lächeln auf ihre Lippen. Mein Blick glitt gerade rechtzeitig über sie hinweg und Dylan kommen zu sehen. Er raste auf die Theke zu und ich machte ihm schnell Platz, damit er das Tablett voller leerer Gläser abstellen konnte.

»Das klingt ja furchtbar romantisch«, meinte ich und musste über die Röte in ihren Wangen schmunzeln, während ich anfing die leeren Gläser wegzuräumen. Dylan schnappte sich ein leeres Tablett und war schon wieder im Gästeraum verschwunden.

»Das war auch furchtbar kitschig. Er hat mich danach nicht mehr in Ruhe gelassen und ständig nach Dates gefragt. Ich habe es geschafft ihn zwei Wochen abzuweisen.«

»Zwei Wochen also?« Ich grinste von einem Ohr zum anderen, auch Lilly lachte leise auf und nickte wild.

»Länger hielt ich es nicht aus, ich meine sieh ihn dir doch mal an.« Kichernd drehte sie sich zu Benny um, welcher uns immer noch beobachtete. Er ließ sie wirklich keine Sekunde aus den Augen und bei der offensichtlichen Zuneigung, die man zwischen den beiden sah, wurde auch mir warm ums Herz. Sobald sich die beiden anblickten, fuhr ein Lächeln über seine Lippen und er legte den Kopf neugierig etwas schief.

»Er weiß, dass ich mich schnell unwohl fühle. Daher beobachtet er uns so«, sagte sie, als sie meinen Blick zwischen den beiden sah.

»Das ist ja tatsächlich furchtbar romantisch und ich beneide euch sehr.« Mein Blick glitt erneut hinüber zu Benny, jedoch sah ich dabei sofort weiter nach links. Cole saß wieder an seinem Platz und sah alles andere als glücklich aus. Er hatte die Arme vor der Brust verschränkt und sprach mit Kade, der ihm schräg gegenübersaß. Ich hatte gar nicht mitbekommen, dass er schon wieder zurück war.

Na, das ging ja schnell.

»Also und jetzt bist du dran.« Lilly verkniff sich ein Lächeln. Ich biss mir auf die Unterlippe. Vielleicht tat es mir ja wirklich mal gut, mit jemanden über meine Gedanken und Gefühle zu reden. Vielleicht hatte Lilly ja doch die Stelle meines persönlichen Kummerkastens bekommen und das ohne wirkliche Bewerbung. Eine Berührung an meinen Ellenbogen ließ mich herumfahren und in Blakes Gesicht blicken.

»Ich würde eben Pause machen, kannst du meine Seite mit übernehmen? Ich bin draußen, wenn du was brauchst.« Blake griff in seine Tasche und zog eine Zigaretten Packung raus. Er deutete zu der schmalen Tür, die unter anderem zum Büro, aber auch zum Lager und nach draußen führte.

Ich wandte mich wieder zu Lilly. »Ich erzähl dir gerne alles, allerdings passt es jetzt schlecht. Was hast du morgen vor?«

Ich nahm im Augenwinkel einen Jungen wahr, der sich dem Tresen näherte.

»Ich habe bis eins einen Kurs, wir können uns ja danach zum Lunch treffen«, antwortete sie und ich nickte begeistert. Dann hätte ich hier ja endlich mal eine weibliche Bezugsperson. Ich zog mein Handy aus meiner Hosentasche und reichte es ihr.

»Speicher deine Nummer ein, dann können wir morgen nochmal schreiben«, sagte ich lächelnd. Sie tat es und gab es mir zurück, ehe ich mich an den Jungen wandte, der nun an der Theke angekommen war.

»Bis morgen!«, rief sie mir nochmal zu und sprang vom Hocker, ehe sie wieder zu den Jungs hinüberlief. Sobald sie am Tisch ankam, umfasste Benny sie an der Hüfte und zog sie eng neben sich. Er murmelte ihr etwas ins Haar, wodurch sie laut lachen musste und das schwarze kurze Haar hin und her schwankte. Mit funkelnden Augen schaute sie zu ihm hinauf und nickte heftig. Ich konnte den Gedanken nicht unterdrücken, dass ich genau dasselbe gerne mit Cole hätte. Schnell versuchte ich die Tagträumerei wieder abzuschütteln. Herrje, ich hatte mir doch vorgenommen, mich nur noch auf die wichtigen Dinge zu konzentrieren.

Lächelnd reichte ich dem Jungen ein Desperados und kassierte ihn ab.

»Ihr wisst gar nicht, wie sehr ich mich freue, dass wir schon früher zu machen können.« Grinsend stellte Dylan die letzte Reihe der frisch polierten Gläser wieder in das Regal hinter uns. »Ich denke, wir freuen uns alle über einen früheren Feierabend«, stieß Blake belustigend aus und fuhr sich mit dem Unterarm über die Stirn. Er kroch gerade wieder unter der Theke hervor, nachdem er die Fässer abgestellt hatte. Wir hatten kurz nach eins und es waren bereits alle Studenten gegangen. Will hatte unseren früheren Feierabend abgenickt und war wieder nach hinten verschwunden.

»Ja schon«, setzte Dylan an und grinste breit, »aaaaber ...« Er zog das Wort in die Länge. Kichernd stieß ich ihn leicht in die Rippen.

»Nun spuck es schon aus«, sagte ich und drehte die letzten Flaschen zu.

»Aber ich habe morgen ein Date, daher freu ich mich, dass ich meinen Schönheitsschlaf bekomme«, schelmisch grinste er uns an und wackelte mit den Augenbrauen. Ich stieß einen Laut aus, der beinahe schon einem Quietschen ähnelte. Und ich erschrak bei dem hohen Laut der mir entwichen war. Was war das denn?

»Nicht dein Ernst«, rief ich begeistert und es war mit völlig egal, dass ich mich anhörte wie ein Hund, dem auf den

Schwanz getreten war. Selbst Blake lächelte kopfschüttelnd.

»Doch und er ist unglaublich. Ich sagte es euch, diesmal ist es der Richtige.« Dylan fuhr sich durch das platinblonde Haar.

»Wie heißt er, wie alt ist er, was macht ihr? Ich habe so viele Fragen«, stieß ich aus und blickte ihn neugierig an.

»Er heißt Jeremy, ist zweiundzwanzig und studiert auch an der Uni. Wir treffen uns einfach in einem kleinen Restaurant und wollen was trinken.« Dylan wirkte unheimlich aufgeregt und ich freute mich für ihn.

»Das wird bestimmt prima! Dann musst du uns auf jeden Fall alles davon erzählen«, sprach ich und drückte seinen Oberarm. Dylan schmunzelte und zog mich an den Schultern näher. »Na klar, wir sind jetzt ja Freunde, schon vergessen?« Seine Mundwinkel zuckten. »Aber ich bin ja anscheinend nicht der Einzige, bei dem das Liebesleben verrücktspielt, nicht wahr?« Mit einem Blick durch die Fenster sah er zu Cole. Der stand wirklich immer noch vor der Bar und wartete wieder auf mich. Auch wenn mich die Sache mit dem hübschen blonden Mädchen mehr mitnahm, als ich zunächst gedacht hatte, freute ich mich, dass er auf mich wartete.

Seufzend atmete ich aus und fuhr mir durch die Haare, die ich schließlich zu einem Zopf zusammenband.

»Das ist nicht so einfach«, nuschelte ich und machte mich wieder an die Arbeit.

»Süße, ich bin mir sicher, dass es um einiges einfacher sein kann«, sprach Dylan und ich meinte sogar, Blake hinter mir zustimmend nicken zu sehen.

Erneut seufzte ich. »Du hast ja keine Ahnung.«

Kapitel 19

Hazel

Ich zog meinen Zopf fester und damit auch etwas höher, atmete tief durch und drückte die schwere Tür auf. Bei Dylan und Blake hatte ich mich bereits verabschiedetet und Blake hatte mich mit den Worten: »Jetzt hau schon ab, sonst wächst der da draußen noch fest« entlassen. Ich trat in die immer noch angenehm warme Luft nach draußen. Coles Augen schossen sofort zu mir und seine Mundwinkel wanderten vorsichtig zu einem Lächeln nach oben.

»Love«, stieß er bloß leise aus und kam auf mich zu. Etwas überrascht wollte ich schon einen Schritt nach hinten treten – seine Bewegung kam so plötzlich – aber da lagen seine Hände schon auf meiner Taille und er zog mich an seine Brust. Er ließ eine Hand in meinen Nacken fahren und drückte mir einen federleichten Kuss auf den Scheitel. Sachte löste ich mich von ihm, wodurch er die Stirn kräuselte. Aber ich hatte keine Lust auf Spielchen, er hatte offensichtlich mit der blonden Schönheit was am Laufen und ich wollte nicht der Lückenbüßer für ihn sein, wenn sie mal nicht da war. Ich lobte mich innerlich, dass ich die Freunde Nummer schon so früh eingeführt hatte.

»Du hast wieder auf mich gewartet«, murmelte ich und versuchte den Blick in seine hellbraunen Augen zu vermeiden.

»Natürlich, das hatte ich dir doch gestern bereits gesagt«, antwortete er mir und wirkte dabei verwirrt. Aber warum sollte er denn verwirrt sein? Ich sollte doch irritiert sein, immerhin spielten meine Gefühle verrückt.

»Alles okay?«, fragte er, als ich ihm nicht antwortete, und ich zuckte auf seine Frage nur mit den Schultern.

»Das musst du doch nicht mehr tun, erinnerst du dich? Aber egal. Wollen wir los?«, sprach ich leise und lief, ohne seine Antwort abzuwarten, an ihm vorbei und überquerte die Straße. Ich hörte Cole hinter mir laut ausatmen, dann folgte er mir.

»Love, was ist denn los?«, sprach er, als er mich eingeholt hatte. So recht wusste ich nicht, was ich antworten sollte. Ich verhielt mich lächerlich, das wusste ich. Ich hatte kein Recht, so zu reagieren, aber ich konnte einfach nichts gegen das Gefühl in mir tun.

Konnte dem nichts entgegensetzten – mein Herz fühlte sich an, als hätte es leichte Risse erlitten.

Ich wusste, dass so etwas passieren konnte, ich wusste, dass es passieren würde, auch wenn ich es mir nicht eingestehen wollte. Lilly und die Arbeit hatten mich den größten Teil des Abends gut abgelenkt, aber jetzt war ich mit meinen Gedanken wieder alleine. Mit meinen Gedanken und – mit Cole.

»Love«, hauchte er erneut und fasste mich am Handgelenk, um meine Aufmerksamkeit auf sich zu lenken. Sachte entzog ich ihm meine Hand wieder und warf ihm einen kurzen Seitenblick zu.

»Ich bin nur müde, Cole. Sonst ist nichts«, sagte ich und verdammte mich augenblicklich dafür, dass meine Stimme so zittrig klang. Cole nickte leicht, aber seine Augen blieben weiterhin auf mir liegen.

»Okay«, sagte er seufzend und legte eine Hand in mein Kreuz, während wir die Treppen zu seinem Wohnhaus hochliefen. Sofort musste ich daran denken, dass er

Blondie genauso angefasst hatte und mit einem Mal sank meine Laune noch mehr.

»Ich denke mal, du möchtest heute alleine in deinem Bett schlafen?« Er formulierte es eher als Frage, anstatt einer Feststellung. Sein dennoch hoffnungsvoller Blick entging mir nicht. Ich musste den Blick wieder senken, sonst würde ich doch noch einknicken. Aber nein, ich war stark. Ich hatte es fast geschafft auf eigenen Beinen zu stehen, wie schwer konnte es denn da sein, über jemanden hinweg zu kommen, der die Macht hatte, mir so schnell Kummer zu bereiten? Wo war denn gerade jetzt mein Kummerkasten?

Auf seine Frage hin nickte ich still und verschwand in dem kleinen Bad, in dem ich mich rasch umzog. Zurück im Zimmer legte ich mich schnell unter die Decke.

»Bist du sicher nur müde?«, murmelte Cole in die Dunkelheit des Zimmers hinein. Ich kniff die Augen zusammen. Ich könnte einfach wieder so tun, als würde ich schlafen, damit würde ich dieser Konfrontation aus dem Weg gehen.

»Love?«, flüsterte er, als aus meiner Ecke des Zimmers keine Reaktion kam. Ich presste die Lippen aufeinander und kein Muskel an meinem Körper bewegte sich. Ich konnte ihn ja schlecht wegen etwas völlig Normalen einfach ignorieren, er hatte nun mal jemand anderes getroffen. Auch wenn das schneller geschah, als ich zunächst gedacht hatte, so musste mir bewusst sein, dass ich es mir nicht verscherzen durfte. Immerhin lebte ich mehr oder weniger unter seinem Dach. Seufzend ließ ich mich auf den Rücken rollen und starrte ins Leere nach oben.

»Ich denke, die Situation heute hat mich einfach überfordert«, sagte ich leise und mit einem Mal wurde mir die Stille und die Dunkelheit um uns herum erst richtig bewusst.

»Welche Situation?«, fragte er ebenso ruhig zurück. Ich schluckte, dann mal raus mit der Wahrheit. Er würde dann vielleicht mehr auf Abstand gehen, wenn er den Grund wusste, und das war ja nichts unbedingt Schlechtes. Denn das wollte ich eigentlich, deshalb gab es ja diese Freundschaftssache. Deshalb hatte ich sie ins Leben gerufen, oder?

Ich atmete tief durch und leckte mir über die Lippen, ehe ich zum Sprechen ansetzte

»Deine Freundin, die hat mich nur überrascht. Deshalb habe ich mich so komisch benommen. Für mein Verhalten entschuldige ich mich, aber damit hatte ich irgendwie nicht gerechnet«, faselte ich drauf los und kniff die Augen noch fester zusammen, ehe ich mir den Unterarm darüberlegte. Oh Gott, noch bescheuerter hätte man es ja nicht formulieren können.

Augenblicklich knipste Cole das kleine Licht auf seinem Nachtschrank wieder an und richtete sich auf, sodass seine Füße den Boden berührten.

»Dich hat Kenna überrascht?« Seine verdutzte Stimme irritierte mich. Hatte er in den drei Jahren denn nicht einmal daran gedacht, dass einer von uns Gefühle entwickeln könnte, dass ich irgendwann mal mehr für ihn empfinden würde?

Dass das hübsche Gesicht nun auch noch einen Namen hatte, verbesserte die Situation nicht. Kenna und Cole, passte ja eigentlich gut zusammen.

»Naja, ja«, murmelte ich und drehte mich auf die linke Seite, um ihn ansehen zu können. »Aber das war keine große Sache, wirklich. Das kommt nicht mehr vor«, fuhr ich fort. Cole raufte sich die Haare und blickte nach oben, es sah beinahe so aus, als würde er ein Stoßgebet aussprechen. Als er sich von seinem Bett erhob und zu mir hinüber marschierte, setzte ich mich ebenfalls auf. Er kam vor mir zum Stehen und streckte mir seine Hand entgegen »Komm mit«, forderte er mich auf. Überrascht musterte ich seine Hand, ehe mein Blick wieder über sein Gesicht glitt. Machte er Witze?

»Komm schon«, wiederholte er ungeduldig und weil ich wieder nicht reagierte, umfasst er bestimmend mein Handgelenk und ich ließ mich von ihm aus dem Bett ziehen. Als er schon den Weg zur Zimmertür einschlug, kam ich hinter ihm zum Stocken.

»Cole, ich kann doch so nicht raus«, sagte ich schnell und blickte an mir hinab. Ich trug bloß ein zu weites und zu langes Shirt. Er mustere mich ebenfalls und nickte schließlich, lief zu seinem Schrank und zog einen seiner Hoodies heraus, es war eins von dem Merchandise Artikel seines Bruders. In Großbuchstaben prangte sein Nachname nun auf meinen Rücken. Nachdem ich mir auch noch Flip-Flops überstreifen durfte, zog er mich erneut an der Hand hinter sich her.

»Wohin gehen wir?«, fragte ich, nachdem wir das Zimmer verlassen hatten und Cole mit mir auf die Treppen zusteuerte.

»Siehst du gleich.« Gemeinsam erklommen wir die vielen Treppen nach oben.

Als wir im oberen Stockwerk angekommen waren, öffnete Cole eine schwere Metalltür und schob mich zuerst nach draußen. Wir befanden uns auf dem flachen Dach des

Wohnheims. Von hier hatte man einen unglaublichen Ausblick über einen Großteil von Phoenix, viele bunte Lichter stachen mir ins Auge. Direkt auf der anderen Seite erahnte ich eine weite Wüste und der wunderschöne Nachthimmel vervollständigte das beeindruckende Bild, welches sich vor uns erstreckte. Warum hatte er mich hier hochgebracht? Oh Gott, oder war das seine Art, mich rauszuschmeißen, weil er von meinem Verhalten die Schnauze voll hatte?

Ich brauchte einen Plan B. Im Kopf ging ich meine Kontaktliste in Phoenix durch – Dylan, Blake, Lilly – einen von denen würde ich bestimmt erreichen können.

Coles warme Hände an meinen Wangen holten mich aus meinen Gedanken heraus, sofort stockte mir der Atem und ich starrte in das flüssige Karamell vor mir.

»Worüber zerbrichst du dir denn nun wieder den Kopf?«, flüsterte er leise und betrachtete mich neugierig. Ich aber schüttelte nur mit dem Kopf. Die Antwort konnte ich ihm nun wirklich nicht liefern. Seufzend gab er sich geschlagen, ließ seine Hände aber weiterhin an meinem Gesicht liegen. Seine Daumen fuhren sachte über meine Wangen und er senkte seinen Kopf zu mir herab. Ich konnte seinen Atem auf meiner Haut spüren, wodurch sich meine Gedanken nur noch mehr vernebelten.

»Wieso hat dich die Anwesenheit von Kenna so aus der Bahn geworfen?«, hauchte er mir fragend gegen die Lippen und ich war wie hypnotisiert von seinem Anblick. Wie war seine Frage noch mal gleich? Cole schmunzelte, als er meinen Blick sah.

»Warst du eifersüchtig, Hazel?«, fragte er weiter und augenblicklich schoss mir die Röte in die Wangen. Immer noch wie hypnotisiert, bekam ich nicht mehr als ein kurzes und vorsichtiges Nicken zustande. Cole schloss die Augen und atmete tief durch. Er lehnte sich noch ein Stück näher an mich und legte die Stirn gegen meine, ehe er die Augen wieder öffnete und direkt in meine blickte.

»Wieso bist du eifersüchtig?«, fragte er leise. Aber die Antwort würde ich ihm ebenfalls nicht liefern, so selbstbewusst war ich dann auch nicht. Da konnte ich einfach nicht über meinen Schatten springen. Ich biss mir leicht auf die Unterlippe und schüttelte langsam den Kopf. Verständnis entstand in seinen Augen und er löste sich wieder leicht von mir, ließ jedoch eine seiner Hände um meinen Hals gleiten und fuhr mit dem Daumen über meinen Puls, der wie verrückt pochte.

»Ich glaube, ich wäre auch eifersüchtig, wenn ein Junge so auf dich zugekommen wäre«, sprach er sachte. Seine Worte verwirrten mich und ich zog die Stirn kraus. Er wäre auch eifersüchtig? Was zur Hölle, hatte das denn jetzt zu bedeuten.

»Ich bin aber auch schon so auf eine Menge eifersüchtig, auf Ethan zum Beispiel. Der macht mich regelrecht sauer, so wie er dich manchmal anblickt.«

Okay? Jetzt verstand ich gar nichts mehr.

»Was meinst du?«, nuschelte ich daher verwirrt. Schmunzelnd lehnte er sich ein Stück zurück, um mir besser in die Augen blicken zu können.

»Du hast wirklich keine Ahnung, oder?«, grinste er und legte den Kopf schief.

Verwirrt schüttelte ich den Kopf, wodurch meine Locken wieder auf Wanderschaft gingen und mir kurz die Sicht auf

Coles fesselnde Augen versperrten. Schnell fing er ein paar meiner Strähnen ein und wickelte seinen Finger darum.

»Love, ich finde diese ganze Freunde-sein und Regeln-einhalten Sache furchtbar. Wirklich, ich finde sie ganz schlimm«, sagte er und mein Herz fing augenblicklich an schneller zu klopfen. »Kenna ist niemand, um den du dir Sorgen machen musst, ich habe ihr heute klar gemacht, dass es für mich nur eine gibt«, fuhr er fort und bei jedem Wort weiteten sich meine Augen. Meinte er etwa …? Nein, das konnte nicht sein. So etwas passierte nicht in meinem Leben, vielleicht in irgendwelchen Märchen, aber so viel Glück hatte ich nicht. Hatte ich nie gehabt.

Cole bemerkte meine Ratlosigkeit und ein leises Lachen kroch seine Kehle hinauf.

»Ich rede von dir, Hazel.« Schnell drückte er mir einen Kuss auf meine Nase und schmunzelte mich von oben herab an. Ich umgriff sein Shirt und hielt mich fest, während ich mich ihm leicht entgegen lehnte.

»Mich?«, war alles, was ich im Stande war zu fragen. Augenblicklich nickte Cole heftig und lachte auf.

»Natürlich du, wer denn sonst?« Ahnungslos zuckte ich mit den Schultern.

Keine Ahnung, die hundert anderen attraktiven Mädchen auf dieser Uni vielleicht.

»Wieso?«, fragte ich und erkannte meine Stimme beinahe selbst nicht, sie klang so rau und leise. Ich schluckte den angesammelten Speichel runter und sah ihn aufmerksam an.

»Wieso?«, wiederholte er meine Frage und umschlang meine Mitte. Fest hielt er mich bei sich, sodass ich meinen Kopf auf seine Schulter betten konnte.

»Weil du so ziemlich die unglaublichste Frau bist, die mir jemals begegnet ist. Du bist schlau, liebevoll, stellst dein Wohl meistens nach hinten, auch wenn mir das nicht immer gefällt. Du bist eine Kämpferin und so stark, dass du es selbst nicht einmal begreifst. Alles an dir fasziniert mich und alles an dir zieht mich an. So sehr, dass ich dich am liebsten gar nicht mehr loslassen möchte. Ich muss an dich denken. Immer. Du bist wie die Luft zum Atmen. Du vervollständigst mich. Ich funktioniere nicht richtig, wenn du nicht da bist und diese verdammten roten Haare.« Seufzend strich er mir über den Kopf. All seine Worte brauchten einen Moment bei mir, um richtig zu sacken. Cole gestand mir gerade seine Gefühle. Seine Gefühle in Bezug auf mich. Am liebsten hätte ich mich gekniffen, um sicher zu gehen, dass das hier kein Traum war, der sich vielleicht schnell in einen Albtraum verwandelte. Aber ich war wirklich hier und lag in seinen Armen.

»Vielleicht war ich wirklich etwas eifersüchtig, weil ich genauso empfinde«, flüsterte ich ihm leise ins Ohr, sofort hielt er mich mit etwas Abstand von sich weg und strahlte mir ins Gesicht.

»Wirklich?«, fragte er. Ich konnte gegen mein aufkommendes Grinsen nichts unternehmen. Wollte es auch gar nicht. Mit einem breiten Lächeln pustete ich mir eine Strähne aus der Stirn und nickte.

»Ja, schon eine ganze Weile«, antwortete ich ihm. Er runzelte die Stirn, aber seine Augen behielten das Funkeln bei. »Eine Weile?«

Ich ließ meine Hände über seine Arme hinauf zu seinen Schultern fahren, wo ich sie schließlich liegen ließ und zögerlich nickte. Ich wusste, dass das, was ich als nächstes sagte, alles kaputtmachen könnte. Jede Minute, die wir miteinander verbracht haben, komisch machen konnte. Aber ich konnte mich selbst nicht aufhalten und sagte: »Ja, so ungefähr drei Jahre.« Ich beobachte seine Reaktion. Er riss die Augen auf und zog mich wieder an sich. Seinen Kopf schob er in meine Halsbeuge und ich hörte, wie er tief einatmete.

»Wie konnte ich denn nur so blind sein«, nuschelte er, aber wohl eher an sich gewandt. Seufzend drückte er mir kleine, feuchte Küsse auf den Hals und ich konnte nichts Weiteres tun, als bei seinen Berührungen ein Stöhnen hervorzubringen. Er löste sich von meinem Hals und arbeitete sich langsam an meinem Kiefer nach oben, über meine Wange und meine Nase bis hin zu meiner Stirn. Schließlich blickte er mir wieder in die Augen und ich musste unwillkürlich lächeln. Es fühlte sich zwar immer noch wie ein Traum an, aber dies hier war ein verdammt guter. Einer, aus dem ich nie wieder aufwachen möchte. Seine Lippen schwebten nur Millimeter über meinen und bei seinen nächsten Worten, streiften sie meine immer wieder.

»Tut mir leid, dass ich solange gebraucht habe, um zu erkennen, dass du es wert bist. Dass du eigentlich viel mehr wert bist, als ich dir geben kann. Aber ich möchte es dennoch versuchen, wenn du mich denn lässt?«

Lächelnd verschränkte ich die Arme hinter seinem Nacken. »Das klingt sehr gut, Mr. Bail«, erwiderte ich grinsend.

Cole zögerte nicht. Keine Sekunde.

Nachdem ich die Worte ausgesprochen hatte, lagen seine Lippen schon auf meine. Die Gefühle explodierten in meiner Brust und die Schmetterlinge fingen heftig an zu flattern. Was als ein sanfter und süßer Kuss begann, wandelte sich schnell in einen fordernden und temperamentvollen um. Ich stellte mich auf die Zehenspitzen, um ihn besser zu erreichen und presste mich mit meiner gesamten Körperlänge gegen seine. Coles Hände wanderten über meinen Hals bis zu meinem Po. Mit einem kräftigen Ruck hob er mich hoch und lief mit mir zu der Wand neben der Tür zum Treppenhaus. Ich umschlang seine Hüfte mit meinen Beinen und drückte ihn so noch näher an mich. Als ich die Wand in meinen Rücken spürte, keuchte ich erfreut auf und ließ meine Hände wieder in seine Haare fahren, ehe ich leicht daran zog. Stöhnend lösten wir den Kuss. Meine Lippen fühlten sich geschwollen an und sie pulsierten leicht. Mein pochendes Herz donnerte in meiner Brust.

Cole sah mir ins Gesicht und ließ den Blick zu meinen Lippen gleiten.

»Das könnte ich die ganze Nacht machen«, murmelte er verträumt und ich musste lächeln. Das klang vielversprechend.

Kapitel 20

Hazel

Ich konnte gegen das alberne Kichern, das meinen Mund verließ, einfach nichts tun. Cole zog mich an der Hand hinter sich her und schnell liefen wir die vielen Stufen wieder hinunter zu unserem Stockwerk. Selbst Cole entkam ein lautes Lachen, als wir beinahe über unsere eigenen Füße stolperten.

»Hoppla«, sagte er und hielt mich am Unterarm fest, ehe er mich an seine Seite zog und die nächste Tür aufstieß. »Wir dürfen nicht so laut sein«, hauchte er mir grinsend ins Ohr, während wir versuchen in einem normalen Schritttempo wieder zum Zimmer zu gelangen.

»Mr. Bail, was machen Sie so spät noch auf den Gang?« Eine ernste Stimme erklang hinter uns und augenblicklich durchfuhr mich ein Gefühl der Panik. Oje, wurde ich jetzt erwischt? Würde man mich rausschmeißen?

Cole allerdings wirkte völlig gelassen und lächelte mich beruhigend an, fasste nach meiner Hand und verschränkte unsere Finger. Mit einem leichten Lächeln auf den Lippen drehte er sich zu dem älteren Mann hinter uns um.

»Mr. Wayne, wir wollten gerade wieder im Zimmer verschwinden«, sprach er und legte den Kopf leicht schief. »Ich habe meine Freundin nur eben von unten abgeholt«, fuhr er schmunzelnd fort und bei der Bezeichnung Freundin, dachte ich beinahe, dass ich sofort in Flammen aufgehen würde. Die Röte kroch mir wieder die Wangen hoch und ich senkte die Lider leicht. Er räusperte sich, bevor er auf Coles Worte antwortete.

»Übernachtungen sind nicht gestattet, Mr. Bail. Das wissen Sie ganz genau. Sehen Sie also zu, dass Sie die Wohnheims Regeln beachten«, murmelte Mr. Wayne noch und schüttelte den Kopf, ehe er sich langsam von uns abwandte.

»Das weiß ich, Mr. Wayne.« Cole umgriff meine Hand fester.

»Ich behalte Sie künftig im Auge«, sagte er im Weggehen und Cole verlor keine Sekunde. Schnell drehte er sich um und zog mich wieder hinter sich her.

»Das war knapp«, sagte ich leise und schloss hinter mir die Zimmertür. Cole aber reagierte gar nicht auf meine Worte, sondern schloss den Abstand zwischen uns und presste mich gegen die Tür. Überrascht musste ich Luft holen und er nutze den Moment sofort, um mich erst zu küssen und dann die Zunge in meinen Mund fahren zu lassen. Genüsslich seufzte ich auf und gab mich ihm völlig hin. Auch wenn es nur wenige Minuten her war, dass ich ihn das letzte Mal geschmeckt hatte, so hatte er mir in der kurzen Zeit schon wieder gefehlt. Ich schlang die Arme um seinen Hals und zog ihn noch ein Stück weiter zu mir runter.

»Ich brauch dich in meinem Bett, okay?« Seufzend lösten wir uns voneinander und Cole murmelte mir die Worte gegen die Lippen. Sofort nickte ich erfreut. Er zog mich wieder ein Stück mit sich und drückte mich behutsam auf sein Bett. Schnell streifte ich die Flip-Flops ab. Keinen Moment später schwebte er über mir und begutachtete mein Gesicht, bevor er weiter hinunter wanderte.

»Der muss unbedingt weg.« Er zog mir augenblicklich den Pullover über den Kopf. Gleich darauf folgte auch schon mein langes Shirt. Mehrere Sekunden schien er wie eingefroren, aber sein Blick fühlte sich heiß auf meiner Haut an. Er betrachtete mich, ich lag nur noch mit meinem Slip vor ihm und er genoss offensichtlich jede Sekunde des Anblicks.

»Verdammt, bist du schön«, stieß er ehrfürchtig aus. Er senkte den Kopf und drückte seine Wange gegen meine Brust. Seine kurzen Bartstoppeln streiften meinen Nippel und entlocken mir ein leises Keuchen. Die Stelle war viel zu empfindlich für diese Berührung. Grinsend blickte er zu mir herauf und umschloss im nächsten Moment meine Brustwarze mit den Lippen. In meinen Unterleib fing es an, angenehm zu ziehen und ich drückte den Rücken durch, versuchte noch mehr von seinen Berührungen zu spüren. Ich spürte sein Lächeln an meiner Haut, während eine seiner Hände zu meiner freien Brust wanderte und diese ebenfalls umschloss, dann folgten seine Lippen. Die Luft, die durch die Feuchtigkeit an meiner Brust noch kälter wirkte, ließ mich scharf einatmen. Er umspielte meinen Nippel erneut und die Empfindungen in mir explodierten beinah.

»Cole, bitte«, stöhnte ich und klang fast schon flehend.

»Geduld Love, ich genieße«, antwortete er nur völlig ruhig, während ich am Durchdrehen war. Er wanderte mit seinem Mund weiter hinab, küsste sich seinen Weg an meinen Bauchnabel vorbei, ehe er an meiner Mitte ankam. Ich konnte ein erfreutes Keuchen nicht unterdrücken, als er mir einen kurzen Kuss auf die Innenseite meines Schenkels presste und anschließend über die Stelle leckte.

»Oh Gott«, wimmerte ich leise und schloss die Augen, drückte meinen Kopf weiter in das Kissen. Aber ich riss sie augenblicklich wieder auf, als ich seine Zähne spürte, die an meinem Slip entlangwanderten und schließlich in den oberen Saum bissen und mir diesen bis in die Kniekehlen herunterzog.

»Du bist ja schon völlig bereit für mich«, stöhnte Cole leise und seine Stimme klang so tief und rau, dass alleine das schon dafür sorgte, dass sich die Nässe zwischen meinen Beinen verstärkte und sich alles in mir zusammenzog.

Er zog mir das Höschen über die Füße aus und warf es beiseite. Flehend griff ich nach seinem Shirt, ich wollte ihn auch berühren und ansehen können. Aber er griff nach meinen Fingern, drückte auf dessen Knöcheln jeweils ein Kuss und legte sie wieder neben meinen Körper ab. »Ich sagte doch Geduld«, schmunzelte er. Er senkte sich wieder ab und sein Kopf verschwand zwischen meinen Schenkel. Ach du Heiliger, das war das Heißeste, das ich jemals gesehen hatte. Sein warmer Atem traf auf meine empfindsamste Stelle und ließ mich sofort aufkeuchen.

»Süße … süße Hazel«, murmelte er und ich neigte den Kopf nachhinten, als sein warmer Atem erneut auf mich traf. Das hier war reine Folter. Süße Folter.

Zuerst ließ er einen Finger durch meine feuchte Spalte wandern, genüsslich langsam kam er an meiner Klitoris an, welche er mit dem Daumen massierte. Ich bäumte mich bei der Berührung erneut auf und drückte den Rücken durch.

»Cole«, stöhnte ich seinen Namen. Dann spürte ich seine Lippen an mir und er ließ die Zunge vorschnellen, verwöhnte mich damit.

»Cole«, stieß ich erneut aus, weil mir einfach nichts anderes einfiel. Meine Gedanken waren wie benebelt.

»So ist gut. Stöhn meinen Namen. Nur meinen, Love«, murmelte er, immer noch mit dem Kopf in meinem Schritt. Wieder leckte er mich. Meine Hüften ruckten unaufhaltsam nach vorne und ich streckte die Arme über meinen Kopf aus, um irgendwo Halt zu suchen.

»Das ist der geilste Anblick, wirklich Love. Nichts macht mich so an wie du«, sagte er kehlig und blickte zu mir hinauf. Er lehnte sich wieder hinunter, umfuhr meine Klitoris und saugte an ihr. Die Empfindungen überkamen mich und die Wärme in meinem Unterleib war beinahe unerträglich. Mit einem lauten Stöhnen überrollte mich der Orgasmus und ich konnte nicht anders, als seinen Namen immer wieder zu murmeln.

»So ist gut, süße Hazel«, sagte er und leckte ein letztes Mal über meine sensibelste Stelle, ehe er sich aufrichtete und über mir schwebte. In seinen Augen loderte Erregung und gleichzeitig beinahe so etwas wie Befriedigung. Er küsste mich auf die Wange und auf den Mundwinkel. Ich konnte nicht länger warten und zog ungeduldig an seinem T-Shirt, bis es endlich zum Boden fiel und seine restliche Kleidung ebenfalls folgte.

»Ich möchte dich in mir spüren«, keuchte ich und fuhr mit den Händen über seinen Bizeps, an denen ich mich schließlich festhielt.

»Bist du dir sicher? Wir müssen nicht. Für mich ist es auch völlig in Ordnung, wenn es heute nur um dich geht«, sagte er und klang dabei so fürsorglich, dass mein Herz einen Schlag aussetzte. Als Antwort drückte ich gegen seine Brust und rollte uns herum, sodass ich nun auf seine Leiste saß.

»Ich bin sicher und wir müssen. Wir müssen das ganz dringend tun«, antwortete ich und grinste ihn schelmisch an. Grinsend ließ er die Hände von meinen Hüften zu meinem Kreuz fahren und richtete sich auf.

Er küsste mich auf den Hals, auf die Schulter und dann griff er zu seinem Nachttisch, wo er sich ein Kondom herausfischte. Ich nahm es ihm ab und streifte es ihm über. Zischend atmete er ein und beobachtete jeden meiner Handgriffe. Er lehnte sich wieder zurück und strich mir über die Oberschenkel, lächelnd nahm ich seinen Penis in meine Hand und platzierte ihn vor meinen Eingang.

»Ich gehöre ganz dir, Love. Mach was du möchtest«, flüsterte er in die elektrisierende Luft hinein. Mir wird nur noch wärmer und ich ließ mich langsam auf sein Glied absinken. Mein Inneres pulsierte, als ich ihn Zentimeter für Zentimeter aufnahm. Das gute Gefühl machte sich noch breiter und ich wackelte sachte mit den Hüften. Bei der Bewegung keuchte Cole leise auf und ich sah die kleinen Schweißtropfen auf seiner Stirn. Wieder wackelte ich mit den Hüften und Cole atmete scharf ein.

»Fuck, Love. Du bringst mich noch um.«

Ich erwiderte seine Worte mit einem süßen Lächeln, ehe ich mich auf und ab bewegte und ihn immer wieder ganz aufnahm.

»Du fühlst dich an wie ein Traum«, stieß er stöhnend aus und fasste mich bei der Taille, passte sich meinem Tempo an und stieß ebenfalls in mich hinein. Die zusätzliche Bewegung, ließ bei mir wieder die Empfindungen explodieren und fieberhaft näherten wir uns den Höhepunkt. Ich stützte die Hände auf seiner Brust ab und lehnte mich leicht vor, um ihn besser an dieser bestimmten Stelle zu fühlen.

Ich spürte, dass sein Penis in mir zu zucken begann und wusste, dass er gleich so weit war. Auch ich näherte mich immer mehr dem Orgasmus.

»Ich bin deins, Cole. Nur deins«, hauchte ich beinahe schon heiser und das gab ihm anscheinend den Rest. Laut stöhnend pumpte er ein letztes Mal in mich hinein. Er richtete sich auf und hielt mich ganz nah bei sich. Cole umschloss mich mit seinen Armen und drückte mich auf sein Glied hinunter. Ich folgte ihm fast sofort und warf den Kopf zurück, als mich der zweite Orgasmus in dieser Nacht überrollte. Stöhnend krallte ich mich an seinen Schultern fest, während das Nachbeben langsam abklang.

»Verdammt«, keuchte er leise. »Ab sofort, lass ich dich nie mehr als zwei Meter von mir weg. Das schwöre ich dir.«

Ich fuhr mit den Fingerspitzen seine ausgeprägten Bauchmuskeln entlang und musste bei der Erinnerung an das, was wir noch vor wenigen Minuten getan hatten, lächeln.

»Love, du sollst wissen, dass ich das vorhin ernst meinte, okay? Das war keine Masche, dich ins Bett zu bekommen. Auch wenn sie offensichtlich sehr erfolgreich gewesen wäre«, witzelte er und fuhr mir durch die Haare. Ich lag mit dem Kopf auf seiner Brust und er hatte uns das Laken bis zur Hüfte hochgezogen. Ich nickte und presste einen kurzen Kuss auf seine Seite. »Ich weiß«, flüsterte ich und hob den Kopf etwas an, um ihm ins Gesicht sehen zu können. Sein Ausdruck weichte merklich auf und er sah beinahe aus wie Benny, wenn er seine Lilly ansah. Ein

Mundwinkel wanderte langsam nach oben und er erhob sich leicht, um mich auf den Mund zu küssen.

»Das war alles mein voller Ernst. Ich möchte mit dir zusammen sein. Ich möchte dich meinen Freunden und meiner Familie als meine feste Freundin vorstellen. Ich möchte keine andere als dich«, sprach er weiter und bei jedem Wort machte mein Herz fast schon einen verdammten Sprung.

»Das wäre schön«, erwiderte ich und fuhr die Erhebungen seiner Haut weiter nach. »Das wäre unfassbar schön.« Ich atmete entspannt aus. Endlich fühlte es sich komplett an, endlich fühlte ich mich komplett.

Mich erklomm ein Gefühl der tiefen Zufriedenheit und Coles Worte sowie seine Berührungen auf meiner Kopfhaut, ließen mich schließlich in einen tiefen Schlaf fallen.

Kapitel 21

Cole

»Na du siehst ja schrecklich glücklich aus«, rief mein großer Bruder, als er mir die Tür zu seiner Wohnung öffnete. Ich hatte heute beschlossen, die Kurse ausfallen zu lassen. Hazel und ich waren gestern erst recht spät eingeschlafen.

Nachdem ich fünf Mal auf die Schlummer-Taste gedrückt hatte, hatte ich aufgegeben und den Wecker einfach ausgeschaltet. Ich wollte nicht aufstehen. Nicht, solange sie neben mir lag. Ich sah ihr viel zu gerne beim Schlafen zu und fuhr die Umrisse ihrer üppigen Lippen nach. Bei den süßen Geräuschen, die sie beim Schlafen von sich gab, würde ich am liebsten nichts weiter tun, als die ganze Zeit bei ihr zu bleiben. Als sie aber am Vormittag dann doch wach wurde, meinte sie, dass sie sich heute mit Lilly zum Lunch treffen wollte und sich daher fertig machen musste. Egal mit wie vielen Küssen ich sie überhäufte, ich konnte sie nicht zum Bleiben animieren. Daher dachte ich mir, es wäre mal wieder Zeit die Familie zu besuchen und naja, das Grinsen konnte ich mir einfach nicht aus dem Gesicht schlagen.

Ich betrat die Wohnung und Jason schloss die Tür hinter mir. Auf seine Worte zuckte ich bloß mit den Schultern und warf ihm ein Grinsen über die Schulter zu.

»Hi Cole«, sagte Phoebe, die gerade einen Karton aus dem Schlafzimmer in Richtung Küche trug.

»Hey Phi«, antwortete ich ihr und lief ihr hinterher, ehe ich mich auf einen der hohen Hocker an der Küchenzeile fallen ließ. Die beiden waren anscheinend immer noch mitten im Umzug.

»Was grinst der denn so?« Fragend richtete sie ihren Blick von mir zu Jason. »Keine Ahnung«, erwiderte er und griff in den Karton, um die Teller herauszunehmen und in den oberen Schrank zu stellen, da Phoebe diesen nie und nimmer alleine erreicht hätte.

Ich räusperte mich. »Hazel und ich haben gesprochen.« Sofort wandte sich Phoebe wieder zu mir und stellte ein leeres Glas vor mir ab, dann griff sie in den Kühlschrank und zog eine Karaffe heraus, in welcher sich wahrscheinlich süßer Tee befand.

Interessiert blickte sie mich weiterhin an. »Ja und? Erzähl weiter«, sagte sie und das Grinsen auf meinem Gesicht wurde breiter.

»Du Mistkerl«, murmelte Jason und lehnte sich mir gegenüber gegen die Küchenzeile. Bei seiner Reaktion musste ich auflachen. Aber auch seine Mundwinkel wanderten langsam nach oben. »Wahrscheinlich wisst ihr, dass Hazel seit ein paar Tagen bei mir wohnt. Im Wohnheim«, sprach ich und warf Phoebe einen Blick zu, da sie es höchstwahrscheinlich Jason erzählt hatte. Ihre leicht rosigen Wangen bestätigten meine Vermutung und ich fuhr fort.

»Nun, sie hat relativ schnell beschlossen, dass es besser wäre, wenn wir nur Freunde sind. Da wir ja zusammenwohnen und so weiter. Ich habe es verstanden, wirklich. Gefallen hat es mir nicht.« Jason nickte, während mir Phoebe das Glas mit dem süßen Tee füllte. Dankend nickte ich ihr zu.

»Na und was habt ihr jetzt besprochen?«, fragte sie nach und schob sich die Haare aus dem Gesicht. Sie ging einen Schritt zu Jason hinüber und lehnte sich ebenfalls gegen die Arbeitsplatte, Jasons Arm legte sich sofort um ihre Taille.

»Ich habe ihr gestern Abend alles erklärt. Ihr meine Gefühle offen dargelegt und so. Ihr wisst schon«, nuschelte ich und sah, wie Jason spitzbübisch zu grinsen begann.

»Das glaub ich ja nicht«, stieß er aus, worauf Phoebe ihn leicht gegen die Brust schlug.

»Ich denke mal das hat sie erwidert? Sonst würdest du nicht so grinsen«, meinte Phoebe und ich nickte beinahe schon aufgeregt.

»Und wie sie das hat«, sagte ich und legte den Kopf schief, während ich die beiden betrachtete. Jason lachte laut auf, während ihm Phoebe wieder leicht gegen die Brust schlug.

»Wir freuen uns für euch. Wirklich, ich hatte mir sowas in der Art schon für dich gewünscht«, sagte sie lächelnd. Ich runzelte die Augenbrauen. »Wirklich?«

Sie nickte und blickte kurz zu ihrer Seite zu Jason hinauf. »Ihr beide hattet immer einander und dann habe ich mich dazwischengedrängt. Deshalb ja, ich freu mich das du auch jemanden gefunden hast«, meinte sie und ich musste kurz die Augen zusammenkneifen. Damit hatte sie recht, aber so hatte ich das nie betrachtet.

»Phi, du warst nie jemand, der sich dazwischengedrängt hat«, meinte ich schnell und auch Jason runzelte leicht die Stirn. »Baby«, murmelte er und sah auf sie hinunter.

»Jaja, ihr wisst schon was ich meine.« Sie wedelte mit dem Geschirrtuch in ihrer Hand und trat einen Schritt auf mich zu. Über die Kochinsel hinweg legte sie mir eine Hand auf den Unterarm. »Wir freuen uns«, wiederholte sie und zwinkerte mir leicht zu. »Nicht wahr?«, fragte sie über die Schulter an Jason gewandt, welcher pflichtbewusst sofort nickte.

»Danke«, murmelte ich grinsend und nahm einen Schluck von dem wirklich leckeren Getränk. »Dann solltest du sie mal einladen, dann können wir uns alle besser kennenlernen«, meinte nun mein Bruder und trat um die Insel herum.

Ich nickte. »Ich sage euch Bescheid«, meinte ich.

Jason nahm mir das Glas aus der Hand und nahm sein eigenes von der Theke, ehe er mit dem Kopf Richtung Balkon nickte. »Lass uns mal draußen reden«, meinte er und lief schon los. Ich warf einen kurzen Blick zu Phoebe, aber die war wieder mit auspacken beschäftigt, daher folgte ich ihm.

Draußen ließen wir uns auf die gepolsterten Stühle fallen und Jason platzierte unsere Gläser auf dem Tisch. Sein Gesicht sah immer noch leicht in Mitleidenschaft gezogen aus, aber es heilte. Über seine Augenbraue war noch ein kleiner Cut zu erkennen und der Bluterguss auf seiner linken Gesichtshälfte nahm ab.

»Wie geht's dir?«, fragte er und ich ließ den Blick über die Brüstung fahren, sah in das Grün vor uns. Ich dachte kurz über seine Frage nach, räusperte mich und sah wieder zu ihm. »Sehr gut. Sie macht mich glücklich, wirklich sehr glücklich.«

Zufrieden nickte er, es war lange her, dass ich das sagen konnte. Seitdem unser Dad unverhofft wiederaufgetaucht war und nach Geld gefragt hatte, waren meine Gefühle drunter und drüber gegangen, aber Hazel brachte mich dazu, nicht zu viel darüber nach zu denken. Sie lenkte mich ab, indem ich einfach nur noch an sie dachte und diese verdammten kupfernen Locken, die mir immer wieder den Atem raubten.

»Und die Sache mit Dad?«, fragte er weiter und mir entging sein scharfer Blick nicht. Nachdem wir am großen Finale mitbekommen hatten, dass Dad das Geld nur für Amphetamine für Jasons Gegner gebraucht hatte, waren bei mir die Gedanken und Gefühle wieder Karussell gefahren. Aber Phoebe hatte die Sache an diesem Abend ganz alleine geregelt, sodass wir uns keine Sorgen machen mussten. Ich schuldete ihr immer noch viel dafür. Seitdem hatte ich nichts mehr von ihm gehört. Er verschwand, so wie wir es ihm gesagt hatten.

Ich zuckte mit den Schultern. »Keine Ahnung, daran denke ich nicht mehr allzu viel. Er hat sich nicht mehr gemeldet und wir haben ihm ja gesagt, dass er aus unser Leben verschwinden soll. Von daher ...«, murmelte ich, ließ den Satz ins Nichts laufen und nahm einen Schluck vom Tee.

»Bei dir?«, fragte ich und richtete meine Aufmerksamkeit auf Jason. Er zuckte ebenfalls mit den Schultern. »Durch das Umziehen bin ich so beschäftigt, dass ich auch nicht so oft daran denke. Phoebe meinte, dass sie ihm klar gemacht hatte, dass er sich sowas nicht nochmal erlauben darf. Ich weiß nicht genau, wie sie es verpackt hat. Aber es hatte offensichtlich die richtige Wirkung. Ich habe auch nichts mehr von ihm gehört. Aber ich habe momentan sowieso wichtigere Sachen im Kopf.« Ich spitzte meine Ohren und sah neugierig zu ihm hinüber.

»Was denn für wichtigere Sachen?« Jason hatte momentan eigentlich Pause, kein Training und keine Verpflichtungen. Die nächste Saison würde erst in einem halben Jahr beginnen, vorher würden zwar wieder ein paar Kämpfe stattfinden, aber das waren keine allzu ernsten oder schwierigen.

Jasons Augen funkelten und das ist nicht übertrieben, nein, die funkelten richtig vor Aufregung. Seine Lippen verzogen sich zu einem breiten Lächeln und er lehnte sich weiter nach hinten.

»Ich werde Phoebe fragen, ob sie mich heiraten möchte«, sagte er leise und warf ein Blick zur Glastür, um sich zu vergewissern, dass sie auch wirklich geschlossen war.

»Was?«, stieß ich überrascht aus und setzte mich aufrecht hin.

»Noch nicht jetzt, ich wollte noch ein bisschen warten. Vielleicht frage ich sie so um Weihnachten rum«, murmelte er und grinste weiterhin.

»Das ... das ist eine wirklich große Sache«, sagte ich und schluckte. »Aber ich freu mich für dich, das tu ich wirklich«, sagte ich und erhob mich, ehe ich bei ihm einschlug und wir uns kurz drückten.

»Danke, Brüderchen«, sagte Jason und klang dabei so verdammt aufrichtig. Wir lösten uns und starrten uns beide mit einem lächerlichen Grinsen an.

»Also gehen wir bald auf Ring-Jagd?«, fragte ich und stieß ihn neckisch mit meinen Ellenbogen an.

»Ehrlich gesagt habe ich schon einen«, sagte er leise und ich riss die Augen auf. »Nicht dein Ernst.« Ich klatschte mir die Hand auf den Oberschenkel. Jason fischte sein Handy heraus und öffnete die Bilder App, ehe er etwas hin und her strich und mir das Display entgegenhielt.

»Ich habe ihn letztes Mal als wir unterwegs waren entdeckt, Phoebe wollte in so einen Deko-Laden und da meinte ich, dass ich nochmal eben zur Bank müsse. Unter dem Vorwand habe ich ihn dann besorgt. Ich wusste einfach, dass er der Richtige ist«, sagte er leise und beide sahen wir auf das Bild. Ich konnte so etwas echt schlecht beurteilen, aber er sah gut aus … und teuer. Aber darüber hatte sich Jason, seitdem er Profi geworden war, weniger Sorgen gemacht.

»Wow, das ist beeindruckend. Keine halben Sachen, was?«, schmunzelte ich. Er packte sein Handy wieder ein und grinste. »Nein, nicht bei ihr.«

Ich setzte mich wieder auf meinen Platz und lehnte mich zurück, ließ den Blick erneut in das Grüne fahren und seufzte. Eine angenehme Stille entstand zwischen uns. »Wer hätte das mal gedacht, was?«, murmelte Jason und sah ebenfalls zur Seite. »Ich dachte, nachdem wir aus dem Wohnwagen rauskamen, sei das schon das Beste, dass und je passieren würde«, sagte ich leise.

Die Vögel zwitscherten und man hörte entfernt die Geräusche der befahrenen Straße.

»Tja, da haben wir wohl beide falsch gedacht.« Jason nippte an seinem Glas. »Mom hätte sich das hier für uns gewünscht«, murmelte er und ich schloss bei der schmerzlichen Erinnerung kurz die Augen.

»Das hätte Dad auch, selbst wenn das schwer zu glauben ist«, meinte ich und Jason nickte mir zustimmend.

»Nur Dean hätte über unser Verhalten den Kopf geschüttelt.« Damit entlockte er mir ein kurzes Lachen.

»Dean wäre neidisch gewesen. Der hätte es nämlich nie geschafft, dass ein Mädchen bei ihm bleibt.« Ich lachte und Jason fiel in mein Gelächter ein. »Zumindest nicht mit den Kochkünsten.«

Die Balkontüre schob sich auf und Phoebe steckte den Kopf heraus. »Was ist denn hier so lustig?«, fragte sie amüsiert.

»Ach, nur ein Gespräch unter Brüdern, Baby.« Jason grinste und zwinkerte mir zu.

Genauso konnte es doch für immer bleiben.

Kapitel 22

Hazel

Ich lag mit dem Rücken an Coles Brust gelehnt und hatte es mir zwischen seinen Beinen bequem gemacht. Er lehnte mit dem Rücken an der Wand neben der Tür, die uns auf das Dach gebracht hatte.

Lilly und ich hatten einen wirklich schönen Nachmittag miteinander verbracht und über Gott und die Welt gesprochen, was mir wirklich mal wieder guttat. Vor allem einfach mal wieder mit einem anderen weiblichen Wesen zu sprechen. Lilly hatte die Stelle als Kummerkasten also eindeutig bekommen, aber momentan brauchte ich sie weniger als Kummerkasten, sondern mehr als Freundin.

Trixie und Leila hatten sich ab und zu auch noch mal per SMS bei mir erkundigt, wie es mir geht und was ich so treibe. Selbst Billy hatte mir eine Nachricht geschickt. Ich vermisste sie alle ungemein, aber Cole brachte mich dazu, nicht zu sehr an das Heimweh zu denken. Wobei ich mir nicht mal sicher war, ob man es wirklich als Heimweh bezeichnen konnte, denn mein zuhause vermisste ich unter keinen Umständen. Im Gegenteil: Es tat mir gut, nicht jeden Morgen beim Aufwachen darüber nachzudenken, wie ich mich rausschleichen konnte, ohne meiner Mom oder ihren fürchterlichen Freunden zu begegnen.

Stattdessen konnte ich lange ausschlafen und den Tag entspannt angehen.

Daher war das Lunch Date mit Lilly heute auch einfach spitze gewesen. Ich hatte ihr zuerst die Geschichte zwischen mir und Cole erzählen wollen, einfach weil ich jemandem davon erzählen musste. Dann war mir allerdings aufgefallen, dass das gar nicht so leicht war, ohne dabei meine Vergangenheit, mein altes Leben und meinen ehemaligen Job zu erwähnen. Während des Gespräches über ihren Studiengang – Psychologie übrigens, was wenn ich jetzt so darüber nachdachte, echt richtig gut zu ihr passte – wog ich ab, ob ich Lilly davon erzählen sollte. Als ich allerdings merkte, dass die Kontra-Seite ganz schön mager aussah, entschied ich mich dazu, ihr alles anzuvertrauen. Sie wirkte von Anfang an wie eine aufrechte und ehrliche Person. Jemand loyales. Und so jemanden konnte man doch immer gebrauchen.

Lilly blieb zunächst ruhig und ließ mich ausreden. Sie stellte mir keine unangenehmen Fragen oder unterbrach mich und das war schon echt verdammt viel wert. Sie verstand meine Beweggründe und schien ernsthaft nicht abgeschreckt zu wirken, sie verurteilte mich nicht. Und bei dieser Erkenntnis schwoll mir die Brust beinahe schon wieder.

Sie verteidigte mich sogar vor Cole, machte ihn anfangs richtig nieder und positionierte sich ganz klar auf meine Seite. Als ich ihr aber von gestern Nacht erzählte, wurde sie feuerrot und stammelte sofort eine Entschuldigung. Das brachte mich zum Lachen. Ich mochte sie.

Sie hatte mir sogar angeboten, mich zuhause abzusetzen. Zuhause. Das Wort wirkte immer noch völlig fremd, aber je öfter ich es hörte, desto mehr gefiel es mir. Sehr sogar. Vielleicht würde Cole ja mit mir ausziehen, sobald ich genügend Geld verdient hatte und mir eine kleine eigene Bleibe suchen konnte. Aber das war zu weit in die Zukunft geplant. Wir waren ja gerade mal einen Tag zusammen. Himmel, ich sollte mich zusammenreißen.

Gerade als ich ihr Angebot annehmen wollte, hatte mein Handy geklingelt. Cole hatte angerufen und mich gefragt, wo ich sei, denn er wäre jetzt auf dem Rückweg von seinem Bruder. Also hatte er mich aus dem Restaurant abgeholt und jetzt saßen wir wieder auf demselben Dach, auf welchem wir uns gestern unsere Gefühle gestanden hatten. Das war keine vierundzwanzig Stunden her, aber es fühlte sich an wie eine Ewigkeit. Aber eine gute Ewigkeit. Sofort fühlte ich mich vertraut mit Cole und genoss seine Nähe.

Seine Hand strich mir durch meine Locken und legte sie auf eine meiner Schultern, ehe er den Kopf absenkte und mir einen süßen Kuss auf den Hals zauberte. Seine Berührung ließ mich wieder in das Hier und Jetzt fahren.

Seufzend kuschelte ich mich enger in seine Umarmung und umfasste seinen Bizeps, ehe ich das Gesicht daran schmiegte.

»Ich dachte, dass das hier nie passieren würde«, murmelte ich und wäre nicht allzu verwundert, wenn er kein Wort verstanden hätte, da ich eigentlich nur gegen seine Haut geredet hatte. Cole fuhr mit der Hand wieder durch meine Haare.

»Was genau meinst du, Love?«

»Das mit uns. Als wir uns kennengelernt haben, hast du eher ausgesehen, als würdest du am liebsten die Flucht ergreifen und nie wieder zurückblicken.« Ich versuchte zu scherzen, dabei entsprachen meine Worte der vollständigen Wahrheit. Noch vor wenigen Wochen hatte ich gedacht, dass die einzige Möglichkeit, wie ich aus unserer verfahrenen Beziehung herauskäme, mit einem gebrochenen Herzen wäre. Und dieses Herz wäre meins gewesen.

Er spannte sich augenblicklich an, ehe er tief seufzte und mich enger umfasste. In seinen Armen fühlte ich mich so verdammt sicher und umsorgt, als könne mir nichts auf dieser Welt etwas anhaben. »Ich war siebzehn und noch ziemlich grün hinter den Ohren. Ich habe dich gesehen und du hast mich völlig vom Hocker gerissen und dann habe ich die Art gesehen, wie du lebst und das hat mich wieder vom Hocker gerissen, aber nicht auf die gute Weise«, murmelte er nah an meinem Ohr und ich nickte. Sein Blick hatte damals unmissverständlich gezeigt, was er dachte und ich hatte mich unglaublich geschämt. Aber die Wohnung war beinahe schon mein ganzer Stolz, ich leistete sie mir alleine und hielt mich und Mom über Wasser. Dafür, dass ich das mit siebzehn schon alleine gestemmt hatte, war unsere Wohnung gar nicht so schlimm. Als ich am nächsten Tag jedoch Coles Nummer auf einem kleinen Stück Pappe unter unserer Türschlitz gefunden hatte, war die Hoffnung in mir sofort wieder aufgeflammt. Es war damals schon um mich geschehen und das wollte ich mir eine ganze Weile nicht eingestehen.

Ich hatte auf den Ritter in der strahlender Rüstung gehofft – aber er kam nicht. Erst ein klärendes Gespräch mit Trixie hatte mir sowas wie die Augen geöffnet. Das hatte mir gezeigt, dass ich auf niemanden warten musste sondern, dass ich mich auch um mich selbst kümmern konnte. Dafür benötigte ich keinen Ritter in strahlender Rüstung. Sondern nur meinen Willen und Ehrgeiz.

Aber wirklich bergauf ging es ab da trotzdem nicht für mich.

»Jason war erst vor kurzer Zeit zum Profi aufgestiegen, sodass wir uns mehr leisten konnten und auch endlich aus dem Wohnwagen auszogen. Dad war eigentlich schon gar nicht mehr da. Als erst Mom und dann mein Bruder Dean starben, war es als sei er mit ihnen fort gegangen.« Er schluckte schwer und ich rieb ihm über die Arme. Er hatte mir von seiner Vergangenheit schon mal erzählt und ich verstand, wieso es ihn so mitnahm. Er verlor seine Mutter als er noch jung war, dann seinen älteren Bruder Dean und dann mehr oder weniger seinen Vater. Das durchzumachen würde ich nicht mal meinem schlimmsten Feind wünschen.

Er seufzte, bevor er fortfuhr. »Als ich das Viertel gesehen habe, in dem du lebst, und die Wohnung …« Cole stockte kurz, ehe er sich räusperte und über meine Finger strich. Vorsichtig fuhr er die Erhebung meiner Knöchel nach.

»Der ganze Anblick hat mich verdammt nochmal zurückgeworfen. Meine Kindheit … Sie hat bei mir große Wunden hinterlassen. Klar, ich habe auch viele schönen Erinnerungen, aber meistens erinnert man sich ja eher an die schlechten. Ich hatte das Gefühl wir waren uns so ähnlich. Ich dachte, ich würde es nicht verkraften, wieder in so einem Umfeld zu sein. Jetzt weiß ich es besser.« Und obwohl seine Stimme zu Beginn leise und rau war, sprach er den letzten Satz klar aus, küsste mich auf die Schläfe und atmete tief ein.

Ich lehnte meinen Kopf an seine Schulter und schaute nach oben. Langsam wurde es wieder dunkel und die Sterne ließen sich sehen.

»Ich habe mir dieses Leben nicht ausgesucht«, murmelte ich und strich mir eine Strähne aus dem Gesicht. Cole übernahm die Aufgabe aber sofort für mich und strich mir wieder durch die Haare. Bei seinem Geständnis gestern hatte er meine kupferfarbenen Haare auch schon erwähnt, er schien ja regelrecht eine richtige Schwäche für sie zu haben.

»Ich weiß«, murmelte er leise.

»Früher war es gar nicht so schlimm, weißt du? Ich habe auch ein paar schöne Erinnerung mit Mom. Aber als sie ihren Job verlor und sich mit diesen Leuten abgab, da ging es einfach bergab für uns. Sie ist nicht mehr dieselbe. Nicht seitdem sie die Drogen nimmt, das hat sie komplett verändert. Ohne Moms Einkommen konnten wir die Wohnung nicht mehr halten. Da war ich erst fünfzehn. Wir haben knapp ein halbes Jahr auf der Straße oder bei irgendwelchen Freunden von Mom verbracht. Ich habe mit sechszehn den Job bei Sam bekommen. Da verdient man wirklich gut, vor allem wenn man neu ist. Die Männer haben sich immer über ein neues Gesicht gefreut.« Ich spürte, wie er sich verkrampfte, aber ich redete dennoch weiter. Das hier war nun mal ein Teil meiner Geschichte. »Es dauerte nicht lange bis ich uns die kleine Wohnung leisten konnte.« Ich schluckte schwer, als ich in Erinnerung schwelgte. Oh ja, ich war verdammt stolz auf diese Wohnung gewesen, egal wie heruntergekommen sie wirkte.

»Ich werde mich nicht dafür entschuldigen was für ein Leben ich geführt habe oder wo ich herkomme. Daran kann ich nämlich nichts ändern und das möchte ich auch gar nicht, es hat mich zu dem Menschen gemacht, der ich heute bin und ich mag mich«, sagte ich und merkte, wie meine Stimme zittrig wurde. Jetzt bloß nicht die Fassung verlieren, Hazel.

»Du bist ein hervorragender Mensch, lass dir niemals weniger einreden. Ich würde dich für nichts auf der Welt ändern«, meinte er leise und lehnte seinen Kopf gegen meinen. Ich nickte sachte.

»Wir zwei sind schon eine Sache für sich.« Er lachte auf und ich stimmte ihm zu.

»Wir sind beide ganz schön verkorkst«, antwortete ich.

»Ja, aber wir kriegen das schon hin.« Sachte wiegte er mich hin und her. Der dunkle Nachthimmel erstreckte sich mittlerweile über uns und die vielen Sterne leuchteten auf. Den Ausblick konnte ich gestern nicht mehr so richtig genießen, heute aber dafür umso mehr.

»Siehst du den großen Wagen?«, flüsterte Cole in die angenehm ruhige Nacht. Nur die Autos auf den Straßen waren zu hören, ansonsten war es erstaunlich ruhig, dafür dass wir uns mitten auf einem Studentenwohnheim befanden. Ich nickte und blickte in die Richtung, die er mit seinem Finger angab. Das Sternenbild erstreckte sich genau über uns.

»Das Sternenbild gehört eigentlich zum großen Bär, aber der ist immer etwas schwer zu sehen. Jedenfalls zeigt der große Wagen auf den Polarstern.« Sein Finger fuhr das Sternenbild ab und blieb am Ende stehen. Ein deutlicher Stern war zu erkennen und wieder nickte ich.

»Das ist der einzige Stern am Nachthimmel, der sich nicht bewegt. Er ändert nie seine Position. Alle anderen umkreisen ihn.«

Ich atmete entspannt aus und rieb mein Kinn an seinen Oberarm. Er war ein wirklich bequemes, übergroßes Kissen.

»Das ist schön«, flüsterte ich.

»Ja?«

»Ja«, antwortete ich.

»Du bist wie mein Polarstern, Love. Ab jetzt dreht sich nur noch alles um dich.«

Bei seinen Worten durchfährt mich wieder die altbekannte Wärme, die mir ironischerweise aber eine Gänsehaut zauberte. Aber egal wie kitschig die Worte auch waren, sie zeigten definitiv ihre Wirkung.

»Ich wusste gar nicht, dass du so romantisch sein kannst«, schmunzelte ich.

»Nun, bei dir kann ich einfach nicht anders.«

Ich neigte den Kopf weiter nach hinten, um Cole ins Gesicht zu sehen. Seine Züge waren entspannt und seine Augen wirkten wieder so beruhigend auf mich. Lächelnd lehnte er sich ein Stück zu mir runter und legte seine Lippen sachte auf meine. Ein sanfter Kuss entstand und als wir uns wieder lösten, konnte ich nichts gegen das Grinsen unternehmen. In letzter Zeit grinste ich so viel wie schon lange nicht mehr. Verdammt, tat das gut.

»Du tust mir gut«, hauchte ich gegen seine Lippen und schaute wahrscheinlich völlig bescheuert mit einem verträumten Blick zu ihm hinauf. Lächelnd küsst er mich ein weiteres Mal auf den Mund und seufzt in den Kuss hinein.

»Du tust mir gut«, erwiderte er meine Worte.

Ich bekam das verdammte Grinsen nicht mehr von den Lippen gewischt.

Kapitel 23

Cole

»Das ist eine ganz schlechte Idee«, stieß ich stöhnend aus und ließ mich der gesamten Länge nach wieder auf Hazels Bett fallen, das sie immer weniger benutzte. Mittlerweile war es zur Routine geworden, dass sie in meinem Bett schlief. In meinen Armen. Wo sie hingehörte.

»Ich weiß nicht was du meinst«, erwiderte Hazel und sah skeptisch an sich hinab. »Du meintest doch, dass Kades Verbindung eine Party schmeißt und uns alle eingeladen hat. Bei einer Party zieht man sich doch so an, oder?« Ich folgte ihrem Blick. In einem blauen Kleid und hohen schwarzen Schuhen, bei denen sich auch noch Bänder um ihre Knöchel und Waden wickelten, stand sie vor mir. Hazel war zuvor noch nie auf eine Uni Party gegangen, daher verstand ich ihre Unsicherheit und mit dem Outfit würde sie auch super dazu passen. Dennoch gefiel mir der Gedanke nicht, sie mit in ein Haus voller Studenten zu nehmen und das in diesem viel zu kurzen Kleid. Oh nein.

Sie drehte sich nochmal kurz und ich schwöre mir blieb die Spucke im Hals stecken. Sie war wunderschön. Alles an ihr. Zum niederknien.

Aber das musste doch nicht jeder zu Gesicht bekommen.

»Love, du siehst fantastisch aus. Fast schon zu gut. So kann ich dich doch nicht mitnehmen«, murmelte ich und klang beinahe so, als leide ich Schmerzen. Sie schaute nochmal an sich hinab und kräuselte die Augenbrauen.

»Mir gefällt es, dir etwa nicht?«, fragend blickte sie auf. Sie war atemberaubend. Dann müsste ich heute Abend einfach besser aufpassen und meine Kommilitonen im Blick behalten. Wenn das nötig war, damit sie dieses Lächeln auf den Lippen behielt, würde ich es in Kauf nehmen. Außerdem war ich mir ziemlich sicher, dass Hazel sowieso nicht auf mich hören würde.

Mein Blick weichte auf und ich erhob mich, ehe ich die Hände ehrfürchtig an ihren Seiten hinab wandern ließ.

»Du bist so schön. Heute werden eine Menge Kerle eifersüchtig auf mich sein.« Ich konnte ihr ein Kichern entlocken und mein Grinsen wurde breiter. Vielleicht schoss durch meinen Körper auch ein wenig Vorfreude und Stolz. Hazel war eine wunderschöne Frau und sie würde heute Abend an meiner Seite das Verbindungshaus betreten.

»Bist du soweit?«

Sie nickte, schnappte sich eine kleine Tasche, schob Schlüssel und Handy rein und hängte sie sich über die Schulter. Über dem kleinen dunkelblauen Kleid mit dem V-Ausschnitt zog sie noch schnell eine hellere Jeansjacke, da es abends doch immer noch etwas abkühlte, obwohl wir uns gerade im Hochsommer befanden. Ich öffnete ihr die Türe und schloss ab. Ich schlang meinen Arm um ihre Schulter und wir liefen in Richtung Ausgang. Leith würde uns abholen und mitnehmen. Da er morgen eine Prüfung schreiben würde, wollte er nicht trinken. Falls wir später als er zurückwollten, würde ich uns einfach ein Taxi rufen.

Leiths Wagen stand schon an der Straße vor unserem Gebäude. Ein breit grinsender Ethan stieg aus der Beifahrertür und schob den Sitz nach vorne, damit wir auf die Rückbank rutschen konnten. Ich ließ die Hand von Hazels Schulter zu ihrer Taille fallen und umschloss sie wieder fest.

»Hey«, murmelte ich leise, während wir die letzten Meter zu den beiden überquerten.

»Ja?« Ihre Aufmerksamkeit richtete sich auf mich und fragend hob sie eine Augenbraue.

»Nur das«, hauchte ich und umgriff ihren Kiefer, bevor ich ihr einen sanften Kuss auf die vollen Lippen drückte. Vielleicht wollte der Höhlenmensch in mir Ethan einfach nur klar machen, dass sie jetzt mein Mädchen war, von dem er sich gefälligst fernzuhalten hatte.

Sie leckte sich über die Unterlippe. Verflucht, beinahe wäre ich mit ihr wieder umgedreht und hätte auf diese Party gepfiffen. Aber Hazel hatte so begeistert ausgesehen, als ich letzte Woche an der Theke saß und ihr von der Party erzählt hatte, dass ich es nicht übers Herz bringen würde, ihr diese jetzt nicht zu gewähren. Allgemein lief es zwischen uns fantastisch. Wir vertrauten einander und dass mir das einmal so viel wert sein würde, hätte ich nie gedacht. Ich verbrachte beinahe jeden Abend in der Bar und sah ihr beim Arbeiten zu, manchmal nahm ich den Laptop mit und schrieb an ein paar Hausarbeiten weiter. Hazel hielt mir immer meinen Platz ganz in der Ecke frei, sodass ich wenigstens etwas meine Ruhe haben konnte. Und egal wie oft sie meinte, dass ich nicht ständig kommen musste – ich tat es trotzdem. Ich musste mich einfach vergewissern, dass mit ihr alles okay war. In vier Tagen würde ihr erster Schultag beginnen und sie wurde von Tag zu Tag nervöser, abends las sie oft noch diese unheimlich schwere Lektüre zu ihrem Ausbildungsberuf und erst kürzlich hatte sie sich eine Menge Ordner und Stifte in verschiedene Farben besorgt.

»Seid ihr Turteltauben dann mal fertig?« Amüsiert blickte uns Ethan entgegen und verkniff sich das Lachen. Ich packte Hazel bei der Hand und lief die letzten Schritte auf den Wagen zu.

»Bloß kein Stress«, murmelte ich und schlug bei ihm ein. Hazel kroch als erstes auf die Rückbank.

Ethan atmete scharf ein, als ihr kurzes Kleid noch ein Stück nach oben rutschte und einen dunklen Satin Slip zu sehen war. Ich stieß ihm schnell vor die Brust, ehe ich mich vor sie positionierte, sodass ich ihm die Sicht auf sie verwehrte. Das Blut köchelte ihn mir und wahrscheinlich war mein Kopf schon rot angelaufen.

»Halt deinen Mund«, nuschelte ich und blickte Ethan wütend an. Abwehrend hielt der die Hände hoch und richtete den Blick einfach zur Seite ins Leere. »Ich habe nichts gesehen. Großes Indianer-Ehrenwort«, sagte er und seine Mundwinkel zuckten.

»Das will ich auch für dich hoffen«, stieß ich aus, ehe ich neben Hazel auf den Rücksitz glitt.

»Alles okay?«, fragte sie leise. Ich nickte schnell und schnallte mich ebenfalls an, als Ethan wieder in das Auto stieg und Leith los düste.

»Sicher?«, fragte sie so leise, dass keiner etwas hörte und legte mir die Hand auf den Oberschenkel. Sofort spannte ich mich wieder an und legte meine Hand auf ihre.

»Ja, Love. Dein Kleid ist nur etwas hochgerutscht.«

Scham stand ihr breit ins Gesicht geschrieben und sie schlug eine Hand vor den Mund. Ein erschrecktes Keuchen verließ ihre Lippen.

»Daran habe ich gar nicht gedacht.« Sie glitt etwas tiefer in den Sitz. Vorsichtig tätschelte ich ihre Hand und nahm ihre Finger hoch, ehe ich kleine Küsse auf ihre Knöchel verteilte, dann auf ihrem Handrücken und schließlich auf ihrer Handfläche.

»Mach dir keine Gedanken, Love.«

Ich spürte Leiths Blick auf mir, welcher mich durch den Rückspiegel betrachtete. Er verkniff sich ein Grinsen, aber seine Augen strahlten es dennoch aus.

Ich stieß ein leises Seufzen aus und umschloss Hazels Finger. Das würde ja ein Abend werden.

Bereits vor dem Haus war es rappelvoll. Unzählige Studenten liefen umher, es lief laute Musik und überall lagen rote Plastik Becher herum.

»Oh je«, murmelte Hazel dicht neben mir und ich schlang den Arm wieder um ihre Mitte.

Ich half ihr über den Rasen zur Vordertür, weil sie mit ihren hohen Schuhen kaum Halt fand.

Das Haus war relativ simpel aufgebaut. Sobald man eintrat, stand man im riesigen Wohnzimmer, in welchem drei große Sofas standen, die offene Küche grenzte zur rechten Seite an. Geradeaus befand sich die Tür nach draußen zum Garten und direkt links neben der Haustüre ging eine Treppe hoch, welche zu dem Schlafzimmer der Jungs aus der Verbindung führten.

»So habe ich es mir immer vorgestellt«, grinste Hazel und sah sich um. Der Männer-Anteil war definitiv höher als der der Frauen. Aber trotzdem erkannte ich von hier aus Benny und Lilly, die sich in der Küche mit Kade unterhielten. Ethan und Leith hatten sich, sobald wir das Haus betraten, schon von uns los gemacht und sich ins Getümmel gestürzt. Leith lief gerade mit einer Cola an mir vorbei, als ich mich wieder etwas zu Hazel hinunter lehnte. Auch mit den hohen Schuhen ging sie mir nur knapp bis zum Kinn.

»Möchtest du etwas trinken?«, fragte ich sie. Hazel schaute in Richtung Küche und ihre Augen funkelten, als sie Lilly erkannte. »Ja!«, stieß sie aus und lief schon los. Ich hielt mit ihr Schritt.

»Hallo Leute«, sagte sie, als wir bei der kleinen Gruppe ankamen. Lilly wandte sich sofort zu uns und riss die Augen auf, als sie uns erkannte. Mit einem kleinen Quietschen umfasste sie Hazel bei den Schultern und umarmte sie. Benny und ich verdrehten die Augen.

»Frauen«, murmelte Benny, als ich mich neben ihn stellte. Nickend stimmte ich ihm zu und wandte mich an den Kühlschrank hinter ihm.

»Love, was möchtest du trinken? Alkohol?«, fragend blickte ich über meine Schulter zu ihr. Ihr Locken flogen umher, als sie heftig nickte.

»Alkohol!«, stieß sie aus. Ich zog Gin und irgendein pinkes Zeug heraus, auf welchem eine Menge Beeren abgebildet waren. Na, das würde ihr schon schmecken. Schnell mixte ich alles zusammen und schnappte mir ein Bier, bevor ich mich zu ihr stellte und ihr das Getränk reichte.

»Danke«, sagte sie und küsste mich auf den Mundwinkel, ehe sie wieder dem Gespräch mit Lilly lauschte. Anscheinend hatte ich jetzt Sendepause. Ich drehte mich wieder zu den Jungs, die über Football sprachen und hörte ihnen zu.

»Der Coach sagt, ich darf ab dem nächstem Semester wieder meine alte Position übernehmen. Anscheinend hat sich einer beworben, der auf dem College schon als Tight

End spielt«, sagte Kade und ich erinnerte mich, dass er vor ein paar Wochen die Position von Wild Receiver auf Tight End wechseln musste, da sich jemand im Team verletzt hatte.

»Ist Josh nicht wieder gesund?« Benny nippte an seinem Bier. Ich tat es ihm nach.

Kade schüttelte den Kopf. »Das wird wohl noch etwas dauern, bis der wieder richtig fit ist.« Er zuckte mit den Schultern und sah sich um. Es war schon wieder etwas voller geworden und die meisten grölten irgendwelche Hits mit, während sie über die Tanzfläche sprangen.

Wie anmutig.

»Hast du die Hausarbeit bei Mr. Hill fertig?«, fragte Kade an mich gewandt und ich nickte. Da ich so viel Zeit in der Bar verbrachte, war ich was Hausarbeiten und die Nachbereitung der Kurse anging gut dabei.

Hazels lautes Auflachen ließ meinen Blick zu ihr fahren. Sie beugte sich vor und hielt sich die Hand vor dem Mund, während sie über irgendetwas lachte, dass Lilly gerade gesagt hatte. Lilly versuchte unauffällig über ihre Schulter zu uns hinüber zu sehen und presste die Lippen aufeinander, der Schalk tanzte in ihren Augen.

Benny brummte zufrieden neben mir, während er seine Freundin beobachte.

»Freut mich, dass die beiden so gut auskommen.« Ich stimmte ihm zu. Hazel brauchte Freunde. Jede Menge Freunde. Wenn sie schon in Las Vegas alle ihre Freunde zurücklassen musste, sollte sie sich hier in Phoenix niemals alleine fühlen.

Gestern hatte sie noch mit Trixie telefoniert, eine Stunde lang hatte sie mich aus unserem Zimmer verbannt. Ethan hatte mich so lange in seiner Wohnung aufgenommen.

Anscheinend wurde ihr vom Lachen aber so warm, dass sie sich Luft zu fächelte und ihren Becher in Lillys Hand drückte, um sich die Jeansjacke von den Schultern zu streifen.

Mit einem großen Schritt war ich bei ihr und zog ihr die Jacke sachte von den Armen.

»Lass mich machen«, meinte ich, befreite sie nun vollständig davon und legte mir ihre Jacke über den Unterarm. Ich neigte mich zu ihr und küsste sie kurz auf die Lippen.

»Hast du Spaß?«, erkundigte ich mich. Lächelnd legte sie mir die Hand in den Nacken und küsste mich erneut süß auf die Lippen. Herrje, das könnte ich den ganzen Tag machen. Vorher war ich nie ein Mensch der besonders auf Liebeleien austauschen stand, aber mit Hazel war das etwas ganz anderes.

»Habe ich. Sehr.«

Zufrieden trat ich wieder einen Schritt von ihr zurück und stellte mich neben die Jungs.

»Du stehst ja komplett unter dem Pantoffel«, grinste mich Kade an.

Ich antwortete grinsend mit einem simplen: »Jap.«

Kapitel 24

Hazel

Die Jungs hatten sich an die Küchenzeile gelehnt, während ich nach langem hin und her Lilly endlich überreden konnte, mit mir auf die Tanzfläche zu marschieren. Dass wir uns dabei keine zwei Meter von ihrem Freund entfernten, machte die Sache wahrscheinlich wieder nur halb so schlimm.

»Na komm schon. Entspann dich und hab Spaß«, rief ich ihr über die Musik hinweg zu und zog sie wieder enger an mich. Während wir zu irgendeinem Pop Hit die Hüften bewegten. Grinsend nickte sie und nahm einen Schluck von ihrem Getränk. Nachdem sie bei mir probiert hatte und die Augen vor Begeisterung aufgerissen hatten, hatte ich Cole gebeten, ihr auch so einen zu machen. Die Mischung war auch verdammt lecker. Den Alkohol konnte man definitiv schmecken, aber die Süße der Limo glich es wieder aus. Lachend packte ich Lilly an der Hand und wirbelte sie herum, ehe wir wieder etwas enger tanzten. Ich warf einen kurzen Blick zu Cole, welcher mich ebenfalls über den Rand seines Bieres musterte. Seine schwarze Jeans schmiegte sich um seine Beine und mit dem karierten Hemd, dass er an den Armen bis zu dem Ellenbogen hochgeschoben und die oberen Knöpfe geöffnet hatte, sah er einfach zum Anbeißen aus.

Ich würde ihn heute flachlegen – einhundertprozentig.

Ein kurzes süßes Lächeln schenkte ich ihm, dann konzentrierte ich mich wieder auf meine Tanzpartnerin. Lachend warf sie den Kopf zurück und ihre schulterlangen

Haare flogen ihr ins Gesicht. Von links nahm ich eine Bewegung wahr und sah mit einem schnellen Seitenblick hinüber. Zwei wirklich attraktive Kerle näherten sich uns. Sie kamen zwar nicht an Coles Aussehen ran, aber es war auch schon beinahe unfair wie attraktiv Cole war. Mit einem schiefen Grinsen blieben sie bei uns stehen. Beide hatten zwei Becher in der Hand, welche wahrscheinlich für uns gedacht waren. Der etwas Größere von beiden streckte schon seine Hand aus und wollte zum Sprechen ansetzten, als ihn eine laute Stimme hinter mir aufzucken ließ.

»Hey«, rief Cole und da wir so nah bei ihnen standen, war er auch selbst noch über die laute Musik zu hören. Der Kerl vor mir warf einen Blick nach hinten zu Cole.

»Nein«, sprach Cole klar und deutlich aus und schüttelte den Kopf. Als er Cole erkannte, weiteten sich seine Augen. Anscheinend war Cole doch sowas wie eine kleine Berühmtheit an seiner Uni.

Der Typ vor mir warf mir einen weiteren Blick zu, unsicher ob er die Situation verstand. Ich schüttelte lächelnd den Kopf. Ein klares Zeichen der Abweisung. Aber erst ein weiteres Nein von Cole, ließ ihn verstehen.

Die wenigen Worte von Cole reichten anscheinend aus, da er sich nun doch von mir wegdrehte und Lilly angrinste. Welche augenblicklich den Blick senkte und am Saum ihres Kleides nestelte.

»Ebenfalls nein«, ertönte nun Bennys Stimme hinter uns. Seufzend wandten sich beide wieder ab und liefen in das Getümmel zurück, aus welchem sie kamen.

Kichernd fuhr ich wieder zu Cole herum, welcher mich keine Sekunde aus den Augen ließ und musterte. »Ich habe dir gesagt, dass du zu gut aussiehst«, sagte er neckisch und nahm einen weiteren Schluck aus dem roten Becher. Seine braunen Augen starrten mich immer noch an. Grinsend löste ich mich von Lilly und Benny brauchte keinen Atemzug, um meinen Platz einzunehmen.

»Du meintest, es werden jede Menge auf dich eifersüchtig sein«, schmunzelte ich, als ich bei Cole ankam. Ich stellte meinen Becher links von ihm auf der Theke ab, als er seine freie Hand um meine Hüften schlang und mich enger an sich heranzog. Seufzend genoss ich die Wärme, die unmittelbar von ihm ausging und schmiegte mich mehr in die Berührung herein.

»Und ich habe recht behalten«, flüsterte er mir ins Ohr und hinterließ einen sanften Kuss auf meiner Schläfe.

»Wenn du wüsstest, wie viele mir gerade den Tod wünschen«, witzelte er und fuhr mir durch die Locken. Sanft zog er an den Spitzen, wodurch ich meinen Kopf in den Nacken legte. Lächelnd blickte er auf mich runter und bei seiner Aussage musste ich kichern. »So schlimm?«, fragte ich neckisch und wollte mich am liebsten umdrehen, weil ich ihm nicht glaubte. Bevor ich jedoch zu Drehung ansetzten konnte, wurde ich enger an seinen Oberkörper gepresst. Coles Hand wanderte zu meinem Nacken, sachte umfasste er ihn. Er neigte meinen Kopf noch ein Stück nach hinten und senkte seine Lippen auf meine ab. Innig küssten wir uns und ein leiser Seufzer entfuhr meinem Mund.

»Du hast ja keine Ahnung.« Seine Lippen berührten immer noch leicht meine und ich musste augenblicklich wieder lachen. Ich verschränkte die Hände hinter seinem Rücken.

»Ich kann es gar nicht erwarten, später wieder zuhause zu sein«, hauchte ich leise und küsste ihn schnell auf den Mundwinkel, ehe er etwas erwidern konnte. Seine Augen blitzten auf und die Liebe darin war nicht zu übersehen. Mit diesem Blick hatte er mich auch schon vor der Nacht auf dem Dach angeschaut, aber damals hatte ich ja nicht die geringste Ahnung, was er bedeutete. Nun war ich schlauer und um einiges glücklicher.

Und den Blick hatte er seitdem nicht mehr abgesetzt.

»Wir können auch sofort verschwinden, wenn du möchtest.« Er fuhr mit den Lippen ein weiteres Mal über meine.

Das hier war aber meine ersten Studenten-Party und selbst Cole Bail konnte mich nicht dazu bringen schon so früh wieder zu gehen. Grinsend schüttelte ich den Kopf und lehnte mich etwas zurück. Vergrößerte den Abstand zwischen uns.

»Noch nicht.« Ich legte ihm die Hände auf die Brust, stellte mich schnell auf die Zehenspitzen und küsste ihn auf die Wange.

»Ich geh auf Toilette«, sagte ich ihm, bevor ich mich nun ganz von ihm löste. Nur widerwillig glitten seine Hände von meinem Körper. Er schaute kurz hinter mich in die Menge an Studenten und warf mir einen unsicheren Blick zu.

»Soll ich mitkommen? Oder nimm Lilly mit«, sagte er und ich wusste, dass ich nicht drum herum kommen würde, daher tippte ich ihr auf die Schulter. Sie löste sich aus der Umarmung mit Benny, bei der ich nicht genau wusste, welches Körperteil zu wem gehörte, da sie so ineinandergeschlungen tanzen.

»Ich muss aufs Klo. Kommst du mit?«

Lilly nickte sofort.

Gemeinsam bahnten wir uns einen Weg durch die Masse an Studenten. Wir kamen an Ethan vorbei. Sein Blick hob sich kurz von dem Dekolleté eines Mädchens vor ihm. Kurz lächelte er mir zu und hob zwei Finger, ehe er durch die Hand auf seinem Oberschenkel wieder abgelenkt wurde.

Ich schüttelte grinsend den Kopf und zog Lilly weiter hinter mir her.

»Gut, dass du gefragt hast. Ich muss auch«, stieß sie aus, als wir am Bad ankamen, vor welchem bereits ein Mädchen wartete. Genau in diesem Moment öffnete sich die Tür und das nächste Mädchen verschwand im Bad.

»Dann geh du zuerst, ich muss nicht so dringend«, bot ich Lilly an und schob sie ein Stück vor mich. Ich würde ihr ja auch anbieten, dass wir zusammen gingen. Aber sie wirkte wie ein Mädchen, das zumindest dann gerne ihre Privatsphäre hätte und dafür hatte ich vollstes Verständnis. Im Club war es immer ganz normal gewesen, dass man zusammen auf die Toilette ging. Immerhin zogen wir uns auch alle im selben Raum um. Aber hier war die Situation eben eine andere.

Ich ließ den Blick wieder durch die Menge fahren, während wir warteten und entdeckte nun auch Leith, welchen wir in dem Moment verloren hatten, in dem wir das Haus betreten hatten. Er spielte mit mehreren anderen Kerlen eine Runde Beer Pong, jedoch fand es sein Team-Kollege wohl nicht so lustig, dass Leith weder trank – noch traf.

Die Badezimmertür öffnete sich wieder und nun verschwand Lilly dahinter. Ich verschränkte die Beine, als ich merkte, dass meine Blase mittlerweile doch ziemlich voll war. Hoffentlich beeilte sich Lilly. Aber es dauert nicht lange, da trat sie schon wieder aus dem Bad.

»Geh ruhig schon mal zurück. Ich komme gleich nach«, sagte ich ihr laut ins Ohr, da die Musik hier noch lauter schien. Skeptisch blickte sie mich an.

»Sicher?« Ich nickte auf ihre Frage.

Lilly nickte mir ebenfalls kurz zu und ich verschwand im Bad.

Nachdem ich mir Erleichterung verschafft hatte, lief ich wieder in durch das Wohnzimmer, allerdings zog eine hektische Bewegung zu meiner Linken meine Aufmerksamkeit auf sich. Neugierig und verwirrt runzelte ich die Stirn, ehe ich auf die Terrassentür zusteuerte und in die Nachtluft heraustrat.

Eine junge Frau mit kastanienbraunen Haaren stand am Geländer der Veranda gelehnt und schüttelte den Kopf. Die Brüstung bohrte sich tief in ihren unteren Rücken und das Gesicht hatte sie zur Seite gewandt, während sie versuchte, den Kerl vor sich mit den Händen auf der Brust von ihrem Gesicht weg zu halten.

»Lass das«, sagte sie wieder, aber ihre Stimme ging beinahe in dem Gelächter und der Musik unter.

Ich handelte schnell und schritt auf die beiden zu. Egal, wie es zu dieser Situation gekommen war, wenn sie nicht mochte, dann hat der Kerl zu hören.

Solche Situation kannte ich aus dem Club. Oft genug wurden wir im Gästebereich angemacht und manchmal waren Billy oder Andrew oder die anderen nicht direkt zur Stelle. Ich schritt auf die beiden zu und legte dem großen Typen vor mir die Hand auf die Schulter. Mit einem Ruck zog ich ihn zurück. Überrascht taumelte der einige Schritte, bevor er sich wieder fing.

»Hey, ich bin jetzt fertig. Kommst du mit?«, fragte ich an das Mädchen vor mir gewandt, welche mich genauso überrascht anblickte wie der Typ. Verdattert nickte sie vorsichtig und macht einen Schritt auf mich zu. Immer noch unsicher, ob der Kerl sie in Ruhe lassen würde.

»Ich habe dich schon überall gesucht«, sagte ich weiter und hoffte, sie verstand mein Spiel. Der Blödmann vor uns richtete sich zu seiner vollen Größe auf und schaute zwischen uns hin und her.

»Ihr kennt euch?«, fragt er und dabei lallte er nicht mal. Verdammt, der Typ war komplett nüchtern und verstand es trotzdem nicht, wenn eine Frau keine Lust auf seine Anmachen hatte?

»Ja«, beantwortete ich schnell seine Frage und legte die Hand auf ihren Ellenbogen. Ich zog sie noch ein Stück enger an mich. Ich war zwar nur ein paar Zentimeter größer als sie und das wahrscheinlich auch nur aufgrund der Schuhe, aber dennoch setzte ich ein Fuß vor ihren, sodass ich sie abschirmte.

Frauen mussten nun mal für Frauen da sein. So einfach war das.

Ein fettes Grinsen machte sich auf seinem Gesicht breit und er streckte eine Hand nach mir aus. Ehe ich einen Satz nachhinten machen konnte, hatte er schon eine meiner Strähnen in der Hand und zupfte daran. Ich riss seine Hand weg.

»Hey!«, rief ich verärgert.

»Wie wäre es, wenn wir uns zu dritt ein ruhiges Plätzchen suchen?«, fragt er und meinte diese Frage ernst. Sauer blickte ich ihm entgegen.

»In deinen Träumen vielleicht«, spuckte ich aus und drehte mich um. Ich hielt das Mädchen hinter mir immer noch am Arm fest und schob sie Richtung Wohnzimmer.

»Alles gut, lass uns gehen«, sprach ich beruhigend auf sie ein.

»Ach komm schon«, sagte der Kerl hinter uns leise und als ich eine Hand auf meiner Taille spürte, fuhr ich wieder herum.

»Fass mich nicht an«, zischte ich und schlug seine verdammte Hand ein weiteres Mal weg.

»Dir muss das nicht unangenehm sein. Wir drei geben doch eine gute Partie ab.« Ich spürte, wie das Mädchen hinter mir sich verkrampfte, aber solche Sprüche prallten einfach an mir ab. Dennoch konnte ich nichts dagegen tun, dass ich mir wünschte Andrew oder Billy wäre hier –oder Cole.

Wieder streckte er seine Hand aus und legte sie mir auf die Taille, sein Daumen strich schnell über die Unterseite meines BHs. Ich zuckte zurück.

»Fass mich nicht an«, sagte ich erneut und meine Stimme klang nicht normal.

Stattdessen wurde sie von Zorn und absoluter Ungeduld erfüllt.

»Ich würde besser auf das hören, was sie sagt.« Bei Coles Stimme fiel sofort die unsichtbare Last von meinen Schultern. Ich spürte seine Präsenz in meinen Rücken und ließ das Mädchen hinter mir los. Cole schob sich zwischen mich und die Brünette. Er umklammerte das Handgelenk des Arschloches und verdrehte es. Die Hand löste sich von mir.

Cole drehte sich noch ein Stückchen mehr, sodass sich der Oberkörper des Kerls automatisch der Bewegung anpasste. Schmerzlich stöhnte er vor uns auf und krümmte den Rücken. Völlig gelassen stand Cole immer noch hinter mir und umfasste nun meine Taille. Er legte seine Hand genau auf den Platz, den der Typ gerade berührt hatte. Mit etwas Nachdruck schob er den Typen nach hinten. Stolpernd fing er sich nach ein paar Schritten wieder. Zorn flammte in seinen Augen auf und er machte unmittelbar wieder einen Schritt auf uns zu.

»Tu dir selbst einen Gefallen und lass es«, ertönte nun Ethans Stimme hinter mir und ich drehte mich um. Ethan, Kade, Leith, Benny und Lilly standen nun auch hinter Cole und versperrten somit den Blick und den Weg ins Innere.

Mit einem Blick auf die gesamte Gruppe legte der immer noch namenlose Typ vor mir die Stirn in Falten. Er schätzte seine Chancen ab – die gegen Null liefen. Mit einem letzten fiesen Blick auf uns drehte er sich um und lief fluchend die wenigen Stufen nach unten, dann verschwand er über den Rasen des Gartens.

Seufzend entspannte ich mich wieder und lehnte mich mit den Rücken an Coles Brust. Ich legte den Kopf zurück und blickte zu ihm auf. Schmunzelnd drückte er mir einen Kuss auf die Stirn.

»Ich habe es dir ja gesagt«, wiederholte er seine Worte von vorhin und keine Sekunde rutschte ihm das Grinsen von den Lippen.

»Trotzdem ist das kein Freifahrtsschein für euch Kerle.«

»Nein, das ist es nicht. Aber Arschlöcher denken das leider.« Seufzend gab ich ihm Recht. Und davon gab es leider viel zu viele auf dieser Welt.

Ich drehte mich zu unserer Gruppe um und setzte ein Lächeln auf. Mein Blick glitt kurz zu der Brünetten, die immer noch etwas perplex und erschrocken aussah. Sanft lächelte ich sie an.

»Also wer hat Lust zu feiern?«

Kapitel 25

Hazel

»Irgendwie habe ich ein Déjà-vu«, murmelte Lilly, während sie an ihrem Becher nippte.

»Warum?«, fragte ich und genoss die Wärme in meinen Rücken. Cole stand nah bei mir und hatte den Arm hinter mir ausgestreckt. Wir standen gemeinsam mit der Brünetten, die sich inzwischen als Amy vorgestellt hatte, an der Küchenzeile und ich hatte Lilly eine Kurzfassung dessen gegeben, was eben passiert war.

»Weil sie mich etwas an meine und Bennys Story erinnert. Wie romantisch, also kommt ihr jetzt zusammen?«, schmunzelte Lilly und blickte zwischen Amy und mir hin und her. »Sie ist leider schon vergeben«, lachte ich und schüttelte den Kopf. Irgendwo hier musste sich ihr Freund auch rumtreiben, aber weil sie sich in den feiernden Leuten verloren hatten, blieb Amy lieber bei uns stehen. Nochmal alleine gelassen hätte ich sie sowieso nicht.

»Wer kommt mit wem zusammen?«, richtete sich nun Cole an uns, der eben noch in eine Unterhaltung mit Ethan und Benny vertieft gewesen war. Leith und Kade hatten sich schon vor einer Weile verabschiedet.

»Amy und Hazel«, antwortete Lilly ihm grinsend und schaute kurz hinter sich. Benny fing ihren Blick auf.

Sofort zog Cole seine Augenbrauen nach oben und blickte mir ins Gesicht. »Achso?«

»Außer du überzeugst mich anderweitig.« Ich neigte den Kopf ein Stück zur Seite. Unverfroren blickte ich ihn an. Cole leckte sich über die Lippen, sein Blick verließ keine

Sekunde meine Augen. Seine Finger strichen meinen Rücken entlang, bis sie die Erhebung meines Po-Ansatzes berührten. Sanft strich er mir über die Rundung.

»Ich denke, ich bin sehr gut im Überzeugen«, murmelte er und augenblicklich breitete sich wieder die Lust zwischen meinen Beinen aus. Vielleicht lasse *ich* mich ja auch heute von ihm flachlegen.

Lächelnd blickte ich von seinen Augen zu seinem Mund und wieder in seine Augen. Ich drehte mich zu ihm und lehnte mich näher. Meine Brüste strichen über seine harte Brust und seine Hände legten sich fester um mich.

»Tanz mit mir und dann fahren wir«, flüsterte ich ihm zu, dabei schwebten meine Lippen nur wenige Millimeter über seinen. Auffordernd zog ich die Augenbraue hoch.

»Ich tanze nicht.« Cole schüttelte den Kopf und ich versuchte mir die Enttäuschung nicht anmerken zu lassen. Meine Hände legten sich um seinen Nacken. Ich stellte mich auf die Zehenspitzen und konnte mir das schelmische Grinsen nicht aus dem Gesicht schlagen. Meine Lippen näherten sich seinem Hals und ich drückte ihm einen feuchten Kuss unter sein Ohr, ehe ich mit meiner Zunge an seiner Pulsader nach unten leckte.

Vorsichtig richtete ich mich wieder auf und kam seinem Ohr näher.

»Kein Tanz, kein Sex«, hauchte ich. Cole packte augenblicklich meine Hüften und drückte mich nach hinten von ihm weg.

Er nahm mich bei der Hand und löste sich von der Theke, an die er gelehnt hatte. Auffordernd zog er an meinen Fingern. »Lass uns tanzen!«

Wieder zog Cole an meinen Fingern, diesmal aber, als ich ihm nicht schnell genug die Treppe hinterher in das richtige Stockwerk lief.

»Komm schon Love, lass mich nicht noch länger warten«, rief er grinsend über seine Schulter, während ich immer noch kichernd hinter ihm her stolperte. Der Alkohol und die hohen Schuhe machten es mir nicht gerade einfach, mich seinem Tempo anzupassen. Cole hatte mich nach einem einzigen verdammten Song aus dem Haus gezerrt. Ich hatte gerade noch genügend Zeit, um mich von den anderen zu verabschieden, dann musste ich ihn schon davon abhalten, mich über seine Schulter zu werfen.

Lachend schloss er die Zimmertür auf und drückte mich als erstes rein. Blind lief ich zu dem Nachtschrank, um das Licht einzuschalten. Bevor ich mich ihm jedoch wieder zuwenden konnte, wurde ich schon an den Hüften gepackt und auf den Schreibtisch gehoben. Kichernd beugte ich mich nach vorne, um die Schnüre der Schuhe zu öffnen.

»Oh nein, die lässt du an.« Er griff nach meinem Handgelenk und zog meine Hand nach oben.

»Was?« Ich zog eine Augenbraue hoch.

»Ich will dich, in diesen Schuhen. Nur in diesen Schuhen«, hauchte er und ich sah die Erregung in seinen Augen aufblitzen. Seine tiefe Stimme erinnerte mich wieder an die Feuchtigkeit zwischen meinen Beinen.

Seine Hände wanderten zu dem seitlichen Reißverschluss und quälend langsam zog er ihn nach unten.

»Cole«, quengelte ich und wollte am liebsten zu seiner Hand greifen und mit ihm gemeinsam den Reisverschluss in einem einzigen Ruck öffnen.

»Hazel«, erwiderte er grinsend und seelenruhig, er strich über meine Träger und schob diese ebenfalls viel zu langsam beiseite.

»Lass mich nicht wieder warten«, flüsterte ich und stieß die angehaltene Luft aus.

»Nicht?«, fragte er unschuldig und biss sich auf die Lippen. Mit dem Zeigefinger zeichnete ich die Konturen seines Kiefers und seiner Unterlippe nach.

»Nein«, flüsterte ich. Seine Augen loderten auf und er presste augenblicklich meine Beine auseinander, um sich dazwischen zu drängen.

Seine Hände griffen nach dem Saum meines blauen Kleides und er zog es mir über den Kopf aus. Seine Finger wanderten zu meinem BH und schnell hat er ihn aufgehakt.

»Zieh dein Shirt aus.« Ungeduldig zog ich am Stoff.

Er griff hinter sich und folgte meinem Wunsch. Sein Shirt flog zu meinem BH auf den Boden.

»Verdammt Love, ich könnte dich so auch einfach nur auf ewig anschauen.« In seiner Stimme schwang die Ehrfurcht mit, mit der er meinen Körper betrachtete. Mit einer Hand umfasste er meine rechte Brust und es kam mit beinahe so vor, als ob er sie wiegen wollte. Zart streichelte er mit dem Daumen drüber.

»Cole«, presste ich angespannt wieder aus. Schmunzelnd hob sich sein Blick.

»Richtig, heute wollen wir es ja nicht langsam angehen lassen«, stieß er aus. Zustimmend nickte ich und Cole strich mir die wirren kupferfarbenen Haare aus dem Gesicht.

Schnell hatte er mir den Slip runtergerissen und sich seiner Hose entledigt. Er griff sich eins meiner Beine und hob es an, ehe er mir einen Kuss auf den Knöcheln presste und meine Beine noch ein Stück weitete, sodass er einen erstklassigen Blick auf meinen Schoß hatte. Keuchend zog er sich auch noch das letzte Kleidungsstück runter und schloss die Lücke zwischen unseren Körper wieder.

»Vergiss, was ich gesagt habe, ich konnte dich nie nur anschauen. Ich kann gar nicht anders, als dich auch zu berühren.« Ich zog ihn an den Schultern noch näher an mich und ließ die Hände in sein braunes Haar wandern. Ich wartete nicht lange, sondern presste meinen Mund direkt auf seinen. Schmeckte und neckte ihn, während wir einander erkundeten. Seine Zunge reizte mich an meiner Unterlippe und er biss mir sachte darauf. Das Feuer in mir entfachte noch heftiger und ich wollte nichts anderes als ihn endlich in mir zu spüren. Als Cole sich vor meinen Eingang positionierte, war ich schon klatschnass und völlig bereit für ihn.

»Kondom«, stöhnte ich zwischen zwei Atemzügen, als er mit dem Finger über meine pulsierende Mitte strich.

Schnell griff er zur Seite in seinen Nachttisch. Er zog sich das Kondom über und positionierte sich wieder vor mir.

Mit einem einzigen schnellen Stoß drang er vollständig ein. Sofort schloss ich die Beine um seine Hüften und hielt ihn eng bei mir. Stöhnend beugte ich den Rücken durch und lehnte mich gegen die Wand hinter mir. Dann fing er an, sich zu bewegen. Keuchend und stöhnend glitt er immer wieder aus mir heraus, ehe er mich mit solch einer Härte und Intensität nahm, dass ich kurz das Atmen vergaß. Atemberaubender Sex hatte für mich auf einmal eine ganz neue Bedeutung. Er hielt meinen Oberschenkel fest mit seiner Hand umschlossen, während er seine andere Hand neben mich an die Wand presste. Meine Hände lagen nutzlos auf seinen Schultern und der Tisch unter mir rappelte bei unseren Bewegungen immer wieder hin und her.

»Ich möchte mich immer nur in dir versinken, Love. Gott, ich möchte in dir leben«, keuchte er und drehte seinen Kopf leicht, sodass er mir einen kurzen Kuss auf den Arm pressen konnte. Stöhnend lehnte ich mich wieder näher an ihn und fasste mit meinen Händen, unter seinen Armen hindurch, nach seinem Rücken. Ich ließ die Fingernägel über seine Haut kratzen und unterdrückte ein lautes Stöhnen, indem ich ihm in die Schulter biss. Cole stöhnte mit tiefer, kehliger Stimme auf und ich dachte beinahe, ich würde sofort kommen. Wieder erreichte er diesen sinnlichen Punkt in meinem Inneren und als er merkte, was er damit bei mir anstellte, konzentrierte er sich nur noch darauf. Immer wieder pumpte er in mich hinein und mein pochender, feuchter Spalt nahm ihn nur zu gerne auf.

»Ich komme gleich«, wimmerte ich ihm ins Ohr, als ich merkte, dass ich nicht viel länger durchhalten würde. Er umfasste mit einem Arm meine Taille und verkürzte die Zeit zwischen den Stößen, immer näher trieben wir auf das Nirwana zu. Mit der anderen Hand stützte er sich an der Wand ab und machte hemmungslos weiter.

»Cole«, seufzte ich, als ich merkte, dass mich der Orgasmus jeden Moment überrollen würde. Er ließ seine Hand zu meinem Schoß gleiten und eine einzelne Berührung auf meiner Klitoris reichte aus, um mich hinfort zu katapultieren. Keuchend kam er wenige Sekunden nach mir.

»Ich glaube die ungeduldige Hazel gefällt mir ganz gut.« Ich spürte sein Grinsen auf meiner Halsbeuge, als er mehrere feuchte Küsse darauf verteilte.

»Ach ja?«

»Definitiv ja.«

Nach dem unfassbaren Sex und der zweiten Runde, die schnell danach folgte, lagen wir wieder auf Coles – oder mittlerweile eher unserem – Bett. Meine Haare lagen ausgebreitet über dem Kissen, während ich mit dem Kopf auf seinem Brustkorb lag. Entspannt atmete Cole aus und fuhr mir über den nackten Rücken bis hoch zu meinem Haaransatz.

»Was hältst du davon, meinen Bruder und seine Freundin kennen zu lernen?«

Ich richtete mich auf, um ihn in sein Gesicht schauen zu können. »So ganz offiziell?«, grinste ich zu ihm hinauf. Seine Mundwinkel wanderten nach oben und er erwiderte mein Lächeln.

Liebevoll blickte er mir in die Augen und nickte langsam.

Seine Fingerspitzen wanderten über meinen Kiefer und meine Mundwinkel. »So ganz offiziell.«

Kapitel 26

Hazel

»Weißt du, ich finde das alles richtig toll!«

»Hä?«, fragte ich, während ich ein Pitcher auf die Theke stellte und den jungen Mann vor mir kurz anlächelte. Schnell gab ich ihm sein Wechselgeld. Jeremy saß mir gegenüber und rührte in seinem Lillet Wildberry die Beeren umher. Dylan war heute zur Arbeit erschienen und hatte ganz stolz erzählt, dass er und Jeremy ein Paar sind. Sie waren in der letzten Woche jeden Abend ausgegangen und hatten auch sonst so ziemlich jede Sekunde miteinander verbracht, was mir Jeremy am liebsten genauestens erzählen wollte, aber bei dem Vorschlag hatte ich schnell dankend abgelehnt. So genau wollte ich dann doch nicht ins Detail gehen. Dylan strahlte, seitdem er hier aufgekreuzt war, wie ein verdammtes Honigkuchenpferd und ich dachte nicht, dass es noch größer werden könne. Als jedoch Jeremy gegen neun die Bar betrat, wurde ich vom Gegenteil überzeugt.

»Na, dass du mit Cole zusammen bist«, antwortete mir Jeremy, oder wie er sich vorgestellt hatte: Jer.

»Oh.« Ich spürte, wie mir die Röte in die Wangen schoss. »Ja das finde ich auch toll.«.

Jeremy nahm einen großen Schluck seines Getränkes und schüttelte den Kopf. »Nicht nur das, sondern auch dass Phi mit Jason zusammen ist und ich nun mit Dylan. Wir bilden eine richtig große, richtig glückliche Familie«, fuhr er fort und stützte das Kinn auf seiner Hand ab. Da ich Phoebe und Jason noch nicht wirklich kennengelernt hatte, konnte ich ihm weder zustimmen noch widersprechen, aber mir gefiel die Vorstellung. Eine große und glückliche Familie. Und diese mit Cole zu haben, ließ die Schmetterlinge in meinem Bauch wieder losflattern. Das schönste Gefühl auf dieser Welt. Naja, vielleicht nach Coles Hand in meinem Höschen.

Jer schnipste mit den Fingern vor meinem Gesicht und holte mich somit aus der Erinnerung an den Orgasmus, den ich vor knapp zwei Tagen auf Coles Schreibtisch erlebt hatte. Herrje, ich sollte mich wirklich zusammenreißen. Ich blinzelte ein paarmal hintereinander und holte mich wieder in die Realität zurück.

»Sorry«, murmelte ich und wandte mich kurz ab, um einen Rum Cola zu machen.

Schnell ließ ich meinen Blick zu Coles Stammtisch fahren. Wieder saßen alle sechs an ihren Plätzen und unterhielten sich, während sich ihre Gläser leerten. Später müsse wieder einer Nachschub holen und ich hoffte, es würde Cole sein, sodass ich ihm einen schnellen Kuss stehlen konnte.

»Jaja, Tagträume über heißen Sex sind super, nicht wahr?« Jeremy grinste mich breit an, wissend das er mich ertappt hatte. Ich erwiderte sein Grinsen. Ich mochte ihn, aber wie zum Teufel konnte man das auch nicht? Er war ein echter Wirbelwind und mit seiner Ausstrahlung erhellte er jeden Raum. Er war laut und lustig und noch eine ganze Reihe anderer Dinge, die ich alle sehr schnell rausgefunden hatte. Die ich aber sehr schätzte. Immer noch grinsend zuckte ich mit den Schultern und biss mir auf die Lippe. Jeremy saß schon eine ganze Weile an der Bar und hatte mir alles Mögliche erzählt. Wie zum Beispiel, dass eigentlich er für die grandiose Liebesgeschichte zwischen Phoebe und Jason verantwortlich ist und das war ein Zitat von ihm.

Er erzählte mir von seinem Studiengang und fragte mich auch was ich studiere. Als ich ihm erklärte, dass ich ab nächsten Montag auf eine Berufsschule gehen würde, hat er mich nach meinem Beruf ausgefragt. Er interessierte sich wirklich dafür und wollte mich kennenlernen. Wenn ich ihn nicht schon bei seiner Ankunft in dem rosafarbenen T-Shirt, den engen hellen Jeans und den roten Vans in mein Herz geschlossen hätte, dann spätestens als er sich nach meinen Zukunftsplänen erkundigte.

Den Part über meine Mom und meinen ehemaligen Job ließ ich erstmal aus, das würde ich ihm in einer ruhigeren Minute erzählen, hatte ich beschlossen.

Blake machte gerade Pause, da heute nicht sonderlich viel los war. Die Musik spielte auch nicht allzu laut, sodass ich Jer gut verstand.

»Und übermorgen wirst du endlich den Rest der Familie kennenlernen?«, fragte er weiter. Bei dem Wort Familie glühte wieder dieses Wohlbefinden auf, welches ich viel zu lange missen musste. Natürlich waren mir die Mädchen und alle anderen aus dem Club auch wie eine Familie gewesen. Aber es war immer etwas … anderes gewesen. Jeder hatte neben den Club auch noch sein eigenes Leben. Hier fühlte ich mich zum ersten Mal wirklich zuhause.

Und am Freitag war es so weit: Cole und ich würden mit seinem Bruder und dessen Freundin gemeinsam zu Abend essen. Schmunzelnd nickte ich.

»Woher –«

Jer unterbrach mich. »Woher ich es weiß?«

Wieder nickte ich.

»Phoebe ist meine allerbeste Freundin, sie erzählt mir quasi alles. Das ist so aufregend!«, stieß er aus und als Dylan mit einem Tablett voll leerer Gläser und Flaschen an die Theke trat, nahm ich es ihm schnell ab, sodass er die Arme um Jeremys Schultern legen konnte. Lächelnd blickte ich die beiden vor mir an. Sie waren schon verdammt süß zusammen. Dylan umarmte Jer von hinten und sagte irgendetwas zu ihm, worauf er laut kichern musste und dann mit geheimnisvollem Blick nickte. Augenblicklich weichte sich seine Miene wieder auf und er umfasste Dylans Hinterkopf, ehe er ihm einen Kuss auf die Lippen zauberte.

Ich wandte den Blick ab, gönnte den beiden etwas Privatsphäre und ging auf die andere Seite der Bar, um die nächste Bestellung aufzunehmen.

»Hey Love, gibst du uns nochmal fünf Bier?« Cole stützte die beiden Arme auf dem Tresen ab und lehnte sich näher zu mir. Ich stellte das letzte Glas in die Spülmaschine und trat näher an ihn heran. Als er merkte, was ich vorhatte, breitete sich ein breites Grinsen auf seinen Lippen aus. Ich stellte mich auf Zehenspitzen und neigte mich ihm entgegen, ehe ich meinen Mund auf seinen legte. Nach einem schnellen Kuss lehnte ich mich wieder zurück.

»Wieder vom Fass?«, fragte ich und griff schon zu den Gläsern in dem Regal hinter mir. Cole nickte und ich notierte die Bestellung auf seinem Deckel. Ich war gerade beim letzten Bier, als sich die schmale Tür hinter der Theke öffnete und Will heraustrat.

»Der Plan für die nächsten zwei Wochen hängt. Ich habe deine Schultage und deinen Geburtstag berücksichtig, Hazel. Schau ihn dir einfach an und wenn etwas ist, gibst du mir Bescheid, ja?« Ich stellte das Glas in meiner Hand zu den vier weiteren auf dem Tablett ab.

»Alles klar, danke Will«, erwiderte ich lächelnd. Mit einem letzten prüfenden Blick in den Gastbereich und einem Augenverdrehen plus einem Lächeln in Dylans Richtung schloss er wieder die Tür und verschwand in seinem Büro, in welchem er wahrscheinlich die Buchhaltung oder irgendetwas anderes organisierte. Mit ihm tauschen wollte ich jedenfalls nicht.

Will hatte mir letzte Woche den Vertrag vorgelegt und war ihn mit mir noch einmal im Detail durch gegangen. Da ich keine Ahnung hatte, worauf ich überhaupt zu achten hatte, war ich sehr froh, dass auch Cole nochmal drüber geschaut hatte. Ich unterschrieb ihn schließlich und hatte ihn am nächsten Tag mit einem breiten Lächeln wieder zurückgebracht.

Ich hob das Tablett mit den Getränken an und stellte es vor Cole auf die Theke. Sein Blick wirkte resigniert und irgendwie kühl. »Alles okay?«

»Du hast bald Geburtstag?«, fragte er und ich war kurz verwirrt. Aber dann begriff ich, dass er Wills Worte gehört haben musste. Sachte nickte ich, da ich immer noch nicht verstand, wo jetzt das Problem lag.

»Wieso weiß es Will, aber ich nicht?«, fragte er weiter und förderte damit meine Verwirrung nur noch mehr.

»Weil er mein Boss ist und meine Unterlagen für den Vertrag brauchte«, erwiderte ich. Sein Blick ging ins Leere hinter mir und ich legte meine Hand auf seine.

»Cole?«, sagte ich leise fragend. »Was ist daran jetzt so schlimm?«

»Wieso hast du es mir nicht gesagt?« Seine Augen fanden wieder meine.

»Weil es nicht wichtig ist, ich habe meinen Geburtstag die letzten sechs Jahre nicht wirklich gefeiert. Klar, die Mädels im Club haben mir einen ausgegeben. Aber ich habe daraus nie eine große Sache gemacht. Ich hatte wichtigeres zu tun.«

Plötzlich wirkten seine Augen traurig und er seufzte tief, ehe er meine Hand fest umschloss.

»Du hast die letzten sechs Jahre deinen Geburtstag nicht gefeiert?«, fragte er und legte den Kopf schief.

»Wie gesagt, es gab wichtigeres zu tun.« Wie Geld zu verdienen und irgendwie Essen in den Kühlschrank zu bringen.

»Deine Mom hat dir nichts geschenkt?« Er beobachtete mich weiter. Als er Mom erwähnte, zuckte ich kaum merklich zusammen. Von ihr hatte ich jetzt bestimmt schon eine Woche nichts mehr gehört.

War dir ein Leben mit mir nicht genug?

Das war ihre letzte Nachricht an mich gewesen. Ich hatte ihr nicht geantwortet. Schon wieder nicht. Stattdessen hatte ich das Handy ausgeschaltet und es einfach beiseitegelegt. Vorher war sie durch die Nachrichten irgendwie noch … da. Ein Teil meines Lebens. Aber vielleicht war es so auch besser.

Bei Coles Frage hoben sich meine Mundwinkel zu einem falschen Lächeln und ich schüttelte erneut den Kopf. »Meine Mom konnte sich nicht mal die Wohnung leisten, erinnerst du dich?«, antwortete ich ihm. »Das ist wirklich keine große Sache.«

Cole sah aus, als hätte ich ihm gerade gestanden, seinen Lieblings Hasen überfahren zu haben, oder irgendwie so etwas.

»Das ist eine große Sache, Love«, meinte er und hob meine Hand, ehe er mir einen sanften Kuss auf die Innenfläche drückte. »Wann ist dein Geburtstag?«

»Am achtzehnten September«, erwiderte ich.

»Am achtzehnten?«, wiederholte er meine Worte und ich nickte.

»Okay«, stieß er aus. »Ist notiert.« Und mit diesen Worten drehte er sich um und lief mit den Getränken, bei denen schon längst die Schaumkrone verschwunden war, wieder zurück auf seinen Platz. Immer noch etwas verwirrt von der Unterhaltung wandte ich mich wieder meiner Arbeit zu.

Kapitel 27

Cole

»Alles okay bei dir?«, fragte ich und sah zu Hazel neben mir herunter. Sie strich ihr Kleid glatt, was überhaupt nichts brachte, da der Rock keine Falte aufwies.

»Ja, gib mir nur eine Sekunde.« Sie schüttelte die Hände aus und dann fuhr sie ein weiteres Mal über den Rock des Kleides, diesmal um die Hände daran zu reiben. Langsam wanderten meine Mundwinkel nach oben und ich ergriff eine ihrer Hände, um sie davon abzuhalten.

»Bist du etwa nervös, Love?«, fragte ich und verschränkte ihre Finger mit meinen. Stirnrunzelnd blickte sie zu mir hinauf und sah dann auf den Wohnkomplex vor uns, in dem Phoebe und Jason gemeinsam eine Wohnung hatten. Wir waren erst noch eine Weile im Auto gesessen, da Hazel viel zu aufgeregt war.

»Natürlich bin ich nervös, ich lerne gleich deine Familie kennen«, nuschelte sie und strich sich durch die Haare.

»Du musst nicht nervös sein, sie freuen sich schon, dich kennenzulernen.« Wieder fuhr sie sich durch die Haare, jetzt legte sie sich das Haar auf die andere Seite. Ständig war irgendein Körperteil von ihr in Bewegung.

»Ich möchte doch nur, dass sie mich mögen.«

»Das werden sie«, meinte ich überzeugt und zog nun auch ihre andere Hand zu mir, umschloss beide und drückte sie mir gegen die Brust. »Schau mich an«, flüsterte ich und wartete bis sie ihren Blick hob und ich in ihre warmen Augen blicken konnte. »Mach dich nicht verrückt, Love. Sie werden dich lieben, sie können gar nicht anders.«

Ich lächelte sie beruhigend an und neigte den Kopf zur Seite.

»Die Freundin deines Bruders hat uns beim Sex erwischt, ich finde schon, dass ich mir deswegen Gedanken machen kann,« erwiderte sie.

»Das hat sie doch schon längst wieder vergessen.«

»Hat sie bestimmt nicht.«

»Doch.«

»Nein.«

Seufzend stieß ich die angehaltene Luft aus. »Hazel, vertrau mir. Du kannst gar nichts falsch machen. Du bist die erste Frau, die ich mitbringe, die beiden sind verdammt begeistert. Also entspann dich, es ist doch bloß ein Essen.«

Hazel Augen blitzen auf und sie musterte mich einen Moment. »Die erste Frau?«

Weil das anscheinend alles war, was ihr Gehirn aufgenommen hatte, musste ich lachen.

»Ja Love, du bist die erste, die ich Jason vorstelle«, erwiderte ich sanft und umfuhr mit den Fingerspitzen ihren Kiefer, während ich mit der anderen immer noch fest ihre Hände umschlossen hielt. »Du bist die Erste und die Einzige, also würdest du dich dann bitte beruhigen?«, schmunzelte ich und hielt ihren Blick fest.

Hazel atmete einmal heftig aus und nickte dann. Sie ließ die Schultern kreisen und streckte den Rücken durch.

»Du hast ja recht«, murmelte sie.

»Natürlich habe ich das.«

Ich hob ihre Hände ein Stück an und küsste sie. Sachte zog ich Hazel über den schmalen Kieselweg.

Ich brauchte nicht mal zu klingeln, da schwang die Türe schon auf und eine grinsende Phoebe stand vor uns. »Da seid ihr ja.«

Lächelnd ließ ich Hazels Hand los, um im nächsten Moment meine Hand auf ihr Kreuz zu legen und sie vorsichtig in die Wohnung zu schieben. »Entschuldige, ich hatte vergessen zu tanken, daher haben wir uns etwas verspätet«, sprach ich und warf Hazel einen kurzen Seitenblick zu. Das wir schon seit einer Weile vor der Wohnung standen, aber Hazel zu aufgeregt war, um auszusteigen, erwähnte ich lieber nicht.

Hazel verdrehte leicht die Augen und erwiderte mein Lächeln.

»Dann bist du also Hazel«, sagte Phi. Sie lächelte etwas unsicher und schloss Hazel schließlich in ihre Arme. »Ich habe schon so viel von dir gehört.«

Hazel erwiderte die Umarmung sofort und das Lächeln auf ihren Lippen verfestigte sich. »Ich hoffe nur Gutes«, meinte sie und lachte leicht auf.

»Natürlich!«, stieß Phi aus und sie lösten sich wieder.

»Hey Phi«, sagte ich und drückte ihr schnell einen kurzen Kuss auf die Wange.

»Na kommt, wir dachten uns, wenn noch so schönes Wetter ist, können wir auch draußen auf dem Balkon sitzen.« Phoebe machte sich schon Richtung Wohnbereich auf und zog Hazel an ihrer Hand hinterher.

Schmunzelnd folgte ich den beiden. Als Jason aus der Küche trat und mit umgebundener Schürze eine Schüssel mit Salat in den Händen trug, musste ich mir wirklich das Lachen verkneifen. Er kniff die Augen zusammen.

»Sag nichts. Phoebe meinte, ich soll sie tragen, sonst ruiniere ich das Hemd oder so«, meinte er leise und ich warf den Kopf zurück, ehe ich erstickt auflachte. Er stand ja genauso unter dem Pantoffel wie ich. Wenn Dean uns so gesehen hätte, hätte er uns wahrscheinlich beide einen Schlag gegen den Hinterkopf verpasst.

Hazel drehte sich zu uns um. Ich streckte die Hand nach ihr aus, sie lief mir das kleine Stück zwischen uns entgegen und umfasste meine Finger.

»Love, das ist mein Bruder Jason. Jason das ist Love«, sagte ich und zeigte auf sie.

»Love?«, fragte Jason amüsiert. Hazel trat einen Schritt auf ihn zu und streckte ihre Hand aus.

»Hazel, Love ist nur ein albernder Spitzname«, meinte sie schnell. Sie schüttelten sich die Hände.

»So albernd findest du ihn doch gar nicht«, schmollte ich und sie haute mir lachend gegen den Arm.

»Sei still.«

»Freut mich, Hazel.« Jason betrachtete uns mit einem amüsanten Blick.

»Kommt mit raus, das Essen ist schon fertig«, dirigierte Phi uns. »Ich wusste nicht, ob du Vegetarierin bist oder sowas, daher habe ich Spaghetti mit einer fleischlosen Soße gemacht.«

Jason räusperte sich und Phoebe legte ihm sofort die Hand auf den Oberarm. »*Wir* haben Spaghetti gemacht«, verbesserte sie sich schmunzelnd. Jason nickte einverstanden.

»Das ist wirklich zuvorkommend, aber ich esse eigentlich alles. Trotzdem vielen Dank.«, erwiderte Hazel. Ich trat zu ihr und legte den Arm um ihre Mitte.

Jason legte den Arm ebenfalls um Phoebes Taille und küsste sie auf den Scheitel. Dann klatschte sie in die Hände. »Na gut, dann setzt euch und lasst uns essen.«

Wir nahmen Platz und bedienten uns an den Spaghetti, die bereits auf den Tisch platziert standen.

»Wie gefällt es dir in Phoenix?«, wollte Phoebe von Hazel wissen, sobald wir uns etwas zu essen genommen hatten. Hazel kaute schnell zu Ende und legte das Besteck beiseite.

»Sehr gut. Ich meine, es ist irgendwie eine ganz andere Mentalität als in Las Vegas. Die Menschen hier erwecken zumindest nicht den Anschein, als wollten sie nur ihr Geld verprassen und dann möglichst schnell wieder nachhause fahren. Sie sind hier nicht nur auf Durchreise.« Sie zuckte mit den Schultern.

»Ich komme ursprünglich eigentlich aus Portland, aber mir gefällt es hier auch besser. Also vermisst du es gar nicht?« Auf Jasons Gesicht breitete sich ein entspanntes Lächeln aus und er zupfte leicht an Phoebes Haarspitzen, diese wiederrum blickte an ihrer Seite hinauf und Jason legte ihr schnell und kurz die Lippen auf den Mund.

Wieder zuckte Hazel mit den Schultern.

»Ich vermiss meine Arbeitskollegen aus dem Club, aber das war es schon.« Angespannt umgriff sie ihre Gabel und schob eine Nudel auf ihrem Teller von links nach rechts. Wir hatten seitdem wir nun in Phoenix waren, nicht mehr richtig über ihre Mom gesprochen, es war einfach nicht mehr zum Thema geworden, aber ich war mir dennoch ziemlich sicher, dass es sie immer noch ein wenig belastete und ihre Mom sie auch oft genug in ihren Gedanken heimsuchte.

Erst jetzt bemerkte ich, dass ihr Kleid ein Stück nach oben gerutscht war, als sie sich hingesetzt hatte. Ich zwang meine Gedanken, hier zu bleiben und nicht dahin abzudriften, was wir tun könnten, wenn wir jetzt alleine wären. Sanft strich ich ihr über den Schenkel und suchte ihren Blick. Ich lächelte sie an.

»Was hast du denn vorher in Vegas gemacht?«, richtete sich nun mein Bruder an sie. Hazel legte ihre Hand über meine. Unsicher blickte sie mir in die Augen. Aber ich lächelte sie weiter an und nickte leicht. Sie sollte bloß nie denken, dass sie mir peinlich wäre oder dass ihr vorheriger Job mir unangenehm war. Sie musste verstehen, dass ich sie so nahm wie sie war.

Hazel schluckte und legte ihre Gabel ab.

»Ich ... Ähm ... habe vorher in einem Strip Club gearbeitet«, sprach sie schnell und wartete die Reaktion meines Bruders ab.

Dieser nickte aber nur. »Und jetzt nicht mehr?«, fragte er interessiert nach.

Kein Stück Verabscheuung oder Verurteilung in seiner Stimme. Das wunderte Hazel anscheinend, vielleicht sollte ich ihr nochmal klar machen, dass auch wir keine leichte Kindheit hatten und ebenfalls mit nichts aufgewachsen waren. Aber wir hatten immerhin noch uns gehabt, Hazel musste das alles ganz alleine durchstehen. Mein Herz verkrampfte und ich umfasste ihre Finger.

»Nein, ich arbeite bei Will in der Bar beim Campus und fange nächste Woche mit einer Ausbildung im Pflegebereich an«, erwiderte sie. Jason nickte verstehend und nahm einen weiteren Happen.

»Sehr gut, wenn du Unterstützung brauchst, sag Bescheid.« Seine Mundwinkel fuhren langsam nach oben und er blickte sie ernst an.

»Ja und wenn du magst, kann ich dir auch beim Lernen helfen. Du wirst wahrscheinlich auch BWL belegen müssen, das muss man so ziemlich bei jedem Studiengang oder bei Fort- und Ausbildungen, da bin ich richtig gut drin«, fügte Phoebe hinzu und lächelte zögernd. Hazel nickte rasch. Man konnte ihrem Blick förmlich ansehen, dass sie etwas überwältigt war. Lächelnd führte ich unsere verschränkten Hände zu meinen Lippen. Sachte küsste ich sie ein weiteres Mal auf die Rückhand.

»Das ist wirklich … nett. Vielen Dank«, antwortete sie.

Jason winkte mit der Hand ab. »Nicht der Rede wert, Familie sollte sich doch den Rücken freihalten, oder?«, meinte er zwinkernd und griff nach der Salatschüssel.

Hazel blinzelte mehrmals. »Ja, das … also ich kann das nicht so beurteilen, aber das klingt schön.«

Phoebe lächelte sie warm an und tätschelte Hazels freie Hand, die auf dem Tisch lag.

»Willkommen in der Familie, Hazel, du wirst bald merken was für ein irrer Haufen die eigentlich sind«, sagte sie mit gesenkter Stimme und grinste breit als Jason ein lautes: »Hey!« einwarf. Kichernd lehnte Phi sich wieder zurück. »Ich muss die Arme doch vorwarnen.«

»Warnen?«, warf ich ein.

Auch Hazel musste lachen und schmiegte sich näher an mich.

»Na wir Frauen müssen doch zusammenhalten«, sprach Phoebe und Hazel nickte zustimmend. »Auf jeden Fall!«

»Ich finde es nicht okay, dass ihr euch jetzt schon gegen uns verschwört«, murmelte ich.

»Ach was, das tun wir doch gar nicht«, meinte Hazel neben mir und lenkte somit meine Augen wieder auf ihr Gesicht.

»Ach nein?«, fragte ich amüsiert nach. Sie schüttelte den Kopf und ich fing wieder eine ihrer kupferfarbenen Strähnen ein.

»Nein«, antwortete sie leise.

Lächelnd beugte ich mich ein Stück zu ihr herunter, um sie auf die süßen Lippen zu küssen.

»Wie geht's deinen Freunden von der Uni? Wollte Ethan nicht mal zu einem Kampf kommen? In der letzten Saison ist er nicht aufgetaucht.« Mein Bruder richtete den Blick auf mich.

»Ethan hatte viel zu tun, aber den Jungs geht's gut. Vielleicht kommen sie in der nächsten Saison mal mit.«

Jason nickte zufrieden. »Lass aber bloß Leith zuhause, der springt vor Übermut noch selbst in den Ring.« Ein leichtes Grinsen zierte seine Lippen und meine taten es ihm nach. Als Jason mich und die Jungs einmal auf ein Bier zu sich eingeladen hatte und das Thema Boxen aufgekommen war, war Leith gar nicht mehr zu stoppen, so sehr interessierte ihn das Thema.

Jason hatte die Hälfte seiner Fragen mit einem Brummen beantwortet und stattdessen Kade nach seiner Sportart ausgefragt.

Damals war es schön zu sehen, dass Jason so gut mit meinen Freunden zurechtkam, die für mich ebenfalls alle wie Brüder waren. Aber noch schöner war es jetzt zu sehen, wie er die Frau in unsere Familie aufnahm, die mir seit dem ersten Anblick nicht mehr aus dem Kopf gegangen war.

Kapitel 28

Hazel

Der Abend mit Coles Bruder und Phoebe war einfach fantastisch. Wir unterhielten uns noch ewig, solange bis es irgendwann dunkel und zu frisch für den Balkon wurde.

Es fühlte sich an, als würden wir uns schon seit Ewigkeiten kennen und ist das nicht gerade das was man sich wünscht? Sie nahmen mich so herzlich auf und meine Sorgen, die ich noch am Anfang gehabt hatte, waren wie weggeblasen.

Die beiden gaben so ein schönes Paar ab und waren ein perfekt aufeinander abgestimmtes Team. Auf meine Frage, ob Jeremy wirklich dafür verantwortlich war, dass Phoebe und Jason zusammen waren, lachte sie und nickte. »Im Prinzip hat er sogar recht.«

Sie erzählte mir die Geschichte wie die beiden sich kennengelernt hatten. Irgendwann holte Jason von drinnen eine Weinflasche, er selbst trank jedoch kein Glas, sondern schüttete seiner Freundin nur immer reichlich nach. Auch ich hatte ein, zwei Gläser intus. Die Stimmung wurde lockerer und ich fühlte mich richtig wohl. Jeremy hatte recht, wir waren eine große, glückliche Familie. Die Wärme fuhr durch meinen Bauch hinauf zu meinem Herzen und umschloss es. Ein leichtes Summen machte sich in meinem Körper bemerkbar.

Der Abschied fiel mir beinahe schon peinlich schwer.

»Und du musst unbedingt zu einem Filmeabend mit Jeremy und mir vorbeikommen«, sagte Phoebe noch an der Tür und ich nickte begeistert.

Nun lag ich neben Cole im Bett und bekam einfach kein Auge zu. Nicht nur weil mir der Freitagabend immer wieder durch den Kopf spielte, sondern auch weil heute Montag war. Beziehungsweise es war gerade Montag geworden. Wir hatten nämlich erst zwei Uhr morgens, dennoch konnte ich nicht schlafen. Heute war mein erster richtigen Schultag. In sechs Stunden würde ich im Klassenzimmer sitzen. Ich hatte bereits meine Tasche vorbereitet und alles eingepackt, was ich wahrscheinlich benötigen würde.

Coles Hand strich über meine Hüfte und er rückte ein Bein zwischen meine. Seine Brust drückte sich enger an meinen Rücken. Ich spürte seinen Atem an meinem Nacken und gleich darauf einen kurzen Kuss.

»Wieso bist du noch wach?«, fragte er heiser. Sein Griff um meine Hüfte wurde fester. Ich zog meine Hände unter den Kopf hervor und seufzte.

»Ich kann nicht schlafen«, flüsterte ich zurück. Cole zog an meiner Schulter und ich ließ mich auf den Rücken fallen, schaute augenblicklich in dieses herrliche flüssige Karamell auf.

»Du denkst zu viel nach«, murmelte er und hielt meinen Nacken fest, ehe sein Gesicht in meiner Halsbeuge verschwand. Tief atmete er ein.

»Ich weiß, aber ich kann das einfach nicht abstellen.«

»Das wird morgen ein ganz toller Tag, du empfindest Vorfreude«, sprach er und seine Stimme wurde durch meine Haut gedämpft. Ich verstand ihn trotzdem und nickte.

»Es ist einfach so, dass … es … also es fühlt sich noch so surreal an, weißt du? Es läuft momentan alles so gut. So viel Glück kann doch niemand haben«, murmelte ich und blickte zur Decke hinauf. Das wenige Licht, das durch die Vorhänge dennoch in den Raum trat, ließ mich die Umrisse der Möbel um uns herum erkennen. Seufzend ließ ich meinen Blick umherfahren, um mich irgendwie abzulenken. Allerdings zog Cole meine Aufmerksamkeit auf sich, als er den Oberkörper anhob und sich mit seinen Unterarmen neben mir auf der Matratze abstützte.

Er schwebte über mir und sah mich an.

»Love, das hat nichts mit Glück zu tun. Du hast genügend Scheiße in deinem Leben durchgemacht. Du verdienst das hier. Du verdienst eigentlich noch so viel mehr. Rede dir ja nichts anderes ein. Alles was du hast, hast du dir hart erarbeitet und am Ende zahlt es sich aus. Du wirst schon sehen.« Er hatte ja recht, das wusste ich.

Ich musste mein Herz nur auch noch davon überzeugen.

»Na komm.« Er legte sich wieder neben mich und zog mich an sich. Meinen Kopf bettete ich auf seine Schulter und seine Fingerspitzen, die über meinen Rücken fuhren, hatten etwas furchtbar Beruhigendes. »Als ich meinen ersten Tag auf der High-School hatte, war ich verdammt nervös«, fing er an zu erzählen und ich schloss die Augen, während ich seiner Stimme lauschte. »Jason hatte mich zur Bushaltestelle gebracht, er hatte den Abschluss schon gemacht und boxte momentan eigentlich nur noch. Aber ich hatte so Angst, dass sie mich nicht akzeptieren würden.« Er räusperte sich leicht. Seine Finger fuhren weiter an meinen Schulterblättern entlang. »Warum?«, flüsterte ich.

»Wir hatten damals kein Geld um … naja … um irgendwas zu besitzen.« Er lachte spöttisch auf und legte den Kopf auf meinem ab. »Ich hatte alte Kleidung von Jason an, welche mir aber auch beinahe zu klein war. Ich war über den Sommer sehr gewachsen und war fast genauso groß wie er. Aber wir hatten nun mal nichts anderes. Die Klamotten waren alt und mein Rucksack war kaputt. Der Reisverschluss funktionierte nicht mehr und ein Träger hatte sich gelöst. Ich hatte genügend Teenie-Filme gesehen, um zu wissen, dass ich genau in die Rolle des unbeliebten Schülers passen würde.«

Leise seufzte er und rieb sich über die Stirn. Ich küsste ihn auf den Kiefer, wollte ihn so ermutigen weiter zu sprechen.

»Jason spürte meine Verunsicherung. Am ersten Morgen an der Haltestelle hatte er mich zu sich umgedreht und mich an den Schultern gefasst. Und weißt du was er dann gesagt hat?« Er verdrehte den Hals, sodass er mir in die Augen blicken konnte. Leicht schüttelte ich den Kopf.

»Er sagte: ›Wer nicht mutig genug ist, Risiken einzugehen, wird es im Leben zu nichts bringen.‹«

»Weise Worte«, erwiderte ich leise und fuhr über seinen Bauch.

»Ja, weise Worte von Muhammed Ali. Jason hatte ihn nämlich nur zitiert.« Ich hörte das Schmunzeln aus seiner Stimme, ohne ihn anzusehen.

»Aber es hat geholfen, weißt du? Mir wurden zwar dumme Bemerkungen entgegengerufen, aber ich hörte nicht drauf, sondern machte einfach mein Ding. Bald merkten sie, dass mich ihre Sprüche nicht interessierten und sie ließen mich in Ruhe.«

Wer nicht mutig genug ist, Risiken einzugehen, wird es im Leben zu nichts bringen.

Ich wiederholte die Worte in meinem Kopf wie ein Mantra.

»Du wirst das morgen locker meistern. Mach dir keine Gedanken«, sagte er und küsste mich behutsam auf die Schläfe.

»Danke, dass du mir das erzählt hast«, murmelte ich und kuschelte mich enger an seinen warmen Körper. Müde gähnte er auf und hielt mich feste im Arm.

»Versuch jetzt zu schlafen, Love«, nuschelte Cole und ich spürte wie sich der Rhythmus seiner Atmung verlangsamte und er tiefer in die Laken sackte.

Mit einem Lächeln auf den Lippen schloss ich ebenfalls die Augen und schlummerte langsam weg.

»Hallo, ich bin Hazel Clarke. Ich soll hier meine Unterlagen abholen«, sprach ich die nett aussehende Sekretärin an. Ich war viel zu früh da gewesen. Das verriet mir ein Blick auf die Uhr, die im Sekretariat hing. Ich wollte auf keinen Fall zu spät an meinen ersten Tag sein und eigentlich hatte ich schon damit gerechnet, dass ich mich sofort hoffnungslos verlaufen würde. Die Schule war jedoch relativ klein. Es gab zwei Ebenen. Auf der ersten waren Büros, eine Mensa und das Sekretariat, auf der zweiten waren die verschiedenen Klassenräume.

Allgemein liefen auch nicht Hunderte von Schülern hier herum. Vor dem Sekretariat saßen noch drei weitere, die ebenfalls heute anfingen und genauso wie ich viel zu früh da gewesen waren.

»Oh Ms. Clarke, ja kleinen Moment ich suche sie eben heraus.« Sie schob sich die Brille auf die Nase und kramte in dem Schrank hinter ihr umher.

»Da haben wir es ja.« Sie zog mehrere Blätter hervor und legte sie vor mir ab.

»Hier ist einmal ihr Stundenplan mit den passenden Räumen. Außerdem eine Übersicht der Schule, sowie alle nötigen Hinweise, falls sie sich zum Beispiel mal krankmelden.« Ich nickte und blickte auf das Blatt vor mir. Die erste Stunde würde in Raum 103 stattfinden. Ich bedankte mich und wandte mich wieder ab, verließ den Raum und machte mich auf den Weg zu meinem ersten Unterricht. Ich war einer der ersten in der Klasse, mit einem kleinen Lächeln und einem Nicken begrüßte ich meine Mitschüler. Dann suchte ich mir einen Platz in der vorderen Reihe.

Es dauerte nicht lange bis sich der Raum weiter füllte und im Anschluss eine Lehrerin um kurz vor acht den Raum betrat.

Als ich nach sieben Stunden das Gebäude wieder verließ, war ich verdammt verblüfft als Cole auf der anderen Straßenseite an seinem Wagen lehnte und auf mich wartete.

»Was machst du denn hier?«, fragte ich verdutzt.

»Meine Freundin abholen, wonach sieht es denn aus?« Er zog sich die Sonnenbrille von der Nase und klemmte sie vorne an sein T-Shirt. Lächelnd trat ich die letzten Schritte zwischen uns auf ihn zu und legte die Hände um seinen Nacken. Behutsam legte er seinen Mund auf meinen.

»Wie lief es?« Cole öffnete mir die Tür und sofort erfasste mich die Kühle des Innenraums, Arizona war einfach viel zu warm im Sommer. Selbst wenige Minuten draußen brachten mich schon ins Schwitzen. Er lehnte an der geöffneten Tür und schaute mich interessiert an. Ich legte meine Tasche in den Fußraum und drehte mich zu ihm um.

»Sehr gut! Phoebe hatte recht, dass ich auch BWL belegen muss. Aber der Unterricht hat Spaß gemacht, zuerst haben wir eine kurze Kennenlern-Runde gemacht, bei der sich jeder vorgestellt hat und so. Danach sind wir den Stundenplan gemeinsam durchgegangen. Ich habe auch schon ein paar meiner Lehrer kennengelernt. Bis jetzt sind die alle sehr nett«, sprach ich begeistert. Lächelnd schaute er mich an.

»Das freut mich, Love. Zur Feier des Tages, würde ich dich gerne zum Essen einladen, okay?« Er stieß sich mit der Hüfte von der Tür ab und wartete auf meine Zustimmung, ehe er meine Tür schloss und das Auto umrundete.

»Super«, meinte er und ließ den Wagen an.

»Ich habe nämlich echt Hunger.« Grinsend lehnte ich mich in dem Sitz zurück und betrachte seine Fingerspitzen, die über mein Bein strichen.

»Auf etwas zu essen, oder?«, fragte ich unschuldig und ließ die Frage im Raum stehen. Grinsend blickte er mich kurz an, ehe er seine Augen wieder auf die Straße richtete.

»Oh, wenn du mich so fragst, freu ich mich jetzt schon auf den Nachtisch.« Seine Augen blitzten auf und mir wurde, obwohl es wirklich eisig kalt in dem Auto war, warm zwischen den Beinen.

»Klingt gut«, meinte ich und beugte mich vor, um ihm einen Kuss auf die Wange zu pressen.

»Ja?«

»Oh ja.«

Kapitel 29

Cole

Hazel hatte mir nichts von ihrem Geburtstag erzählt. Das konnte ich irgendwie immer noch nicht so richtig glauben. Ihr war es wirklich nicht allzu ernst, das hatte ich an ihrem Blick gesehen, es interessierte sie nicht, dass sie volljährig wurde. Dass sie einundzwanzig wurde. Das war für die meisten ein verdammt großer Grund zu feiern. Aber sie … für sie war es keine große Sache?

»Hast du schon mit Dylan gesprochen?«

Ich schickte Jer eine Nachricht. Nachdem mir Hazel erzählt hatte, dass sie schon sehr bald Geburtstag hat, hatte ich ihn sofort eingeschaltet. Auf keinen Fall würden wir diesen Tag nicht feiern. Ihr Geburtstag fiel auf einen Freitag, daher sagte ich Jer, er solle bei Dylan nachfragen, ob der wiederrum Will davon überzeugen konnte, am Freitag die Bar nur für Hazel zu öffnen.

Als ich Jer von meiner Idee erzählte, eine Überraschungsparty zu veranstalten, ging der beinahe durch die Decke. Er erklärte sich sofort dazu bereit, sich um die Deko zu kümmern. Auch all unsere Freunde sagten mir zu, dass sie sich den Tag freihalten würden. Bei Gott, selbst wenn wir nicht die Bar bekommen würden, würde ich mir irgendwas überlegen. Vielleicht konnte ich Logan einfach nach dem Trainingsstudio fragen und wir würden die Fläche um den Ring herum nutzen. Hauptsache dieser Geburtstag wurde gefeiert. Mein Handy vibrierte und ich drehte es auf dem Tisch herum. Unauffällig warf ich einen Blick darauf, ich hatte nämlich keine Lust, dass mein

Dozent es bemerkte. Kade saß neben mir und tippte fleißig auf seinem Laptop mit.

»Ja, er spricht heute mit Will. Ich gebe dir später Bescheid.«

»Ich habe absolut kein Plan, wovon der da gerade redet«, murmelte Kade neben mir und ich richtete den Blick wieder auf die große Tafel vor uns. Irgendwelche Buchungssätze standen dort angeschrieben, aber ich hatte mich ehrlich gesagt die letzten paar Minuten auch nicht wirklich konzentriert, geschweige denn aufgepasst. Daher ergaben die Wörter für mich auch keinen wirklichen Sinn.

Schulterzuckend warf ich ihm einen kurzen Blick zu. Ahnungslos sah Kade nach vorne und tippte wieder irgendwas ab. Ethan verstand das alles bestimmt problemlos, aber der belegte mit Leith ja den Parallelkurs.

»Also, was ist nun der Plan an Hazels Geburtstag?« Leith setzte sich gerade an seinen Platz an dem runden Tisch in der Cafeteria. Fragend sah er mich an und rückte den Stuhl zurecht. »Jeremy fragt, ob wir die Bar für den Abend haben können und er besorgt auch die Deko. Ich habe mir gedacht, dass wir etwas Essen, also Snacks und so etwas bereitstellen und vielleicht lässt Will wegen der Getränke mit sich reden. Die Einladungen sind schon an alle raus, allerdings habe ich noch keinen Ort genannt.« Schulterzuckend beantwortete ich seine Frage und er nickte. Benny und Lilly ließen sich ebenfalls an unserem Tisch nieder und es dauerte nicht lange bis auch Kade und Ethan zu uns stießen.

»Mein Gott, ich dachte nicht, dass Rechnungswesen noch beschissener werden könnte«, stöhnte Kade und legte den Kopf auf der Tischplatte ab. Leith beugte sich nach vorne und griff nach Kades Pappbecher, um aus dem Strohhalm einen Schluck zu trinken. Grinsend blickte Benny zu Kade hinüber. »So schlimm, ja?«

»Du hast ja keine Ahnung. Zuerst war das ja noch alles ganz logisch, aber mittlerweile …« Frustriert schob er die Pommes auf seinem Teller hin und her und tauchte sie in das Ketchup. »Und diese Dozentin macht es uns auch nicht gerade leichter, ständig wechselt die das Thema. Meine Notizen sind ein einziges Durcheinander«, beklagte Kade sich weiter und konzentrierte sich wieder auf sein Essen. Ethan boxte ihm spielerisch gegen die Schulter und grinste ihn mitfühlend an.

»Soll ich dir Nachhilfe geben?«

»Das Angebot werde ich wahrscheinlich noch annehmen.«

Ethan nickte. »Ruf mich einfach an.«

Ethan war wirklich verdammt schlau. Fast schon unfair schlau. Aber er hatte eben ein Händchen für Zahlen. Leith lehnte sich wieder nach vorne, um einen weiteren Schluck von Kades Getränk zu stehlen.

In dem Moment lief eine große Blondine vorbei, wobei ihre langen Beine von einer kurzen Hose kaum bedeckt wurden. Sofort wandte ich den Blick wieder ab. Hazel würde in diesen Shorts verdammt heiß aussehen, zu schade, dass sie meilenweit entfernt in ihrem Kursraum saß.

Bei den Gedanken an ihre gebräunten Beine, die heute Morgen noch um meine Hüften geschlängelt waren, merkte ich, wie mein Blut in die falsche Region schoss. Verflucht.

Ethan wiederum konnte den Blick gar nicht abwenden.

»Hallo Ethan«, flötete Blondie und wackelte zur Begrüßung mit den Fingern.

»Hi ...« Er kam ins Stocken. Grinsend lehnte ich mich in meinen Stuhl nach hinten und verschränkte die Arme vor der Brust. Der Trottel konnte sich einfach keine Namen merken.

»Maddie, mit zwei D«, sagte sie auffordernd. Und ich konnte mir das Lachen fast nicht verkneifen, als Ethans Blick kurz auf ihre Brüste flog.

»Richtig ... Maddie.« Er schenkte ihr wieder sein charmantestes Lächeln und stand auf. Sofort legte er ihr eine Hand auf die Taille und führte sie Richtung Ausgang. Das schiefe Kichern von Maddie mit zwei D war das Letzte, das ich hörte, als sie den Raum verließen.

»Hast du das von Jules gehört?« Ich hob den Blick und merkte dann erst, dass Leith mich angesprochen hatte. Ich schüttelte den Kopf.

»Nein, was soll mit ihr sein?« Jules war ein Mädchen aus unserem Semester, wirklich viel hatten wir mit ihr allerdings nicht zu tun. Sie belegte den gleichen Studiengang wie Leith und ich, aber saß eher immer weiter vorne. Leith räusperte sich und zog sein Handy aus dem Rucksack.

»Nick hatte mir geschrieben.« Ebenfalls einer aus unserem Semester. »Er war die letzten beiden Nächte bei Jules, bei den beiden läuft ja schon länger was.« Ja, und was wollte er mir damit sagen?

»Mrs. Cooper hat ihr eine Verwarnung gegeben. Falls Nick ein weiteres Mal bei ihr erwischt wird, würde das Konsequenzen nach sich ziehen«, fuhr er fort.

Verdammt, schon nach zwei Mal übernachten? Hazel war jetzt seit knapp fünf Wochen bei mir. Einmal war es verflucht knapp gewesen, aber ansonsten verhielten wir uns immer ruhig. Naja, so ruhig wie es eben ging. Aber wir konnten es uns nicht leisten, erwischt zu werden. Mrs. Cooper, die Wohnheimleiterin der Mädchen, war anscheinend deutlich strenger als unser Mr. Wayne.

»Mrs. Cooper hat Jules und Nick verwarnt?«, wiederholte ich seine Worte, nur um sicher zu gehen, dass ich mich nicht verhört hatte. Leith nickte angespannt.

»Ja, Nick hat mir das heute Morgen geschrieben, er war heftig sauer und musste sich bei irgendeinem auskotzen, na und das hat er bei mir getan.« Er hielt sein Handy wie zur Bestätigung hoch. »Daher seid einfach vorsichtig.«

»Danke, ich lass mir etwas einfallen.«

Mir war von vorneherein klar gewesen, dass ich nicht ewig mit ihr im Studentenwohnheim leben konnte. Aber wenn Jason nicht kämpfte, hatte ich keine richtige Einnahmequelle, zumindest keine, die schnell genug Geld für eine Wohnung abwarf. Vielleicht müsste ich mich auch nach einem Job umschauen.

»Wann willst du wieder kämpfen?« Schnell schickte ich ihm eine Nachricht.

Es dauerte keine Minute, da gab mein Handy ein kurzes Klingeln von sich. *»Wir können ab Oktober wieder starten.«*

Ab Oktober, in zwei Wochen. Ich wusste, wenn ich Jason um das Geld bitten würde, würde er es mir geben, aber das wollte ich nicht. Er hatte mir bereits genügend geholfen und mir unter die Arme gegriffen, wenn ich es brauchte. So langsam war es an der Zeit, dass ich auf eigenen Beinen stand. Kade griff nach seiner Cola und runzelte die Stirn, als er den Becher schüttelte und er leer war. Mit zusammengekniffenen Augen sah er abwechselnd zwischen Benny und Leith hin und her.

»Wie lief Hazels erster Tag? Ich habe noch gar nicht mit ihr gesprochen.« Lillys leise Stimme zog meine Aufmerksamkeit auf sich und es freute mich ungemein, dass Hazel jetzt schon so viele Freunde hier gefunden hatte.

»Gut. Sehr gut. Die Lehrer sind alle sehr nett und sie kommt mit dem Lehrstoff gut zurecht.«

Es war wirklich unglaublich, wie viel Hazel schon vorgearbeitet hatte. Die meisten Aufgaben hatte sie in null Komma nichts gelöst. Das Geld von ihrem ersten Abend im Sammy's Excotics hatte sie direkt in ihre Zukunft investieret und sich die Lehrbücher bestellt und alleine das zeigte mir wieder, was für ein außerordentlicher Mensch Hazel war. Alles was in der Vergangenheit lag, hatte sie nicht verdient.

»Das freut mich, ich denke ich schreibe ihr später mal eine Nachricht«, erwiderte Lilly.

»Das solltest du, sie wird sich freuen.« Vorsichtig lächelte ich sie an und meine Augen wanderten über sie hinweg zu Jeremy, der gerade auf uns zumarschierte.

»Hey«, sprach er unsere Gruppe an. Phoebe stand neben ihn und winkte ebenfalls einmal in die Runde. »Will sagt, dass es klar geht. Allerdings will er eine Pauschale wegen der Getränke und Blake wird hinter der Theke stehen, damit die Ausweise kontrolliert werden. Er meinte, er könne es sich nicht leisten, wenn die Cops auftauchen und den Laden wegen Ausschank an Minderjähriger dicht machen«, sagte Jer und ich klatschte sofort in die Hände, erhob mich von meinem Platz und blickte ihn an.

»Na dann, lasst uns eine Party vorbereiten.«

Kapitel 30

Hazel

»Cole, das ist jetzt wirklich nicht nötig.« Seufzend fasste ich mir ins Gesicht, um die Augenbinde ran zu drücken, während Cole sie hinten zuband.

»Oh doch, das ist es.«

Kichernd umfasste ich seine Hand. Wir standen immer noch in dem Zimmer im Wohnheim und ich hatte absolut keine Ahnung, was er mit mir vorhatte.

Für mich war es einfach ein Tag wie jeder andere auch, aber ich hätte mir schon denken können, dass es für Cole eine große Sache war. Das klang schon so, als er von meinem Geburtstag erfahren hatte.

»Okay, halt dich an meinem Arm fest.« Ich folgte seiner Anweisung und umfasste mit meiner freien Hand seinen Bizeps. Ich kniff die Augen zusammen, obwohl das völlig unnötig war und presste ein angespanntes: »Okay, bereit« heraus.

Sein melodisches Lachen erfüllte den Raum und ich hörte, wie er die erste Tür öffnete. »Du siehst aus, als würde ich dich von irgendwo runterschubsen wollen«, witzelte er und als er sich in Bewegung setzte, schmiegte ich mich enger an seine Seite heran.

»Haha.« Meine Stimme tropfte vor Sarkasmus. Ich widerstand dem Drang eine Hand nach vorne auszustrecken. Mich durchlief ständig das Gefühl, jeden Moment gegen eine Wand zu laufen.

»Entspann dich Love, das wird ein ganz toller Abend«, murmelte er und ich spürte einen Kuss auf meiner Schläfe.

»Ich bin ja entspannt«, nuschelte ich zurück. Wir fuhren mit dem Aufzug nach unten und traten schließlich in die lauwarme Luft nach draußen.

»Okay, jetzt setzen wir uns in ein Auto«, sprach Cole.

Ich nickte leicht und spürte eine Hand auf meiner Hüfte, die mich langsam nach unten drückte. Ich vertraute auf seine Berührungen und ließ mich leiten. Eine Hand legte sich auf meinen Kopf und ich ließ mich in den Sitz des Autos fallen. Keine Sekunde später spürte ich eine Präsenz neben mir.

»Cole?«, fragte ich leise.

»Ich bin hier.« Seine warme Hand legte sich wieder auf meine und er schnallte mich an.

»Wir fahren ein kleines Stück, lass die Augenbinde auf, okay?«

Wieder nickte ich und vertraute ganz auf meinen Hör- und Tastsinn. Der Motor wurde angelassen und langsam rollten wir los. Mein Orientierungssinn war so schlecht, dass ich bereits nach der ersten Kurve absolut keine Ahnung mehr hatte, wo wir hinfuhren. Ob in die Stadt hinein oder hinaus, ich konnte es nicht mehr sagen.

Das Auto rollte langsam aus und wir kamen zum Stehen. »Bin gleich wieder da.« Coles Stimme entfernte sich und ich flüsterte ein leises »Okay« in die Stille. Die Autotür knallte zu und ich hörte Schritte. Einen Moment später öffnete sich die Tür zu meiner rechten und Coles Hände umfassten wieder meinen Körper. Wieder erfasste mich der warme Wind.

»So noch ein paar Meter«, murmelte er.

Wir liefen noch ein paar Schritte, dann blieb er wieder stehen und ich konnte hören, wie er eine Tür öffnete. Dann schob er mich vor sich hinein.

»Okay ich nehme dir jetzt die Augenbinde ab, aber bitte lass die Augen weiterhin zu.« Ich nickte wieder und spürte, wie der Knoten an meinem Hinterkopf geöffnet wurde. »Bleib einfach hier stehen.«

»Mach ich.« Ich merkte, wie er sich von mir entfernte. Ich atmete den Geruch um mich herum ein und irgendwie kam er mir bekannt vor.

Seine Stimme fühlte sich viel weiter entfernt an, als er die nächsten Worte sprach. »Okay Love, öffne deine Augen.«

Der Anblick, der sich mir bot, war unbeschreiblich. Wirklich einfach unfassbar. Scharf zog ich die Luft ein, als ich alles aufnahm, was sich vor mir bot. Wir standen in Wills Bar. Ein riesiges Banner mit »HAPPY BIRTHDAY!« hing über der Theke, hinter welcher Blake stand und breit grinste. So viele Menschen standen im Raum. Cole stimmte laut ein Geburtstagslied an und alle fielen sofort mit ein. Ich musste mir die Hände vor den Mund schlagen, den ich vor lauter Staunen gar nicht mehr zu bekam. Auf den meisten Stehtischen standen Schüsseln mit Salzstangen und Chips verteilt. Überall war es schön dekoriert und strahlende Menschen blickten mich an. Ich war so überrascht, dass ich erstmal nicht einordnen konnte, wer da überhaupt alles vor mir stand.

»Oh mein Gott«, stieß ich so leise aus, dass es keiner hörte. Wieder ließ ich den Blick durch die Menschenmenge vor mich fahren. So viele waren da.

Blake, Dylan und Jeremy hielten sich an der Theke auf. Auf der rechten Seite in der Nähe ihres Stammtisches standen Kade, Leith, Ethan, Benny und Lilly. Auf der gegenüberliegenden Seite waren Phoebe, Jason und Cole und direkt vor mir ... Trixie, Leila und Billy.

»Das glaub ich nicht!«, stieß ich aus und machte einen langsamen Schritt auf die drei direkt vor mir zu. Dann schaute ich wieder zu den anderen. Es waren so viele und die waren alle wegen mir hier? Wegen meinem Geburtstag?

Sobald das Lied vorbei war, trat Trixie ebenfalls einen Schritt auf mich zu. »Hey Baby.« Mehr war nicht nötig, dass ich mich schluchzend in ihre Arme warf. Sofort spürte ich auch Leila an meiner Seite, welche mich ebenfalls umarmte. »Du hast uns gefehlt, Sugar.«

Wieder schluchzte ich und presste die beiden enger an mich. »Ihr seid hier«, sagte ich und löste mich von ihnen, um in ihre Gesichter zu blicken.

»Happy Birthday«, sagten sie gleichzeitig und lächelten mich an. »Hätten wir dich schon früher besuchen können, hätten wir es getan«, meinte Leila.

»Aber jetzt sind wir ja hier«, sprach nun Trixie. Billy näherte sich unserem Knäul aus Armen.

»Billy!«, rief ich leise und warf mich in seine ausgebreiteten Arme.

Er hob mich etwas hoch. »Hallo Baby. Alles Gute zu deinem Geburtstag.«

»Woher ... wie seid ihr?« Ich stotterte, völlig überwältigt von meinen Gefühlen.

Trixie zeigte mit dem Daumen hinter sich und zwinkerte mir zu. »Du kannst deinem Freund danken.«

»Er hat angerufen und gesagt, dass ihr deinen Geburtstag feiert. Er meinte, es sollen so viele kommen wie können. Die anderen Mädels mussten arbeiten. Aber Cole hat sogar unseren Flug und die Unterkunft übernommen.« Sie blickte mich beeindruckt an. Aber ich musste die Worte erst verarbeiten. Er hat was? Ungläubig drehte ich mich zu Cole, der mich aufmerksam musterte. Lächelnd wischte ich mir die Tränen von der Wange und flüsterte ein leises »Danke.« Grinsend nickte er leicht.

»Also seid ihr jetzt zusammen?«, fragte Trixie leise und ich nickte so wild mit dem Kopf, dass meine Strähnen umherflogen. Bei unserem letzten Telefonat hatte ich ihr davon gar nichts erzählt, dafür war die Sache zu frisch und ich wollte erstmal abwarten, wie sich die Dinge entwickelten. Dafür hatte Trixie aber jede Menge zu erzählen gehabt und ich hatte ihr liebend gerne zugehört.

»Ja, ja das sind wir!«, stieß ich schließlich aus. Billy legte mir eine Hand schwer auf die Schulter.

»Na Gott sei Dank, so wie der dich bei deinem letzten Besuch im Club angesehen hat, war es ja nur noch eine Frage der Zeit.« Grinsend fuhr er mir durch die Haare. Ich versuchte sie erst gar nicht wieder glatt zu streichen.

Nachdem ich mich bei allen anderen für das Kommen bedankt und dabei eine ganze Runde durch den Raum gedreht hatte, landete ich neben Dylan wieder an der Theke.

»Du bist jetzt einundzwanzig, du weißt was das bedeutet?« Grinsend sah er mich an und klopfte dann mit den Fingerknöcheln auf das Thekenbrett.

»Shoooots!«, rief er laut. Blake reagiert sofort und stellet zwei kleine Gläser vor uns ab.

»Oh da mach ich mit!«, stieß Laila aus und gesellte sich neben mich.

»Auf Hazel!«, sagte Dylan laut und hielt sein Glas hoch, wir stießen an. Gemeinsam legten wir den Kopf in den Nacken und der bittere Alkohol lief meine Kehle hinunter. Das kribbelnde Gefühl in meinen Körper ließ bald nach und ich schüttelte den Kopf – als würde das irgendetwas bringen.

»Noch einen«, rief Dylan und Blake gehorchte aufs Wort.

»Immer schön langsam, wir wollen doch, dass wir uns alle an diesen Abend erinnern«, hörte ich Ethans Stimme. Er platzierte sich neben Laila und Blake stellte ihm als Antwort einfach ebenfalls ein Glas hin.

»Hey schöne Frau, ich bin Ethan und du bist?« Grinsend betrachtete er Laila und lehnte sich mit der Seite an die Theke. Amüsiert verdrehte ich die Augen, als ich mit Dylan meinen zweiten Kurzen trank.

»Love«, flüsterte mir eine tiefe Stimme ins Ohr und ich drehte mich zu Cole um, welcher mich lächelnd betrachtete. Augenblicklich stellte ich mein leeres Glas auf dem Tresen ab, schoss in die Höhe und schlang meine Arme fest um seinen Hals.

»Danke, danke, danke für alles. Du bist der Beste. Danke«, nuschelte ich immer wieder und verbarg das Gesicht tiefer in seiner Halsbeuge. Einer seiner Arme legte sich fest um meine Mitte und hielt mich somit hoch, während seine freie Hand durch meine Haare strich.

»Wir müssen heute doch die letzten sechs Jahre nachholen, was hast du denn gedacht?«

»Mir fehlen die Worte.« Ich küsste ihn auf die Wange und lehnte mich zurück, um ihn in diese atemberaubenden Augen blicken zu können. »Cole Bail, du bist das Beste, das mir seit langem wiederfahren ist«, sagte ich und lehnte mich nach vorne, bevor ich mein Mund auf seinen legte. Seufzend trafen sich unsere Zungen und ich genoss den Geschmack von ihm. Meine Hände wanderten über seinen Hals zu seinen Haaren, ehe sie auf seine Wangen glitten und da liegen blieben.

Als ich mich von ihm löste, funkelten seine Augen und er blickte mich so liebevoll an, dass mir, wenn ich noch stehen würde, die Knie unheimlich weich werden würden.

»Du weißt hoffentlich, dass ich alles für dieses Lächeln tun würde.« Er küsste mich ein weiteres Mal, aber diesmal viel sanfter und behutsamer. Seufzend ließ er mich wieder runter und meine Füße berührten den Boden.

»Jaja, genug geknutscht. Zeit für etwas Party!« Wie aufs Stichwort wurde die Musik lauter gedreht und Jeremy zog mich an der Hand auf die Tanzfläche, auf der sich auch schon einige andere befanden. Jer zog mich eng an sich und fing an so lasziv zu tanzen wie nur möglich – während ich die meiste Zeit nur danebenstand und laut lachte.

Leila und Trixie bewegten sich zusammen auf der Tanzfläche und sahen dabei aus, als würden sie eine Show für den Club abliefern. Sie rieben sich aneinander und fuhren sich immer wieder durch ihre Haare. Ein Blick auf Ethan bestätigte, dass die beiden alles richtig machten. Beinahe sabbernd stand der am anderen Ende der Bar und beobachtete die beiden, aber selbst Leith sah etwas überfordert aus. Keineswegs aber abgeneigt. Ein dickes Grinsen breitete sich über meinem Gesicht aus, als ich meine Freunde aus meinem neuen Leben und meine Freunde aus meinem alten Leben ansah.

»Heute muss ich aber nicht den Rauswerfer spielen, oder?« Billy nippte an seinem Bier und grinste mich über den Rand hinweg breit an. Lachend schüttelte ich den Kopf und Jeremy wirbelte mich wieder umher. »Nein heute nicht. Meine Freunde können sich alle benehmen«, antwortete ich ihm.

Meine Freunde. Das hier waren wirklich meine Freunde. Freunde, die sich für meinen Geburtstag extra Zeit genommen hatten. Freunde, auf die ich mich verlassen konnte.

Jason und Phoebe bewegten sich ebenfalls über die Tanzfläche, wobei man Jason anmerkte, dass er das nur ihr zuliebe tat. Er fiel ihm anscheinend genauso schwer wie seinem Bruder.

Lachend warf Phoebe den Kopf zurück, als er wieder auf ihren Fuß trat und fluchend einen Schritt zurück machte. Dann drehte er sie einfach um und hielt sie an der Taille fest. Jetzt schwangen sie im Takt nur noch die Hüften aneinander, aber das schien Phoebe zu gefallen.

Benny und Lilly standen an der Dartscheibe und er erklärte ihr, wie sie den Dartpfeil zu halten hatte. Cole saß mit Kade an der Theke und trank ebenfalls an seinem Bier. Dennoch ließ er mich nicht aus dem Blick. Ab und zu nickte er Kade zu, da dieser irgendwas zu erzählen schien. Aber seine eigentliche Aufmerksamkeit galt mir. Ich merkte wieder dieses Gefühl in mir, das ich seit kurzer Zeit immer öfter spürte.

Es fuhr wie ein leises angenehmes Surren durch meinen Körper.

Ich war glücklich.

Das hier waren meine Freunde und meine Familie.

Das hier war meine Zukunft.

Kapitel 31

Hazel

»Alles Gute zu deinem Geburtstag.«

Ich hielt in meiner Bewegung inne und umfasste mein Handy fester. Konnte es sein?

Nein. Aber doch, ja. Sie war es.

Ich hob den Blick, einfach um zu gucken, ob irgendwo eine Kamera lief, um meine Reaktion einzufangen. Natürlich war da keine. Aber das konnte doch nicht sein.

Ich wechselte die Straßenseite und lief über den Gehweg weiter in Richtung des Wohnheims. Meine Schicht ging heute wieder bis kurz nach zwei und Cole konnte mich nicht zurückbegleiten, da er morgen eine wichtige Prüfung hatte. Wieder warf ich ein Blick auf mein Handy und spielte den Anrufbeantworter erneut ab. Ich hielt das Handy ans Ohr und lauschte der Stimme meiner Mom, wie sie diese einfachen fünf Worte sprach, die mir bei weitem mehr bedeuteten, als ich geahnt hatte.

Tief sog ich die Luft ein. Sie hatte mir wirklich zu meinem Geburtstag gratuliert. An meinem Geburtstag vor knapp drei Monaten hatte sie mir die Nachricht draufgesprochen. Ich hatte sie nicht zurückgerufen, als ich den verpassten Anruf gesehen hatte. Vielleicht war ich auch einfach egoistisch, weil ich wollte, dass dieser Abend mir und meinen Freunden gehörte. Ich wollte keinen traurigen Gedanken an sie verschwenden, ich wollte einfach glücklich sein und die Zeit genießen. War das so verwerflich gewesen?

Und jetzt stand ich hier, in dem kalten Winter in Phoenix. In fünf Tagen war Weihnachten. Mein erstes richtiges Weihnachten seit langem. Mom und ich hatten nie wirklich gefeiert. Ich hatte ihr letztes Jahr einen Schal geschenkt, hatte richtig darauf gespart, aber Mom fand ihn so fürchterlich, dass sie ihn als Türstopper benutzte. Sie hatte mir dagegen nichts geschenkt. Wir hatten einen Film angeguckt, aber sie war bereits nach der Hälfte des Films und der Hälfte ihrer Wodka-E-Mischung eingeschlafen. Seufzend hatte ich den Fernseher ausgeschaltet und mich mit meinem Lehrbuch in mein kleines Zimmer verschanzt. Die Enttäuschung hatte ich damals einfach runtergeschluckt. Aber dieses Jahr, sollte das ganz anders werden. Phoebe und Jason hatten uns zu sich eingeladen. Jeremy und Dylan würden auch kommen, wie auch Phoebes Eltern. Ich hatte in letzter Zeit einiges an Geld verdient und konnte bereits etwas zur Seite legen, um meine Schule für das nächste Jahr zu bezahlen. Außerdem hatte ich jedem ein kleines Geschenk gekauft.

Auch die Schule lief super, ich hielt alle Abgabetermine ein und bestand die Prüfungen. Aber die Voicemail meiner Mom warf mich unverhofft doch aus der Bahn. Ich hörte sie mir ein weiteres Mal an und blickte dann auf das Datum der Nachricht. Achtzehnter September, sie hatte wirklich an meinen Geburtstag gedacht und mir eine Nachricht hinterlassen. Verdammt, sie hatte wirklich angerufen.

Wenn Will mir heute nicht gesagt hätte, dass er mir auf den Anrufbeantworter gesprochen hatte – er wollte mir eigentlich für heute Abend freigeben, weil wenig los war – hätte ich wahrscheinlich nie erfahren, dass auch von ihr eine Nachricht drauf war.

Meine Mom hatte an meinen Geburtstag gedacht.

Ich schloss die Augen und stieß den angehaltenen Atem aus, eine kleine Wolke bildete sich vor mir. Der Sommer in Arizona war viel zu heiß und der Winter viel zu kalt.

»Hallo Miss. Sie sehe ich in letzter Zeit hier immer öfters.« Ich fuhr zusammen und ließ die Türe hinter mir ins Schloss fallen. Ich war gerade ins Wohnheim eingetreten und versuchte unauffällig die Schlüsselkarte in meiner Jackentasche verschwinden zu lassen.

»Guten Abend«, erwiderte ich, da ich keinerlei Ahnung habe, was er vor mir hören wollte. Vor mir stand Mr. Wayne, ich hatte ihn schon einmal gesehen. Naja, nicht richtig gesehen, aber er hatte mich und Cole schon einmal nach dem Duschen beinahe erwischt.

»Wohin wollen Sie denn? Und dann noch mit eigener Karte«, fragend zog er die Augenbraue hoch und stellte sich mir breitbeinig in den Weg. Er konnte noch nicht so alt sein, höchstens Mitte dreißig, aber er nahm seinen Job anscheinend sehr ernst.

»Ich ... Ähm ...« In meinem Kopf ratterte es, ich musste mir doch irgendeine Ausrede einfallen lassen könne.

»Also ich wollte nur in das Zimmer meines Freundes. Er schläft heute Nacht in meiner Wohnung. Aber morgen hat er eine wichtige Prüfung und seine Unterlagen vergessen. Weil er so nervös ist, habe ich ihm angeboten, diese eben zu holen, damit er noch etwas Schlaf bekommt.« Heiser beendete ich meinen Versuch, mich aus dieser Situation zu retten. Eigentlich gar nicht so schlecht, die Geschichte würde er mir doch abkaufen, oder?

»Sie wissen aber hoffentlich, dass Sie hier nicht ständig ein und aus gehen können, richtig? Übernachtungen im

Wohnheim sind nicht gestattet.« Mit zugekniffen Augen musterte er mich, wie ich nervös auf der Stelle herum tippelte.

»Ja Sir, daher schläft er ja auch bei mir«, sprach ich in meinem höflichsten Ton.

»Na gut, Miss. Dann begleite ich Sie nach oben, sodass Sie seine Sachen holen können.« Panik durchfuhr meinen Körper. Er will mich begleiten, verdammt. Etwas anderes als zu nicken, blieb mir nicht wirklich übrig. Mr. Wayne trat einen Schritt beiseite und ließ mir den Vortritt. Versteift machte ich ein paar Schritte nach vorne und lief an ihm vorbei, er folgte mir sofort.

Warum war der um diese Uhrzeit überhaupt noch wach? Er nahm seinen Job definitiv zu ernst.

»Wenn Sie die Unterlagen geholt haben, begleite ich Sie wieder nach draußen. Wir wollen ja nicht, dass Ihnen etwas passiert«, meinte er hinter mir. Dass mir etwas passiert? Was sollte denn das jetzt heißen?

Wieder nickte ich. »Sehr freundlich von Ihnen.« Ich warf ihm ein schüchternes Lächeln über die Schulter hinweg zu. Irgendwie hatte ich gehofft, er würde einfach verschwinden, sich in Luft auflösen oder so.

Wir kamen vor der Tür von Coles Zimmer zu stehen und ich zog meinen Schlüssel wieder hervor. Gleich müsste ich mir irgendwas überlegen. Ich hoffte inständig, Cole fiel sofort etwas ein, wie wir uns aus der Situation retten könnten.

Langsam öffnete ich die Türe und blieb wie angewurzelt stehen.

Mir wurde heiß und ich konnte die Emotionen, die durch meinen Körper schossen, gar nicht alle aufzählen.

Ich trat ein Schritt zurück.

»Miss, was ist de-« Mr. Wayne wurde das Wort abgeschnitten. Von einem lauten weiblichen Stöhnen.

Alles was ich sah war ein nackter Rücken, der sich rhythmisch auf einem Körper unter ihr bewegte. Langes blondes Haar fiel ihr über die Schulterblätter und sie legte den Kopf in den Nacken. Ein weiteres Keuchen erfüllte den Raum. Von hinten sah sie ... sah sie aus wie das Mädchen aus der Bar. Kenna.

Ich sah den Mann unter ihr nicht, aber das musste ich auch gar nicht.

Sie lagen in Coles Bett, in *unserem* Bett.

Er hatte Sex.

Sex mit einer anderen. Mit ihr.

Oh Gott.

Tränen schossen mir in die Augen und ich senkte die Lider, konnte dem Spiel vor mir einfach nicht länger zuschauen. Er betrügt mich. Cole betrügt mich. Nach allem – nach allem?!

»Was zum Teufel?« Mr. Waynes Stimme drang nur leise zu mir durch. Die Tränen benebelten meine Sicht und irgendwie schaltete sich mein Gehör nur auf die leisen Geräusche der Frau ein. Sie war alles was ich wahrnahm. Ihr Stöhnen, ihr Keuchen. Ein erstickter Schluchzer stieg in meiner Kehle hoch und als ich merkte, dass er mir beinahe aus dem Mund drang, schlug ich eine Hand davor.

»Ich finde alleine raus.« Meine Stimme überschlug sich, als ich mich von Mr. Wayne und dem Zimmer abwandte.

Abrupt drehte ich mich um und lief los. Keine Ahnung, wo ich hin wollte. Aber ich musste hier einfach weg. Weg von den Lügen, von den Übelkeitsgefühl, das mich durchlief, von dem gebrochenen Herz.

Ich stieß die Tür nach draußen auf und lief schnell die Treppenstufen nach unten.

Tief atmete ich durch und legte die Hände auf meine Oberschenkel. Wieder machte sich Übelkeit bei mir breit. Angespannt versuche ich dagegen anzuatmen. Die Tränen ließen sich nicht mehr stoppen und tropfen meine Wangen hinab.

Das konnte doch nicht echt sein, ich träumte. Oh ja, das hier war ein ganz schlimmer Albtraum. Ich musste einfach nur aufwachen. Wie eine Bescheuerte fächelte ich mir Luft zu und kniff mir in den Arm, in der Hoffnung einfach aufzuwachen. Komm schon, einfach die Augen aufmachen. So schwer kann das doch nicht sein. Aber nein, ich träumte nicht, das hier war die Realität. Ich fühlte mich, als würde mir der Boden unter den Füßen weggerissen werden.

Orientierungslos sah ich mich um, wo zum Teufel sollte ich denn hin?

Ich lief einfach wieder los. Erst nach ein paar Metern wurde mir klar, dass ich in die Richtung von Benny und Lillys Wohnung lief.

Ich könnte mir auch ein Hotelzimmer nehmen, falls sie keinen Platz für mich hatten. Vielleicht sollte ich einfach direkt zu einem Hotel laufen. So würde ich den beiden keine Probleme bereiten. Außerdem war Benny mit Cole befreundet, vielleicht wollte der mich ja gar nicht mehr dahaben, wenn Cole und ich kein Paar mehr waren. Natürlich, es waren ja in erster Linie seine Freunde. Sie würden sich auf seine Seite schlagen. Verständlich.

Also dann doch ein Hotel.

Ich zog mein Handy hervor und öffnete einen Browser. Hier müssten doch irgendwo in der Nähe ein Motel oder vergleichbares sein, einfach etwas, wo ich die Nacht über bleiben könnte, damit ich meine Gedanken sortieren konnte.

Bevor ich jedoch etwas in die Suchleiste eingeben konnte, wurde mir ein Name angezeigt: Mom.

Wieso rief sie mich denn jetzt an?

Aber ich nahm sofort ab, beim letzten Mal hatte ich ihr schon nicht geantwortet, diesmal würde ich sie nicht warten lassen.

»Hallo?«, fragte ich mit zittriger Stimme. Am anderen Ende war aber nur ein schweres Atmen zu hören. Ich verspannte mich.

»Mom?«, flüsterte ich leise.

Wieder keine Reaktion.

Ich umklammerte das Handy fester und blickte mich um. Kein Mensch war weit und breit in Sicht.

»Mom!«, stieß ich aus. »Mom, es tut mir leid, dass ich deinen letzten Anruf nicht beantwortet habe. Ich habe gerade erst deine Voicemail abgehört.«

»Hier ist nicht deine Mom«, erwidert eine fremde, tiefe Stimme.

»Wer ist da?«

»Das ist völlig egal.«

Wieder blickte ich mich um. War dieser ganze Abend eigentlich nur ein Gott verdammter Scherz?

»Kindchen, ich rufe an, um dir etwas mitzuteilen.« Stockend unterbrach er seinen Satz und ich wurde hellhörig.

»Ist alles okay mit meiner Mom?«

»Deshalb ruf ich an. Deine Mom ist an einer Überdosis gestorben.«

Mir entglitt das Handy und es fiel auf den Boden. Aber es kümmerte mich überhaupt nicht. Meine Mom ist tot? An einer Überdosis gestorben. Einfach so.

Ein weiterer meiner schlimmsten Albträume hatte sich gerade bewahrheitet. Mom ist tot.

Ich hörte, dass der Anrufer noch etwas sagte, verstand aber nichts. Antwortete ihm auch nicht mehr. Ich hob das Handy auf und beendete den Anruf mit dem Mann, den ich nicht mal kannte, welcher mir aber gerade offenbart hatte, dass meine Mom gestorben war.

Wann war das denn bitte passiert?

Hatte ich die letzten Tage glücklich gelebt, während … während sie?

Oh Gott. Erneut öffnete ich den Browser, meine Sicht war verschleiert. Die Schluchzer stiegen mir immer wieder in der Kehle hoch, während ich versuchte, mich zu konzentrieren.

Im Hier und Jetzt zu sein – das war gerade alles was zählte.

Ich tippte das Suchfeld an, aber diesmal suchte ich nicht nach dem nächstliegenden Hotel.

Ich öffne die Seite einer Fluggesellschaft.

Es wurde Zeit, dass ich nachhause komme.

Kapitel 32

Hazel

Ich konnte nicht schlafen, ich konnte nicht denken, ich konnte nicht essen.

Ich verbrachte Stunden damit, einfach nur vor mich hin zu starren. Sechs Stunden musste ich im Flughafen auf meinen Flug warten, es war der frühste, den ich bekommen konnte, also setzte ich mich an das Gate und wartete. Ich hatte mir sogar ein Sandwich besorgt, es dann aber doch nur neben mich gelegt und nicht mehr angerührt.

Diese Art von Schmerz hatte ich vorher noch nie erfahren. Einordnen konnte ich ihn auch nicht. Meine Mom war tot und Cole hatte mich betrogen. Beide hatten mich alleine gelassen. Auf beide war ich sauer.

Meine Tränen waren nach der ersten Stunde langsam versiegt. Die Wartenden mir gegenüber sahen mich nicht mehr so komisch an und ich hatte meine Ruhe.

Ich wusste, was ich zu tun hatte. Ich brauchte einen Plan. Darin war ich in letzter Zeit richtig gut geworden, auch wenn es bisher nie so wirklich geklappt hatte. Cole hatte eine wichtige Rolle in meinem letzten Plan gespielt. Aber dieser Abschnitt lag nun hinter mir. Der Verrat … der Verrat saß tief. Ich kniff die Augen zusammen und fuhr mir über die Stirn. Ich hatte Kopfschmerzen, aber weder das Geld noch die Kraft zu einer Apotheke zu laufen. Ich sollte nicht weiter an ihn denken, nicht weiter meine Zeit verschwenden. Man sieht ja, wohin mich das gebracht hat. Ich unterdrückte einen erneuten Schluchzer.

Von nun an war ich wirklich auf mich allein gestellt, es gab kein Auffangbecken mehr und auch keinen Plan B.

Ich musste mich auf das Wesentliche konzentrieren und aufhören, an eine nicht stattfindende Zukunft zu denken. Ich musste dorthin zurück, wo ich hingehörte, dorthin wo ich hätte bleiben sollen. Aber Cole, er … er hatte so überzeugend geklungen, als wolle er wirklich mit mir … als hätte auch er mich in seiner Zukunft gesehen. Als wäre ich seine Zukunft. Aber so schnell kann man sich anscheinend irren.

Ein Knacken in den Leitungen ertönte und die undeutliche Stimme rauschte durch den Flughafen. Als meine Flugnummer und die Destination Las Vegas fielen, wurde ich aufmerksam. Das Boarding würde gleich stattfinden.

Ich musste nach Hause. Zu Mom. Ich musste die Beerdigung organisieren und vielleicht konnte ich wieder bei Sam arbeiten, immerhin war ich mittlerweile volljährig. Sicher würde sie mich wiedereinstellen.

Als das Boarding begann, richtete ich mich auf und reihte mich in die Schlange ein. Ich atmete tief aus, in der Hoffnung, dass der Druck in meiner Brust abnahm. Aber er tat es nicht. Es fühlte sich an, als würde mir jemand den Hals zudrücken, als bekäme ich nicht genügend Luft. Meine Schläfe pochte und mein Magen grummelte. Ich sollte etwas essen. Aber … es ging einfach nicht. Mein Appetitgefühl war wie ausgeschaltet, am liebsten würde ich das mit meinen Emotionen auch können. Dann müsste ich nicht ständig an Mom denken. Gott, wie lange war es her, dass ich ihr Gesicht gesehen hatte? Vier Monate? Und jetzt würde ich nur noch ihr totes, lebloses Gesicht vor mir haben. Ihre Haut würde kühl sein, ihre Augen geschlossen. Keine Erhebung ihres Brustkörpers mehr, keine Bewegung.

Gänsehaut breitete sich über meine Arme aus. Der Gedanken alleine löste Übelkeit aus. Mom war tot. Einfach tot, von uns gegangen. Sie war fort. An einem besseren Ort. Weit weg von mir und den Drogen und dem ganzen schlechten Einfluss.

Eines Tages würden wir uns wiedersehen, da war ich mir sicher, dann wären wir beide glücklich und vereint.

Die Stewardess blickte mich mitleidig an, als sie mein Ticket scannte und mich passieren ließ. Ich musste wohl wirklich schlimm aussehen. Meine Haare waren völlig verwuschelt, der müde Gesichtsausdruck war höchstwahrscheinlich gar nicht zu übersehen und meine Augen waren in jedem Fall blutunterlaufen. Aber es kümmerte mich nicht, was die anderen von mir dachten. Sollten sie doch mal in so einer Lage stecken.

Ich versuchte ein weiteres Mal tief Luft zu holen und ließ mich auf meinen Platz nieder. Erschöpft legte ich den Kopf nach hinten und schloss die Augen.

In einer Stunde bin ich wieder zurück. Da wo ich hingehöre. Das hier war einfach kein Leben für mich, sollte es vielleicht auch nie sein. Vielleicht brauchte ich einfach einen Stoß in die richtige Richtung. Seufzend zog ich mein Handy hervor, ich musste Will eine SMS schicken und erklären, dass ich nicht mehr zur Arbeit kommen würde. Ich musste ihm sagen, was passiert war und dass ich nicht mehr zurückkommen würde.

Als das Flugzeug langsam auf die Startbahn rollte, schloss ich erneut die Augen und krallte mich im Sitz fest.

Bald war ich wieder zuhause und konnte dieses Leben hinter mir lassen.

Ich weiß, wir hatten es uns nie gesagt, aber ich liebe Cole. Das tat ich wirklich und das tue ich noch. So etwas kann man nicht einfach abschalten – leider. Ich hätte mich mal fragen sollen, warum diese einfachen drei Worte noch nie gefallen waren. Aber wirklich einfach waren sie dann ja doch nicht, oder?

Ich wünschte, ich könnte sagen, dass er mir nicht so wichtig war. Aber er war es. Ich dachte, Cole wäre jemand, der mir nie, niemals wehtun würde. Aber er tat es. Er hat mir mein Herz gebrochen. Es genommen und für sich beansprucht, dann einfach fallen gelassen. Fallen gelassen, als wäre es nichts wert.

Als wäre es nicht alles, dass ich ihm geben konnte. Geben wollte. Gegeben hatte.

Seufzend kniff ich die Augen fester zusammen. Das ich nicht denken konnte, war gelogen, es war im Grunde alles, was ich die letzten Stunden getan hatte. Immer wieder spielte sich die Szene vor meinem Inneren Augen ab. Wie hatte ich das nur übersehen können? War es eine einmalige Sache oder lief das schon länger? Ich würde es nie erfahren. Ich schüttelte den Kopf, die roten Locken flogen mir ins Gesicht und ich schnappte sie mir, ehe ich sie mir zu einem tiefen Pferdeschwanz zurückband. Wieder atmete ich tief durch. Gott, wie konnte es sein, dass man das Atmen einfach vergaß. Ich hing zu sehr in meinen Gedanken. Die Maschine startete und nahm Fahrt auf. Etwas mehr als sechzig Minuten trennten mich von meiner Heimat.

Ob ich wirklich schon bereit war, wieder in mein altes Leben zu tauchen? Nein.

Wenn ich sagte, dass es leicht sein wird mit allem abzuschließen, dann würde ich auch lügen. Ich vermisste Lilly und Dylan jetzt schon, ja selbst Blake und Ethan. Und alle anderen. Aber das sollte jetzt hinter mir liegen. Das Schicksal hatte nun mal andere Pläne mit mir.

Als ich den Flughafen in Vegas verließ, war es knapp neun Uhr morgens. Als erstes nahm ich mir ein Taxi und ließ mich so weit bringen, wie ich es mit dem Bargeld in meiner Tasche schaffte. Knapp zehn Minuten von dem Krankenhaus entfernt ließ ich mich absetzten. Wenn Mom eine Überdosis gehabt hatte, dann war sie wahrscheinlich noch dort. Das war das nächste Krankenhaus in unserem Umkreis.

Die letzten paar Meter konnte ich auch zu Fuß laufen.

»Entschuldigung?« Leise sprach ich die Frauen an, die hinter dem Infoschalter im Eingangsbereich des Krankenhauses saßen. Die ältere Frau mit leicht grauen Haaren schaute auf, anscheinend konnte sie meinen Zustand auch sofort deuten, denn sie rollte zu mir herüber und sah mich fragend an.

»Was kann ich für dich tun?«

Sachte strich ich mir die Strähnen aus dem Gesicht. »Meine Mom … also ich bekam gestern den Anruf, dass meine Mom verstorben sei.«

Mitgefühl breitete sich in ihren Augen aus und sie nickte leicht. »Sagen Sie mir ihren Nachnamen.«

»Clarke.«

Sie nickte erneut und tippte etwas in den Computer vor sich ein. »Hat das Krankenhaus Sie angerufen?« Ich schüttelte den Kopf. »Nein, ähm … ein Freund der Familie hat mich informiert«, erwiderte ich.

Besorgt schaute sie kurz auf, ehe ihr Blick wieder zurück auf den Bildschirm fiel. »Es tut mir leid, aber wir haben hier keine Clarke eingetragen.« Ihre Augen fanden wieder meine und ich runzelte die Stirn. Ich bezweifelte stark, dass sich die Freunde meiner Mom wirklich ihren Namen merken konnten, daher fragte ich die Sekretärin erneut.

»Können Sie vielleicht schauen, ob eine Unbekannte gestern Nacht verstorben ist. Der Freund steht uns nicht so nahe, wahrscheinlich hat er den Familiennamen gar nicht gekannt. Sie ist ungefähr so groß wie ich und hat auch leicht rötlich Haare, so wie ich. Nur etwas heller. Sie ist zweiundvierzig Jahre alt.« Ich drückte die Fingernägel in die Handflächen und versuchte, die Tränen runter zu schlucken. Ich durfte jetzt nicht hier zusammenbrechen. Ich musste stark bleiben. Ich musste immerhin die Beerdigung organisieren.

Skeptisch musterte sie mich noch einen Moment.

»Wenn Sie mit einem Sozialarbeiter oder Psychologen sprechen wollen …«

Wild schüttelte ich den Kopf. »Nein, ich – bitte, können Sie einfach mal nachschauen?« Ich biss mir auf die Unterlippe und blickte sie bittend an. Sie musste das doch nur in ihrem blöden System kontrollieren. Seufzend nickte sie schließlich, wieder tippte sie irgendwas ein.

»Wir hatten gestern Nacht nur einen einzigen Todesfall und Ihre Beschreibung passt nicht.« Der mitleidige Blick wich nicht aus ihren Augen.

Ich konnte diesen Blick nicht mehr sehen – war ihn sowas von Leid.

»Und die letzten Tage, können Sie das auch nachschauen?«

Sie öffnete ihren Mund und setzte an, mir zu antworten, aber ich unterbrach sie. »Bitte, bitte können Sie es einfach tun, dann bin ich auch gleich wieder weg.« Eine Träne entwischte mir und ich fuhr sofort über meine Wange. Ich durfte nicht schwächeln. Sie warf ihrer Kollegin einen kurzen Blick zu. Schließlich nickte sie.

»Okay, wir hatten die Woche über ein paar Menschen, die verstorben sind. Über die einzelnen darf ich Ihnen keine Auskunft geben, aber es war bloß eine Frau dabei und sie war definitiv nicht in dem Alter Ihrer Mom.« Ich stieß mich von der Theke ab und trat einen Schritt zurück. Mit leerem Blick starrte ich die Wand hinter ihr an. Woher wollte ich überhaupt wissen, dass meine Mom nicht tot in irgendeiner Ecke lag? Wahrscheinlich waren sie alle viel zu zugedröhnt, um zu realisieren, was mit ihr geschehen war.

Gott, wahrscheinlich lag sie wirklich irgendwo tot herum und keiner kümmerte sich um sie. Das war meine Schuld, wenn ich hier gewesen wäre, wäre das nicht passiert. Dann hätte sie ein Dach über den Kopf und wäre nicht tot. Mom wäre nicht tot.

Mit zittriger Stimme machte ich einen weiteren Schritt zurück.

»Danke.« Meine Stimme war beinahe nur noch ein Hauchen.

»Wenn Sie Hilfe brauchen, dann sagen Sie es mir bitte!« Aber ich antwortete ihr nicht mehr, sondern lief auf die Ausgangstüre zu.

Ich musste meine Mom finden, damit ich ihr die letzte Ruhe verschaffen konnte. Das hatte sie verdient. Von hier aus war unsere alte Wohnung fußläufig zu erreichen.

Ich musste sie finden.

Kapitel 33

Hazel

Wie ich es mir eigentlich schon denken konnte, war unsere Wohnung leer. Die Wohnungstür war abgeschlossen, dennoch konnte ich durch das Fenster neben der Tür ein Blick ins Innere erhaschen. Es war viel zu aufgeräumt, als dass meine Mom noch dort drinnen gewohnt hätte. Keine Glasflaschen lagen umher und auch der Couchtisch war von sämtlichen Rückständen befreit. Sie war weg. Der Mietvertrag war über sie gelaufen, zumindest der rechtliche Part, also hatte sie ihn dann doch recht schnell gekündigt. Sie konnte die Miete nicht selbst tragen. Wie denn auch, nachdem ich sie im Stich gelassen hatte?

Sie war wahrscheinlich zu ihren Freunden gezogen. Nur hatte ich keine Ahnung wie ihre Freunde hießen, geschweige denn wo sie wohnten. Seufzend rieb ich mir übers Gesicht. Meine Wangen brannten immer noch wegen der Tränen, aber damit war jetzt Schluss. Zeit, sich erwachsen zu benehmen. Ich musste meine Mom finden – verdammt das konnte doch nicht so schwer sein. Angestrengt kniff ich die Augen zusammen, ehe ich mich von der Wohnung abwandte und den schmalen Flur und die Treppe nach unten lief. Als ich die letzte Treppenstufe verließ, hielt ich plötzlich inne und kniff die Augen wieder zusammen, diesmal aber aus einem ganz anderen Grund.

Auf der kleinen Mauer vor dem Wohnkomplex saß ein Mann mit dem Rücken zu mir und wenn mich nicht alles täuschte war das einer von Moms Freunden, die mich vor einigen Monaten noch mit blöden Sprüchen belästigt hatten.

Ich setzte mich sofort in Bewegung.

»Entschuldigung?«, rief ich leise und rieb mir über die Oberarme. In Phoenix war es zum Winter ja schon kalt, aber in Vegas sahen die Temperaturen auch nicht gerade besser aus. Obwohl wir uns hier in der Wüste befanden, war es verdammt kühl.

Der Mann reagierte nicht, daher lief ich die letzten Meter zwischen uns schnell auf ihn zu. »Entschuldigung«, rief ich etwas lauter und als er wieder nicht reagierte, legte ich ihm die Hand auf die Schulter. Erschrocken drehte er sich so schnell um, dass ich einen Schritt nach hinten trat und abwehrend die Hände hochhielt. Mit glasigen Augen betrachtete er mich und es dauerte einige Momente, ehe sich sein Blick zu fokussieren schien.

»Kennen Sie mich noch?« Ich senkte die Stimme, um ihn nicht zu verschrecken. Das Letzte was ich jetzt gebrauchen konnte, war, dass er einfach davonlief.

Wieder antwortete er nicht und fast glaubte ich schon, er hätte seine Zunge vielleicht verloren. »Ich bin die Tochter von Joanna, Joanna Clarke. Sie waren früher oft in unserer Wohnung.« Ich deutete mit dem Daumen hinter mich und bemühte mich, bei dem Klang ihres Namens, nicht wieder in Tränen auszubrechen. Vorsichtig nickte der Mann vor mir, der mittlerweile noch heruntergekommener aussah als bei unserer letzten Begegnung. Herrje, wie konnte man bloß so sehr auf die falsche Bahn geraten? Und ich hatte Mom mit solchen Leuten alleine gelassen? Den Preis für die beste Tochter würde ich wahrscheinlich nicht bekommen.

»Ich kenne Joanna.« Seine Stimme klang zittrig und vollkommen benebelt. Wissend nickte ich und trat wieder einen Schritt auf ihn zu. »Wissen Sie, wo sie ist, ich suche sie nämlich.«

Er schüttelte den Kopf. »Joanna hab ich schon eine ganze Weile nicht mehr gesehen.« Er wandte den Blick wieder ab und ich streckte den Kopf in die kühle Mittagsluft nach oben. Das konnte doch alles nicht wahr sein. Tief atmete ich durch und streckte den Rücken durch.

»Was ist passiert, nachdem sie aus der Wohnung gezogen ist?« Ich hoffte, er war noch so klar im Kopf, dass er ein vernünftiges Gespräch führen konnte.

»Sie ist bei Red untergekommen«, lallte er uns wankte etwas, als er seine Sitzposition veränderte.

»Bei Red?«

»Ja, so nennt er sich. Er hat so lustige rote Haare, weißt du?« Er lachte rau auf, das wandelte sich aber rasch in einen Schluckauf um und er legte sich die Hand auf die Brust.

»Wo wohnt Red?«, fragte ich nach und schoss im nächsten Moment vor, als er sich nach vorne beugte und kurz das Gleichgewicht verlor. Stöhnend richtete er sich wieder auf und schlug die Hände auf die Knie. »Ist Ihnen schlecht?« Ein kurzes Würggeräusch war die Antwort.
Aber auch auf meine eigentliche Frage sagte er nichts. »Wo lebt Red?«

»Weißt du, das sind private Informationen, Püppchen. Die kann ich nicht so einfach rausgeben«, murmelte er und stieß kurz auf. Sein Blick hob sich vom Boden und richtete sich wieder auf mich.

»Was bekomme ich dafür?« Er schenkte mir ein breites Lächeln, bei dem ich das Gesicht verzog. Er entblößte damit eine ganze Zahnreihe voller fauler Zähne.

»Was wollen Sie?« Langsam ging mir die Geduld aus. Es war kalt und ich musste zu Mom.

Ohne auf seine nächsten Worte zu warten, zog ich mein Portemonnaie aus meiner Tasche. Ich hatte noch etwa zwanzig Dollar in bar dabei, das wollte ich mir eigentlich für ein Taxi aufbewahren, aber dann würde ich sie eben so loswerden. Ganz sicher würde ich ihm nichts anderes anbieten.

Ich wedelte mit den Scheinen vor seiner Nase und er hob eine Hand, um danach zu greifen. Schnell zog ich es weg. »Nein, Sie sagen mir zuerst, wo sich dieser Red befindet, damit ich meine Mom finden kann«, meinte ich streng und trat um ihn herum, um ihn besser zu sehen.

Schließlich nannte er mir eine Adresse und der Bezirk war nicht allzu weit weg. Das würde ich zu Fuß auch erreichen, es würde zwar etwas länger dauern, war aber machbar.

Ich hoffte einfach nur, dass der Mann vor mir keine Spielchen mit mir spielte und mir wirklich die richtige Adresse nannte. »Und da sind Sie sich sicher?«, fragte ich mit Nachdruck. Er nickte heftig.

»Ja Liebchen, ich war ja selbst öfters da.« Wieder verschluckte er sich. »Jo ist zu ihm gegangen, nachdem man sie aus der Wohnung warf.«

Ein Kribbeln fuhr durch meinen Körper. Man hatte sie aus der Wohnung geschmissen? Natürlich hatte man das. Seufzend hielt ich ihm das Geld hin. Sofort zog er es mir aus der Hand.

»War nett, mit dir Geschäfte zu machen«, säuselte er. Mit einem kurzen Nicken wandte ich mich ab und überquerte die Straße.

Ich lief seit knapp einer Stunde durch die Straßen von Las Vegas. Ich wusste, dass ich mich dem richtigen Bezirk näherte, naja zumindest hoffte ich es. Eigentlich wollte ich es mir nicht eingestehen, aber ich glaubte ich hatte mich verlaufen. Die Straßen sahen mittlerweile alle gleich aus. Außerdem war mein Akku beinahe leer, daher beendete ich das Handy Navi, um etwas Akku zu sparen. Ich hatte weder ein Ladekabel dabei noch irgendwo die Möglichkeit, es aufzuladen. Ich musste mir die restliche Batterie gut einteilen. Nachdem ich dann noch die endlosen Anrufe von Cole gesehen hatte, steckte ich das Handy seufzend in meine Jackentasche.

Es fing mittlerweile auch langsam an zu schneien und ich verdammte jeden, der mich krumm ansah.

Dass es nicht gerade die schönste Gegend war, war mir von vorneherein klar gewesen. Mom und ich lebten auch vorher schon nicht im besten Viertel, allerdings war es nicht mit dem hier zu vergleichen. Überall lag Müll herum, jede Häuserwand war besprüht und das nicht gerade schön. Außerdem könnte ich schwören, dass in jeder Gasse eine herrenlose Katze und ein Obdachloser herumlungerten. Ich kam mir wie in einen verdammten Film vor. Aber ich versuchte einfach meinen Blick nach vorne zu richten und ihn dort auch zu behalten. Die komischen Zurufe ignorierte ich einfach strikt und setzte einen Fuß vor den anderen. Als ich die nächste Kreuzung überquerte, atmete ich laut auf.

Ich war im richtigen Viertel angekommen. Nur hatte ich jetzt keine Ahnung zu welcher Straße ich musste.

Wieder sah ich mich kurz um. Hier hatte meine Mom die letzten vier Monate ihres Lebens verbracht. Ich dachte, wir könnten nicht noch tiefer sinken. Ich war es auch nicht, aber ich hatte zugelassen, dass es meine Mom tat. Oh Gott, ich wollte mir gar nicht vorstellen, wie die letzten Tage ihres Lebens abgelaufen waren. Wahrscheinlich hatte sie in denselben Klamotten gelebt und geschlafen, hatte nichts vernünftiges mehr zu essen gehabt und auf irgendeiner kaputten und alten Matratze im Haus von irgendeinem Junkie geschlafen. Ich schlug mir die Hände vor die Augen, als ich merkte, wie meine Sicht erneut trüb wurde. Ich durfte einfach nicht weiter daran denken, mir nicht weiter ausmalen, wie ihr Leben ausgesehen haben musste. Ich zog die Schultern zurück und setzte mich wieder in Bewegung.

Es dauerte weitere Stunden, bis ich es irgendwann aufgab. Gefühlt hatte ich jede Straße in diesem Viertel abgelaufen und konnte dennoch einfach nicht die richtige Adresse finden. Außerdem war ich müde – so unendlich müde. Meine Beine und Füße taten weh von dem ganzen Laufen und die Anstrengung von der letzten Nacht und diesem Tag kroch durch meine Knochen. Langsam wurde es dunkler. Die Straßenlaternen sprangen an und hüllten die Straßen in gruseliges Licht. Und dann kam mir eine Erkenntnis: Ich hatte mir nicht eine Sekunde lang Gedanken gemacht, wo ich die Nacht verbringen würde. Ich hatte niemanden kontaktiert und ihn wissen lassen, dass ich wieder hier war.

Kurz sah ich mich um und es fühlte sich an, als würde die Schatten aus ihren Ecken gekrochen kommen. Eine Gänsehaut erfasste mich und ich schüttelte mich kurz. Einfach keine Schwäche zeigen, dann lassen sie dich schon in Ruhe. Mit keinem genauen Ziel vor Augen lief ich einfach wieder los. Als ich Schritte hinter mir vernahm, wurde ich unruhiger, daher beschleunigte ich meine. Ich verfiel in einen langsamen Laufschritt und bog in die nächste Straße nach rechts ab. Das Geräusch von umfallenden Mülltonnen und knatternden Motorengeräuschen ließen mich aufschrecken. Verzweifelt blieb ich stehen und lehnte mich an die nächste Hauswand. Ich legte den Kopf an die kühle Steinmauer hinter mir und blickte zum Himmel hinauf. Keine Ahnung, warum ich das die ganze Zeit tat, vielleicht erhoffte ich mir auch einfach etwas Beistand von oben. Vielleicht würde meine Mom ja auf mich aufpassen.

»Was macht denn jemand wie du hier?« Erschrocken löste ich mich von der Wand und trat wieder ein paar Schritte aus der Dunkelheit heraus und in das Licht der Laterne.

Zu meiner rechten näherten sich eine Frau und ein Mann. Beide schoben einen Einkaufswagen vor sich her, in welchem sich wahrscheinlich jegliches Hab und Gut von ihnen befand.

Ich schüttelte den Kopf, da ich keinerlei Ahnung hatte, was ich ihnen antworten sollte.

Ich drehte mich zügig um und lief die Straße, in welche ich gerade erst eingebogen war, wieder zurück. »Nicht so schnell. Du hast eine schöne Jacke an.« Mit einem schnellen Satz befand sich der Mann auf meiner Höhe und riss mich herum. Ich blickte in sein verdrecktes Gesicht und hielt die Luft an, er stank fürchterlich.

»Wo willst du denn so schnell hin, wir haben uns doch gerade erst kennengelernt.« Er lächelte mich an. Eins seiner Augen war vollkommen zugeschwollen, sodass er mich nur aus dem anderen interessiert betrachtete. An der Kreuzung zog er mich auf den Bürgersteig und fuhr zu der Frau herum. Immer noch hielt er meine Jacke fest. Mehrere Autos fuhren an uns vorbei, allerdings schien sich niemand für uns zu interessieren.

»Schauen wir doch mal, was die Kleine alles so dabeihat.« Verschmitzt blickte er wieder mich an und die Frau rollte beide Einkaufswagen zu uns herüber.

»Gute Idee«, lallte sie und trat neben mich. Ihre Hände verschwanden in meinen Jackentaschen. Ich strampelte hin und her, wollte mich aus den Händen der beiden befreien, aber das hatte nur zur Folge, dass er mich fester packte und mich gegen die nächste Häuserwand presste.

Die Frau zog mein Handy hervor und stieß einen kurzen Jubelschrei aus. »Na sieh mal einer an!«

»Bitte«, nuschelte ich leise. »Ich brauche das.«

»Tja und wir brauchen es auch«, schnalzte sie und hielt es provokant nach oben. Ich verkrampfte am ganzen Körper. Wie viel Pech konnte ein Mensch denn bitte haben?

Quietschende Reifen rissen mich aus meinen Gedanken und die Köpfe der beiden vor mir drehten sich zur Straße um.

Ich glaube, ich war noch nie so froh ihn zu sehen, wie in diesem Moment.

»Hazel?« Andrew stieg aus seinem Auto und lief mit festen Schritten auf uns drei zu.

»Andrew!«, stieß ich laut aus. Er kniff die Augen zusammen, als er die Hände des Mannes betrachtete, die immer noch um meine Oberarme lagen.

»Lass sie los!« Er wartete gar nicht auf eine Reaktion, sondern umfasste die Handgelenke des Mannes und löste sie heftig von mir. Anscheinend machte ihnen Andrews Erscheinen und seine Größe Angst, denn sie wandten sich sofort von uns ab. Schnell machte ich einen Satz nach vorne und entriss der Frau mein Handy. Zickig blickte sie mich an, aber ich stellte mich sofort wieder neben Andrew, sodass sie den Spruch, der ihr auf der Zunge lag, nicht aussprach.

»Was zum Teufel machst du hier?« Andrew umfasste meine Wangen und drehte mein Gesicht zu sich. »Alles okay bei dir?«

Die Erleichterung überrollte mich aus dem Nichts und Tränen trieben mir in die Augen. Er war rechtzeitig gekommen. Es war nichts passiert. Es war alles okay.

Ich nickte und spürte, wie mir die Tränen aus dem Augenwinkel liefen. Verdammt, ich hatte es so gut geschafft, sie die letzten Stunden zurückzuhalten. Andrew umfasste meine Schultern und drückte mich näher an sich. Erschöpft ließ ich meinen Kopf gegen seine Brust fallen.

»Was machst du überhaupt hier? Du hast Glück, dass ich hier langgefahren bin, weil die Interstate so voll war«, sprach er und ich atmete zittrig aus und wieder ein.

»Danke«, hauchte ich nur und drückte mich enger an ihn.

Er hielt mich an den Schultern fest und drückte mich von sich, ehe er mir unsicher ins Gesicht blickte. Sachte strich er mir über die Oberarme. »Na komm, ich nehme dich mit zu mir und da erzählst du mir, was passiert ist okay?«

Ich nickte.

Kapitel 34

Hazel

»Möchtest du etwas Warmes zu trinken?« Andrew hatte mich erfolgreich in seine Wohnung bugsiert, ohne mich ein weiteres Mal zu fragen, was passiert war. Ich hatte auf der gesamten Fahrt nur aus dem Fenster gestarrt und ihm keine Antwort mehr gegeben, daher hatte er es schnell aufgegeben, mich nach dem Warum zu fragen. Ich wusste nicht, ob es der Schock und sonst etwas war, aber irgendwie verwehrte mir meine Zunge den Dienst.

Vorsichtig nickte ich und zuckte zusammen, als Andrew mir unerwartet eine Decke über die Schultern legte. Ich saß auf seiner Couch. Seine Wohnung war nicht allzu groß, im Prinzip war es ein Raum mit einer Küchenzeile und einem Wohnbereich, von hier aus konnte ich auch sein Bett erkennen, aber es wurde von Vorhängen etwas abgeschirmt.

Es dauerte nicht lange, bis Andrew sich neben mir niederließ und mir eine warme Tasse in die Hände drückte. Ich atmete aus und pustete kurz in die Tasse, ehe ich einen kurzen Schluck von dem Tee nahm. Die Wärme breitete sich sofort in meinen Körper aus, sodass ich hastig weitertrank und es war mir völlig egal, ob ich mir dabei die Zunge verbrennen würde.

»Hazel, verrate mir einfach nur, ob du verletzt bist.« Seine Stimme war ruhig und leise. Ich wandte den Blick vom Boden ab und sah zu ihm. Gespannt schaute er mich an, zögerlich schüttelte ich den Kopf. »Auch nicht so, dass ich es nicht sehen kann?«

Verwirrt zog ich die Augenbrauen zusammen, ehe ich verstand was er meinte. Wieder schüttelte ich den Kopf. »Mir geht's gut«, flüsterte ich und nahm einen weiteren Schluck. Wenn ich mich jetzt hinlegen würde, würde ich wahrscheinlich innerhalb von wenigen Sekunden in das Reich der Träume abdriften.

»Dir geht's nicht gut, das sehe ich doch«, erwiderte Andrew seufzend und fuhr sich durch die Haare, dann ließ er die Hand im Nacken liegen. Das machte Cole auch immer, wenn er sich unsicher war, was er als nächstes tun sollte. Ich kniff die Augen zusammen, oh nein, ich würde nicht schon wieder heulen.

»Mom …«, fing ich stotternd an. Er hielt in seiner Bewegung inne und starrte mich an. Er drängte mich nicht, sondern wartete einfach nur ab. Ich räusperte mich und zog die Decke enger um meinen Körper.

»Mom ist gestorben«, nuschelte ich und ich wusste, welcher Blick mich erwartete, wenn ich ihn wieder ansehen würde. Mitleid.

»Momma ist gestorben?«, wiederholte er meine Worte und ich zuckte unmerklich zusammen.

Ich nickte. »Mich hat jemand angerufen und mir mitgeteilt, dass sie eine Überdosis hatte und dann einfach gestorben ist«, fuhr ich fort. Ich sah die Überraschung in seinem Blick. »Ich bin sofort hergeflogen und war im Krankenhaus, aber die haben ihren … also sie war nicht da«, murmelte ich und atmete ein. Ich hatte gar nicht gemerkt, dass ich die Luft angehalten hatte. »Dann bin ich zu unserer alten Wohnung, aber da war sie auch nicht. Ich habe einen ihrer Freunde getroffen und der gab mir eine Adresse, aber ich konnte sie nicht finden.« Ich kam ins Stocken und schloss die Augen, um mich zu beruhigen.

»Ich bin Ewigkeiten hin und her gelaufen, aber ich konnte die Adresse nicht finden. Ich konnte Mom nicht finden. Wahrscheinlich liegt sie irgendwo tot herum und ich kann sie nicht finden.« Ein Schluchzer entkam mir und ich spürte den nächsten schon im Hals aufsteigen.

»Ich kann sie nicht finden«, wiederholte ich meine letzten Worte. Andrew legte einen Arm um meine Schulter und zog mich an sich. Sein gleichmäßiger Herzschlag beruhigte mich irgendwie. Eine Hand legte sich auf meinen Oberarm und strich langsam hin und her, das hatte irgendwie auch etwas Beruhigendes.

»Wir finden sie, versprochen. Aber jetzt musst du dich erstmal ausruhen und morgen fahren wir gemeinsam zu der Adresse, okay?«

»Okay«, flüsterte ich und schloss die Augen. Die Erschöpfung erfüllte wieder meinen Körper.

»Wieso bist du überhaupt alleine hier? Billy hat erzählt, du wärst mit diesen Bail-Jungen zusammen.« Bei seiner Erwähnung zuckte ich kurz. »Wir sind nicht mehr zusammen«, war alles, was ich ihm antwortete. Mehr ging ihn nicht an und vielleicht war ich auch einfach nicht fähig, die Worte wirklich auszusprechen. Dass er mich belogen und betrogen und auf eine Art gebrochen hatte, von der ich gar nicht wusste, dass es möglich war.

»Das tut mir leid«, antwortete er mir, aber ich erwiderte nichts. Stattdessen konzentrierte ich mich auf die Hand, die über meinen Arm strich. Langsam hüllte mich der Schlaf doch ein und ich konnte nur daran denken, dass ich die letzten vierundzwanzig Stunden wie ein Streuner durch die

Straßen gelaufen war und meine Mom immer noch nicht gefunden hatte.

Als ich die Augen öffnete, stand die Sonne schon weit oben am Himmel. Die Kopfschmerzen waren wieder zurück, obwohl ich bezweifelte, dass sie je wirklich gegangen waren. Mit zusammengekniffenen Augen setzte ich mich auf. Ich befand mich immer noch auf der Couch in Andrews Wohnung, allerdings war von Andrew keine Spur. Ich beugte mich nach vorne und griff nach meiner Jacke, die auf dem Boden lag, dann tastete ich nach meinem Handy. Aber ich fand es nicht, auch als ich die andere Jackentasche durchsuchte. Es war weg. Hatte ich es etwa doch fallen gelassen? Oder der Frau nicht richtig aus der Hand gezogen?

»Guten Morgen oder eher guten Tag.« Andrews Stimme erschreckte mich. Ich fuhr zu ihm herum und sah wie er gerade komplett angezogen, aber immer noch mit feuchten Haaren, das Badezimmer verließ, welches direkt an der Küche angrenzte.

»Wo ist mein Handy?« Ich klang heiser und räusperte mich daher sofort. Andrew schritt durchs Wohnzimmer und verschwand hinter den Vorhängen zu seinem Schlafzimmer. »Ich habe es über Nacht an das Ladekabel gesteckt, es war fast leer.« Er kehrte mit meinem Handy in der Hand wieder zurück zu mir.

»Wie lange habe ich geschlafen?«, fragte ich und bedankte mich, als er mir mein Handy reichte.

»Knapp vierzehn Stunden. Du warst wirklich fertig«, meinte er und setzte sich auf die Armlehne des Sessels mir gegenüber.

Herrje, vierzehn Stunden? Ich hob mein Handy an und sah auf die Uhr. Dabei bemerkte ich die unzählig verpassten Anrufe und Nachrichten. Der erste Name, der mir entgegensprang, ließ mein Herz wieder ein Schlag aussetzten. Aber auch Lilly, Phoebe, Dylan und viele andere hatten versucht, mich zu erreichen. Ich schaltete das Handy aus und steckte es in die Hosentasche. Mit ihnen würde ich mich später auseinandersetzten. Ich war ihnen eine Antwort schuldig.

»Baby, da gibt es etwas, das ich dir erzählen muss.« Mit ernstem Gesichtsausdruck sah er zu mir hinunter. Ich schloss die Augen und seufzte, wappnete mich einfach auf alles, was kommen konnte. Schlimmer als der Tod der eigenen Mutter konnte es ja nicht kommen.

»Ich habe Leila vorhin angerufen«, meinte er und ich nickte. »Sie sagte, Cole wäre beim Club aufgeschlagen und habe nach dir gefragt.« Ich versteifte mich.

Cole war mir gefolgt?

»Was … was hat sie ihm gesagt?« Ich spürte und hörte wie meine Stimme brach, daher öffnete ich wieder die Augen und blickte Andrew an.

»Dass sie keine Ahnung hat, wo du bist.«

»Okay.« Ich zog die Beine unter der Decke hervor, ehe ich sie auf dem Boden abstellte. Das kühle Parkett an meinen Fußsohlen ließ mich kurz zurückzucken.

»Leila meinte, er hätte völlig fertig ausgesehen und sei einfach nach hinten gelaufen, er hat dich überall gesucht. Billy und Tom mussten ihn rausschmeißen, nachdem er angefangen hat, nach dir zu rufen.« Ich schluckte, als ich den altbekannten Stich in meiner Brust spürte. Was wollte er denn hier, was wollte er von mir? Er hatte jegliches

Recht verloren, mich zu sehen. Ich konnte und wollte ihn nicht sehen. So eine Konfrontation war das Letzte, das ich brauchte. Ich konnte Cole bestimmt nicht mal mehr in die Augen blicken. Wieder zog es unangenehm in meinen Magen.

»Okay«, hauchte ich wieder. »Danke, dass du es mir erzählt hast.« Ich erhob mich schließlich.

»Sicher, dass du mir nicht erzählen möchtest, was zwischen euch passiert ist?« Ich schüttelte den Kopf. Nein, das wollte ich nicht. Ich hatte ja gestern schon mit dem Gedanken gespielt, aber ich konnte und wollte es nicht laut aussprechen.

»Können wir gleich meine Mom suchen?«, versuchte ich das Thema zu wechseln. Ich wollte nicht weiter über Cole sprechen. Meine Stimme klang immer noch heiser. Ich hob die Arme und streckte mich, mein Rücken tat verdammt weh.

»Natürlich. Aber vorher solltest du etwas essen.«

»Ich habe kein-«

»Erzähl mir jetzt nicht, dass du keinen Hunger hast. Dein Magen hat so laut geknurrt, dass es wahrscheinlich auch die Nachbarn gehört haben.« Damit entlockte er mir ein kurzes Lächeln.

»Ich habe auch schon etwas Rührei gemacht«, fuhr er fort und erhob sich von der Armlehne, ehe er die kurze Strecke zur Küche überwand. Kleine Augenblicke später kehrte er schon mit einer Schüssel und einer Gabel zurück. Beides drückte er mir gegen den Brustkorb und ich nahm ihn schließlich beides aus der Hand. Auch eine Tasse mit frischen Kaffee stand ein paar Sekunden später vor mir.

Ich murmelte einem leises »Danke«, bevor ich anfing zu essen und erst dann merkte ich, welch einen Hunger ich hatte. Ich verschlang die Eier binnen Minuten und auch der Kaffee war schnell alle.

»Keinen Hunger, ja?«, grinste er mich spitzbübisch an, als er mir das leere Geschirr aus der Hand nahm und in die Spüle stellte. Ich blickte ihm über die Schulter hinterher.

»Vielleicht eher keinen Appetit als keinen Hunger«, sagte ich und lächelte ihn vorsichtig an.

Dann stand ich wieder von der Couch auf, diesmal mit dem Ziel, diese Wohnung wirklich zu verlassen, um meine Mom zu suchen.

»Na dann, lass uns fahren.« Andrew lief vor mir in Richtung der Tür und hielt sie mir auf.

Wir fuhren nicht allzu lang, aber schließlich standen wir in der richtigen Straße. Nun mussten wir nur noch nach der Hausnummer 139 suchen, laut der Beschreibung war es ein graues Haus. Die Straße kam mir nicht wirklich bekannt vor, aber wahrscheinlich würde ich mich auch nicht daran erinnern, falls ich gestern wirklich hier durchgelaufen war.

Ich sah rechts aus dem Fenster und suchte bei jedem Haus nach der Nummer. Wie genau beschreibt man den Grau, verflucht jedes Haus hatte einen grauen Putz, und da so ziemlich alle hier heruntergekommen waren, war auch fast bei jedem die Farbe ab.

»Hier ist es.« Andrews Stimme riss mich aus meinen Gedanken, die um jegliche Grautöne schweiften. Ich sah zu seinem Seitenfenster hinaus und tatsächlich: Ein hellgraues Haus mit der Nummer 139 erstreckte sich vor uns, wobei die Neun schon etwas schief hing.

Andrew parkte an der Seite und wir stiegen aus.

Ich atmete einmal tief aus, als wir vor der Haustür zum Stehen kamen.

»Bereit?«, fragte Andrew. Ich schüttelte kurz die Arme, ehe ich nickte und mich mental darauf vorbereitete, gleich die Leiche meiner Mutter zu sehen. Ob ich bereit war? Nein.

Dann betätigte ich die Klingel.

Kapitel 35

Hazel

»Was wollt ihr hier?« Ein älterer Mann mit roten Haaren stand vor mir. Kurz dachte ich, dass mir die Stimme bekannt vorkam, aber ich konnte sie nicht sofort einordnen.

Das musste dann wohl Red sein. Die Haarfarbe hätte wahrscheinlich bei Jugendlichen cool und frisch ausgesehen, aber bei ihm wirkte es eher lächerlich. Der Ansatz war bereits rausgewachsen und offenbarte seine eigentlich schwarzen Haare.

Obwohl sich noch die Fliegengittertüre vor uns befand, konnte ich ihn gut erkennen.

Ich räusperte mich und ließ den Blick von seinen Haaren über sein Gesicht gleiten. Er müsste in Moms Alter sein, ein paar Falten zeigten sich schon an seinen Augen und Wangen. Man sah ihm den Drogenkonsum an. Er sah völlig fertig aus. Seine Kleidung war verdreckt und verschlissen, in einer Hand hielt er eine Bierflasche. Ich versuchte, mich daran zu erinnern, ob ich ihn schon mal in unserem Wohnzimmer gesehen hatte, aber ich erkannte ihn nicht.

»Ich wiederhole mich nicht gerne«, lallte er laut und umfasste den Griff der Tür fester.

»Ich suche meine Mom, Joanna.« Meine Stimme klang fest und ernst und von der Erschöpfung, die ich vor ein paar Stunden noch gefühlt hatte, war nichts mehr zu hören. Ich fühlte mich auch nicht mehr wackelig auf den Beinen – ich schaffe das.

»Ich kenne keine Joanna«, erwiderte er und war schon dabei, die Türe zu schließen. Ich riss schnell die Fliegengittertüre auf und setzte einen Fuß ins Haus.

»Hazel«, murmelte Andrew neben mir und umfasste meinen Ellenbogen. Er blieb dicht hinter mir.

Aber ich ließ mich nicht beirren, sondern stieß die Türe wieder ein Stück auf. Red war viel zu benebelt, als dass er hätte dagegenhalten können. »Was zum Teufel«, fing er an zu fluchen, aber ich drückte die Türe nur weiter auf, ehe ich auch den zweiten Fuß in das Haus stellen konnte. »Vielleicht kennen Sie sie ja auch unter Jo. Ich weiß, dass sie hier gelebt hat und ich muss zu ihr.« Red riss die Augen auf und trat einen Schritt zurück.

»Scheiße. Du bist die Tochter, oder?« Plötzlich verwandelte sich sein Blick in einen wütenden und er kam wieder einen Schritt auf mich zu. In diesem Moment reagierte Andrew, trat vor mich und schlang einen Arm um mich.

»Wie heißt du noch gleich? Es war irgendwas mit H.« Red funkelte mich mit seinen Augen an und das nicht auf die gute Art. »Ihr Name ist völlig egal«, mischte sich nun auch Andrew ein. Über seine Schulter hinweg starrte ich zu Red. Das alles dauerte mir einfach schon wieder zu lange.

»Du Miststück hast sie einfach sitzen gelassen«, keifte er und sein Kopf lief rot an. Seufzend strich ich mir durch die Haare. Diese Vorwürfe hatte ich mir ja schon selbst gemacht, aber sie nochmal ausgesprochen zu hören, war etwas ganz anderes. Das Funkeln in seinen Augen verdunkelte sich und plötzlich wirkte er gar nicht mehr so benebelt, sondern nur noch gruselig.

»Ich weiß, was ich getan habe, okay? Aber ich muss zu ihr. Ich wurde angerufen –«

Er unterbrach mich. »Deine eigene Mutter hast du vor die Tür gesetzt, Schlampe. Und jetzt kreuzt du hier auf? In meinem Haus? Was fällt dir eigentlich ein!« Brüllend zeigte er auf mich und im nächsten Moment mussten Andrew und ich uns gleichzeitig ducken, da Red die Bierflasche nach uns warf. Sie zerbarst hinter uns an der Wand, überall lagen nun Scherben herum. Ein paar Spritzer des Bieres klebten auf meinem Arm, aber ich widerstand den Drang, mir mit dem Ärmel drüber zu fahren.

Er hatte meinen Kopf nur um einen knappen halben Meter verfehlt.

Ich keuchte erschrocken auf. Andrew war der erste von uns beiden, der sich wiederaufrichtete und offensichtlich rational denken konnte. Im nächsten Moment hatte er nämlich Red schon gepackt und in irgendeinen komischen Schwitzkasten genommen. Sein Arm lag um Reds Hals und mit dem anderen hielt er seine Arme hinterm Rücken zusammen.

»Frag ihn nochmal«, stieß Andrew aus und behielt jegliches Zucken von Red genauestens im Blick.

Ich atmete tief durch und riss mich bei meinen nächsten Worten zusammen.

»Man hat mich angerufen, Jo ist gestorben, aber ich finde sie nirgendwo, weder im Krankenhaus noch in unserer alten Wohnung. Man sagte mir, sie sei bei dir untergekommen. Also wo ist sie?« Ich biss mir auf die Unterlippe und grub meine Fingernägel wieder in meine Handflächen.

Bloß nicht heulen, Hazel. Reiß dich zusammen.

»Ich weiß es nicht«, keuchte er und Andrew verstärkte den Druck auf seiner Kehle.

Ich warf ihm einen letzten Blick zu, ehe ich mich weiter in das Innere des Hauses vorarbeitete. Immer wieder bereitete ich mich darauf vor, den leblosen Körper meiner Mutter zu finden. Dass sie in irgendeiner Ecke zusammengerollt lag, einfach vergessen. Aber weder in der Küche noch im kleinen Bad oder dem Wohnzimmer fand ich sie. Das Haus war noch schlimmer verdreckt als unsere Wohnung. Staub hatte hier schon seit Ewigkeiten keiner mehr gewischt. Überall lag Müll herum und vor einem Fenster war ein Brett angebracht, da dort das Glas fehlte. Hier hatte Mom gehaust. Bei dem Gedanken kniff ich die Augen zusammen und fuhr mir durch die Haare, ehe ich mich wieder aufraffte.

Ich verließ das Erdgeschoss und lief wieder an Andrew und Red vorbei, dann erklomm ich die Treppe und sah mich im oberen Stockwerk um.

Ich öffnete jede Tür, schaute in jedem Schrank und unter jedem Bett nach, aber sie war nicht hier. Ich fuhr mir wieder durch das Haar, bestimmt sahen die mittlerweile wie ein verdammtes Vogelnest aus, aber es war mir wirklich völlig egal. Ich biss die Zähne zusammen, als ich mit dem Durchsuchen des letztens Zimmers fertig war, aber sie nicht gefunden hatte. Verzweifelt zog ich an meinen Haarspitzen. Am liebsten hätte ich geschrien, einfach den Kopf nach hinten gelehnt und einen riesigen lauten Schrei rausgelassen. Diese ganze Situation war doch völlig verfahren.

Mit schnellen Schritten verließ ich auch das letzte Zimmer und stampfte die Treppe wieder runter. Andrew hatte Red immer noch im Griff.

»Wenn du mir nicht verrätst, wo meine Mom ist, dann ruf ich die Polizei!« Ich kam vor ihm zum Stehen und stieß ihm vor die Brust. Ich war wütend, so verdammt wütend und verzweifelt.

Er blickte mich nur zornig an, aber gab mir keine Antwort.

»Da oben liegt eine ganze Tüte Koks, also wenn du nicht möchtest, dass die Bullen hier alles auf den Kopf stellen, würde ich an deiner Stelle lieber reden!« Unsere Gesichter trennten nur noch wenige Zentimeter. Ich hatte keine Ahnung, ob da oben wirklich irgendwo Drogen herum lagen, aber es war nicht völlig ausgeschlossen. Und dass ich nicht ganz falsch lag, konnte ich an seinem Gesichtsausdruck erkennen.

Reds Blick fuhr mehrmals über mein Gesicht, ehe er seins verzog und ein genuscheltes »Garten« rauspresste. Meine Augenbrauen schossen in die Höhe.

»Garten?«, wiederholte ich.

Er nickte und ich wirbelte sofort herum und lief zu der schmalen Tür in der Küche, die ich bei meinem ersten Rundgang bereits entdeckt hatte. Ich ignorierte Andrews besorgten Blick.

Heilige Scheiße, er hatte Mom nach draußen gebracht. Etwa weil die Verwesung eingesetzt hatte? Wie lange war sie denn dann schon tot, wenn man sie schon nach draußen bringen musste?

Mit einem letzten Atemzug riss ich die Tür nach draußen auf. Es war eigentlich mehr Beton als wirkliches Gras zusehen. Ein alter Tisch stand direkt hinter dem Haus, an welchen zwei nicht zueinander passende Stühle standen. In einer Ecke sammelten sich die Mülltonnen, aber die meisten Müllsäcke standen einfach davor. Auf dem wenigen Rasen, der vorhanden war, standen zwei Sonnenliegen. Die Temperaturen waren immer noch kühl und ich zuckte augenblicklich zusammen.

Da lag sie.

Eingerollt auf einer alten Sonnenliege.

Sie lag von mir abgewandt, sodass ich ihr Gesicht nicht erkennen konnte.

Da war sie.

Ich hatte sie gefunden.

Mom.

Ich ging die kleine Treppe runter und betrat die kurze Rasenfläche. Fröstelnd rieb ich mir über die Oberarme und ich könnte schwören, dass es nochmal um die zehn Grad kälter geworden war. Aus welchem unerklärlichen Grund auch immer flüsterte ich ein leises »Mom?« Natürlich erwartete mich keine Reaktion. Ich glaube, dass war der Moment, in dem ich erst richtig begriff.

Ich hatte sie verloren, sie war gegangen und hatte mich hier alleine gelassen.

Ich stieß schnelle und kurze Atemstöße aus, ehe ich die Hände zu Fäusten formte, um sie dann wieder locker fallen zu lassen.

Ich setzte einen wackeligen Fuß vor den anderen, als ich schließlich an der Liege ankam und mich nach unten sinken ließ. Behutsam nahm ich neben ihr Platz, sodass ihre und meine Hüfte auf derselben Höhe waren.

Tief atmete ich ein und umfasste ihre Schulter, dann zog ich sachte daran und rollte sie auf den Rücken. Der Atem blieb mir stehen und mein Herzschlag setzte aus.

»Mom?«

Kapitel 36

Hazel

Braune Augen starrten mir entgegen. Aber sie waren weder leblos noch leer. Nein, sie waren vollkommen lebendig.

»Mom?«, nuschelte ich erneut überrascht. Mom blinzelte mehrmals hintereinander, ehe sie das Gesicht verzog und mit einer Hand grob über ihre Schläfe rieb.

»Hazel, was treibst du hier?«

Ich schluckte, aber irgendwie befand sich keine Spucke in meinem Hals. Jeder Atemzug fühlte sich an, als rieb Sandpapier hindurch. Außerdem schien mein Gehirn nicht wirklich verarbeiten zu können, was gerade geschah.

»Mom.« Ich schob ihr die Strähnen aus dem Gesicht und umfasste ihre Wangen, ich musste mich einfach vergewissern, dass sie wirklich hier war. Dass sie hier war und vor mir saß. Oh, bitte lass mich nicht nur halluzinieren.

»Was machst du hier draußen?«, fragte ich mit kratziger Stimme.

Mom blickte mich immer noch verwirrt an, bevor sie sich aufsetzte und ich konnte nicht mehr an mich halten. Sofort schmiss ich mich gegen sie und umfasste ihre Schultern, drückte mein Gesicht fest an ihren Hals und atmete tief ein. Unter all dem Schweiß und den Dreck auf ihrer Haut roch ich sie. Ich roch meine Mom, so wie eine Mom nun mal riecht, und sofort erfüllte mich Wärme. Es war eine andere wie die, die ich die letzten Wochen gespürt hatte. Aber dennoch hieß ich sie Willkommen.

Mom wirkte immer noch überrascht und verblüfft, das spürte ich an ihrer Körperhaltung. Nur ganz langsam erwiderte sie die Umarmung, aber ihr Druck kam nicht an meinen heran.

»Mir war da drin zu warm, ich musste etwas ... abkühlen.« Sie stand offenbar unter den Einfluss irgendwelcher Drogen. Es hörte sich an, als wäre ihre Zunge schwer, sie nuschelte verdächtig. Aber das war mir in diesem Moment komplett egal. Ich lehnte mich wieder zurück und fuhr mir schnell über die Wange, eine Träne war mir doch entkommen.

»Wie ... Was ... geht es dir gut?«, fragend blickte ich ihr ins Gesicht und ich konnte buchstäblich sehen, wie sich die Zahnräder in ihrem Kopf bewegten. Aber dann zuckte sie abwesend mit den Schultern. »Ja«, war ihre knappe Antwort. Wieder stieß ich die angehaltene Luft laut aus und fuhr mir über die Wangen. Ich rubbelte meine Hände an meiner Jeans ab, da sie schon wieder so schwitzig wurden.

»Was machst du überhaupt hier?« Sie klang sauer.

»Mom, ich wurde angerufen, von irgendeinem deiner Freunde. Er sagte mir, dass du eine Überdosis hattest.« Verzweifelt und ein bisschen überfordert mit der kompletten Situation betrachtete ich sie. Sie raffte sich auf ihrem Sitzplatz weiter auf und schaute eher desinteressiert durch die Gegend. Dann glitt ihr Blick wieder zu mir.

»Red hat sich anscheinend einen Scherz erlaubt.«

»Einen Scherz? Mom, ich dachte du wärst tot, verstehst du das überhaupt?«, erwiderte ich entsetzt.

»Es hat dich ja auch nicht gekümmert, als du gegangen bist und mich zurückgelassen hast.« Ihre Worte peitschten zu mir herüber, wieder wandte sie den Blick von mir ab. Seufzend schloss ich die Augen. »Was hätte ich denn deiner Meinung nach tun sollen?«, fragte ich mit ruhiger

Stimme und streckte die Hand nach ihrer aus. Sie zuckte zusammen, zog sich aber nicht zurück.

»Für deine Momma sorgen«, peitschte sie zurück und auch wenn ich spürte, wie es in mir brodelte und die Drogen aus ihr sprachen, blieb ich ruhig.

»Mom, es tut mir leid. Ich wollte einfach nur endlich was aus meinem Leben machen. Etwas erreichen.«

»Und dafür musst du deine Familie im Stich lassen?« Sie entzog mir ihre Hand und ich schüttelte frustriert mit dem Kopf. »Mom«, keuchte ich, da mir einfach nichts besseres mehr einfiel. Aber diesmal schüttelte sie mit dem Kopf und ihre Locken würden wahrscheinlich umherfliegen, wenn sie nicht so fettig und ungewaschen wären.

»Deine Entschuldigung bedeutet gar nichts. Jetzt warst du hier, mir geht es prima, du kannst also wieder gehen.« Sie kniff die Augen fest zusammen und biss sich auf die Unterlippe.

Ich wusste, dass sie im Unrecht war. Dass sie überhaupt nicht das Recht hatte, sich so zu benehmen. Sogar Coles Stimme klang durch meinen Kopf, die Stimme an die ich am liebsten gar nicht mehr denken wollte, aber seine Worte drangen zu mir durch. Worte, die ich mir in den letzten Monaten immer wieder gut zugeredet hatte: Ich war ihr nichts schuldig. Ich hatte mich lang genug um sie gekümmert. Uns über Wasser gehalten, indem ich illegal Geld verdiente. Ich hatte uns Essen und ein Dach über den Kopf besorgt.

Ich wusste, dass sie sich benahm wie ein quengeliges kleines Kind. Mein Kopf wusste das. Mein Verstand ebenfalls.

Aber mein verdammtes Herz zog sich so schmerzhaft zusammen, als ich meine Mom ansah, welche völlig zugedröhnt und verdreckt in irgendeinem Garten eines mir völlig unbekannten Mannes hockte. Auf einer kaputten Liege, im tiefsten Winter und ohne vernünftige Kleidung.

Der Anblick tat weh – richtig weh – sodass ich wieder ein unangenehmes Ziehen im Magen spürte. Ich liebte meine Mom, damit hatte ich nie aufgehört. Sie war die Frau, die mich auf die Welt gebracht hatte. Ich könnte, selbst wenn ich es wollte, gar nicht damit aufhören, sie zu lieben. Und für einen kurzen Moment fragte ich mich, ob sie mich auch liebte.

Wie sah meine Zukunft überhaupt aus? Mein letzter Plan war es Mom zu finden und zu beerdigen, aber nun fiel der zweite Teil ja weg. Langsam hatte ich genug von diesen dummen Plänen.

Tief sog ich die Luft ein und spürte, wie sich meine Lungen damit füllten.

»Ich bleibe«, flüsterte ich. Und erst in dem Moment, in welchem ich die Worte aussprach, wurde es mir richtig klar. Natürlich blieb ich, ich musste bleiben. Eine andere Möglichkeit bot sich mir gar nicht mehr.

»Was?«, murmelte Mom und setzte die Füße auf das Gras, an welchem noch Tau klebte.

»Ich bleibe hier, Mom. Bei dir in Las Vegas. Ich frag Samantha nach einem Job und besorge uns wieder eine Wohnung, okay?«

Skeptisch blickte sie mich an und zuckte dann wieder mit den Schultern. »Meinetwegen«, nuschelte sie und beugte sich vor. Sie stand auf und ich erhob mich mit ihr.

Über ihr Desinteresse sah ich einfach hinweg und versuchte es einfach auszublenden.

»Geht es dir wirklich gut?« Ich fasste sie am Ellenbogen und hielt sie somit davon ab, sich von mir abzuwenden und wieder auf das Haus zuzusteuern.

»Alles bestens.« Sie hatte Mühe, die Augen richtig aufzuhalten, aber nach einem weiteren prüfenden Blick gab ich schließlich nach und ließ sie los.

»Wohnst du hier?« Ich nickte auf das Haus.

»Ja, Red hat mich aufgenommen, als die Bullen mich rausgeschmissen haben.«

Mir wurde klar, dass Mom wohl niemals diesen verbitterten Unterton sein lassen konnte. Ich hatte mich eigentlich daran gewöhnt, schon seit Jahren sprach sie nicht mehr mit mir, als wäre ich ihr wichtig. Aber sie war nun mal meine Familie, alles was ich hatte.

Obwohl ich die nächste Frage nicht stellen wollte, war mir dennoch klar, dass sie sein musste. »Kannst du noch für ein paar Tage bei ihm bleiben? Solange kann ich mich um den Job und eine Wohnung kümmern.«

Sie nickte bloß und warf mir einen letzten Blick zu, dann lief sie zum Hintereingang des Hauses. Ich folgte ihr.

Wir trafen auf Red und Andrew. Red saß auf der Couch, während Andrew danebenstand und die Arme vor der Brust verschränkt hielt. Sobald wir durch die schmale Tür bei der Küche eintraten, richten sich beide Blicke auf uns.

»Jo?«, fragte Andrew und neigte den Kopf zur Seite, blinzelte mehrmals.

»Du siehst keine Toten, Andrew. Sie ist nicht gestorben. Offensichtlich. Jemand hat sich einen Spaß erlaubt.« Ich warf Red einen Blick zu, der allerdings hob nur die Hände.

»Ich habe keine Ahnung, wovon du redest«, erwiderte er und sah zu meiner Mom hinüber.

Mom widmete ihre Aufmerksamkeit allerdings eher dem Kühlschrank zu, um sich die nächste Flasche herauszuholen. Diesmal war es eine Weinflasche.

Ich sah wieder zu Andrew hinüber. »Kann ich für ein paar Tage bei dir bleiben? Ich brauche nur etwas Zeit, um uns eine Wohnung zu beschaffen und mit Sam zu sprechen.«

Seine Augenbrauen schossen in die Höhe. »Du willst wieder im Club anfangen?«

»Ja, was anderes bleibt mir ja nicht übrig.« Ich zuckte mit den Schultern.

»Hast du in Phoenix nicht eine Ausbildung begonnen? Wirf das nicht einfach weg.« Skeptisch blickte er mich an. Angestrengt fuhr ich mir mit der Rückhand über die Stirn.

»In Phoenix gibt es nichts mehr für mich. Hier ist mein zuhause«, betonte ich und verbannte jegliche Emotionen aus meiner Stimme. Er betrachtete mich einen Moment mit demselben prüfenden Blick, mit dem ich auch Mom angesehen hatte, ehe er langsam nickte.

»Natürlich kannst du bei mir bleiben. Du kannst so lange bleiben, wie du möchtest«, antwortete er.

»Gut. Danke«, sagte ich knapp und sah wieder zu Mom, die bereits ein Drittel der Flasche geleert hatte.

»Mom, ich fahre dann wieder mit Andrew zurück. Sollte etwas sein: Ich lasse dir meine Handynummer da, okay?« Ich griff nach einem Stift, kritzelte meine Nummer auf ein Stück Papier und legte es auf die Arbeitsfläche. Abwesend nickte sie.

»Ich bin bald wieder zurück«, sagte ich und blickte sie eindringlich an. Sie nickte erneut.

Seufzend, da ich anscheinend nicht viel mehr von ihr bekommen würde, wandte ich mich ab und ging gemeinsam mit Andrew auf die Haustür zu.

»Bis dann, Mom«, rief ich über meine Schulter hinweg, aber sie hatte sich bereits zu Red auf die Couch gesetzt und ich bezweifelte, dass sie mich gehört hatte.

Kapitel 37

Cole

Es war Heilig Abend. Der 24. Dezember. Aber für mich spielte das überhaupt keine Rolle. Ich konnte an nichts anderes denken als an sie. Ich schlief im Auto in einer Seitenstraße gegenüber von Sammy's Excotics und hoffte darauf, dass mich kein Polizist entdeckte und ich eine Strafe wegen widerrechtlichem Parken bekäme.

Außerdem hoffte ich, sie zu sehen. Ich war zuerst zur Wohnung gefahren, aber sie stand leer. Nachdem ich dann eine Weile völlig planlos durch die Straßen gefahren war, war mir endlich der Club eingefallen. Dort konnte ich sie bestimmt abfangen. Aber bis jetzt war sie noch nicht aufgetaucht. Rund um die Uhr hielt ich meinen Blick auf diese verdammte Eingangstür, aber ich sah sie nicht. Sie antwortete weder auf meine Anrufe noch auf meine Nachrichten.

Mein ganzer Körper tat weh und fühlte sich völlig taub an. Ich vermisste sie schrecklich. Die Art wie sie roch, wie ihre Haut sich auf meiner anfühlte. Ich vermisste ihr kichern und dieses breite Lächeln. Ich vermisste ihre kupferfarbenen Haare und die elf Sommersprossen auf ihrem Gesicht.

Ich hatte Leila vor ein paar Tagen vor dem Club abfangen können. Aber sie hatte mich genauso verwirrt angesehen, wie ich mich fühlte. Dennoch war ich einfach in den Laden gestürzt und hatte nach ihrem Gesicht gesucht, bin hinter die Theke gelaufen und hatte einen Blick in die Umkleiden geworfen. Aber meinen Rotschopf konnte ich nicht finden. Die Tränen brannten in meinen Augen, aber ich ließ sie nicht herunterlaufen. Pochender Schmerz breitete sich schon seit dem Moment in meinem Kopf aus, als ich realisierte, dass sie weg war.

Es waren zwei von den Security nötig, um mich wieder aus dem Laden zu bekommen und seitdem saß ich in meinem Auto und hielt den Blick fest auf den Eingang von Sammy's Excotics. Hätte Will mich nicht angerufen und gefragt, ob bei Hazel alles gut war, da sie offensichtlich nicht mehr an ihr Handy ging, hätte es noch weitere Stunden gedauert, bis ich wusste, was passiert war. Völlig panisch hatte ich ihn gefragt, was sie geschrieben hatte. »Sie hat gekündigt, ihre Mom ist doch gestorben«, hatte er mir geantwortet und ich war erstarrt.

Was war passiert? Und warum zur Hölle war sie einfach verschwunden, statt es mir zu erzählen? Warum war sie so überstützt aufgebrochen?

Wir hätten das doch gemeinsam machen können. Ich hätte sie so gut unterstützt, wie ich es eben konnte. Ich wusste, wie es war seine Mom zu verlieren. Ich verstand nicht, wieso sie das ganze alleine durchmachte. Warum sie mich so ausschloss. Keiner sollte so etwas alleine durchstehen.

Aber irgendwann musste sie im Club auftauchen, da war ich mir sicher. Und genau diesen Moment musste ich einfach zeitlich genau abpassen.

Das Vibrieren meines Handys zog meine Aufmerksamkeit auf sich. Heute war Heiligabend und auch wenn der Club heute geschlossen war, hielt ich meinen Blick dennoch auf die Eingangstüren gerichtet.

Ich durfte sie nicht verpassen.

Ich blickte auf das Display und sah einen weiteren verpassten Anruf. Diesmal von Phoebe. Sie riefen alle abwechselnd an. Jason, Phoebe, ja sogar Jeremy. Sie erwarteten uns. Sie hatten uns nämlich für ein Abendessen eingeladen, damit wir zusammen als Familie diesen Tag feiern konnten. Mein Bruder wollte heute außerdem die große Frage aller Fragten stellen. Aber ich verbockte ihm das gerade gehörig und es war mir egal. Alles was für mich zählte war Hazel. Hazels emotionale Gesundheit – ich würde für sie da sein. Auch wenn sie es vielleicht gar nicht wollte. Ich würde einfach warten, bis sie mich dabeihaben wollte.

Wieder klingelte mein Handy, diesmal leuchtete Jasons Name auf. Ich musste ihm antworten, damit er sich keine Sorgen machte, daher nahm ich den Anruf an.

»Wo bleibt ihr?«

Ich schluckte und räusperte mich, ehe ich mich auf der Fahrerseite meines Wagens aufrechter hinsetzte.

»Entschuldige, dass ich mich nicht gemeldet habe. Hazel und ich werden heute nicht vorbeikommen«, antwortete ich monoton.

»Warte kurz«, erwiderte Jason und ich hörte, wie er sich bewegte, wahrscheinlich verließ er gerade den Raum, in dem alle anderen saßen.

»Okay«, erklang wieder seine Stimme. »Was ist los? Erzähl schon«, brummte er und ich wischte mir die feuchten Finger an der Jogginghose ab, welche ich schon die letzten Tage getragen hatte.

»Es ist alles gut. Mach dir keine Sorgen, ich muss nur was klären.«

»Ich mache mir immer Sorgen um dich, Brüderchen«, murmelte Jason und ich seufzte tief durch. Ohne eine vernünftige Antwort würde er mich wahrscheinlich nicht in Ruhe lassen.

»Hazels Mom ist gestorben. Sie hat mir nichts davon erzählt, ist einfach nach Vegas. Sie ignoriert mich und ich kann sie nirgends finden.« Ich fuhr mir durch die Haare und legte den Kopf gegen die Kopfstütze. Ich kniff kurz die Augen zusammen, aber dann richtete ich meinen Blick wieder auf den Club vor mir.

»Scheiße«, stieß er fluchend aus und ich musste sarkastisch auflachen.

»Besser könnte ich es nicht beschreiben.«

»Soll ich nach Vegas fliegen?«

Ich schüttelte den Kopf, auch wenn ich wusste, dass er es nicht sah. »Nein. Ich regle das alleine. Irgendwas geht in ihrem Kopf vor, das ich nicht verstehe. Ich muss sie nur zur richtigen Zeit abpassen, damit ich mit ihr reden kann.«

Jason antwortete nicht sofort und ich wusste, dass er es hasste, sich so hilflos zu fühlen. Egal wie alt wir beide sein würden, er würde sich immer für mich verantwortlich fühlen. Das war er auch den Großteil meines Lebens gewesen. Aber diesmal musste ich da alleine durch, dabei konnte er mir nicht helfen.

»Schreib mir aber nachher, wie Phoebes Antwort ausgefallen ist, obwohl ich es mir schon fast denken kann«, schmunzelte ich.

»Ich frag sie nicht. Zumindest nicht heute.«

Mein Lächeln verrutschte und ich seufzte. »Jason.«

»Nein, Cole«, unterbrach er mich.

»Okay«, murmelte ich.

»Lass von dir hören, klar?«

»Mach ich. Bis bald.«

»Bis bald, Brüderchen.«

Als mir klar wurde, dass Hazel heute nicht mehr auftauchen würde, schloss ich die Augen und nickte schließlich ein.

Kapitel 38

Hazel

»Bist du dir sicher, dass es das ist, was du möchtest?« Skeptisch blickte mich Andrew an, während ich die Decke und das Kissen, welche ich beide letzte Nacht benutzt hatte, wieder ordentlich auf die Couch legte. Es hatte eine ganz schön lange Diskussion gebraucht, bis Andrew einsah, dass ich mit dem Sofa als Schlafplatz vollends zufrieden war – auch wenn er mir natürlich sofort angeboten hatte, im Bett zu schlafen und selbst auf der Couch zu übernachten. Allerdings bezog sich seine Frage nicht auf unsere Schlafsituation.

»Was ich möchte und was ich muss ist doch dasselbe«, nuschelte ich und zupfte noch einmal an dem Kissen, damit es gerade auf der gefalteten Decke lag.

»Das sollte es in diesem Fall nicht sein«, antwortete er mir und lehnte mit der Hüfte gegen die Küchentheke. Ich zuckte mit den Schultern.

»Das ist es aber. Hier geht es auch nicht um mich.«

Er stieß sich von der Arbeitsplatte ab und trat auf mich zu. »Hazel, denk doch einfach ein einziges Mal an dich.«

Ich schüttelte den Kopf und schob die Hände in die vorderen Taschen von Andrews Hoodie, welchen er mir geliehen hatte, nachdem sowohl ihm wie auch mir aufgefallen war, dass ich keinerlei Wechselklamotten bei meiner überstürzten Reise mitgenommen hatte.

»Das habe ich schon mal und du siehst ja, wie gut das gelaufen ist«, sagte ich und wandte mich von ihm ab. Auch wenn ich nicht wirklich an Schicksal glaubte, so fand ich doch, dass der Anruf und die Tatsache, dass ich Cole in flagranti erwischt hatte, ein ziemliches Zeichen dafür waren, meinen Hintern wieder nach Las Vegas zu schaffen.

»Können wir einfach gleich los?«, murmelte ich. Ich hatte wirklich keine Lust, mich weiter mit diesem Thema zu befassen oder mich mit Andrew auseinanderzusetzen. Er verstand mich einfach nicht. Wie sollte er auch? Nachdem er sein Studium abgeschlossen hatte, fand er schnell eine Festanstellung. Er arbeitete als Security, um sich etwas dazu zu verdienen, er war nicht auf jeden Gott verdammten Dollar angewiesen. Ich schon – genauso wie Mom.

Daher musste ich in den Club und mit Sam reden. Ich brauchte einen Job, um uns eine Wohnung leisten zu können. Andrew beantwortete meine Frage mit einem kurzen Nicken und lief in Richtung seines Schlafzimmers. Seufzend sah ich ihm hinterher und zog mein Handy hervor. Coles Name mit einer zweistelligen Nummer der verpassten Anrufe leuchtete sofort auf. Ich löschte die Mitteilung und öffnete meine Nachrichten. Mom hatte sich nicht gemeldet, daher ging ich einfach davon aus, dass es ihr gut ging und sie ihre Zeit mit Red verbrachte.

»Hey Süße, was ist denn bei dir los? Du siehst fürchterlich aus.« Bevor ich mich auch nur im Club umsehen konnte, kam schon Trixie auf mich zugelaufen. Mit einem verwirrten Ausdruck zog sie mich an der Hand von der Eingangstür weg und auf die Theke zu, an welcher wir beide platznahmen. Es war noch früh und der Club noch leer. Dennoch lief Musik und Lucy stand auf der Bühne, übte eine Drehung, die ich bei ihr vorher noch nie gesehen hatte. Herrje, wie lange war ich fortgewesen? Etwas über vier

Monate? Dennoch sog ich den Geruch des Clubs sofort in mich auf. Ich hatte es vermisst. Die Mädels, die fettigen Pommes, ja sogar den klebrigen Boden, den man einfach nicht mehr vollständig sauber bekam.

»Ist eine verrückte Geschichte«, murmelte ich, bevor mein Blick wieder zu Trixie schwankte. Sie sah mir in die Augen und zog die Augenbrauen zusammen. Dann klopfte sie mit der offenen Hand auf die Theke und keine Sekunde später drehte sich Larry um, welcher gerade die Flaschen nebeneinander aufreihte. »Irgendwas starkes«, sagte sie und Larry nickte. Kurze Zeit später hatte jede von uns ein Schnapsglas vor sich. Ich hob das Glas und roch dran, sofort verzog ich das Gesicht.

»Tequila?«, krächzte ich. Trixie lachte und nickte wild. Sie beugte sich über die Theke nach vorne und schnappte sich von der Arbeitsplatte einen Salzstreuer und zwei Stücke Zitrone. Wir stießen an und leckten beide erst das Salz von der Hand, bevor wir den Kopf nach hinten kippten, den Tequila tranken und schließlich in die Zitronenspalte bissen. Der Alkohol schüttelte meinen Körper einmal kräftig durch.

»So, nun erzähl mal«, meinte Trixie und stellte die leeren Gläser wieder bei Larry ab.

»Musst du dich nicht vorbereiten?«

»Das hier ist wichtiger, los raus mit der Sprache«, beharrte sie.

Seufzend lehnte ich den Kopf auf meine Handflächen und stütze mich an der Bar ab. »Ich habe Cole erwischt, wie er mit einer anderen geschlafen hat.« Scharf sog sie die Luft ein und besah mich mit einem mitleidigen, aber auch wütenden Blick. »Arschloch!«, stieß sie aus und legte mir die Hand auf die Schulter.

»Das ist nicht mal alles«, murmelte ich.

»Nicht?«

Ich schüttelte den Kopf. »Nein. Kurz danach habe ich noch einen Anruf bekommen, man sagte mir das Mom gestorben sei.« Bei dem Gedanken an dieses Moment schüttelte es mich wieder.

»Oh mein – Wie bitte?!«

»Es wird noch besser, Mom ist nämlich nicht tot. Sie ist bei jemanden untergekommen und der dachte anscheinend, es wäre witzig, mich zu verarschen.«

»Witzig?!«, keifte Trixie und ich kniff die Augen zusammen.

»Jap, richtig lustig, nicht wahr?«, nuschelte ich sarkastisch und stieß mich von der Theke ab, ehe ich mich wieder aufrecht hinstellte.

»Verdammt Hazel, das tut mir leid zu hören. Aber was machst du jetzt hier?«

»Wo soll ich denn sonst hin? Ich gehe bestimmt nicht mehr zu Cole nach Phoenix.«

»Du willst also wegen einem einzigen Typen deine ganze Zukunft über den Haufen werfen?« Ungläubig sah sie mich an. Instinktiv schüttelte ich den Kopf, aber merkte dann, dass ich genau das gerade tat. Wieder breitete sich ein pochender Schmerz hinter meinen Augen aus.

»Du verstehst das nicht.«

Aber Trixie ließ mich gar nicht zu Ende sprechen. »Was gibt es denn da nicht zu verstehen? Du bist hier, weil du den Job wiederhaben willst. Stattdessen wartet in Phoenix eine richtige Ausbildung auf dich, du weißt schon, um diesem Leben hier endlich zu entkommen. Schmeiß das nicht weg.« Sie legte mir die Hand auf den Unterarm. Ich riss mich wieder los. »Das mache ich doch gar nicht!«

»Doch natürlich! Hör mal, ich weiß, wie schwer das ist und dass du in einer wirklich beschissenen Situation steckst, aber die wird nicht besser, wenn du hierbleibst. Cole ist ein Mistkerl und er hat dich nicht verdient. Aber du hast diese Ausbildung verdient, lass die nicht sausen.«

Ich musste den Blick abwenden und sah einfach irgendwo anders hin. Tief in mir wusste ich, dass sie recht hatte. Wider verstand mein Kopf das, aber nicht mein Herz.

»Ich muss mich um Mom kümmern«, flüsterte ich.

»So ein Quatsch! Du kümmerst dich zuerst um dich selbst«, zischte Trixie und kam wieder auf mich zu. Diesmal schlug ich ihre Hand nicht weg.

»Ich muss ihr einfach eine richtige Unterkunft bieten, okay? Ich bleibe erstmal hier und verdiene etwas Geld. Die Ausbildung läuft mir ja nicht davon, ich kann die später immer noch fortsetzen.«

»Das kann nicht dein Ernst sein!«

»Doch«, murmelte ich trotzig. »Trixie, ich kann Mom nicht einfach hier alleine lassen bei irgendwelchen Abhängigen. Daran wird sie zugrunde gehen und das kann und will ich nicht verantworten. Nie wieder will ich so eine Angst ausstehen müssen!«

»Und wenn du hierbleibst, dann hört sie auf mit den Drogen?«

Ich erschrak. Eigentlich hatte ich mit Trixie nie wirklich über diese Sachen gesprochen. Klar, jeder von uns hatte seine Probleme und abgesehen von Leila bezweifelte ich, dass die Mädels den Job wirklich nur machten, weil es ihnen Spaß machte. Und auch wenn wir alle so eng waren, so waren unsere Vergangenheit und unsere Probleme immer irgendwie wie ein unausgesprochenes Tabu gewesen.

Mit gerunzelter Stirn sah ich sie an. »Woher?«

Sie seufzte und wendet den Blick ab. »Billy hat mal etwas in die Richtung erwähnt«, sagte sie leise. Der pochende Schmerz wurde heftiger und ich schloss die Augen, rieb mir über die Schläfen. »Ist ja auch völlig egal«, murmelte ich.

»Ist es nicht, Hazel. Deine Anwesenheit bringt doch nicht wirklich etwas«, sagte Trixie wieder lauter. Mein Kopf war leer und irgendwie waren mir die Antworten ausgegangen. Mir fiel einfach nichts mehr ein. Ich ließ ihre Worte sacken. Sie hatte recht, aber es änderte einfach nichts an der Situation.

Bevor ich jedoch auch nur Luft holen konnte, flog die Eingangstür auf und prallte mit einem lauten Krachen gegen die Wand. Überrascht drehten wir uns beide um. Cole stand im Eingang und trat in den Club hinein, sein Blick fest auf mir fixiert. Mit großen und schnellen Schritten kam er schließlich zu mir und schnaubte laut.

Er sah fürchterlich aus, aber trotzdem ... trotzdem immer noch so verflucht attraktiv.

Er hatte dunkle Augenringe, seine Haare standen in jegliche Richtungen ab und das Shirt, welches er trug, war völlig zerknittert, schmiegte sich aber herrlich eng an seine festen Arme.

Ich ließ meinen Blick über ihn gleiten und betrachtete schließlich wieder sein Gesicht. Atemlos lehnte er sich näher an mich und umfasste eine meiner Strähnen.

»Wir müssen reden«, hauchte er außer Atem.

Kapitel 39

Hazel

Ich brauchte einen Moment, um überhaupt zu realisieren, dass er wirklich vor mir stand und mich berührte. Ich hatte gedacht, ich würde sein Gesicht nie wieder sehen. Hätte es mir gewünscht, zumindest versuchte ich mich selbst davon zu überzeugen. Vor mir stand der Mann, den ich liebte und der mir das Herz gebrochen hatte. Mein Atem beschleunigte sich und ich atmete dadurch automatisch seinen Duft ein. Er hatte mir fürchterlich gefehlt. Trotzdem durchfuhr mich wieder ein Schwall des Schmerzes, welchen er in mir verursacht hatte.

Er blickte mir ins Gesicht und wartete geduldig auf meine Antwort, aber ich war viel zu überrascht und überfordert, als dass ich etwas hätte sagen können.

Das brauchte ich auch gar nicht, denn Trixie sah ihn ebenso perplex an wie ich, nur dass sie sich schneller wieder fing und brüllend auf ihn zeigte. »Du Mistkerl, was suchst du hier? Sieh zu, dass du hier verschwindest!« Wild fuchtelte sie mit dem Finger vor seinem Gesicht umher.

Mit gerunzelter Stirn sah er Trixie kurz an, aber sein Blick schoss sofort wieder zu mir. »Love?«, flüsterte er fragend.

Trixie fauchte neben mir erneut auf und plötzlich schoss ihre Faust an mir vorbei und landete auf seiner Brust. Überrascht machte Cole einen Schritt nach hintern und dann noch einen als Trixie ihn erneut stieß.

»Du hast ihr genug angetan«, sagte sie wieder.

Verwirrt sah Cole zu mir und irgendwas in seiner Miene ließ meine Gedanken innehalten. Er sah wirklich so aus, als wüsste er nicht, was gerade vor sich ging.

»Trixie«, sagte ich sanft und löste den Blick von Cole. Trixie warf mir einen Blick über die Schulter zu. »Ich kann Andrew und Jack holen, die befördern ihn in null Komma nichts hier raus, du musst den Arsch nie wiedersehen«, zischte sie, aber ich schüttelte langsam den Kopf.

»Schon gut«, murmelte ich und trat wieder auf ihn zu.

»Können wir reden?«, sagte ich mit fester Stimme und musterte ihn. Trixie löste die Hände von seinem Oberkörper und ging einen Schritt zurück.

»Alles was du möchtest«, sprach er mit heiserer Stimme. Ich wandte mich ab und lief in Richtung der Tische. Ich wusste, dass er mir folgen würde, daher warf ich keinen Blick mehr zurück. Und das war auch gut so, denn ich ertrug es einfach nicht, ihn anzusehen. Ich rutschte auf die Bank an einem Zweiertisch und wartete, bis Cole sich auf die Bank mir gegenüber niederließ.

»Okay, du musst mir erklären was hier vor sich geht. Du bist einfach verschwunden und ich habe dich überall gesucht. Warum schließt du mich so aus?«

Ich hatte seine Stimme vermisst und diese verdammten braunen Augen. Schwer schluckte ich. Wie konnte er denn so ahnungslos sein und so tun als wüsste er nicht ganz genau, weshalb ich ihm aus dem Weg gegangen war. Ich antwortete nicht, sondern musterte ihn bloß weiter. Die Falte auf seiner Stirn wurde tiefer und er glitt mit seinen Händen über den Tisch, um nach meinen zu greifen, aber ich zog sie zurück und drückte die Fäuste auf meine Oberschenkel.

»Love«, hauchte er. »Egal was es ist, du kannst mit mir sprechen.«

Frustriert ließ ich die angestaute Luft raus. »Du weißt doch ganz genau was los ist«, murmelte ich, während ich wieder versuchte, seinem forschenden Blick auszuweichen.

»Ich bin die ganze Nacht herumgefahren und habe nach dir Ausschau gehalten. Will meinte, es wäre etwas mit deiner Mom und dann bin ich sofort hierhergefahren«, erwiderte er.

»Mom geht es gut«, flüsterte ich und hob nun doch den Blick wieder und stieß auf seine verwirrte Miene.

»Und was ist es dann?« Er beugte sich weiter über den Tisch, streckte nun den Arm aus und umfasst mein Kinn, hielt es fest, sowie seine Augen meine festhielten.

»Love, ich versuche wirklich entspannt zu bleiben, aber du musst mir sagen was los ist, sonst kann ich dir nicht helfen.«

»Ich habe dich gesehen«, flüsterte ich und wollte am liebsten den Blick wieder abwenden, aber sein Griff verhinderte es.

»Wobei?« Wieder zeichnete sich ein verwirrter Ausdruck auf seinem Gesicht ab.

Ich schloss die Lider und strich mir die Finger an der Jeans ab. Dann holte ich einmal tief Luft. »Im Wohnheim, mit dieser anderen Frau«, stammelte ich.

Cole riss die Augen auf, völlig überrascht von meiner Aussage. Sein Gesicht zu sehen tat weh, die Erinnerung tat weh und ich wünschte, es wäre nie zu einer Konfrontation gekommen. Vielleicht war das feige, aber ich wäre lieber weggerannt, als mich dem hier zu stellen. Und naja, irgendwie hatte ich das ja auch gemacht, bis jetzt zumindest.

»Okay Hazel, ich weiß nicht was du gesehen hast, aber das war sicher nicht ich«, meinte er. Ich riss den Kopf zurück und entzog mich seiner Berührung, ehe ich von der Bank rutschte. Ich konnte das hier nicht. Dann war ich eben feige.

Cole folgte mir. Sofort fasste er mich beim Arm und zog mich zurück.

»Hazel, ich habe mit niemand anderem geschlafen!« Mit seiner freien Hand strich er sich die Strähnen aus der Stirn, das ließ seine Haare noch wirrer aussehen. Ich konnte ihm gar nichts entgegenbringen, da er sofort weitersprach.

»Ich war an dem Abend gar nicht im Wohnheim, sondern in unserer neuen Wohnung. Anscheinend haben die das Zimmer sofort neu vergeben, ich weiß es nicht!« Aufgebracht sah er mich an und seine Hand um meinen Arm verfestigte sich.

»Unsere Wohnung?«, nuschelte ich verwirrt.

Cole nickte kräftig. »Ich habe das Geld von Jasons Kämpfe angespart und uns eine Wohnung besorgt, Phoebe hat mir geholfen. Leith hat mir gesteckt, dass die Wohnleiter momentan immer genauer kontrollieren, ich wusste, dass wir dort nicht für immer wohnen können. Das mit der Prüfung am nächsten Tag … naja ich wollte dich eben überraschen, habe unsere Sachen hingebracht, als du in der Arbeit warst, da musste ich mir ja irgendwas einfallen lassen, warum ich nicht mit zur Bar komme. Ich wollte dich nach deiner Schicht abholen, aber konnte dich nirgends finden.«

Diesmal hielt ich seinen Blick fest. Ich beobachtete ihn genau und suchte nach dem Fünkchen, das mich eine Lüge erkennen ließ. Aber ich sah es nicht. Stattdessen war da nur ... Aufrichtigkeit und ... und Schmerz.

Er hatte uns eine Wohnung besorgt? Und er hatte mich nicht betrogen?

Tränen sammelten sich in meinen Augen.

Der schmerzliche Ausdruck in seinem Blick nahm zu. »Love, denkst du etwa ich würde dich betrügen? So viel Vertrauen hast du in mich?«, hauchte er und ließ die Hand sinken. Ich fühlte mich plötzlich so klein und so dumm.

»Ich ... Ich ...«, stammelte ich und umschlang meinen Oberkörper, schloss die Augen als mir klar wurde, welchen Fehler ich begannen hatte. Er hatte uns eine Wohnung besorgt. Er wollte mich überraschen und was machte ich? Ich haute ab und ließ ihn zurück. Oh Gott.

Ich schlug die Hände vor das Gesicht. »Es tut mir leid«, stieß ich aus, meine Sicht war verschwommen als ich ihn ansah. Cole schüttelte enttäuscht den Kopf.

»Love, ich habe die gesamte letzte Woche im Auto verbracht und darauf gehofft, nur einen kurzen Blick auf dich erhaschen zu können. Ich würde dich niemals so hintergehen«, flüsterte er und behielt mich fest im Blick.

Er hatte die letzte Woche ...? Also auch über Weihnachten?

Wieder kniff ich die Augen zusammen.

Als ich eingerollt in Andrews Decke auf der Couch im Warmen lag, während er bei seinen Eltern zu Besuch war, hatte Cole in seinem Wagen geschlafen?

Ich war so dumm, so verdammt dumm.

Ein Schluchzer kroch in meinem Hals hoch und ich schlug die Hand vor den Mund, als er mir entfloh.

»Ich habe gedacht du hättest … und dann bekam ich den Anruf, dass Mom eine Überdosis hatte … und dann … ähm … ich war so überfordert, ich konnte nicht klar denken.« Ich wischte mir über die Augen. Cole trat einen Schritt zurück und ich konnte förmlich hören, wie mein Herz ein weiteres Mal zersprang, diesmal jedoch wegen mir.

»Und was suchst du jetzt hier? Willst du wirklich wieder hierbleiben und deine Mom unterstützen?« Er klang emotionslos und augenblicklich zog sich mein Magen zusammen.

»Mir bleibt nichts anderes übrig«, nuschelte ich. Cole schüttelte den Kopf.

»Das hatten wir doch schon Hazel, du bist ihr nichts schuldig. Deine Mom braucht Hilfe, aber nicht von dir. Sie braucht professionelle Hilfe und die kannst du ihr nicht bieten. Warum ist dir das nur nicht klar?«, sprach er verzweifelt.

Ich trat wieder auf ihn zu, aber das hatte nur zur Folge, dass er einen weiteren Schritt zurück machte. Ein Stich fuhr durch meine Brust.

»Bitte«, hauchte ich.

»Love, ich liebe dich. Das muss dir doch klar sein, ich liebe dich so sehr, dass es wehtut. Als würde ich in Flammen stehen. Aber das hier ist nicht das richtige Leben für dich, war es nie. Und ich kann dieses Leben nicht mit dir führen.«

Ein weiterer Schluchzer entkam mir bei seinen Worten und ich strich mir über die Wangen, um diese zu trocknen.

»Du musst das auf die Reihe kriegen okay? Ich nehme mir ein Zimmer im City Motel, morgen fahre ich wieder nachhause. Wenn du mit mir kommen möchtest, dann nehme ich dich sofort mit. Ich liebe dich. Ich möchte ein Leben mit dir, ich möchte eine Zukunft mit dir. Aber ich kann das hier nicht. Du vertraust mir nicht. Die Situation war beschissen, das weiß ich und es tut mir leid, dass du das alleine durchstehen musstest. Aber du kannst mich nicht einfach so schnell ausschließen.« Er kam wieder auf mich zu und umfasste meine Wangen. Schluchzend sah ich zu ihm hinauf. Er lehnte sich zu mir herab und küsste mich auf die Schläfe und dann auf die Stirn. Ein weiterer Schluchzer war zu hören.

»Ich liebe dich. Du weißt, wo du mich findest«, hauchte er leise und küsste mich erneut auf die Stirn. Kraftlos schloss ich die Augen. Dann löste er sich von mir und kehrte mir den Rücken zu. Er verließ den Club und sah nicht noch einmal zu mir zurück.

Meine Knie wurden weich und die Kraft verließ mich nach wenigen Sekunden. Mir knickten die Beine weg und ich ließ mich zu Boden gleiten. Tränen liefen mir in Strömen über das Gesicht und die Atmung fiel mir immer schwerer. Er liebt mich?

Trixie stand einen Moment später neben mir und umfing mich mit ihren Armen, presste mich stark an sich heran. »Psst … ist schon gut. Lass es raus.« Sachte strich sie mir übers Haar und ich wusste verdammt gut, dass ich das hier gerade nicht verdient hatte. Dass mich jemand tröstete, obwohl ich diejenige war, die alles falsch gemacht hat.

Langsam beruhigte ich mich, die Schnappatmungen wurden weniger und die Tränen versiegten mit der Zeit.

»Ich kann Sam nicht um den Job bitten«, stammelte ich und richtete mich wieder etwas auf. Geradewegs sah ich, wie Billy und Andrew auf uns zu liefen.

»Und wieso nicht?«, flüsterte Trixie, strich mir weiter durch die Haare.

»Weil es nicht richtig wäre«, nuschelte ich und holte stockend Luft. »Ich gehöre hier nicht hin. Ich sollte … ich muss die Ausbildung fertig machen. Ich werde zurück nach Phoenix gehen, zurück zu …« Sein Name blieb mir im Hals stecken, aber Trixie wusste, was ich sagen wollte.

»Genau richtig«, meinte sie und lächelte mich an, während sie mit den Daumen über meine Augenwinkel fuhr. »Also rapple dich jetzt auf und hol ihn dir zurück.«

Wir erhoben uns beide und ich umarmte sie fester.

»Danke«, flüsterte ich leise.

»Dafür nicht, Süße. Der Mann hat dir ein Zuhause besorgt und er liebt dich. Lass dir das nicht wegen deiner Momma entgehen.« Sie hatte recht. So verflixt recht.

»Ich hole ihn mir zurück.«

»Alles okay bei euch?«, fragte Billy sobald er und Andrew bei uns ankamen. Trixie lächelte breit und antwortete für uns beide: »Alles wird gut.«

Und sie sagte das mit solch einer Überzeugung, dass auch ich nicht an diesen Worten zweifelte.

Ich richtete mich an Andrew. »Kannst du mich zu Mom fahren?«

Kapitel 40

Cole

»Für eine Nacht?«, fragte die Dame hinter der Rezeption und sie musste anscheinend den müden Ausdruck auf meiner Miene bemerkt haben, denn sie sprach verhältnismäßig leise und ruhig. Mit einem Nicken beantwortete ich ihre Frage und reichte ihr meine Kreditkarte.

Leicht lächelnd hielt sie mir einen Schlüssel entgegen und nannte mir die Zimmernummer. Nachdem sie mir meine Karte zurückgab, machte ich mich auf den Weg zu dem Zimmer. Die 22 hing etwas schief, aber ich achtete nicht weiter darauf, sondern schloss die Türe auf und schaltete das kleine Nachtlicht an, ehe ich mich rücklings auf das unbequeme Bett fallen ließ. Aber egal wie unbequem es war, alles war besser als die Sitze in meinem Auto. Stöhnend streckte ich mich aus.

Ich war so wütend, dass ich am liebsten ein Loch in die Wand schlagen wollte, gleichzeitig war ich aber so fertig, dass ich wahrscheinlich die nächsten zwölf Stunden einfach durchschlafen könnte.

Ich stand wieder auf und lief zu dem schmalen Schreibtisch, der gegenüber vom Bett stand. Darauf befanden sich Unmengen von Lieferdienst Flyern. Nachdem ich mich durch mehrere durchgeblättert hatte, entschied ich mich für eine einfache Pizza und wählte die Nummer.

Ich riss mir die Kleidung energischer vom Körper, als eigentlich beabsichtigt und warf sie einfach in eine Ecke des

Schlafzimmers. Dann ging ich in das kleine angrenzende Badezimmer und stellte die Dusche auf warm. Unter den heißen Strahl entspannten sich meine Muskeln beinahe sofort. Der Dampf stieg langsam auf und die Spiegel beschlugen. Seufzend ließ ich die Schultern sinken als auch die Anspannung dort langsam weniger wurde.

Erinnerung von mir und Hazel, wie wir das letzte Mal unter der Dusche im Wohnheim gestanden hatten durchliefen mich. Sie fehlte mir, fehlte mir so unfassbar.

»Love was hast du vor?«

Sie hielt sich an meinen nassen Schultern fest und kicherte. Lächelnd betrachte ich ihr Gesicht, das Shampoo lief an ihrer Schläfe und Stirn herab und ich wischte es ihr ab, bevor der Schaum ihr Auge erreichen konnte.

»Ich versuche nur, nicht auszurutschen«, grinste sie zurück und packte mich fester bei den Schultern, ich legte meine Arme um ihre Taille, um ihren nassen Körper näher an meinen zu ziehen. »Das sieht für mich aber nicht danach aus«, murmelte ich, als sie die Hände nach oben zu meinem Hals gleiten ließ und mir einen Kuss auf die rechte Brust drückte. Grinsend zuckte sie nur mit den Schultern und ich musste bei ihrer gespielt unschuldigen Miene lachen.

»Was hast du vor?«, wiederholte ich meine Frage mit gesenkter Stimme und beobachtete sie, während sie eine Hand wieder nach unten gleiten ließ, vorbei an meinen Schultern und meinem Bauchnabel.

Sie stellte sich auf die Zehenspitzen und legte die Lippen an mein Ohr. »Lass dich überraschen«, hauchte sie und im nächsten Moment spürte ich ihre Finger um mein Glied.

Stöhnend rückte ich mit der Hüfte weiter nach vorne. »Love«, keuchte ich.

»Pssst.« Sie ließ langsam die Hand an meinem Penis hinuntergleiten, ehe sie wieder nach oben fasste und meine Spitze umfuhr und mit dem Daumen reizte.

»Nicht so laut. Es darf doch keiner mitkriegen, dass wir hier sind.« Sie lächelte breit, aber in diesem Moment wäre es mir völlig egal, wenn uns einer der anderen hören würde. Ich umfasste ihre Mitte fester und presste sie gegen die kühle Wand hinter ihr. Ihre Berührungen machten mich fertig, ich lehnte den Kopf nach hinten und musste mir auf die Lippen beißen, um mein Stöhnen zu unterdrücken. Langsam presste sie ihre Lippen an meinen Hals und knabberte an meiner Haut. Ein Keuchen entkam mir sowie auch ihr und meine Hüften zuckten wieder, als sie die Berührungen um meine sensibelste Stelle verstärkte.

»Hast du den letzten Inception von McAllister gesehen?« Ertönte plötzlich eine andere Stimme, die gerade die Gemeinschaftswaschräume betrat.

»Ja Mann, so etwas krasses habe ich schon lange nicht mehr gesehen«, antwortete eine weitere fremde Stimme. Hazels Finger umschlangen weiter mein Glied und streichelten langsam auf und ab.

»Ich dachte echt nicht, dass er den noch fängt, aber dann ist er einfach vor den anderen Wild Reciever gesprungen und hat ihn abgefangen!«

Ich hielt ganz still und hoffte, dass sie sich die Duschen am anderen Ende des Raumes nehmen würden.

»Er hat einen Lauf von sechzig Yards hingelegt und einen verdammten Touchdown erzielt, McAllister ist echt heftig.«

Mit angestrengter Miene versuchte ich ein weiteres Aufstöhnen zu unterdrücken.

Hazel entkam ein Kichern und augenblicklich legte ich meine Hand auf ihren Mund. Ihre Augen blitzten auf und ich spürte ihr Grinsen auch noch auf meiner Hand.

»Hast du das gehört?«, murmelte einer der beiden. »Kein Plan, wovon du redest, da duscht doch sonst nur noch einer«, antwortete der andere. »Habe gehört, die Scouts kommen bald wegen ihm und Warren, aber auch wegen ein paar der anderen Jungs vorbei.« Und dann entfernten sich die beiden Stimmen endlich wieder.

Ich pustete die angehaltene Luft aus und nahm die Hand von ihren Lippen.

Grinsend schüttelte ich den Kopf. »Du wirst noch mein Untergang sein«, murmelte ich. Sie umfasste meinen Nacken und presste sich an mich. Ihre Lippen fanden meine.

Ein leises Keuchen drang aus ihrem Mund und ich umfasste ihren Hinterkopf und Nacken, drängte mich näher an sie, bis ich meinen Oberschenkel zwischen ihre Beine schieben konnte. Die Empfindungen explodierten in meiner Brust. Ihre aufgerichteten Brustwarzen rieben an mir und reizten mich ungemein.

»Ich dachte, ich wäre dein Polarstern«, neckte sie mich, als wir uns für einen kurzen Moment lösten und beide nach Luft schnappten.

»Das auch«, grinste ich und verschlang ihren Mund erneut.

Frustriert schlug ich mit der Faust gegen die Fliesenwand und stemmte dann beide Hände flach dagegen. Das

Wasser lief mir den Rücken hinunter und ich schnaufte laut auf.

Ich versuchte die Schultern wieder zu entspannen, aber es funktionierte einfach nicht. Zu sehr machte mich die ganze Sache mit Hazel fertig, zu sehr beschäftigte es mich. Sie hatte erst gedacht, dass ihre Mom gestorben sei und dann, dass ich sie betrogen hätte. Beides hatte nicht gestimmt, dennoch hatte sie die Angst ausgestanden. Tief atmete ich aus und richtete den Kopf nach oben, sodass mir das Wasser ins Gesicht prasselte. Ich versuchte so irgendwie meine ganzen Gedanken zu beruhigen, aber es brachte nicht wirklich etwas.

Die Erinnerung an ihr verquollenes Gesicht von heute Nachmittag machte sich in meinen Gedanken breit. Es tat scheiße nochmal weh sie genauso zu sehen und zu wissen, dass ich der Grund dafür war, dass meine Worte sie so fühlen ließen, aber mir ging es nicht anders.

Dass sie mir nicht das Vertrauen entgegengebracht hatte, auch nur einen Moment zu zögern und vielleicht zu hinterfragen, ob auch wirklich ich derjenige war, den sie mit dieser anderen Frau gesehen hatte, erschütterte mich.

Ich liebe sie. Ich liebe sie wahrscheinlich schon seit dem ersten Moment, als ich ihr begegnet war, aber ich wollte mir dies nie eingestehen. Ich hatte Angst davor für jemanden so zu empfinden, was wäre, wenn sie mich genauso verlässt, wie es Mom getan hatte? Wie es Dean und mein Vater getan hatten. Mehr Verlust konnte ich nicht ertragen, daher sagte ich mir und ihr, dass ihr Lebensstil und ihre Herkunft für mich nicht funktionierten. Was auch stimmte – teilweise zumindest. Aber ich konnte einfach nicht gegen das Gefühl ankämpfen, das in mir brodelte. Ich wollte sie haben, für mich. Sie sollte zu mir gehören – schon immer.

Aber nun lag es in ihrer Hand. Ich hatte ihr die Entscheidung darüber gegeben, ob sie auch mit mir zusammen sein wollte. Ob sie zu mir zurückkehren wollte.

Ich stellte die Dusche ab und stieg heraus, schnappte mir eins von den großen weißen Handtüchern und wickelte es mir um die Hüfte. Ich musste Jason nochmal anrufen und sicher würde die Pizza jeden Moment hier sein. Ich hatte schon seit Ewigkeiten nichts Richtiges mehr gegessen und alleine der Gedanke an den dampfenden Käse ließ ein Grummeln in meinem Magen entstehen.

Wie aufs Stichwort klopfte es gegen meine Zimmertüre, ich reichte dem Pizzajungen dahinter zehn Dollar und ließ die Tür wieder hinter mir zufallen, nahm auf dem Bett Platz und öffnete den Deckel. Mir lief beinahe schon das Wasser im Mund zusammen, als mir der Duft entgegenschlug.

Nachdem ich auch das letzte Stück verschlungen hatte, griff ich nach meinem Handy und wählte Jasons Nummer.

Er hob sofort ab. »Geht's dir gut?«

Ich räusperte mich. »Passt schon. Ich komme morgen wieder zurück.« Ich stand vom Bett auf, da ich einfach nicht stillsitzen konnte.

»Ich? Einzahl?«

Ich fuhr mir durch die feuchten Spitzen meiner Haare.

»Ich weiß es noch nicht, kommt darauf an wie sich Hazel entscheidet«, murmelte ich und Jasons Antwort war ein brummendes Geräusch.

»Ich habe sie heute endlich gesehen und mit ihr gesprochen«, fuhr ich fort. »Sie dachte ich habe sie betrogen, hat wohl ein Pärchen beim Sex in unserem alten Wohnheimzimmer entdeckt.«

»Ich dachte, du hättest die Wohnung besorgt?«, grätschte er dazwischen.

»Ja schon, ich wollte sie damit an dem Abend überraschen. Schlechtes Timing würde ich sagen«, antwortete ich.

Ich nahm den Pizzakarton und steckte ihn in den Mülleimer unter dem Schreibtisch.

»Und jetzt?«, erwidert er.

»Und jetzt habe ich ihr gesagt, dass sie sich aussuchen soll, ob sie bei ihrer Mom bleibt oder wieder mit mir zurück nach Phoenix kommt.«

»Ihrer Mom?«

Ein humorloses Lachen entkommt mir. »Sie lebt.«

»Was für eine abgefuckte Scheiße!«, spuckte er aus.

»Jap.«

Kurz herrschte Stille zwischen uns und ich dachte schon, dass jetzt der richtige Moment wäre, sich zu verabschieden.

»Hast du irgendwelche weisen Worte für mich, Brüderchen?«, murmelte ich sarkastisch und ließ mich wieder auf das Bett fallen, richtete den Blick zur Decke.

»So wie an deinem ersten Schultag? Nein. Du bist erwachsen, Cole. Du brauchst keine weisen Worte mehr von mir. Du weißt selbst ganz genau, was zu tun ist. Sieh einfach zu, dass ihr beide heil nachhause kommt«, antwortete er und ich seufzte.

»Das werde ich, versprochen.«

Kapitel 41

Hazel

Ich folgte Andrew aus dem Club, nachdem mir Trixie nochmal tröstend die Hand gedrückt hatte. Aber damit war jetzt Schluss – mit der Heulerei und der Verzweiflung. Ich wischte mir über die Augen, trocknete meine Wangen und atmete tief durch.

Ich wusste, was zu tun war. Neben Andrew rutschte ich auf den Beifahrersitz und schloss die Tür.

»Zu deiner Momma also?«, fragte er nochmal nach, bevor er den Schlüssel im Zündschloss herumdrehte und den Motor startete. Sicher nickte ich. »Ja zu Mom.«

Wir fuhren los und fädelten uns in den Verkehr auf der Hauptstraße ein.

Es dauerte nicht lang, bis wir in der Straße ankamen, in welcher Reds Haus stand. Bei Nummer 139 hielten wir am Straßenrand an. Andrew schnallte sich bereits ab und öffnete seine Tür, als ich ihn am Arm fasste und zurückzog. Verwirrt sah er mich an. »Ich muss das alleine machen, danke dass du mich hergefahren hast. Aber bleib bitte im Auto«, meinte ich und öffnete nun auch meinen Gurt.

»Hazel, ich lasse dich da ungerne alleine rein.« Er sah kurz zu dem Haus auf seiner linken, aber ich schüttelte den Kopf.

»Bleib hier. Ich mache das schon«, erwiderte ich. Etwas unsicher schaute er mir in die Augen und ich hielt seinem Blick stand.

»Alles okay, versprochen. Ich krieg das schon hin. Ist ja bloß meine Mom.«

»Genau das macht mir ja Angst«, murmelte er. Aber ich ignorierte seine Worte und öffnete die Beifahrertür. »Ich schrei, wenn etwas sein sollte«, versuchte ich lächelnd die Stimmung aufzuheitern. Aber ich scheiterte vergeblich, das sah ich seinem ernsten Gesichtsausdruck an. Seufzend glitt ich aus dem Auto und lief über die Straße auf die andere Seite.

Diesmal musste ich mich nicht erst sammeln, sondern öffnete sofort das Fliegengitter und klopfte gegen die Haustür. Es vergingen einige Momente bis sich die Tür öffnete und Reds neonroter Haarschnitt in meinem Sichtfeld erschein. Sofort kniff er genervt die Augen zusammen.

»Was hast du denn schon wieder hier zu suchen?«, keifte er, aber ich ließ mich nicht verunsichern. »Ich muss zu Jo«, sprach ich klar und deutlich aus. Von dem Zittern in meiner Stimme, das mich bei dem Gespräch mit Cole voll eingenommen hatte, war nichts mehr zu hören.

Er stieß die Tür etwas weiter auf und zeigte mit einer Willkommens-Geste in das Innere des Hauses. »Natürlich, komm doch rein«, sagte er sarkastisch und trat beiseite.

Ich nuschelte ein leises Danke und schob mich an ihm vorbei in das Wohnzimmer.

Mom saß auf derselben Couch, auf der ich sie auch das letzte Mal gesehen hatte. »Hey Mom«, sprach ich und trat neben sie. Kurz hob sie den Blick und musterte mich, sah dann aber wieder auf den Fernseher vor ihr. Irgendeine Folge *Jersey Shore* lief und diese war offensichtlich spannender als mein Besuch. Ich ließ mich neben sie sinken und betrachtete ihr Profil.

»Mom, ich möchte, dass du mit mir mitkommst«, sagte ich sanft und legte meine Hand auf ihr Knie, um ihre Aufmerksamkeit erneut für mich zu gewinnen.

»Wohin denn?«, murrte sie, beachtete mich aber nicht wirklich weiter.

»Wir suchen dir Hilfe, professionelle Hilfe, okay?«

Sofort schoss ihr Kopf in meine Richtung. »Du willst mich in eine Entzugsklinik stecken?«, fauchte sie und schüttelte meine Hand von ihrem Knie ab.

»Mom, ich möchte dir nur etwas Gutes tun. Ich möchte dir und mir helfen«, sprach ich immer noch sanft aus. Sie schüttelte den Kopf und schoss von ihrem Sitzplatz auf. Für einen Moment wankte sie ein bisschen, fing sich aber binnen Sekunden wieder und funkelte mich böse an.

»Schieb dir die Idee doch in deinen Allerwertesten.«

»Eine Entzugsklinik, wirklich?«, spottete Red vom Eingang und ich beachtete ihn mit einem bösen Blick.

»Halt dich da raus.«

Ich wandte mich wieder Mom zu. »Mom, ich kann das so nicht mehr«, flüsterte ich und stand ebenfalls auf.

»Du machst es dir so ziemlich leicht, findest du nicht? Schiebst mich in eine Klinik ab, sodass du dich nicht mehr um eine Unterkunft für uns kümmern musst.« Sie lief um die Couch und begab sich in die offene Küche, öffnete den Kühlschrank und zog sich eine weitere Bierflasche heraus. Sie setzte sie an die Zähne an und öffnete sie mit einem lauten Zischen. Ich verzog das Gesicht.

»Darum geht es doch gar nicht«, erwiderte ich und sah zu, wie sie wieder auf mich zu schwankte und mir so nah kam, dass ich dachte, sie würde mich in den Arm nehmen. Dass sie mich drücken würde und mir sagen würde, dass alles wieder gut wird. Kurz machte sich etwas blöde Hoffnung in mir breit, allerdings verschwand diese wieder, als Mom um mich herumgriff und den Joint hochhob, der noch auf dem Couchtisch lag.

»Mom«, sagte ich, aber sie drehte sich wieder von mir weg und griff sich ein Feuerzeug. Nahm ein Schluck des Biers. »Mom«, wiederholte ich nun lauter. Wieder keine Reaktion. »Gott verdammt, Mom«, brüllte ich.

Offensichtlich war sie aufgrund der Lautstärke so erschrocken, dass sie sich mit großen Augen zu mir umdrehte und den angezündeten Joint vom Mund wegzog.

»Du hörst mir jetzt mal zu!« Ich zeigte mit dem Finger auf sie und dann wieder auch mich. »Ich habe mich die letzten Jahre um dich gekümmert. Dabei sollte das nicht meine Aufgabe sein. Immerhin bist du meine Mutter. Du hast für mich zu sorgen. Ich habe es trotzdem getan, ohne je einen Mucks zu machen, habe dich unterstützt. Ich habe uns finanziell gestützt. Gott, Mom, ich habe in einem verdammten Strip Club angefangen, um die blöden Rechnungen zu bezahlen. Seitdem ich denken kann, kümmere ich mich um dich!«

Ich machte einen weiteren Schritt auf sie zu und entriss ihr den Joint und das Bier. Beides legte ich hinter mich auf den Tisch. Eingeschnappt blickte sie mir nach. Dann umfasste ich ihre Oberarme und schüttelte sie leicht, damit sie mich anschaute.

»Mom, ich kann das nicht mehr. Ich möchte dieses Leben so nicht mehr führen. Ein wundervoller junger Mann wartet auf mich. Einer, der für mich da ist und mit dem ich eine fantastische Zukunft haben kann. Aber ich kann nicht mit ihm zurück nach Phoenix gehen, wenn ich weiß, dass du hierbleibst, bei ihm.« Mit einer kurzen Handbewegung zeigte ich auf Red und das Wohnzimmer. Sie blickte mir immer noch in die Augen und ich hatte das Gefühl, dass sie mir wirklich zuhörte, mich wirklich verstand. Das wäre das erste Mal seit einer sehr sehr langen Zeit.

»Wenn du nicht mit mir kommst, dann bleibe auch ich hier. Ich lasse Cole ohne mich weiterziehen. Ich lasse meine Zukunft hinter mir und ich fange wieder im Club an. Ist es das, was du dir für mich wünscht?«

Ich wartete ihre Reaktion ab, langsam schüttelte sie den Kopf und schloss seufzend die Augen.

»Nein«, flüsterte sie und einzig allein dieses Wort klang fürchterlich müde und erschöpfend.

»Dann bitte, Mom, denk einmal nicht nur an dich und lass mich dir professionelle Hilfe besorgen. Wir kriegen das schon wieder hin, okay?«, hauchte ich und umfasste ihre Oberarme fester und zog sie an mich.

»Ich hätte hier auch einfach reinmarschieren und dich mitnehmen können, aber ich würde dich nie zu etwas zwingen. Ich möchte nur, dass es dir besser geht«, murmelte ich an ihr Ohr und spürte ihr Nicken gegen meine Schulter. »Es gab immer nur dich und mich, Mom. Aber mittlerweile habe ich eine größere Familie und zu der möchte ich gerne zurück.«

»Okay«, sagte sie leise und ihre Stimme wurde durch meine Haut gedämpft.

»Trotzdem möchte ich, dass du ein Teil davon wirst. Wenn du wieder clean bist und es dir gut geht, kannst du ja zu uns nach Phoenix kommen. Vorausgesetzt Cole nimmt mich wieder zurück«, nuschelte ich. Seufzend löste sie sich von mir und ich sah die Tränen in ihren Wimpern kleben.

»Wenn er dich nicht mehr will, dann ist er ein dummer Junge, der dich nicht verdient hat«, widersprach sie mir und ich musste bei ihren Worten lächeln.

»Du wirst ihn mögen, Mom«, sagte ich und glaubte, Mom zum ersten Mal richtig lächeln zu sehen.

»Du hast dich ein Leben lang um mich gekümmert, jetzt ist es an der Zeit, dass sich jemand um dich kümmert«, murmelte sie leicht lallend und strich mir die Haare hinter das Ohr.

Ihre Worte erwärmten mich von innen heraus und die blöden Tränen sammelten sich wieder in meinen Augen. Ich schluckte sie runter und lächelte Mom leicht an.

»Wir kriegen das hin. Du wirst schon sehen, bald startet für dich auch ein Neuanfang in Phoenix.« Diesmal zog mich Mom in eine Umarmung, hielt mich fest umschlossen und wiegte uns sanft hin und her.

»Hast du noch Sachen hier, die du mitnehmen möchtest?«, fragte ich sanft und sie nickte, löste sich von mir und verschwand in einem anderen Zimmer. Red blickte erst stumm Mom hinterher und dann zu mir, aber sein Mund blieb geschlossen.

»Okay«, sagte sie, als sie wieder zu mir in das Wohnzimmer zurückkehrte.

»Okay«, wiederholte ich und umfasste ihre Hand. Gemeinsam liefen wir auf die Haustüre zu und Red hielt uns nicht auf, als ich sie öffnete und mit Mom nach draußen trat. Ein kleiner Teil in mir konnte nicht glauben, dass ich Mom wirklich überreden konnte und ein anderer kleiner Teil rechnetet jeden Moment damit, dass sie sich wieder umdrehen würde und in Reds Haus verschwand. Daher verlor ich keine Zeit, als ich mit ihr die Straße überquerte und auf Andrews Wagen zumarschierte.

Andrew stand mit verschränkten Armen an seiner Fahrertür gelehnt und riss augenblicklich die Augenbrauen nach oben, als er uns sah.

»Alles klar?«, fragte er, als er meine nassen Augen bemerkte. Aber ich lächelte ihn breit an und nickte, dann öffnete ich für Mom die hintere Autotür. Sie rutschte mit ihrer kleinen Tasche auf den Sitz und ich schloss die Tür wieder. Andrew umfasste mein Handgelenk und ich hob den Blick in sein Gesicht.

»Alles gut, Andrew. Mom kommt freiwillig mit. Ich besorge ihr Hilfe. Danke für alles«, sagte ich und machte mich von ihm los, ehe ich zu der Beifahrertür lief. Andrew startete den Wagen und ich drehte mich lächelnd zu Mom nach hinten und streckte meine Hand nach ihr aus.

»Na dann, auf in ein neues Leben.«

Kapitel 42

Cole

Ich musste eingenickt sein, denn als ich wieder aufwachte, drang kein Sonnenlicht mehr durch die zugezogenen Vorhänge und der Fernseher lief noch mit irgendeinem Nacht-Programm.

Ich rollte mich auf den Rücken und stützte mich mit den Ellenbogen ab, um mich aufzurichten. Seufzend rieb ich mir über die Stirn und schob meine Haare nach hinten, aber sie fielen mir sofort wieder in mein Gesicht. Wahrscheinlich war es nicht die beste Idee gewesen mit nassen Haaren einzuschlafen. Das Handtuch lag vergessen auf dem Boden. Ich runzelte die Augenbrauen, als ich wieder dieses stumpfe Geräusch wahrnahm, durch welches ich auch schon wach geworden war. Langsam erhob ich mich vom Bett und fischte meine Boxershorts vom Boden auf, in die ich hineinschlüpfte. Wieder ertönte dieses stumpfe Geräusch.

»Cole?«, hörte ich diesmal noch eine leise Stimme dazu und mein Herz machte einen Satz, als ich erkannte, wer da gerade vor meiner Zimmertür stand und klopfte. Mit zwei großen Schritten war ich da und öffnete die Tür.

Hazel stand vor mir, die Arme um den schmalen Körper geschlungen und mit ihren großen braunen Augen blickte sie zu mir hinauf. Kurz fiel ihr Blick auf meinen Oberkörper, aber er richtete sich sofort wieder auf mein Gesicht.

»Kann ich reinkommen?«, fragte sie leise, als ich einfach nur regungslos vor ihr stand und keine Anstalten machte, sie herein zu bitten.

»Natürlich«, sagte ich schnell und ging auf die Seite, machte ihr Platz. Als sie an mir vorbeilief, konnte ich nicht anders, als ihren süßen Duft einzuatmen und allein ihre Anwesenheit ließ mein Herz schneller pochen.

»Geht's dir gut?«, fragte ich. Sie blickte sich im Zimmer um, anscheinend unschlüssig, wo sie sich setzen sollte. Sie drehte sich wieder zu mir, nickte schnell und ließ sich dann auf die Bettkante fallen.

»Ich ... ähm ... habe einfach das Motel gesucht und dann bei der Frau nach deinem Namen gefragt.« Fing sie an zu erzählen und fummelte unruhig an dem Bettdeckenzipfel. Ich setzte mich auf den Stuhl am Schreibtisch, ließ sie nicht einen Moment aus den Augen.

»Als ich dann noch meinte, dass du ungefähr so groß bist«, sie hielt eine Hand weit über ihren Kopf, »und ziemlich gutaussehend, haben ihre Augen sofort gefunkelt und sie meinte ich solle bei Zimmer 22 klopfen.« Lächelnd schaute sie mich an und ich konnte nichts dagegen tun, als es zu erwidern.

Sie räusperte sich und rieb die Hände aneinander.

»Okay gut. Ähm ... ich war heute bei Mom und habe mit ihr geredet. Naja, eigentlich habe ich eher geredet und sie hat mir zugehört, aber das kommt wahrscheinlich auf dasselbe hinaus.« Sie rieb wieder die Hände aneinander. Ich beobachtete sie stumm.

»Ich ... äh ... das alles hier macht mich ziemlich nervös und ich fasele schon wieder.« Sie schluckte schwer, erhob sich von der Bettkante und trat unsicher auf einem Fleck herum.

»Auf jeden Fall war ich bei Mom. Wir haben gemeinsam entschieden, dass es das Beste wäre, wenn sie sich Hilfe sucht. Sie hat ihre Sachen geholt und wir sind mit ihr, also Andrew war auch dabei, wir sind mit ihr zu einer Entzugsklinik gefahren. Die Kosten dafür sind gar nicht so hoch, das meiste deckt tatsächlich der Staat ab. Den Rest kriege ich auch irgendwie bezahlt. Aber das ist nicht so wichtig. Und da sie noch einen freien Platz haben, konnte sie sofort da bleiben. Sie bleibt da, bis sie clean ist, das Programm hilft einem sogar bei der späteren Jobsuche.«

Ich riss die Augenbrauen hoch. Ihre Mom war in einer Klinik und bekam professionelle Hilfe. Das war gut, das war sogar sehr gut. Das würde Hazel endlich entlasten und ihr die Schuldgefühle nehmen, welche sowieso völlig unnötig waren.

Sie rieb die Hände an den Jeans und drehte sich um, ging einen Moment von einem Fleck zu einem anderen und wieder zurück.

Gerade wollte ich ihr antworten, als sie mir zuvorkam.

»Ich weiß, dass ich Scheiße gebaut habe. Glaub mir, dass weiß ich wirklich und es tut mir leid. Es tut mir so unfassbar leid. Ich vertraue dir Cole, mehr als jedem anderen auf dieser Welt. Aber in dem Moment war ich einfach so überrascht. Du bist der erste und einzige Mensch, in den ich mich je verliebt habe. In den ich mich je verlieben möchte. Aber dieser Anblick und die Vorstellung, dass du derjenige bist, der mich so hintergeht, hat mir wortwörtlich das Herz aus der Brust gerissen und es zerschmettert. Ich wusste nicht was ich machen sollte, was ich denken sollte. So viele Gedanken sind auf mich eingetrudelt und dann war das noch mit Mom und das mich dieser Wohnheimleiter erwischt hatte. Es war einfach zu viel. Das ist keine Ausrede, versprochen. Aber du musst einfach verstehen, dass ich vom Leben nie viel erwartet habe und dann warst du auf einmal da und alles veränderte sich. Alles veränderte sich zum Guten und es hat sich angefühlt wie in einem Traum. Dann ist dieser Traum mit einem Mal zerplatzt und ich … ich war einfach … ich denke, tief in mir hatte ich damit gerechnet, weißt du? Es war alles zu schön, um wahr zu sein. Aber jetzt weiß ich es besser und ich vertraue dir, Cole, dass musst du mir glauben. Und ich möchte mit dir zusammen sein, für immer. Nie wieder will ich so etwas durchleben. Ich möchte einfach nur mein Leben mit dir zurück. Ich will zurück in den Traum, bei dem ich jetzt aber weiß, dass es kein Traum, sondern meine Zukunft ist. Und in meiner Zukunft kommst du auch vor. Ohne dich gibt es diese Zukunft nicht.« Tief holte sie Luft und ihre Wangen waren im Vergleich zu ihrer restlichen Haut dunkelrot. Mein Herz pochte wie verrückt in meiner Brust und ich erhob mich aus dem Stuhl, trat auf sie zu und fing eine ihrer wirren Strähnen ein.

»Love«, flüstere ich leise. »Du bist alles, was ich je wollte, ich versteh dich. Das tu ich wirklich und ich liebe dich. Es ist okay, dass du dachtest, ich wäre es gewesen. Zur Hölle, wahrscheinlich hätte jeder so reagiert. Aber du musst wissen, dass ich dich nie, niemals betrügen würde. Nie würde ich dir so etwas antun.« Ich umfasste ihre Wangen und zog sie an mich heran.

»Ich möchte mit dir kommen, zurück nach Phoenix. Ich möchte, dass alles so wird wie vorher«, hauchte sie und umgriff meine Handgelenke.

Ich schüttelte den Kopf und hörte, wie sie den Atem anhielt. »Nicht so wie vorher«, meinte ich und stockte, ich leckte mir über die Lippen. »Es wird besser.« Und dann küsste. Seufzend lehnte sie sich mir entgegen und öffnete die herrlich geschwungen Lippen für mich. Sofort ließ ich meine Zunge in ihren Mund gleiten und erkundete ihre Zunge.

Sachte lösten wir uns wieder voneinander und ich strich mit den Fingerknöcheln über ihre Wange. »Und deine Mom kommt ganz sicher ohne dich klar?«, murmelte ich und schaute fragend in ihre hellbraunen Augen.

»Ja, definitiv. Ich habe ihr klar gemacht, dass ich dieses Leben hier nicht führen möchte, sondern lieber bei dir bin und meine Ausbildung fertig mache«, antwortete sie.

»Okay gut. Ich hätte dich sowieso nie wieder in diesen Club arbeiten lassen, mir gefällt schon der Gedanke nicht, dass du mit anderen Männern etwas hattest. Aber dann noch für andere tanzen? Nur über meine Leiche.« Schmunzelnd ließ ich eine Hand auf ihren Rippen liegen. Hazel zog die Augenbrauen zusammen, ehe sie mir flüchtig ins Gesicht guckte und dann über meine Schulter ins Leere sah.

»Ich hatte mit keinen anderen Männern etwas«, murmelte sie und sah mich wieder an. Jetzt zog ich die Augenbrauen zusammen.

»Nicht? Also ich meine, bevor wir so richtig zusammengekommen sind.« Sie schüttelte den Kopf und räusperte sich. »Äh … nein. Nie, du warst mein erster und bist der Einzige.«

»Also war das eine Mal in den Umkleiden …« Ich brachte es nicht fertig, den Satz zu Ende zu sprechen.

Hazel nickte zögerlich. »Mein erstes Mal.«

Seufzend schloss ich die Augen. Ich hatte sie in einer verdammten Umkleide entjungfert. Zorn über mich selbst durchlief mich. »Love, warum hast du denn nie etwas gesagt?«, fragte ich frustriert und fühlte mich wie ein verdammtes Arschloch.

Hazel zuckte mit der Schulter und löste sich aus unserer Umklammerung. Sie nahm wieder auf dem Bett platz. Diesmal in der Mitte.

»Es hat sich einfach so ergeben und ich wollte es ja auch. Aber danach hat mich ein Mann nie wieder so fühlen lassen wie du. Daher kam es einfach nie zu ... na zu jemand anderem halt«, stieß sie aus und ließ sich flach nach hinten fallen. Ich ging die wenigen Meter auf sie zu, legte mich neben sie und betrachtete sie von der Seite.

»Dann meintest du es also richtig ernst, dass du seit einer Ewigkeit auf das hier gewartet hast?«

»Was meinst du?«

»Damals auf dem Dach, als ich dir meine Gefühle gestanden habe. Da sagtest du, dass du so auch empfindest und das schon seit einer Ewigkeit.«

Grinsend drehte sie sich auf die Seite, sodass wir uns genau gegenüberlagen. »Das war wirklich so gemeint.« Lächelnd strich sie mir durch die Haare und ließ die Hand wieder sinken.

»Ich bin wirklich schlecht darin so etwas zu deuten«, murmelte ich. »Tut mir leid, dass ich so lange gebraucht habe.«

»Schon okay.« Sie rückte enger an mich heran, fuhr mit den Fingerspitzen mein Lippenbogen nach und ein angenehmes Kribbeln rieselte meinen Rücken herab.

Länger konnte ich nicht an mich halten und lehnte mich zu ihr rüber, nahm ihre Finger von meinen Lippen und umschloss ihre Hand. Behutsam legte ich meinen Mund auf ihren. Ein Seufzer entfloh ihr und ich rückte noch enger an sie heran, umfasste ihren Hinterkopf und küsste sie erneut.

»Du hast mir gefehlt«, flüsterte ich und genoss das Gefühl ihres Atems auf meinem Mund. Mit einem Mal fiel die Anspannung völlig ab und ich konnte förmlich spüren, wie ich tiefer in die Laken sank.

»Du hast mir auch gefehlt«, erwiderte sie leise.

»Komm her.« Aber ich wartete nicht, bis sie ihren Mund auf meinen legte, sondern eroberte ihren zurück. Sachte verteilte ich kleine Küsse, erst auf ihrem Mund, dann auch auf Gesicht und Nase. Ich küsste jede ihrer elf Sommersprossen.

Kapitel 43

Hazel

»Oh nein, auf gar keinen Fall!« Mit ernstem Gesichtsausdruck griff Cole nach dem Lautstärkenregulator und drehte ihn wieder leiser.

»Aber es ist doch Taylor Swift«, protestierte ich.

»Mir egal, wir werden solche Mädchen-Musik nicht die ganze Zeit hören und schon gar nicht so laut«, entgegnete er, während er mit einer Hand das Lenkrad festhielt und mit der anderen nach einem anderen Radiosender suchte.

»Och komm schon, Cole. Bitte«, versuchte ich es erneut und legte ihm eine Hand in den Nacken, spielte mit seinen Haarspitzen. Er warf mir einen kurzen Blick zu, ehe er ihn wieder auf die Straße vor uns richtete.

Seine Mundwinkel zuckten und ich wusste, dass ich ihn fast hatte.

»Bitte bitte bitte, für mich«, lächelte ich und strich weiter leicht über seinen Nacken.

Ergebend nickte er schließlich. »Ein einziges. Ein verdammtes Lied«, meinte er und seine Mundwinkel wanderten nach oben, als ich mich quietschend nach vorne beugte und den Sender wieder wechselte.

Laut ertönte Taylor Swifts Lied *Lover* durch die Lautsprecher und ich sang beim Refrain mit.

Lachend lehnte ich meine Wange an seinen Oberarm und fuhr seinen Arm auf und ab. Grinsend schaute er zu mir herunter, als er merkte, wie gut die Lyrics auf unsere Situation passten.

Mein Blick wanderte aus dem Fenster, es war noch recht früh und die Sonne ging langsam auf. Nachdem wir die Nacht im Motel verbracht hatten, waren wir am nächsten Morgen so früh wie möglich aufgebrochen, wir wollten beide wieder so schnell es ging nach Hause.

Die Dame an der Rezeption hatte uns lächelnd betrachtet, als wir die Schlüssel abgegeben hatten und ich mich gar nicht mehr von Coles Seite und seinem Arm lösen wollte.

Seufzend dachte ich an den gestrigen Tag zurück, welcher alles verändert hatte und völlig verrückt war. Als er den Club verlassen hatte, hatte er mein Herz mitgenommen. Und jetzt war ich wieder komplett – und er nahm mein ganzes Ich mit nach Phoenix.

Diesmal war es anders als beim letzten Mal. Es fühlte sich nicht so an, als ließ ich Mom zurück. Ihr ging es gut. Sie würde einen geregelten Tagesablauf bekommen. Und beim Gespräch mit den Ärzten, Pflegern und Psychologen merkte ich nur noch mehr, wie sehr ich mich auf meine Ausbildung zur Krankenpflegerin freute. Ich wollte Leuten und Angehörigen helfen, die das gleiche Problem hatten wie Mom.

Ich musste an den Abschied von Mom denken. Daran, wie sie mir ins Ohr gemurmelt hat, dass es ihr hier gut gehen würde, dass sie stolz auf mich sei und dass ich nun endlich frei sei. Frei, damit ich mein Leben genießen konnte.

Sie hatte mich gedrückt, und mir waren schließlich die Tränen gekommen. So lange hatte ich ihre Wärme vermisst. Sachte hatte sie mir über den Hinterkopf gestrichen und ich konnte mich gar nicht mehr erinnern, wie lange es her war, dass meine Mom so zärtlich mit mir umgegangen war.

»Du bist eine bemerkenswerte junge Frau geworden. Ich habe dich lieb, Kleine«, hatte sie mir zur Verabschiedung gesagt und ich konnte die Tränen einfach nicht zurückhalten.

Nach einem letzten Kuss auf meine Wange, hatte sie sich von zwei Pflegern in ihr Zimmer begleiten lassen.

»Worüber zerbrichst du dir denn so den Kopf?«, fragte Cole und riss mich so aus meinen Gedanken.

»Darüber wie glücklich ich mich schätzen kann hier zu sein«, nuschelte ich und drückte ihm einen Kuss auf den Bizeps, ehe ich mich wieder gerade in meinen Sitz aufsetzte. Wir fuhren seit knapp zweieinhalb Stunden, hatten also schon über die Hälfte geschafft.

Ich griff nach seiner rechten Hand und verschränkte unsere Finger miteinander.

»Ich liebe dich, Cole Bail«, flüsterte ich leise und küsste seine Fingerknöchel. Er warf mir sofort einen schnellen Seitenblick zu, ehe er sich wieder auf die Straße konzentrierte.

»Was hast du gerade gesagt?«, fragt er nach.

»Dass ich dich liebe«, sagte ich und jedes Wort hörte sich so verdammt richtig an. Ich liebe ihn. Das tu ich schon eine ganze Weile, aber nachdem er es in dem Club zum ersten Mal gesagt hatte, wurde es überhaupt erst real für mich. »Ich liebe dich mit jeder Faser meines Daseins«, fuhr ich fort und meine Lippen verzogen sich zu einem Lächeln, als ich seine strahlenden Augen erblickte.

»Verdammt Mädchen, das kannst du mir doch nicht während der Fahrt sagen«, rief er lachend.

»Möchtest du gleich etwas essen? Dann halte ich am nächsten Diner an.«

Ich sah zu ihm herüber und nickte, keinen Augenblick später grummelte mein Magen. »Ja, ich denke das ist eine gute Idee«, kicherte ich und legte die freie Hand flach auf den Bauch.

Cole nahm die nächste Abfahrt von der Interstate und es dauerte nicht lange, bis wir ein kleines Diner fanden und auf dem Parkplatz anhielten. Cole hatte noch nicht mal den Motor ausgeschaltet, da fasste er schon meinen Oberschenkel und legte eine Hand um meinen Kopf. Sachte legte er seine Lippen auch meine. Der Kuss wurde schnell intensiver und die Lust strich durch meinen Körper. Seufzend erwiderte ich den Kuss und genoss den Druck seines Mundes auf meinen.

»Ich liebe dich«, flüsterte er leise, als wir uns kurz lösten. Wir waren uns immer noch so nah, dass seine Lippen bei jedem Wort über meine fuhren.

»Ich liebe dich auch«, erwiderte ich und mein Puls beschleunigte nochmal, als ich den Abstand zwischen uns wieder schloss.

»Okay, bist du bereit?«, grinsend warf Cole den Schlüssel zu unserer Wohnung nach oben und fing ihn mit der anderen Hand wieder auf.

Ungeduldig tippelte ich auf einer Stelle herum. »Jetzt mach schon auf«, rief ich lachend.

Glucksend lehnte er sich nach vorne und schob die Schlüssel in das Schloss und stieß die Türe auf. Er machte eine einladende Bewegung in das Innere. »Nach dir«, schmunzelte er.

Schnell drückte ich ihm einen Kuss auf die Lippen und setzte den ersten Fuß in die Wohnung. Unser neues Zuhause. Mein erstes richtiges Zuhause.

Cole trat hinter mir ein und schaltete das Licht ein. »Oh wow«, murmelte ich, als ich mich schnell umsah und alles in mir aufnahm.

Die Wohnung war wunderschön. Wir standen in einem Flur, der in das Wohnzimmer und die offene Küche führte, die eher dunkel gehalten war. Vom Flur gingen zwei Türen ab, Cole öffnete die auf der linken Seite. »Hier ist einmal das Badezimmer« Ich erhaschte einen Blick auf einen frisch sanierten Raum, der mit grauen Fliesen ausgestattet war. Es befand sich eine Badewanne und eine separate Dusche darin und das war jetzt schon mehr, als ich mir je hätte erträumen können.

»Und hier ist unser Schlafzimmer«, redete er weiter und deutete auf die rechte Tür, welche er ebenfalls öffnete.

»Jason hat mir sein altes Bett vermacht, aber die Matratze ist neu. Versprochen«, grinste er und ich erblickte das dunkle Bettgestell.

Ich war völlig überwältigt, es war so schön hier und es gehörte uns.

Wir würden hier wohnen. Cole und ich.

Gemeinsam.

Der Gedanke war unfassbar und ich glaubte, seitdem ich in die Wohnung eingetreten war, nicht mehr geblinzelt zu haben, aber ich wollte unter keinen Umständen auch nur einen Augenblick verpassen.

»Danke«, flüsterte ich und konnte die verfluchten Tränen nicht mehr zurückhalten. »Danke für alles.« Ich blickte mich ein letztes Mal im Wohnzimmer um, welches auch schon völlig eingerichtet war. Ich drehte mich zu Cole, der mit verschränken Armen an der Kücheninsel lehnte und mich betrachtete.

»Du musst dich nicht bedanken. Wenn überhaupt, dann muss ich es.«

Aber ich schüttelte den Kopf. »Musst du nicht, du hast mich aus meinem verkorksten Leben herausgeholt und du bietest mir das hier.« Ich fuchtelte mit den Händen durch die Gegend. »Einfach so, ohne etwas dafür zu erwarten. Das hier hätte ich mir nie erträumt, aber du hast es trotzdem wahr werden lassen.«

»Love, du hast mir gezeigt, dass es okay ist, jemanden an sich heran zu lassen, du machst mich jeden Tag verdammt glücklich.« Er drückte sich von der Kücheninsel ab und kam auf mich zu.

»Dann denke ich sind wir beide einfach sehr dankbar«, schmunzelte ich und legte den Kopf in den Nacken, um zu ihm aufzusehen.

Grinsend nickte Cole kurz und beugte sich zu mir herunter. »Das sind wir definitiv.« Er strich mir die Haare aus dem Gesicht, zupfte sanft an einer Spitze.

»Willkommen zuhause, Love.«

Kapitel 44

Cole

Einen Monat später…

»Und du bist dir wirklich sicher?«

Jason stieß mir in die Seite und ich hatte Mühe, mein Bier gerade zuhalten, damit nichts über den Rand schwappte.

»Hey, war doch nur ein Spaß«, murmelte ich und nippte an meinem Getränk. Jason holte sich ein Wasser aus dem Kühlschrank und stellte sich wieder neben mich.

»Natürlich bin ich mir sicher«, sagte er und seine Augen blitzten auf, ehe er wieder zu mir sah.

»Das freut mich Brüderchen, wird ja auch endlich Zeit«, meinte ich und hielt nach Hazel Ausschau, welche mit Jeremy verschwunden war, nachdem er mit Dylan auch hier aufgeschlagen war.

»Hat ja auch lang genug gedauert«, spottete Jason und zog eine Augenbraue hoch. Seufzend atmete ich aus. »Ich habe dir gesagt, dass du nicht auf mich warten sollst.«

Grinsend schüttelt er den Kopf. »Aber ich wollte dich und Hazel dabeihaben, das weißt du ganz genau.«

»Also war dir klar, dass ich mit Hazel wieder zurückkommen werde?«

Sein schallendes Lachen ertönte und er klopfte mir auf die Schulter. »Das war nicht nur mir klar, sondern auch dir. Habe ich nicht recht?«

Ein zustimmendes Brummen verließ meinen Mund und auch meine Mundwinkel wanderten nach oben.

»Wahrscheinlich schon«, nuschelte ich und Jason drückte mir die Schulter.

»Du weißt ganz genau, dass ich recht habe.« Lächelnd schaute er sich wieder in seinem Wohnzimmer um und hielt Ausschau nach Phoebe.

»Was haben eigentlich ihre Eltern dazu gesagt?«, fragte ich und nahm einen weiteren Schluck von meinem Bier.

Jason zuckte mit den Schultern. »Ihre Eltern lieben mich, vor allem ihre Mom. Mit Clay habe ich vorab telefoniert und mir sein Einverständnis eingeholt – er war begeistert und Karen hat sogar schon Brautmodeausstatter in Portland und Phoenix rausgesucht. Die beiden freuen sich sehr auf die Hochzeit.«

»Also bist du wirklich bereit in das Ehe-Leben einzutreten«, schmunzelte ich.

»Verdammt ja!«, stieß Jason aus und nahm einen großen Schluck seines Wassers.

»Und die nächste Saison?«, fragte ich.

»Die fängt erst in ein paar Wochen an, die Kämpfe zwischendurch dienten gut für die Vorbereitung. Logan und ich haben außerdem schon viel trainiert, wäre schön, wenn du dich auch wieder im Studio blicken lässt.«

Wie aufs Stichwort tauchte Logan an unserer Seite auf. »Cole, lang nicht gesehen. Wann bist du wieder mit von der Partie?«, fragte er grinsend über den Rand seines Glases hinweg.

»Die letzten Wochen waren etwas verrückt. Aber ich bin am Montag wieder dabei, nach der Uni komme ich vorbei.«

Jason nickte zufrieden. »Sehr gut. Du solltest Hazel auch mal zu einem Kampf mitbringen.«

»Werde ich«, erwiderte ich. »Hast du nicht in zwei Wochen einen Kampf gegen diesen … wie nennt er sich noch gleich? Gorilla?«

Logan stöhnte und lachte kehlig. »Was ein bescheuerter Kampfname.«

»Besser als der weiße Hai«, grinste ich zurück und Jason mischte sich wieder ein.

»Jap, habe ich. Aber das wird eine leichte Nummer«, antwortete mir mein Bruder und verschränkte grinsend die Arme vor der Brust. »Und weißt du, was das Beste an der Sache ist?«

Fragend schüttelte ich den Kopf.

»Der Kampfabend, an dem ich meine Zukünftige kennengelernt habe«, grinsend zog er eine Augenbraue hoch, »war zufällig der Abend, an dem ich gegen Gorilla gekämpft und gewonnen habe.«

Seine Züge wurden weicher, als Phoebe aus der Menschenmasse heraustrat und zu uns hinüberlief. Ein riesiger Klunker zierte ihre linke Hand.

»Hallo Verlobte«, murmelte Jason neben mir und streckte eine Hand nach ihr aus, als sie uns fast erreicht hatte. Ihr Lächeln veränderte sich zu einem Strahlen.

»Hallo Verlobter«, grinste sie breit und Jason drückte ihr erst einen Kuss auf den Handrücken und dann auf die Wange. »Ich denke, ich habe mich jetzt bei jedem für ihr Kommen bedankt. Auch wenn ich sie gar nicht eingeladen habe.«

Lächelnd schmiegte sie sich an seine Seite und augenblicklich legte er einen Arm fest um ihre Mitte.

Jason hatte uns schon vor Tagen zu der heutigen kleinen Party bei sich eingeladen, für welches wir sogar extra eine

Catering Firma besorgt hatte. Phoebes Eltern waren ebenfalls da, wie auch weitere unserer Freunde. Ethan, Leith und der Rest der Truppe tummelte sich hier auch irgendwo und ich war völlig überrascht gewesen, dass Jason sie eingeladen hatte. Aber er meinte nur, dass sie auch zur Familie gehörten.

Die Wohnung der beiden war rappelvoll gewesen, als Jason vor ein paar Stunden, kurz bevor das Buffet eröffnet wurde, auf ein Knie gesunken war und um Phoebes Hand angehalten hatte. Ihre Mom hatte laut los geschnieft, als Phi Ja gesagt hatte.

Das hier hatte er ewig geplant und eigentlich hätte ich gedacht, er würde eine riesige Show daraus machen. Aber Jason hatte meine Idee, die Frage im Ring nach einem Kampf zu stellen, schnell abgelehnt. Er meinte, Phoebe würde sich unwohl fühlen, wenn sie so im Mittelpunkt stand. Er wollte lieber etwas Familiäres auf die Beine stellen. Er hat Glück, dass sein kleiner Bruder Eventmanagement studiert – die Planung war für mich gar kein Problem.

»Amüsierst du dich, Cole?«, fragte Phoebe mich und ich nickte schmunzelnd.

»Sehr, liebste Schwägerin.«

Sie verzog das Gesicht. »Das ist ein furchtbares Wort.«

Lachend sah ich von ihr wieder zu der Menge und eine rote Lockenpracht erregte meine Aufmerksamkeit.

»Ich geh mal zu meinem Mädchen«, meinte ich und klopfte diesmal Jason auf die Schulter. »Ich freu mich für euch beide. Herzlichen Glückwunsch nochmal zur Verlobung. Ihr habt einander verdient.« Jason nickte mir dankend zu und ich hielt seinen Blick einen Moment länger fest. Mein Bruder hatte das hier wirklich verdient, mehr als sonst einer. Die beiden gehörten einfach zusammen und sie würden sich gegenseitig sehr glücklich machen.

Genauso wie mein roter Wirbelwind mich glücklich machte.

»Danke Cole«, antwortete Phoebe und lächelte mich ehrlich an, legte mir die Hand auf den Unterarm. Ich küsste sie rasch auf die Wange.

Mit einem letzten Blick auf die beiden wandte ich mich ab und suchte nach meiner Freundin. Wieder sah ich ihren roten Schopf und neben ihr entdeckte ich Jeremy, der sie lachend über die Tanzfläche drehte. Nicht weit entfernt sah ich den Rest unserer Freunde, kurz nickte ich ihnen zu.

Hazels betörendes Lachen ertönte in meinen Ohren und meine Mundwinkel verzogen sich nach oben.

»Hallo meine Schöne«, sprach ich, als ich bei ihr ankam und einen Arm um sie schlang, um sie aus ihrer Drehung aufzufangen. Ich warf einen Blick zu Jeremy, aber er hatte schnell in seinem Freund Dylan einen neuen Tanzpartner gefunden.

»Hast du Spaß?«, fragte ich und drückte ihren Rücken fester an meine Brust. Kichernd lehnte sie den Kopf an meine Schulter nach hinten und blickte zu mir auf. »Habe ich«, bestätigte sie und wir wiegten uns zu der Popmusik, die aus der Anlage ertönte, hin und her.

»Sollte ich eifersüchtig auf Jer sein?«, fragte ich schmunzelnd. Grinsend schüttelte sie den Kopf. »Ich denke, da musst du dir keine Sorgen machen.«

Ich ließ den Kopf sinken und schnupperte an ihren Haaren, bevor ich einen kurzen Kuss unter ihrem Ohr platzierte. Ich hatte ihr wieder eins von den pinken Getränken in die Hand gedrückt, bei welchem ich wusste, dass sie es mochte und vielleicht war sie auch schon etwas beschwipst. Ich umfasste sie enger.

Wir hatten Glück, dass Jason und Phoebes Wohnung nur zwei Blocks von unserer entfernt war.

»Und nächste Woche steht noch?«, fragte sie leise nach, schloss die Augen und ließ den Kopf an meiner Schulter liegen.

»Natürlich, Love. Die Bestätigung über die Flugtickets ist schon eingetroffen und du hast ja auch mit deiner Mom telefoniert, richtig?«

Hazel drehte sich in meinen Armen und legte die Hände um meinen Nacken, dann zog sie mich ein Stückchen weiter nach unten und drückte die Lippen auf meine.

Ich spürte ihr Lächeln auf meinem Mund.

»Richtig. Mom darf seit einer Woche wieder ihr Telefon benutzen. Sie weiß Bescheid, dass wir kommen und freut sich total.«

Hazel hatte, seitdem ihre Mom wieder telefonieren durfte, jeden Tag mit ihr gesprochen.

Ich lehnte mich ein wenig zurück, um ihr in die Augen zu blicken.

»Ich liebe dich«, murmelte ich und umfasste ihren Kiefer, drückte ihr einen weiteren Kuss auf die rosa Lippen.

»Ich liebe dich«, erwiderte Hazel in meinen Armen.

Sie meinte, dass ihre Mom schon ganz anders klang und viel fröhlicher wirkte. Anscheinend hatten die ersten Wochen schon etwas gebracht. Außerdem sprach Hazel ständig mit den Pflegern, die erzählten, dass sich Joanna gut schlug. Die ersten eineinhalb Wochen waren wohl die schwersten gewesen, aufgrund des kalten Entzugs, aber mit jedem Tag wurde es besser. Jedes Mal, wenn Hazel mir von den Gesprächen mit ihrer Mom erzählte, funkelten ihre Augen so hell, dass sogar ich mich darauf freute, Jo nächstes Wochenende zu sehen. Wir würden für zwei Tage nach Vegas fliegen und im Caesers Palace einchecken.

Diesmal aber zusammen.

Kapitel 45

Hazel

»Soll ich es auf euren Deckel schreiben?«, fragte ich Kade, als er die nächste Rutsche Bier für ihren Tisch abholte.

»Ja bitte.« Kade lehnte sich gegen die Theke. Ich machte ein paar Striche auf meinen Zettel und zapfte das Bier.

Nachdem ich mit Cole wieder zurück nach Phoenix gekommen war, habe ich mich am nächsten Tag sofort zur Bar aufgemacht. Ich hatte mir geschworen, Will auch auf Knien anzuflehen mich wiedereinzustellen, wenn es sein musste. Aber tatsächlich hatten sie in der letzten Woche kein Ersatz für mich gefunden, somit war meine Stelle noch frei und ich konnte sofort wieder anfangen.

»Wo ist eigentlich Ethan heute Abend?«, fragte ich Kade, während ich das vorletzte Bier auf das Tablett stellte. Kade zuckte mit den Schultern. »Ich glaube, Ash ist in der Stadt, aber wirklich wissen tu ich es auch nicht. Vielleicht schaut er später noch rein.«

»Ash?«

»Seine Schwester. Ashley.«

Ich nickte verstehend, stellte ihm das letzte Glas auf das Tablett und Kade nahm es runter.

Heute war ein relativ ruhiger Abend, Blake stand mit mir hinter der Theke, aber auch er hatte nicht wirklich viel zu tun, daher hatte er sich schon vor einer Weile in das Lager verabschiedet und führte die Inventur durch.

»Ich weiß nicht was du machst, dass er ständig so strahlt«, sagte Kade und zog meine Aufmerksamkeit wieder auf sich. Mein Blick schweifte hinüber zu ihrem Stammtisch.

Alle, bis auf Ethan, hatten sich an den runden Nischentisch gesetzt. Lilly saß am Anfang noch bei mir an der Bar, war dann aber auch zu ihrem Freund hinübergelaufen. Leith und Cole unterhielten sich, aber Coles Lippen waren zu einem breiten Lächeln verzogen. Sein Anblick ließ mein Herz flattern und ich konnte nichts dagegen tun, als sich auf mein Gesicht auch ein Lächeln ausbreitete.

»Ich weiß nicht was du meinst«, erwiderte ich grinsend. Kade musste ja nicht unbedingt wissen, dass wir uns heute Nachmittag erst auf der Couch und dann auf der Küchenzeile geliebt hatten.

»Ja, ist schon klar«, erwiderte er zwinkernd und wandte sich mit den Bieren ab und ging zum Tisch.

Ich bereitete noch ein paar Getränke zu, als Blake gegen zehn Uhr von hinten wiederauftauchte.

»Ich bin mit dem Zählen durch. Wenn du willst kann ich hier vorne übernehmen, dann kannst du zu deinen Freunden gehen.«

»Sicher?« Ich wollte nicht, dass die Jungs das Gefühl hatten, sie müssten mir die Arbeit erleichtern. Nachdem ich nämlich Will, Blake und Dylan erzählt hatte, was für ein Chaos die letzte Woche gewesen war, haben sie mir einen mitfühlenden Blick zugeworfen und seitdem behandelten sie mich als wäre ich aus Glas.

»Klar, na los, geh schon.« Er scheuchte mich mit dem Geschirrtuch in der Hand von sich weg. Lächelnd öffnete ich meine Schürze und hing sie an den Hacken neben der Schwingtür, die hinter die Theke führte.

»Danke«, flötete ich laut über die Musik hinweg, aber Blake war schon dabei eine Bestellung zu mixen.

Als ich die Richtung zum Tisch einschlug, stockte mir kurz der Atem als ich ein mir fremdes Mädchen am Tisch stehen sah.

Das zierliche Mädchen redete auf Cole ein, der alleine auf einer Seite des Tisches saß. Allerdings mied er den Blick und nickte nur ab und zu. Leith und Kade beobachten die Situation mit zusammengepressten Lippen, sie versuchten ein Grinsen zu unterdrücken.

Als ich nah genug am Tisch war, konnte ich wenige Gesprächsfetzen aufschnappen.

»Ich bin ein riesiger Fan«, sagte sie und Cole blickte kurz hoch und lächelte freundlich.

»Vielen Dank«, erwiderte er. Anscheinend stand ein Groupie seines Bruders vor ihm.

Sie warf ihre langen schwarzen Haare über die Schulter und beugte sich ein Stück weiter nach unten und ich wette, sie bot ihm gerade eine fantastische Sicht auf ihr Dekolleté.

»Wenn du möchtest können wir ein bisschen tanzen gehen und später noch einen Abstecher zu meiner Wohnung machen«, murmelte sie mit gesenkter Stimme, welche – und davon bin ich zu einhundert Prozent überzeugt – bei Ethan wahre Wunder bewirkt hätte.

Aber als Cole bloß den Kopf schüttelte und genervt von ihr wegsah und an seinem Bierglas spielte, musste ich grinsen. Und irgendwie kam mir diese Situation hier ziemlich bekannt vor.

»Könntest du dich bitte von meinem Freund fernhalten?«, fragte ich mit zuckersüßer Stimme und wiederholte somit exakt dieselben Worte, die ich bereits vor dreieinhalb Jahren zum ersten Mal in Coles Gegenwart gesprochen hatte.

Verdutzt richtete sie sich ein Stück weiter auf und warf mir einen Blick über die Schulter zu.

»Freund?«

Nickend legte ich den Kopf etwas schief und sah ihr fest in die Augen.

»Würdest du dann bitte?«, sagte ich und scheuchte sie vom Tisch weg. Eingeschnappt richtete sie sich auf und warf uns keinen weiteren Blick zu, als sie von uns weg marschierte.

Grinsend ließ ich mich neben Cole auf den freien Platz fallen.

»Du und dein hübsches Gesicht brechen den Mädels hier reihenweise die Herzen«, schmunzelte ich und strich ihm über die Unterlippe. Lachend schnappte er sich meine Hand und küsste mich auf den Mundwinkel.

»Danke für die Rettung, schon wieder«, feixte er und ließ den Arm hinter mir auf der Lehne ausgestreckt liegen.

»Wann wollte Ethan noch gleich herkommen?«, fragte Leith und sah zu Kade hinüber, welcher augenblicklich sein Handy hervorzog. »Er hatte mir geschrieben, dass er –«

»Vermisst ihr Loser mich etwa schon?«, rief Ethan spottend und lief die letzten paar Meter auf uns zu.

»Wo hast du deine Schwester gelassen?«, fragte Kade nach.

»Die ist wieder zurückgefahren, Malcolm und sie hatten noch was zu tun.« Ethan setzte sich neben Leith, obwohl dort eigentlich gar nicht genügend Platz war.

Lilly und Benny rutschten enger zusammen.

Murrend rutschte dann auch erst Kade und dann Leith weiter in der Bank auf und machten so Ethan Platz zum Sitzen.

»Malcolm ist der Ehemann meiner Schwester«, sagte jetzt Ethan an mich gewandt und schnappte sich Coles Bierglas, von dem er einen großen Schluck trank.

»Oh, wie alt ist deine Schwester denn?«

»Sie wird diesen Herbst siebenundzwanzig. Mal und Ash kennen sich schon seit Ewigkeiten und haben letztes Jahr endlich geheiratet.«

Cole strich mir durch die Haare und wickelte sich eine Strähne um den Finger, anscheinend schien er erst jetzt zu bemerken, dass Ethan sich sein Bier geklaut hatte.

»Hey!« Er griff über den Tisch hinweg und zog Ethan das Glas vom Mund.

Glucksend zuckte der nur mit den Schultern.

Die Jungs hatten mich wieder in ihre Runde aufgenommen, als hätte ich Cole nicht über eine Woche verrückt werden lassen. Das Thema kam gar nicht zur Sprache.

»Nächste Woche ist wieder eine Party im Verbindungshaus, habt ihr Lust zu kommen?« Kade sah unsere Runde fragend an und Ethan und Leith nickten sofort.

»Sicher, das wird lustig«, grinste Leith. »Vielleicht legt sich Kade wieder auf die Schnauze, wenn er versucht ein Mädchen zu beeindrucken.« Benny brummte lachend auf.

Ich runzelte die Stirn. »Wie hast du denn das geschafft?«, fragte ich grinsend. Kade verdrehte die Augen und stöhnte genervt auf. »Musst du das eigentlich ständig erzählen?«, murmelt er an Leith gewandt und räuspert sich leise.

»Ich wollte ihr nur zeigen welchen Job der Center beim Football hat. Du weißt schon, der der den Ball am Anfang durch die Beine wirft.« Nickend sah ich ihn weiterhin an.

Seufzend fuhr sich Kade durch die Haare und ich lehnte mich nach vorne, stütze die Arme auf den Tisch ab und stemmte meinen Kopf auf die Hände.

»Die Terrasse draußen war nass, weil so viel Bier verkippt wurde und als ich die Bewegung machen wollte, bin ich ausgerutscht.« Bei der Erinnerung verzog er das Gesicht und ich musste lachen. Coles Hand rutschte von der Armlehne auf meinen Rücken und er fing an kleine Kreise zu ziehen.

»Das Mädchen hat ihn mitleidig angeschaut und ist einfach verschwunden, nachdem er volle Kanne auf seinem Gesicht gelandet war«, lachte Leith und lehnte sich zurück, nahm einen weiteren Schluck von seinem Bier.

»Also kommt ihr?«, fragte Kade ein weiteres Mal, um offensichtlich das Thema zu wechseln.

Coles Hand fuhr weiter über meinen Rücken als er ihm antwortete. »Hazel und ich sind dieses Wochenende leider schon verplant.«

Stimmt, wir wollten meine Mom besuchen und ich freute mich schon ungemein darauf, sie wiederzusehen. Nicht in einer Millionen Jahre hätte ich gedacht, dass ich mich auf ihr Gesicht freuen würde.

»Tja schade«, murmelte Kade. Coles Hand blieb schließlich stehen und die Kreise auf meinem Rücken blieben aus. Ich sah zur Seite und musterte ihn. Mit einem liebevollen Blick sah er mir in die Augen und legte die Hand fest um meine Taille, zog mich auf der Bank näher an sich heran.

Er drückte mir einen Kuss auf die Lippen und sein Daumen fand den schmalen Spalt Haut, welcher zwischen meiner Jeans und dem Shirt zu sehen war.

Leith machte irgendein Witz, worüber Ethan und Kade laut lachen mussten. Lilly und Benny hörten grinsend zu. Aber in diesem Moment spielte sich meine Welt nur in diesen wunderschönen karamellfarbenen Augen vor mir ab.

»Ich liebe dich«, flüsterte ich leise und Coles Augen blitzen auf und verdunkeln sich ein wenig.

Er neigte sich wieder nach vorne und küsste mich erneut. Verschlang meinen Mund leidenschaftlich und meine Hände flogen zu seiner Brust, ich klammerte mich an seinem T-Shirt fest.

»Hey, sucht euch ein Zimmer«, rief Ethan empört aus und warf eine Serviette nach uns. Kichernd löste ich meine Lippen von Coles und drückte ihn an der Brust ein wenig zurück.

Aber Coles Blick blieb ernst und er schien die anderen auch nicht wirklich zu beachten. Sanft fuhr er mit der Handrückseite über meine Wange und umfasste mein Kinn. »Ich liebe dich auch.«

Epilog

Hazel

»Was machst du denn hier?«, rief ich, lief die letzten Treppenstufen vor meiner Schule hinunter und musterte Cole, welcher mit verschränkten Armen an seiner Motorhaube lehnte.

»Na du meintest doch, dass bei dir ein paar Stunden ausfallen und du um elf schon Schluss hast.« Ich nickte und lief weiter zu ihm. »Richtig, aber du hast doch gerade eigentlich eine Vorlesung, oder?«, erwiderte ich und blieb vor ihm stehen. Cole ließ eine Hand locker auf meinen Hüften liegen und beugte sich zu mir herunter, um mir einen raschen Kuss auf die Lippen zu zaubern.

»Aber ich würde mit meinem Mädchen viel lieber die Zeit bei einem Brunch verbringen«, grinste er breit und fuhr mit seinen Fingerspitzen über meine Wirbelsäule. Ein angenehmes Kribbeln sauste über meinen Rücken und ich musste den Kopf in den Nacken legen, um ihn zu betrachten. Es war zwar immer noch kühl, allerdings konnte man spüren, dass es wieder wärmer wurde. Langsam durfte es auch wirklich wieder Frühling werden.

»Sehr rebellisch von dir«, lächelte ich und steckte meine kalten Hände unter seinen dicken Pullover und berührte seinen straffen Bauch. Zischend machte er einen Satz in die Luft und ich zog lachend meine Hände wieder hervor. Cole strich mir über die Nase und rückte meine Mütze auf dem Kopf etwas zurecht.

»Was dich angeht, werde ich gerne rebellisch. Aber ich glaube, das liegt auch in der Familie.«

Kichernd lehnte ich mich wieder an ihn und stellte mich auf die Zehenspitzen, streckte mich nach vorne und küsste seine kühle Wange.

»Na gut, wo möchtest du denn mit mir hin?«

»Das IHOP ist nicht weit entfernt von hier und serviert wunderbare Pancakes.«

»Na dann, nichts wie hin da.«

Cole lief mit mir auf eine Seite des Autos und öffnete die Beifahrertür, ehe er um das Auto herumlief und selbst Platz nahm.

Sobald wir von dem Parkplatz fuhren, legte er seine Hand auf meinen Oberschenkel und ich umfasste sie mit meinen Fingern.

Wir brauchten nicht lange, um von meiner Schule zum Diner zu gelangen. Drinnen war es nicht wirklich voll, da die meisten an einem Mittwoch wahrscheinlich um die Uhrzeit auf der Arbeit waren. Wir fanden schnell einen gemütlichen Platz und sahen in die eingeschweißten Karten, die bereits auf den Tischen verteilt lagen.

Ich musste an das letzte Mal denken, als ich mit Leila gemeinsam zum Brunch gegessen hatte. Damals hatte ich mir nur einen Kaffee bestellt und auf dem Rückweg noch zwei Brötchen gekauft, wobei eins davon schnell bei meiner Mom gelandet war. Die Erinnerung lag noch nicht so lange zurück, gerade mal ein halbes Jahr. Aber es fühlte sich an wie ein völlig anderes Leben und in gewisser Hinsicht war es das ja auch gewesen. Ich hatte ein Leben geführt ohne Cole, aber das Leben mit ihm war völlig anders. Voller Liebe und Zärtlichkeit, voller Verständnis und Unterstützung, ohne Vorurteile und Schuldgefühle. Als die Kellnerin kam und unsere Bestellung aufnahm, konnte ich das dicke Grinsen nicht mehr aus meinem Gesicht schlagen. Diesmal bestellte ich mir nicht nur einen Kaffee, sondern die wahrscheinlich fettigsten und ungesundesten Pancakes auf diesem Planeten.

»Jason hat bald seinen ersten Kampf für die neue Saison, du weißt ja, dass ich dabei sein muss, aber ich würde mich freuen, wenn du mitkommst«, sagte Cole, zog mir langsam die Mütze vom Kopf und strich meine Haare wieder glatt.

Lächelnd blickte ich zu ihm hoch. »Klingt super, natürlich bin ich dabei.« Er beugte sich über den Tisch und wickelte sich eine meiner Strähnen um den Finger, wiederholte diese Geste immer wieder.

»Sehr schön«, murmelte er und sah mir ins Gesicht und kurz wusste ich nicht, ob er sich immer noch auf meine Worte bezog.

»Ich liebe dich«, flüsterte ich und jedes Mal, wenn ich diese einfachen drei Worte aussprach, machte sich ein Funkeln in seinen Augen breit.

»Ich liebe dich auch, Love«, hauchte er und tippte sich mit einem Finger auf die Lippen. Ich kam seinen Wunsch nach und beugte mich zu ihm, legte meinen Mund auf seinen.

Die Kellnerin tauchte mit unserem Essen auf und ich übergoss meine Pancakes sofort mit dem Ahornsirup, dann schnitt ich mir ein großes Stück ab. Wie zum Teufel konnte ich solange auf Pancakes verzichten?

Das Handy vibrierte in meiner Tasche und ich legte das Besteck beiseite, um es hervor zu ziehen.

Trixie hatte mir eine Nachricht gesendet: *»Na, wie läuft es im Paradies?«*

Lächelnd blickte ich auf und sah zu Cole, der sich gerade ein riesiges Stück Spiegelei in den Mund schob. Als würde er meinen Blick bemerken, sah er auf und unsere Blicke trafen sich. Ihm lief etwas Eigelb am Kinn entlang und lachend zog ich meine Serviette hervor, um es ihm abzuwischen. Seine Augen blitzten belustigend auf und er grinste mich breit an.

Lächelnd tippte ich meine Antwort an Trixie ein: *»Vollkommen.«*

Danksagung

Es ist nicht mal lange her, da hätte ich nie gedacht, dass ich jemals eine Danksagung schreiben würde. Aber dann erschien im Oktober mein Debütroman und jetzt veröffentliche ich schon mein zweites Buch. Und ich kann euch versprechen, das noch lange nicht Schluss ist. Die Enough- Reihe umfasst noch drei weitere Bände, die auch bereits in der Mache sind. Ich bin also fleißig dabei!

Hätte mir vor einem Jahr jemand gesagt, ich würde um diese Zeit schon mein zweites Buch veröffentlichen hätte ich gelacht und ihm beim besten Willen nicht geglaubt. Aber so ist es heute und ich bin unsagbar dankbar. Dennoch ist dies hier kein allein Verdienst. Daher möchte ich noch unbedingt folgenden Menschen danken:

Meiner Familie, die mich unfassbar unterstützt und immer noch davon ausgeht, dass ich eines Tages so bekannt werde wie Mona Kasten, Abbi Glines oder Bianca Iosivoni. Danke, dass ihr an mich glaubt!

Jessica, die mich nicht nur schon beim ersten Werk unterstütz hat, sondern auch bei diesem offiziell als Korrektorat! Danke, dass du mir in meiner Ausbildung schon zur Seite standest und es immer noch tust.

Johanna, die mich durch das Lektorat wieder zum lachen gebracht hat und deren Vorschläge mich immer wieder umhauen. Danke!

Meine Freunde, die mich auf jegliche Art unterstützen. Ihr verblüfft mich immer wieder und ich bin so froh euch an meiner Seite zu wissen. Danke, dass ihr da seid.

Michelle, Sarah und Nicki - meine ersten Testleser! Danke für eure Kommentare und Vorschläge. Es war immer total toll eure Reaktionen zu lesen!

Danke an alle meine Leser. Ohne euch könnte ich das hier nicht machen. Danke für eure lieben Beiträge, Kommentare, Rezensionen und Nachrichten.

Und zu guter Letzt, danke ich mir. Ich weiß, dass klingt komisch. Aber es liegt ein harter, langer und anstrengender Weg bis hierher hinter mir und ich bin sehr froh, dass ich damals den Entschluss gefasst habe meine Bücher selbst zu veröffentlichen. Auch nach vielen Absagen der Verlage habe ich mich nicht entmutigen lassen und habe es geschafft.

Danke an alle!

Weitere Infos zu meinen Projekten findest Du auf meiner Website:
www.leonieelena.de
Und auf meinem Instagramprofil:
@writerleonieelena

Leonie Elena wurde 1998 in Düren geboren. Nach ihrer Ausbildung zur Veranstaltungskauffrau, hat sie sich ganz dem Bücher schreiben gewidmet. Sie lebt in der Nähe von Köln, schaut endlos Serien, liest stundenlang Bücher und trinkt am liebsten Iced Coffee.

DIE ENOUGH-REIHE:

Desire Isn't Enough – Band 1 (Oktober 2020)

Never Be Enough – Band 2 (Februar 2021)

Love Ain't Enough – Band 3 (Coming Soon)

More Than Enough – Band 4 (Coming Soon)

Can't Get Enough – Band 5 (Coming Soon)

Printed in Poland
by Amazon Fulfillment
Poland Sp. z o.o., Wrocław

76100947R00223